interligados
Aden Stone, o rei dos vampiros

Universo dos Livros Editora Ltda.
Rua do Bosque, 1589 • 6º andar • Bloco 2 • Conj. 603/606
Barra Funda • CEP 01136-001 • São Paulo • SP
Telefone/Fax: (11) 3392-3336
www.universodoslivros.com.br
e-mail: editor@universodoslivros.com.br
Siga-nos no Twitter: @univdoslivros

GENA SHOWALTER

interligados
Aden Stone, o rei dos vampiros

São Paulo
2013

UNIVERSO DOS LIVROS

© 2011 by Gena Showalter

Todos os direitos reservados, incluindo direito de reprodução integral ou parcial em qualquer meio. Esta edição foi publicada em parceria com Harlequin Enterprises II B.V./S.à.r.l

Esta é uma obra de ficção. Nomes, personagens, lugares e incidentes são produtos da imaginação do autor, ou usados ficticiamente, qualquer semelhança com pessoas, vivas ou mortas, estabelecimentos comerciais, eventos ou localidades é mera coincidência.

© 2013 by Universo dos Livros

Todos os direitos reservados e protegidos pela Lei 9.610 de 19/02/1998. Nenhuma parte deste livro, sem autorização prévia por escrito da editora, poderá ser reproduzida ou transmitida sejam quais forem os meios empregados: eletrônicos, mecânicos, fotográficos, gravação ou quaisquer outros.

1ª edição – 2013

Diretor-editorial: **Luis Matos**
Editora-chefe: **Marcia Batista**
Assistentes-editoriais: **Ana Luiza Candido, Bóris Fatigati, Raíça Augusto e Raquel Nakasone**
Tradução: **Maurício Tamboni**
Preparação: **Leonardo Ortiz Matos**
Revisão: **Bárbara Prince e Isadora Prospero**
Arte: **Francine C. Silva, Karine Barbosa e Stephanie Lin**
Capa: **Zuleika Iamashita**

Dados Internacionais de Catalogação na Publicação (CIP)
Angélica Ilacqua CRB-8/7057

S563i

Showalter, Gena.

Interligados : Aden Stone, o rei dos vampiros / Gena Showalter; tradução de Maurício Tamboni. – São Paulo : Universo dos Livros, 2013.
480 p. (Interligados)

ISBN 978-85-7930-373-9
Título original: Twisted

1. Ficção 2. Literatura infantojuvenil 3. Vampiros 4. Lobisomens I. Título II. Tamboni, Maurício

13-0174   CDD 813.6

Aos suspeitos de sempre:

Haden, Seth, Chloe, Riley, Victoria, Nathan, Meg, Parks, Lauren, Stephanie, Brittany e Brianna. O que posso dizer a vocês? Em um mundo onde sou a Rainha Tomadora de Decisões, presas brotam. Garras crescem. A escuridão toma conta. De nada.

Mais uma vez, à "Incrível", minha editora Natashya Wilson, por suas ideias brilhantes e por sua dedicação que, sem sombra de dúvida, ultrapassa suas obrigações. Ela não surtou nenhuma vez quando eu dizia "Não sei. Vou descobrir depois" (o que, basicamente, resume meu processo de escrita).

Ao pessoal maravilhoso da Harlequin, que me aceitou e tornou-me parte da equipe.

A P. C. Cast, Rachel Caine, Marley Gibson, Rosemary Clement-Moore, Linda Gerber e Tina Ferraro por terem me ajudado a realizar o concurso de *Aden Stone contra o Reino das Bruxas* no ano passado. Foi maravilhoso! Devo essa a vocês, senhoritas!

A Pennye Edwards, a melhor sogra que uma garota poderia ter. Juro por Deus, ela me ajudou a manter a sanidade enquanto eu escrevia este livro. Bem, tão sã quanto uma garota como eu pode ser.

A meu Love Bunny. Quando eu me trancava na minha "caverna da escrita", ele assegurou que a besta fosse alimentada. Mesmo quando tinha de passar a comida por debaixo da porta e sair correndo para se manter vivo.

A Jill Monroe e Kresley Cole. Se eu já não fosse casada e elas já não fossem casadas, eu me casaria com elas. E estou falando sério!

E, desta vez, não vou dedicar o livro a mim mesma, mas à tinta de cabelo L'Oréal (castanho médio a escuro). Depois de escrever este livro, precisei mais do que nunca desse operador de milagres.

um

Arden Stone olhou para baixo, observando a garota que dormia no estrado feito de pedras. Seus cabelos, longos e escuros como as noites de inverno, embora também deslumbrantes como a luz da lua batendo na neve, estavam derramados sobre os ombros delicados. Cílios longos e negros lançavam sombras sobre as maçãs do rosto elevadas como as de uma modelo. Os lábios rosados exuberantes brilhavam, levemente umedecidos.

Ele a tinha visto lamber os lábios várias vezes. E ele sabia que, mesmo perdida na sonolência como estava, ela sentia um cheiro delicioso e ansiava prová-lo.

Provar... Sim...

A pele da garota era branca como a neve, embora constantemente ficasse corada de um rosa profundo em todos os pontos apropriados. Ela não possuía uma imperfeição sequer. Nem uma linha ou ruga, muito embora tivesse mais de oitenta anos de idade.

Jovem, para sua espécie.

Ela vestia um manto negro esfarrapado que se dependurava de debaixo dos braços até os pés. Ou melhor, estaria dependurado, se não tivesse franzido o tecido em uma das pernas. Uma perna esbelta, dobrada e inclinada para fora. Um regozijo para os olhos dele, talvez até mesmo um convite no estilo "quero que você beba da veia na minha coxa".

Ele devia resistir.

Ele não conseguia resistir.

Ela era a garota mais bonita que ele já tinha visto. Aparência frágil e delicada. Como uma obra de arte inestimável em um dos únicos museus que ele tinha visitado. O curador dera um tapa em sua mão por tentar tocar em algo que não devia ser tocado.

Essa obra não precisa ser vigiada, pensou o garoto, abrindo um leve sorriso. Ela podia se proteger esmagando o pescoço de um homem com um só movimento de seu pulso.

Ela era uma vampira. A vampira *dele.* Sua doença e sua cura.

Aden colocou um joelho na cama improvisada. A camiseta esticada embaixo da garota, servindo de fino colchão, rasgou-se com o peso do rapaz, que puxou a vampira, fazendo-a rolar em sua direção. Ela não gemeu; sequer murmurou um suspiro, como teria feito se fosse humana. Ela permanecia quieta, assustadoramente quieta. Sua expressão continuava a mesma: serena, inocente... confiante.

Você não devia fazer isso.

Ele faria aquilo.

Aden usava um par de calças jeans rasgadas e manchadas de sangue. O mesmo par que vestira na noite do primeiro encontro. A noite em que todo o seu mundo mudou. Ela usava o manto e nada mais. Por vezes, as roupas eram a única coisa que evitava que eles fizessem mais do que beber um do outro.

Beber um do outro. Ou "alimentar-se". Uma palavra tão branda para o que acontecia. Aden jamais a feriria de propósito, mas, quando a loucura tomava conta dele – caramba, quando a loucura tomava conta *dela* –, a afeição era esquecida. Eles se tornavam animais.

Você não devia fazer isso, repetiu o que restava da consciência do garoto.

Mais um gole e vou deixá-la em paz.

Isso foi o que você disse da última vez. E da penúltima vez. E da antepenúltima vez.

Está bem, mas dessa vez é sério. Ele esperava que fosse.

No passado, Aden estaria conversando com as três almas presas em sua cabeça. Mas elas já não estavam na cabeça dele. Estavam na cabeça dela. E ele tinha voltado a falar consigo mesmo. Pelo menos até o monstro acordar. Uma verdadeira besta, perambulando em sua consciência, rugindo, desesperada por sangue. O monstro que a garota adormecida tinha inadvertidamente entregado a ele, a besta responsável pelo mais novo esporte favorito de Aden: prender-se a uma jugular. Então, ele não falava com ninguém.

Para baixo... e mais para baixo, Aden inclinou-se até seu peito recostar-se no da vampira. Ele colocou as mãos nas têmporas dela e equilibrou seu peso. As pontas dos narizes estavam a um mero murmúrio de distância, mas ele queria estar mais perto. Sempre mais perto dela.

Aden colocou mais força na mão esquerda, as suaves mechas de cabelo da garota ficando tão firmes quanto a camiseta estivera. Fazendo a cabeça dela recostar-se naquela direção, expôs-se a extensão hipnotizante daquele pescoço. Na base, o pulso martelava regularmente.

Diferentemente dos sugadores de sangue da mitologia, ela não estava morta. Era um verdadeiro ser vivo, nascido – e não criado – e mais vivo do que qualquer pessoa que ele já conhecera. A não ser, é claro, que ele a tivesse matado acidentalmente.

Não vou.

Pode ser que sim. Não faça isso.

Só um gole.

Aden ficou com água na boca. Ele inspirou... E sentiu-se como se estivesse respirando pela primeira vez. Tudo era tão novo, tão maravilhoso... Ele segurou a respiração... Segurou... Quase conseguia saborear a doçura do sangue da garota, saindo lentamente. Nenhum alívio estava por vir, mas apenas uma consciência ainda maior de sua fome sempre presente. Ele passou a língua pelos dentes, pela gengiva dolorida. O garoto não tinha presas, mas, ah, queria mordê-la. Queria beber dela. Saborear, beber novamente. Beber, beber, beber.

Mesmo sem presas, ele poderia mordê-la, e, se ela fosse humana, poderia sugá-la até a última gota. No entanto, como era uma vampira, sua pele era tão dura e lisa como marfim polido. Alcançar uma veia dela com os dentes seria impossível. Ele precisava de *je la nune*, a única substância capaz de queimar a superfície daquele marfim. O problema era que o *je la nune* tinha acabado. Agora, havia apenas uma forma de conseguir o que ele queria.

—Victoria... — ele murmurou com uma voz rouca.

Ela provavelmente ainda não se recuperara do último interlúdio, pois não deu sinal algum de que tinha escutado. Uma pontada de culpa perfurou a fome do garoto. Ele devia se levantar, distanciar-se dela. Deixá-la descansar, recuperar-se. Victoria o tinha alimentado tanto durante os últimos dias — semanas? anos? — que já não devia ter muito sangue.

—Victoria...

Aden não conseguia fazer o nome da garota parar de passar por sua língua. A fome... A fome nunca o abandonava. Só crescia, deslizando à sua volta, sobrecarregando sua alma. Enfim. Ele só tomaria uma gota, o saborear que ele tinha prometido a si mesmo, e, então, finalmente a deixaria em paz. E ela poderia voltar para o sono.

Até ele precisar de mais.

Você não vai tomar mais nada, lembra? Esta é a última vez.

— Acorde para mim, querida.

Aden levou seus lábios até os dela, apertou-os mais forte do que pretendia. Um beijo em sua Bela Adormecida.

Como a garota do conto de fadas, Victoria piscou os olhos. Seus longos cílios separaram-se, juntaram-se e, então, separaram-se de uma vez por todas. Aden já estava encarando aqueles olhos do mais puro cristal. Olhos profundos, abismais. Brilhando com uma fome própria.

– Aden? – Victoria esticou-se como um gato, levantando os braços sobre a cabeça, arqueando as costas. Um ronronar brotou em sua garganta. – Forte outra vez?

A túnica da garota estava ligeiramente aberta sobre o peito e ele pôde vislumbrar a tatuagem gravada sobre o seu coração. Um preto desbotado – que logo desapareceria totalmente, como tinha acontecido com as outras imagens –, formando múltiplos círculos, um girando dentro do outro e todos se ligando no centro. Não era apenas um belo ornamento, mas sim uma proteção, um feitiço tatuado em sua pele para protegê-la da morte. A única coisa que a tinha salvado quando ela pingara seu sangue na garganta de Aden pela primeira vez.

O garoto gostaria de saber quanto tempo havia se passado, mas, para ele, o tempo tinha deixado de existir. Só havia aqui, agora e ela. Sempre ela. Sempre isso, a fome e a sede misturando-se e transformando-se em uma necessidade selvagem e desgastante.

A vampira afastou o joelho para apoiá-lo no osso do quadril de Aden. Ele ajeitou-se com mais firmeza junto a ela. Uma posição tão íntima. E nenhum tempo para desfrutar. Eles tinham um minuto, talvez dois, antes de as vozes destruírem a concentração de Victoria e o urro da besta exigir a concentração de Aden.

Um minuto antes de ambos tornarem-se tão sombrios quanto suas naturezas exigiam.

– Por favor – foi tudo que ele disse. Teias de aranha negras formavam-se em sua linha de visão, tornando-se espessas, mais fechadas, até que o pescoço da garota fosse tudo o que ele conseguia enxergar. A dor na gengiva era insuportável. E ele temia estar babando.

– Sim – ela não hesitou, envolvendo-o em seus braços, afundando as unhas no couro cabeludo dele e puxando-o para que se beijassem.

Suas línguas encontraram-se, entrelaçaram-se e, por um momento, ele perdeu-se na doçura de Victoria. Ela era um chocolate saboroso, suavemente misturado com pimenta; cremoso, embora picante.

Se ele fosse apenas um garoto e ela apenas uma garota, eles se beijariam e ele tentaria beijá-la mais. Ela poderia negar. Talvez implorasse para ele continuar. De qualquer forma, eles só se importariam um com o outro. Porém, como esse não era o caso, nada importava mais do que o sangue.

– Pronto? – arfou Victoria.

Ela era o traficante, o fornecedor e a droga de Aden, tudo embrulhado no mesmo pacote irresistível. Ele queria detestá-la por isso. Parte dele – esse lado novo e sinistro – de fato a detestava. O restante dele amava-a imensuravelmente.

Infelizmente, Aden temia que, algum dia, essas partes entrassem em guerra.

Alguém sempre morre em uma guerra.

– Pronto? – ela perguntou novamente.

– Vá em frente – ele respondeu num rosnado tão rouco a ponto de soar mais animal que humano.

Seria ele humano ainda? Aden fora um ímã para o paranormal durante toda sua vida. Talvez nunca tivesse sido humano. Não que ele se importasse em ter uma resposta agora. Sangue...

A ferocidade daquele beijo aumentou. Sem se afastar, Victoria passou a língua pelas próprias presas, cortando-a bem no centro. O néctar dos deuses saiu; os sabores de chocolate e pimenta instantaneamente foram substituídos por champanhe e mel, intoxicando o garoto. Ele virou a cabeça por conta da vertigem, enquanto a temperatura de seu corpo subia.

Antes que a ferida de Victoria pudesse se fechar, Aden sugou o sangue rapidamente, degustando cada gota que conseguia, gemendo em meio ao êxtase gerado a cada gole. Sua temperatura subiu mais um grau, e mais um, até que o fogo espalhava-se por ele, queimando-o, transformando-o em cinzas.

Ele reconhecia aquela sensação. Não muito tempo atrás, sua mente tinha se misturado com a de um vampiro. Um vampiro queimando em uma pira. Aden tivera a sensação de que era *ele* quem estava em meio às chamas.

Logo depois disso, sua mente misturou-se com a de um elfo. Um elfo com uma adaga no coração, que ainda batia, mas não para salvá-lo, e sim para destruí-lo, pois a cada batida a lâmina afundava-se mais e mais.

Ambas as situações tinham sido lições cheias de dor, mas nenhuma delas poderia ser comparada ao golpe que Aden sofrera quando *seu próprio corpo* fora violado. E, não fosse pela garota que agora estava sob seu corpo, ele teria morrido.

Ele e Victoria tinham pensado em celebrar a vitória contra o grupo de bruxas e um contingente de fadas… sozinhos, juntos. Das sombras, surgira um demônio em pele humana, que enfiou uma faca no peito de Aden – pois é, todo mundo sempre ataca o coração – antes que o garoto pudesse piscar os olhos.

Victoria devia tê-lo deixado ir. A faca cravada no corpo de Aden estivera em uma premonição realizada por uma das almas. O garoto esperava aquilo. Talvez não estivesse preparado, mas sabia que não teria futuro depois daquele golpe.

E, na verdade, ele e Victoria estariam em uma situação melhor se ela o tivesse deixado ir. Fato: era impossível alterar o destino sem pagar um preço. Aden devia estar morto e Victoria, livre daquele peso. No entanto, o pânico brotara dentro dela. Ele sabia, pois se lembrava dos gritos agudos da garota. Ainda conseguia sentir o jeito como as mãos dela o tinham agarrado, sacudindo-o enquanto a vida o deixava. Pior ainda, ele conseguia sentir as lágrimas quentes pingando do rosto de Victoria e caindo sobre o seu.

Agora, a garota estava pagando por suas ações. E, talvez, continuasse pagando até que Aden acidentalmente a matasse – ou mesmo até que ela matasse-o. Uma vida por uma vida. Não era assim que o universo funcionava?

Desta vez, ele esperava morrer em consequência do inferno que o sangue de Victoria criava dentro dele. Mas, em vez disso, Aden viu-se... mais calmo. Não apenas mais calmo, mas vencendo. Seus membros tornavam-se mais fortes, seus ossos vibravam com energia, seus músculos flexionavam, decididos.

Aquilo nunca tinha acontecido durante uma refeição. E não devia acontecer agora. Eles bebiam, brigavam e passavam mal. Ele não se recarregava como uma bateria.

Quando o sangue na língua de Victoria secou – cedo demais –, ele lembrou-se de que precisava, precisava, precisava *agora,* e parou de se preocupar com as consequências, deixou de se importar com suas reações.

–Victoria... – ele sussurrou.

– Mais? – ela perguntou com uma respiração rasa. Suas unhas deixavam marcas na nuca e nos ombros do garoto. A fome devia estar começando a acometê-la também.

Mesmo sem a besta dentro si, sem o coração pulsante de sua natureza vampiresca e sem a força impulsiva do novo cardápio de Aden, ela desejava sangue. Talvez porque sangue fosse tudo o que ela conhecia. Talvez porque ela estivesse tão viciada quanto ele.

– Mais – ele confirmou.

Novamente, ela esfolou a língua contra as presas. Uma nova ferida abriu-se. O sangue vazou, embora não tanto e não tão rápido quanto antes. Ainda assim, ele sugou e sugou e sugou.

Não é suficiente, não é suficiente, nunca é suficiente.

Em questão de segundos, o sangue deixou de sair. Ele não queria feri-la, não poderia se permitir feri-la, mas viu-se mordendo a língua dela. Diferentemente da pele, aquela carne era suave e maleável. Victoria gemeu, mas não foi um gemido de dor. O garoto tinha acidentalmente cortado também a própria língua e, então, seu sangue fazia a boca de Victoria formigar.

— Mais — disse ela. Agora, uma exigência.

As mãos de Aden envolveram os cabelos longos e sedosos de Victoria, apertando-os. Ele inclinou a cabeça dela, permitindo um acesso mais profundo para ambos. *Tão bom.*

Certa vez, Victoria dissera-lhe que os humanos morriam quando os vampiros tentavam transformá-los. E que os vampiros envolvidos na tentativa também morriam. Na época, Aden não tinha entendido o motivo.

Agora, todavia, ele compreendia — mas esse conhecimento custava-lhe caro.

Quando ela tomou o que sobrava do sangue de Aden e entregou seu sangue de vampira diretamente na boca dele, eles fizeram mais do que trocar DNA, mais do que trocar as almas dele pela besta dela. Eles trocaram *tudo*. Memórias, gostos, desgostos, habilidades e desejos, de um para o outro, de um para o outro novamente, até que Aden finalmente não conseguisse distinguir o que era dele do que era dela.

Ele alguma vez tinha sido açoitado por um chicote de nove tiras? Tinha sugado um humano até a morte? Tinha encontrado um grupo de ursos mutantes adoecidos e os curado?

Um ruído abafado – um bocejo? – no fundo da mente de Aden reclamava sua atenção. O monstro. Na verdade, *besta* era a melhor descrição para Chompers. Aden sentia-se extremamente possuído por aquela criatura. Uma sensação à qual já devia estar acostumado. No entanto, Chompers não era nada parecido com as almas – não era afável como Julian, pervertido como Caleb ou atencioso como Elijah. Chompers só pensava em sangue e em dor. Beber sangue. E causar dor.

Quando Chompers tomava conta, Aden tornava-se mais predador que homem. Ele se detestava tanto quanto detestava Victoria. O que era surreal. Chompers adorava Aden. Realmente adorava. Ele gostava de estar dentro da mente de Aden e não lutava para sair, como sempre lutara contra Victoria. Mas, mesmo assim, Chompers tinha uma personalidade violenta, e esse temperamento certamente apareceria, mais cedo ou mais tarde.

Às vezes, Aden e Victoria desfaziam a troca – as almas voltavam para ele, Chompers voltava para ela. Os dois rapidamente voltavam a trocar. E outra e outra e outra vez. Cada vez os deixava mais e mais próximos da insanidade. Memórias demais girando juntas, muitas necessidades conflitantes. Em breve, aquilo os faria saltar no precipício da insanidade.

– Aden – disse Victoria, tremendo, com uma voz fraca. – Eu preciso... eu tenho que...

O garoto sabia o que estava por vir.

Victoria inclinou a cabeça de Aden, assim como ele tinha feito com ela, e, um momento depois, sua boca deixou a dele. O garoto não gostava disso. As presas de Victoria afundaram-se na sua jugular. Ele também não gostava disso e sibilou ao expirar. Naquele estado negligente de fome, Victoria tinha perdido os bons modos, e suas presas entraram em um tendão. Mesmo assim, Aden não tentou contê-la. Ela precisava beber, precisava tanto quanto ele.

Passos ecoaram pela caverna, ressoando como uma sirene.

Aden não entrou em pânico. Victoria podia teletransportá-los para qualquer lugar por onde ela tivesse passado antes. Ela até mesmo os trouxera para este lugar na noite em que ele fora esfaqueado. Ele não sabia onde era "este lugar", nem em que ocasião ela o visitara antes. Só sabia que algumas pessoas, ocasionalmente, passavam ali dentro. Nenhuma delas fora tão longe a ponto de avistá-los, e ele duvidava que isso aconteceria.

Ele e Victoria poderiam ter ido para outro lugar, para um local ainda mais remoto, ele imaginava. Poderiam ter ficado mais seguros, o mais longe possível da civilização. Afinal, havia um alvo nas costas de Aden: o pai de Victoria tinha ressuscitado para recuperar seu trono. Ou, melhor dizendo, Vlad, o Empalador, estava *tentando* reconquistar o trono.

Aden podia ser humano – ênfase no *podia* –, mas, agora, *ele* era o rei dos vampiros. Matara pelo direito de governar. Portanto, *ele* reivindicaria o trono. Assim que conseguisse se afastar do sangue de Victoria.

Seus próprios pensamentos – ele se perguntou – ou pensamentos da besta?

Seus próprios pensamentos, ele logo concluiu. Tinham de ser dele. Aden queria ser rei com tanta veemência quanto queria se alimentar.

Antes, você não queria. Aliás, até estivera à procura de um substituto.

Mas isso foi antes. E também, no fim das contas, eu já tinha começado a fazer planos para o meu povo.

Seu povo?

Aquilo era a adrenalina falando.

Ah, é? Isso sou eu falando. Cale a boca!

Os passos reverberavam mais perto... mais perto...

Victoria tirou as presas do pescoço de Aden e assobiou na direção da única entrada da caverna. Em uma situação normal, em que estivesse lúcida, ela simplesmente forçaria os visitantes para longe antes mesmo de eles entrarem. Sua voz era muito poderosa e nenhum humano conseguia resistir e não fazer o que ela ordenava. Exceto Aden. Ele devia ter criado uma imunidade àquela voz, pois ela já não conseguia fazer sua mágica com ele. A garota tinha tentado, ali na caverna, toda vez que a loucura tomava conta dela. *Incline a cabeça, ofereça seu pescoço...* E, ainda assim, Aden o fazia porque *ele* queria.

– Se esse humano se aproximar mais, vou comer o fígado e rasgar o coração dele – rosnou Victoria.

Uma ameaça que ela não realizaria. Aden achava que não. Naqueles últimos dias – anos? – Victoria só queria o sangue de Aden, e ele só queria o sangue dela. O garoto sempre conseguia, como ela, sentir o cheiro das pessoas assim que elas entravam no labirinto confuso das cavernas. Mas pensar em beber de uma dessas pessoas, mesmo para salvar a própria vida, fazia a bile e o ácido queimarem seu estômago. E, ainda assim, aquelas pessoas eram o motivo pelo qual Aden permanecia ali. Se ele ou Victoria precisassem do sangue de outra pessoa, querendo ou não, conseguiriam tê-lo.

Passos, ainda mais perto, agora apressados, determinados.

– Tem alguém aí? – a voz do homem tinha um sotaque ligeiramente acentuado. Espanhol, talvez. – Não quero fazer mal a vocês. Ouvi vozes e pensei que talvez vocês estivessem precisando de ajuda.

Victoria levantou-se do estrado de pedras e, um segundo depois, Aden caiu de cara na fina camiseta que ela usava como almofada. Um homem alto e esguio, com cabelos e pele escura, talvez com quarenta anos, entrou naquele santuário privado. Victoria agarrou o humano pela camiseta, movendo-se com tanta velocidade que Aden só conseguiu ver uma mancha no ar. A mochila do homem chacoalhou contra seu cantil de água. Com um movimento do punho – está vendo? – Victoria arremessou-o ainda mais fundo na caverna.

O homem caiu com uma forte pancada, deslizando até bater contra a parede. Instintivamente, ele virou-se e sentou-se. A confusão e o medo guerreavam pela supremacia em seu rosto.

– O que... – ele estendeu a mão, em um movimento para se proteger.

Outro borrão causado por outro movimento, e Victoria estava agachada na frente do homem, segurando o queixo dele. O sangue de Aden pingava do canto da boca da vampira. Os cabelos negros eram agora um emaranhado selvagem em torno da cabeça dela. As presas, por sua vez, alongaram-se a ponto de tocar o lábio inferior. Ela era uma visão assustadoramente adorável, tão atormentadora quanto angelical.

Pequenas gotas de suor brotavam da testa do homem. O medo finalmente vencia, fazendo-o arregalar os olhos e deixando as íris como se fossem feitas de vidro. Seu peito levantava e abaixava rapidamente enquanto a respiração rasa passava pelas narinas.

– Eu... Eu sinto muito. Não queria... Vou sair... Nunca vou dizer nada... Juro! Só me deixem ir... por favor. *Por favor.*

Victoria continuou a estudar o homem, como se ele fosse um rato em uma gaiola.

– Mande ele ir embora – ordenou Aden. – Diga para ele esquecer.

Ela se detestaria se ferisse um humano inocente. Um dia. Mas não hoje, e provavelmente não amanhã, mas um dia... Quando seu juízo e o de Aden retornassem.

Se retornassem.

Silêncio. Ela apertou os dedos no homem. Tanto que ele fez uma careta por conta da dor, os ferimentos já surgindo em seu maxilar.

Aden abriu a boca para dar outra ordem, mas, no fundo de sua mente, ouviu outro rugido. Dessa vez, mais forte, mais do que um bocejo. Todos os músculos de seu corpo ficaram tensos.

Chompers tinha acordado.

Uma sensação de urgência tomou conta de Aden.

– Victoria. Agora! Ou eu juro que nunca mais vou te alimentar.

Mais um momento de silêncio e, então:

– Você deve ir embora – disse ela. Ondas de um poder apagado emanavam de sua voz. Por que apagado? – Você não viu ninguém. Não falou com ninguém.

Diferentemente do que costumava acontecer, vários segundos passaram-se antes que o humano respondesse ao comando. No final, seus olhos castanhos ficaram entorpecidos e suas pupilas contraíram-se.

– Sem problema – disse ele com uma voz monótona. – Sair. Ninguém.

– Muito bem – disse Victoria, com a fúria pulsando para fora de si. Seus braços caíram na lateral do corpo. – Vá. Antes que seja tarde demais.

O homem levantou-se. Caminhou até a entrada. E saiu sem olhar para trás. Ele nunca saberia quão perto da morte estivera.

O rugido na cabeça de Aden intensificou-se novamente. A qualquer momento, aquele rugido se tornaria...

Um berro.

Tão alto e desgastante, fazendo o garoto estremecer até a alma. Aden cobriu as orelhas, esperando bloquear o som, muito embora soubesse quão ineficaz era esse gesto. Cada vez mais alto, o berro tornou-se um grito agudo, rasgando a mente dele como uma navalha até que seus pensamentos se dividissem e apenas duas palavras tivessem espaço.

Alimentar.

Destruir.

Não, não, não. *Eu me alimentei*, ele disse a Chompers. *Não vamos...*

ALIMENTAR. DESTRUIR.

As teias de aranha voltaram a tomar conta da visão de Aden, intercaladas com manchas vermelhas e voltadas para Victoria. Ainda agachada, ela levantou o olhar para o garoto, atenta. Ciente do que estava para acontecer.

ALIMENTAR. DESTRUIR.

Sim. Aden rolou para fora do estrado de pedra e apoiou seu peso em suas pernas instáveis. Victoria levantou-se totalmente, esbelta e adorável. Selvagem. E fechou os punhos. Aden tinha acabado de se alimentar, era verdade, mas ele precisava de mais. Precisava saborear mais.

– Alimentar – ele ouviu-se dizer com duas camadas de voz juntas. Uma, familiar; a outra, obscura e forte. Lutar contra isso, ele tinha de lutar contra isso. Não podia deixar que Chompers fizesse dele um fantoche e manipulasse-o como quisesse, quando quisesse.

Um murmúrio escapou de Victoria enquanto ela arranhava suas próprias orelhas. As almas deviam estar acordando. Aden sabia quão altas aquelas vozes podiam ser. Tão altas quanto o rugido de Chompers.

– Proteger – disse ela, seus olhos subitamente adotando um brilho castanho, verde e azul. Ah, sim. As almas estavam lá, tagarelando.

Protegê-la, como ela tinha dito. Ele tinha de protegê-la. Mas, com dificuldade, Aden disse:

– Destruir.

E, muito embora tentasse firmar os pés no chão, o garoto viu-se com a boca salivando, seguindo na direção de Victoria.

Destruirdestruirdestruir. DESTRUIRDESTRUIRDESTRUIR.

Chompers sempre tinha sido insistente. Mas isso... Isso já era selvageria em sua forma mais básica.

Por algum motivo, de alguma maneira, o tempo de Aden com Victoria estava prestes a chegar ao fim. Esse pensamento, de repente, tornou-se tão parte dele quanto seu coração curado.

E ele tinha a sensação de que apenas um dos dois sairia vivo.

dois

Victoria Tepes, filha de Vlad, o Empalador, e uma das três princesas de Valáquia, preparou-se para o impacto. Ótimo. Em uma fração de segundo, Aden chocou-se com a vampira, lançando-a contra a mesma parede na qual ela tinha arremessado o humano. Adeus, querido oxigênio.

Victoria tampouco teve tempo de encher os pulmões. Uma das mãos de Aden envolveu o pescoço da garota e apertou-o. Não o suficiente para feri-la, mas o suficiente para prendê-la em uma emboscada. Ele estava lutando contra os impulsos do monstro com cada gota de sua força, Victoria sabia. Caso contrário, já a teria esmagado.

Logo, ele perderia a batalha.

A ira a teria ajudado a afastá-lo, mas Victoria não conseguia sentir sequer uma faísca de fúria. Ela tinha feito aquilo com ele. E a culpa a consumia. Um câncer maligno para o qual não havia cura. Ele havia dito para ela não tentar salvá-lo. Ele havia dito que coisas ruins aconteceriam se ela fizesse aquilo. No entanto, quando olhara para o garoto que agora amava, a única pessoa que a tinha aceitado pelo que ela era e sem qualquer restrição ou expectativa, ela não conseguira deixá-lo ir. E pensou: *ele é meu e eu preciso dele.*

Então, antes que a morte pudesse chamá-lo, ela agiu. Victoria ainda não se arrependia do que tinha feito – e como poderia se arrepender? Ele estava aqui! – e esse era o motivo de a culpa ter cavado um buraco tão grande dentro dela. O seu Aden devia abominar o que estava se tornando. Agressivo, dominador... Um guerreiro sem alma.

Normalmente, ele era gentil com ela, tratava-a como um tesouro precioso, sentia necessidade de guardá-la em algum lugar seguro de sua mente. Muito embora ela pudesse destruí-lo em segundos. Ou melhor, *podia* tê-lo destruído. Além de transformar-se mentalmente, Aden estava se transformando fisicamente. Ele agora estava mais alto, mais forte, mais ágil – e já era alto, forte e rápido antes.

Seus olhos, em geral uma colagem de cores brilhantes conforme as almas que ele (antes) possuía olhavam através deles, tinham agora uma tonalidade violeta assustadora.

– Sede – ele murmurou com uma voz rouca. E Victoria poderia jurar ter sentido uma onda de fumaça que saía de Aden.

Isso não é ótimo?, uma voz masculina apitou dentro da cabeça dela. *Estamos com a vampira outra vez.*

Lá estava Julian, o despertador de cadáveres. Ele podia levantar os mortos. Até agora, no entanto, tudo o que ele tinha levantado era a pressão sanguínea de Victoria.

Legal! Ei, Vicki! Outra voz masculina imediatamente uniu-se à conversa. *Você deveria tomar um banho. Sabe, para dar uma limpada nesse sangue. E lembre-se de se esfregar com força. Em todos os lugares. A higiene é tão importante quanto a religiosidade.* Dessa vez era Caleb, o possuidor de corpos e fanático por curvas femininas.

— Deixem-me possuir o corpo de Aden — disse Victoria. Ela o tinha visto entrar no corpo de outras pessoas, assumindo o comando. Em um segundo ele estava aqui e — *boom* — no instante seguinte, era parte de outra pessoa, forçando-a a fazer o que ele quisesse.

Aden já não precisava da ajuda de Caleb para fazer isso. Ele podia controlar a habilidade, ativando-a e desativando-a de acordo com sua vontade. Porém, Victoria não conseguia. Ela tinha tentado múltiplas vezes e, em todas, falhado terrivelmente. Talvez porque as almas não fossem uma extensão natural de seu ser. Talvez porque Victoria ainda não tivesse descoberto a forma certa de trabalhar com elas. Talvez porque elas constantemente brigassem com a garota. Fosse qual fosse o motivo, ela precisava — droga! — de permissão para usá-las.

Um coro de *não, não, não* explodiu. Como sempre.

— Vou ser cuidadosa com ele — ela acrescentou. — Vou forçá-lo a ficar sentado, parado, até a loucura passar.

Se ela conseguisse... Às vezes, a loucura tomava conta *dela* e *ela* esquecia as próprias intenções.

Nada disso. Sinto muito. Os caras e eu... Espere, os caras e mim... Espere, como é o certo?

— E isso faz alguma diferença?! — ela gritou.

Enfim, Caleb continuou com uma voz suave. *Nós conversamos e não vamos te ajudar a nos usar. Isso pode criar uma ligação permanente, sacou? Tipo, uma conexão. Você é uma gata e eu adoraria me ligar a você e, aliás, votei a seu favor, mas quem governa é a maioria e não vamos ficar aqui mais do que o necessário. Agora, quanto ao banho...*

— Parabéns pela sua baboseira. Se ele se ferir, vocês serão os culpados.

Não, nós saberemos a quem culpar, Elijah, o profeta da morte, intrometeu-se na conversa. *Porque você está certa. Isso não vai terminar bem.* Ele nunca tinha nada positivo a dizer. Pelo menos não para ela.

Caleb bufou. *Morda sua língua, E. Banhos sempre terminam bem se você sabe o que está fazendo.*

Aden sacudiu a cabeça, apertando os dedos para exigir a atenção de Victoria.

– Sede – ele repetiu, claramente esperando que ela fizesse alguma coisa.

– Eu sei – pois é, ela estava sozinha. Almas idiotas. Elas não apenas recusavam-se a ajudá-la, mas também destruíam sua concentração, atrapalhando quando ela tentava ajudar a si mesma. – Mas você não pode beber de mim. Ainda não estou totalmente recuperada da última vez.

Especialmente se considerarmos que a última vez foi há cinco minutos. Aden não devia estar assim tão desesperado.

– Sede.

– Escute o que eu estou dizendo, Aden. Isso não é você, é Chompers – um nome tão idiota para uma besta tão feroz. – Lute contra ele. Você precisa continuar lutando contra ele.

Você não vai entrar nele, disse Elijah. Victoria criara um novo apelido para a alma: o Ursinho das Boas Notícias. *Eu já vi esse encontro. Aden está perdido nele.*

– Ah, cale a boca! – ela gritou. – Não preciso dos seus comentários. E quer saber? Você já errou antes. Aden não morreu depois de ter sido esfaqueado. Em nenhuma das vezes.

Sim, e veja aonde isso levou vocês dois.

Dizendo o óbvio. Um golpe tão baixo...

– Cale. A. Boca!

Uma pontada de compaixão naqueles olhos com tom de pétalas antes de a fome fria e intensa retornar.

– Sede. Beber. Agora – Aden mostrou os dentes e foi em direção ao pescoço de Victoria. De alguma forma, ele sabia que não alcançaria a veia da garota, mas, naquele estágio, isso jamais o impediria de tentar.

Ela segurou-o pelos cabelos e jogou-o. *Calma, calma.* Ele voou pela caverna até a parede do outro lado e estremeceu. *Ops!* Poeira e detritos explodiram em volta de Aden, flutuando em direção à garota conforme ele deslizava até o chão. Ela inspirou uma lufada extremamente necessária e então precisou tossir para limpar a garganta.

Ei! Seja cuidadosa com o nosso amigo, ordenou Julian. *Eu planejo voltar a morar dentro dele, sabia?!*

– Estou tentando ser cuidadosa – Victoria queria gritar. Como Aden lidara com aqueles seres durante toda a sua vida? Eles tagarelavam constantemente, comentavam sobre *tudo*. Julian encontrava defeitos em todas as ações de Victoria, Caleb não levava nada a sério e Elijah era o maior deprê de todos os tempos. Sinceramente, ela se divertiria mais tendo uma overdose de sedativos que conversando com ele.

Onde estavam os humanos viciados quando você precisava de uma ajudinha para se suicidar?

Aden levantou-se, mantendo o olhar fixo em Victoria.

Como eu faço para detê-lo sem feri-lo? Ela tinha se perguntado isso milhares de vezes antes, mas a solução nunca apareceu. Certamente, havia uma forma de facilitar...

Ei, estou sentindo uma coisa engraçada, anunciou Caleb com uma voz explosiva, como se nunca na História mundial tivesse existido algo ou alguém mais importante que ele e seus sentimentos.

Ah, dá um tempo! Você está com uma sensação engraçada nas suas calças invisíveis e a única forma de consertar isso é Victoria tirar a roupa. A gente já sabe!, gritou Julian. *Por que você não faz um favor ao nosso amigo Aden e para de tentar sensualizar com a namorada dele?*

Victoria arranhou as próprias orelhas, tentando alcançar as almas e finalmente matá-las. Elas falavam tão alto. Tão *ali*, como sombras caminhando dentro de seu crânio, intocáveis, fora de alcance toda vez que ela tentava pegá-las.

Não, eu não estou excitado. Uma pausa fatigante. *Bem, estou, mas não estou falando disso agora. Eu... Eu acho que estou... zonzo.*

Caleb estava dizendo a verdade. Aquela tontura agora se espalhava por Victoria, fazendo suas pernas bambearem.

Ei, disse Julian, um segundo mais tarde. *Eu também. O que você fez com a gente, princesa?*

É claro que ele culpou-a, muito embora ela não tivesse culpa. A vertigem sempre os atingia alguns minutos antes de eles voltarem para o corpo de Aden, e eles sempre se surpreendiam.

Aí vem Aden, avisou Elijah. *Espero que vocês estejam preparados para a mudança que está prestes a acontecer. Porque eu mesmo não estou.*

Ei, não ajude a inimiga!, rosnou Julian.

— Eu não sou nenhuma... — o cheiro do sangue de Aden atingiu-a, forte e irresistível, fazendo a garota salivar, lembrando-a da *sua* necessidade de sangue. Então, subitamente, Victoria estava caindo; mãos pesadas empurravam-na para baixo. A pedra fria raspou em suas costas e ela arfou o restante da frase – ... inimiga.

— Alimentar – o peso de Aden prendeu-a. Um instante depois, seus dentes mastigavam o pescoço dela. Ela prendeu os dedos novamente nos cabelos dele, mas, dessa vez, quando o puxou, ele mordeu com mais força em sua veia. A pele de Victoria abriu-se.

Aquilo nunca tinha acontecido antes e a garota gritou de dor. Um grito que morreu tão subitamente como nasceu. Sua garganta entupiu quando a vertigem voltou a acometê-la, agora acompanhada por uma onda inesperada de fadiga. Seus músculos estremeceram e ela pensou ter ouvido Caleb gemer.

— Caleb – lembrando-se da presença dele, Victoria arfou seu nome, agora disposta a implorar pela ajuda da alma –, me deixe possuir...

O segundo gemido de Caleb interrompeu-a. *O que está acontecendo comigo?*

– Concentre-se. Por favor, me deixe...

Eu estou morrendo? Não quero morrer! Sou jovem demais para morrer!

Caleb e seus balbucios não ajudariam. Tampouco os dos demais. Julian e Elijah também gemiam, mas não estavam deixando Victoria, não estavam voltando para Aden. E, então, os gemidos tornaram-se gritos, embaçando a mente da garota, destruindo seu bom senso.

Flashes passaram pela mente dela, como uma câmera alternando as imagens. Seu guarda-costas, Riley, alto e com cabelos escuros, sorrindo com um humor perverso. Suas irmãs, Lauren e Stephanie, ambas loiras e belas, provocando-a sem qualquer misericórdia. Sua mãe, Edina, com cabelos negros como o céu da meia-noite, dançando enquanto Victoria se contorcia. Seu irmão há muito tempo não visto, Sorin, um guerreiro que ela recebera ordens para esquecer. Victoria tinha tentado esquecê-lo enquanto ele distanciava-se, sem jamais olhar para trás.

Mais flashes, a câmera agora mostrando tudo em preto e branco. Shannon, colega de quarto dela, simpático, atencioso, preocupado. Não, Shannon não era colega de quarto *dela*, mas sim de Aden. Ryder, o garoto com quem Shannon queria sair, embora Ryder o rejeitasse. Dan, o adorado dono do rancho D&M, a casa dela durante os últimos meses. Não, não era a casa *dela*. Era a casa de Aden.

Os pensamentos e as memórias de Victoria se misturavam aos de Aden, formando uma nuvem embaçada em volta da garota. Então, os flashes desapareceram, todos de uma vez. Ela estava enfraquecendo... Lutando contra a necessidade de dormir...

Vamos lá, Tepes! Você é a realeza. Você dá conta!

Uma exortação, cortesia de si mesma, que funcionou. Ela *conseguiria* fazer aquilo.

Com a determinação guiando seus passos, Victoria conseguiu agarrar os cabelos e levantar a cabeça de Aden. Infelizmente, ela não era forte o suficiente para jogá-lo para longe. Não agora. E, por um momento, seus olhares se confrontaram. Os olhos de Aden agora estavam vermelhos e brilhando. Demoníacos. O sangue pingava da boca dele – o sangue de Victoria – e caía sobre o queixo dela. Sangue que ela desesperadamente precisava manter.

Ela deveria ter sentido medo. Afinal, quando olhou para o inimigo que tinha criado, Victoria viu a própria morte. Uma morte que fazia sentido. Elijah tinha afirmado que Aden agora estava perdido para a besta, e ele nunca estava errado. Mas, ainda assim...

Sangue... A fome de Victoria aumentava novamente, preenchendo-a, tornando-se tudo o que ela conhecia, fortalecendo-a. Ela decidiu que não se entregaria sem antes alimentar-se *dele*.

As presas da garota ficaram afiadas e ela levantou-se para morder. Porém, não conseguiu perfurar a pele dele. Alguma coisa a bloqueava. O que seria? Victoria observou, determinada a remover o obstáculo, mas só enxergou o bronze da pele de Aden. Nada cobria aquele pulso martelando.

Saborear, saborear, preciso saborear. Um mantra pelo qual ela não podia culpar as almas.

Rosnando, a vampira soltou os cabelos de Aden e enfiou suas garras nele. Um pequeno corte, isso era tudo que ela precisava fazer. Tão fácil, mas, assim como seus dentes, suas unhas também falharam.

– Alimentar – Aden voltou a se abaixar. Parecia claro que a jugular de Victoria era o brinquedo de morder de que o garoto mais gostava.

SABOREAR. Ela levantou o rosto novamente, tentando mordê-lo.

– Saborear – disse a besta, como se tivesse ouvido o pensamento de Victoria e ecoasse-o.

Eles rolaram no chão em uma disputa pelo controle. Sempre que ela conseguia jogá-lo para longe, ele voava para perto mais rápido que um piscar de olhos. Eles bateram contra as paredes, contra o estrado e caíram sobre as poças rasas de água.

Quem vencesse poderia se alimentar. Quem perdesse, morreria, sugado, o círculo da vida mais uma vez comprovado. Pois só o mais forte sobreviveria; todos os demais se tornariam lanchinho. Antes de Aden aparecer, todas as ações de Victoria tinham sido motivadas por esse princípio. Depois dele, ela lutara para proteger os mais fracos. Lutara contra seu instinto de tomar, de ter. Agora, ela não conseguia lutar. Ela queria. Ela teria.

Logo, entretanto, Aden encurralou-a e, dessa vez, segurou-a com tanta força que ela sequer conseguiu lutar para se libertar. Seus corpos esfregaram-se enquanto ela continuava tentando. Os membros dos dois se entrelaçavam. Por fim, ele conseguiu agarrar os pulsos de Victoria e apertá-los sobre a cabeça dela.

Game over. Ela tinha perdido.

Victoria analisou a situação. Ela tremia, suava. Seu pescoço palpitava enquanto sua mente permanecia presa em um pensamento: *SABOREARSABOREARSABOREAR.*

Sim.

— Solte! — ela rosnou.

Aden ficou parado sobre ela. Ele também tremia e suava. Seus olhos ainda brilhavam com aquele carmesim, mas agora havia manchas âmbar misturadas ao vermelho. Âmbar, a cor natural de seus olhos. Aquilo significava que, pelo menos uma vez, Elijah estivera errado. Aden ainda *estava* lá, ainda lutava contra a besta pelo controle.

Ela não poderia fazer menos.

O pensamento era uma corda salva-vidas, e Victoria agarrou-a. Concentrou-se em sua respiração — para dentro e para fora, lenta e comedidamente. Vozes além da sua começavam a penetrar em sua consciência.

... *sentindo pior,* dizia Caleb.

A vertigem nunca tinha sido tão forte antes. E, uma vez que o troca-troca começara, as almas não deviam ter conseguido ficar no mesmo lugar. Por que não tinham deixado Victoria?

Todos nós precisamos ficar calmos, disse Elijah. *Certo? Nós vamos ficar bem. Sei que ficaremos bem.*

Você está mentindo. As palavras de Julian eram arrastadas. *Está doendo demais para podermos ficar bem.*

Sim, mentindo. A voz de Caleb, encharcada de pânico. *Isso é terrível. Eu estou morrendo, e você também. Todos nós estamos morrendo. Eu sei que estamos morrendo.*

Pare de dizer a palavra "morrer" e fique calmo, ordenou Elijah. *Agora! Seus pequenos ataques de ansiedade estão envolvendo Aden e Victoria em ainda mais perigos.*

Preocupação, finalmente. Mas era muito pouca, muito tarde. Eles já estavam em perigo.

Eu só... Eu preciso...

Caleb! Você está colocando todos nós em perigo também. Por favor, tente se manter calmo.

— Sede — disse Aden. Sua voz grave trouxe Victoria de volta à detestável realidade.

O âmbar estava desaparecendo dos olhos do garoto. O vermelho se dilatava. Ele estava perdendo a batalha... logo a atacaria. Seu olhar já se focava na ferida ainda aberta no pescoço de Victoria. Ele lambeu os lábios e fechou os olhos para provar o sabor duradouro da garota.

Aquela era a hora perfeita para atacar, ela pensou, recuperando seus instintos de sobrevivência mais básicos. Seu oponente estava distraído.

— Saborear — disse ela. A palavra soou truncada.

Victoria. Você ama Aden. Você lutou para salvar a vida dele. Não destrua seus próprios esforços sucumbindo a uma fome que você consegue controlar.

Uma voz da razão no caos da mente da garota. Mas é claro que Elijah, o sensitivo, saberia exatamente o que dizer para deixá-la tocada. *Está bem? Está certo? Não estou dando conta de você e de Caleb agora, no ápice desta vertigem. Um de vocês precisa agir como adulto. E, como você tem oitenta e poucos anos, eu escolho você.*

Aden abriu os olhos. Vermelhos, brilhantes, agora sem qualquer sinal de sua natureza humana.

Controlar-se, sim. Ela conseguiria. Ela faria isso.

– Aden, por favor – salvá-lo, sim. Ela também poderia tentar fazer isso. Aden significava tudo para ela. – Sei que você consegue me ouvir. Sei que, no fundo, você não quer me ferir.

Uma pausa, pesada e carregada de tensão. Então, milagrosamente, outra mancha âmbar coloriu aqueles olhos adoráveis.

– Não posso ferir – disse ele. – Não quero ferir.

Lágrimas de alívio umedeceram os cílios de Victoria e correram por suas bochechas.

– Solte minha mão, Aden. Por favor.

Outra pausa, dessa vez durando uma eternidade. Lentamente, tão lentamente, ele desenrolou os dedos dos punhos de Victoria e levantou os braços, afastando-os dela. Aden levantou-se até conseguir sentar-se sobre ela, os joelhos pressionando o quadril da garota.

– Victoria... sinto muito. Sinto muito. Seu pobre e belo pescoço...

A voz, dupla: uma de Aden, uma da besta. Traços de compaixão e de fúria misturados flutuavam sobre ela.

A garota ofereceu um leve sorriso.

– Não precisa se desculpar – *Afinal, fui eu quem fez isso com você.*

Eu... preciso... você deve... Caleb não conseguia recuperar o fôlego. E, de repente, Victoria tampouco conseguia. *Alguma coisa está acontecendo... Eu não...*

Ouça atentamente o que eu tenho a dizer, Caleb, atacou Elijah. *Não podemos voltar para Aden ainda. Nós seremos mortos.*

Mortos?, arfou Caleb. Fazia sentido. *Eu sabia que nós iríamos morrer.*

Como assim, mortos?, rosnou Julian.

Quero dizer que ficaremos bem se vocês dois pararem com isso! O pânico de vocês vai nos levar para fora de Victoria, e nós não podemos deixá-la. Ainda não. Portanto, vocês precisam se acalmar, como eu já disse. Estão me ouvindo? Poderemos voltar para Aden depois. Depois do... Enfim, depois. E então, Caleb e Julian, vocês estão ouvindo...

O discurso de Elijah terminou abruptamente. Caleb gritou. Depois, Julian. Os ruídos misturaram-se ao gemido repentino de angústia de Elijah. Não, eles não tinham ouvido.

Nem Victoria, aparentemente. Ela foi a próxima a gritar, e o som *daquele* berro feriu seus próprios tímpanos. Alto, alto, *tão* alto. Dor, dor, *tanta* dor. Depois, ela já não se importava. A dor foi embora e seu grito suavizou-se até tornar-se um ronronado.

De alguma forma, de algum jeito, o poder absoluto nasceu dentro dela, explodiu dentro dela, misturou-se a ela. Agora era parte de Victoria. Bom, bom, *tão* bom.

Durante as décadas de sua vida, ela tinha sugado várias bruxas. Uma coisa péssima para os vampiros. As bruxas eram uma droga que eles não escolhiam e, uma vez provada, era difícil pensar em outra coisa. Victoria sabia muito bem disso. Nos anos que se passaram desde a última dose que tomou, havia dias em que o desejo a atingia e ela se pegava correndo pela floresta, procurando, procurando, desesperada para encontrar uma bruxa. Qualquer bruxa. E esse era o principal motivo pelo qual as feiticeiras e os vampiros costumavam se evitar.

Mas, ah, aquele súbito ataque de poder... Era como as bruxas, intoxicante, o calor e a luz do sol, embora frio como uma tempestade de neve. Estonteante, devastador, tudo e nada. Victoria flutuava nas nuvens, corria para fora da caverna. Ela cochilou na praia enquanto a água lavava seus pés. Ela dançou na chuva, tão despreocupada quanto a criança que ela nunca tivera o direito de ser.

Uma eternidade tão perfeita a aguardava aqui. Ela nunca queria ir embora.

Victoria pensou ter ouvido as almas chorando, suavemente, de uma forma quase infantil. Elas também estariam experimentando aquilo?

Um rugido interrompeu a euforia da garota. Esse rugido estendeu finos tentáculos, que a envolveram com uma força surpreendente, puxando-a para longe. Franzindo a testa, Victoria enterrou os tornozelos no chão. *Vou ficar aqui!*

Um segundo rugido dentro da cabeça dela, agora mais alto, ameaçador, causando um arrepio, o suor frio a envolvê-la...

Em um piscar de olhos, ela foi jogada de volta ao presente. E, sem motivo algum, aquela sensação de tranquilidade desapareceu. Não. Não, não, *não*.

Ah, sim. As almas já não tagarelavam, nem gritavam ou choravam, *nada*. E a sensação de poder tinha evaporado junto com a tranquilidade. Mais do que isso, Chompers tinha voltado. E não queria que ela ferisse Aden.

Antes, toda vez que a besta voltava para a garota, ela vivenciava um golpe feroz de reconhecimento. Nada mais. Então, a besta saía dela novamente. E voltava. Um ciclo infinito, com ela e Aden bebendo-se infinitamente. Mas isso... Isso era algo diferente. Algo mais forte. A troca de energia, talvez. Ou uma quebra final do ciclo de possessão em constante mudança?

A fome de Chompers misturou-se à dela, familiar, embora extremamente desagradável, pois ele não permitiria que ela fizesse nada para aliviá-la. Nunca permitiria. Não com Aden.

Victoria abriu os olhos, boquiaberta. Ela não tinha, em momento algum, saído da caverna, mas esteve *ocupada*. Estava de pé e com os braços estendidos. Um brilho dourado emanava de seus dedos, diminuindo... até sumir. Aden estava deitado, desajeitado, encostado na parede do outro lado. Inconsciente, paralisado, talvez até mesmo... não. Não!

Os pés descalços de Victoria calcavam as pedras ao correr em direção a ele. No momento em que o alcançou, agachou-se e procurou o pulso. *Não, não, não. Por favor, por favor!* Pronto! Aqui! Rápido, rápido demais e fraco demais, mas aqui. Ele estava vivo.

O alívio tomou conta dela, seguido rapidamente pelo remorso. O que ela tinha feito com ele? Espancado? Sugado? Não, ela não poderia ter feito isso. Chompers também não permitiria, certo?

— Ah, Aden — ela afastou os cabelos da testa do garoto. Não havia ferimentos no rosto, nenhuma marca no pescoço. — O que há de errado com você?

Um ruído chegou até as orelhas de Victoria. Franzindo a testa, ela inclinou o corpo. Ele estava... cantarolando? Ela piscou, ouviu mais atentamente. Sim, sim, estava. Se ele estava cantarolando, não sentia dor. Certo? Ele devia estar passando por algum tipo de euforia. Talvez a mesma euforia à qual ela tinha se entregado. *Certo?*

Por favor, que seja isso.

Ela observou-o mais atentamente. A expressão de Aden era serena, seus lábios inclinavam-se para cima. Ele parecia infantil, inocente, quase angelical. Então, ele *estava* sentindo aquela euforia.

Relaxando, Victoria deslizou a ponta do dedo pela borda do cabelo de Aden. Ele era tão atraente com aqueles cabelos pretos com cinco centímetros de raízes loiras. A inclinação de seu nariz era perfeita. Seus lábios, suaves; seu queixo, teimoso. Novamente, perfeito. Aquele era um rosto para o qual uma garota jamais se cansaria de olhar. Talvez porque cada olhar revelasse uma nuance não descoberta anteriormente. Dessa vez, ela viu o pesado leque formado por seus cílios, um chocolate dourado na névoa da caverna.

– Acorde para mim, Aden. Por favor.

Nada. Nenhuma resposta.

Talvez, como ela, Aden não quisesse deixar aquela euforia. Bem, que pena. Eles precisavam conversar.

– Aden! Aden, acorde!

Nada outra vez. Não, não "nada". Ele fez uma carranca, uma carranca que logo se transformou em uma careta.

O coração de Victoria bateu contra as costelas. Está bem. E se ele não estivesse flutuando e despreocupado? E se estivesse preso? Ou, ainda pior, agonizando? Aquela careta...

Aden estremeceu ao respirar. Uma vez, duas vezes, uma respiração rasa e dificultosa. Crepitante. Ela tinha ouvido aquele crepitar antes, sempre que sugava sangue demais de um humano.

Ele não vai morrer. Não pode morrer. Eles estiveram ali por uma semana. Sete dias, três horas e dezoito minutos. Brigaram e beijaram-se e beberam um do outro o tempo todo. Aden tinha sobrevivido a tudo aquilo. Certamente, sobreviveria a isso. Independentemente do que *isso* fosse.

A vergonha subitamente venceu a culpa sempre presente de Victoria. E talvez essa vergonha fosse o que encurralava sua besta, evitando que aquela criatura gritasse para ser libertada da forma como gritara todas as vezes anteriores.

Espere. Chompers não estava gritando. Reconhecer isso a fez piscar os olhos, confusa. Uma rápida olhada para o próprio peito e percebeu que *todas* as suas proteções tinham desaparecido.

Ainda assim, a besta estava silenciosa. Aquilo nunca tinha acontecido antes.

O que mais havia de diferente? O olhar de Victoria recaiu no pescoço de Aden, onde o pulso do garoto batia esporadicamente. A boca da vampira salivou, mas o impulso, a necessidade eletrizante de mordê-lo, não estava lá.

Não, não é verdade. Estava lá, mas não era tão forte. Era controlável. Mesmo assim, ela estava sedenta, desesperada para beber de *alguém*. E, se ela conseguisse beber de outra pessoa agora, talvez Aden também pudesse. Se sim...

Ele poderia ser salvo. Completamente. Ela esperava. Havia apenas uma forma de descobrir. Embora ainda estivesse fraca, Victoria entrelaçou seus dedos com os de Aden e fechou os olhos, imaginando seu quarto na fortaleza dos vampiros, próxima a Crossroads, Oklahoma. Carpete branco, paredes brancas, roupas de cama brancas.

Por favor, funcione, ela pensou. *Por favor.*

Uma brisa fria soprou, levando os cabelos de Victoria para cima e para baixo, fazendo as mechas unirem-se e emaranharem-se. Estava funcionando! Ela segurou Aden com mais força e esboçou um sorriso. O chão desapareceu, deixando-os suspensos no ar. A qualquer momento eles estariam...

Os pés de Victoria pousaram em uma superfície macia e felpuda.

Em casa. Eles estavam em casa.

três

três dias depois

A porta do quarto bateu na parede, e uma grave voz masculina rosnou:

— Ouvi você ameaçar estripar qualquer um que entrasse no seu quarto. Bem, aqui estou eu. Mas, antes de você me estripar, é melhor me dizer que diabos está acontecendo.

Victoria parou de andar e deu meia-volta para encarar o intruso. Riley. Seu guarda-costas. Seu melhor amigo. Alto, tão musculoso quanto Aden havia se tornado e com um rosto endurecido pela vida e pelas lutas.

Victoria sentiu seu peito apertar. Riley não tinha o tipo de beleza de um "príncipe encantado", como Aden, mas uma beleza *sexy* no estilo "Vou chutar seu traseiro, custe o que custar, e sair rindo", e era exatamente disso que ela precisava naquele momento. Uma disposição para fazer o que fosse necessário.

Talvez ele fosse a pessoa capaz de ajudá-la.

E, embora Riley estivesse claramente furioso – seus olhos queimavam com uma ira fervente –, ele era a melhor coisa que Victoria tinha visto em dias. O garoto tinha cabelos negros repicados, olhos verdes brilhantes e emoldurados por longos cílios negros e um nariz quebrado muitas vezes, com uma leve protuberância no centro. Certos ferimentos, quando recorrentes, simplesmente não se curavam como esperado.

Riley usava uma camiseta do Lucky Charms e um par de calças jeans – ou o que parecia ser jeans, já que Victoria sabia que não se tratava de brim. Riley era o único ponto colorido no quarto branco-como-as-nuvens de Victoria.

– Sua camiseta é legal – disse ela. Em primeiro lugar, para distraí-lo da fúria antes que ela entregasse seus segredos; e, em segundo, para demonstrar o senso de humor que ela desesperadamente tentava desenvolver. Certa vez, sua amiga humana, Mary Ann Gray, acusara Victoria de ser sombria demais.

– Foi a primeira que encontrei. Victoria. Fale. Agora. Antes que eu presuma o pior e comece a matar todos nessa casa.

O senso de humor simulado desapareceu e lágrimas encheram os olhos da vampira, aquelas malditas lágrimas humanas que ela nunca tinha derramado antes de se mudar para os Estados Unidos. Ela correu até Riley e jogou-se em seus braços fortes.

– Estou tão contente por você estar aqui!

– Talvez você não fique tão contente se eu tiver de forçá-la a falar.

Apesar da ameaça, ele a abraçou apertado, exatamente como fazia quando eles eram mais jovens e outros vampiros recusavam-se a brincar com ela.

Por ser filha de Vlad, o Empalador, todos temiam ser punidos se ela se ferisse. Mas não Riley. Riley, jamais. Ele era como o irmão que ela sempre quisera, seu conforto e seu escudo.

Ah, e ela tinha um irmão de sangue. Sorin. No entanto, Vlad proibira-a de olhar para ele, conversar com ele e até mesmo de conhecê-lo. O pai não queria que seu único filho fosse maculado pelas filhas "doces demais". Aliás, quando Aden perguntou a Victoria, logo que eles se conheceram, se ela tinha irmãos, ela mencionou apenas suas irmãs. A última informação sobre Sorin que, inadvertidamente, chegou aos ouvidos de Victoria era a de que ele estava liderando metade do exército dos vampiros pela Europa, mantendo na linha Maria, a Sanguinária, líder da facção escocesa. Tendo em vista tudo isso, era compreensível o fato de Sorin não ter sido mencionado naquela conversa.

Além disso, Vlad, há muito tempo, entregara a Riley a responsabilidade de cuidar de Victoria, e o lobisomem levara o trabalho muito a sério. Não apenas por ser sua obrigação ou por medo da tortura e da morte caso falhasse, mas também porque gostava muito de Victoria. Eles eram, em primeiro lugar, amigos, e qualquer outra coisa vinha depois disso.

— Mas *por que* você está aqui? — ela perguntou, ignorando a exigência de Riley. Outra vez.

— Meus irmãos me perseguiram e me fizeram envelhecer dois séculos com o susto que me deram quando me contaram que você tinha se aventurado em Crazy Town. Agora chega de falar de mim — Riley aproximou-se e envolveu o rosto de Victoria com as mãos, forçando-a a olhar para cima, para ele. — Você tem se alimentado direito? Porque você está parecendo um lixo.

A preocupação — e o insulto — de Riley oferecia mais conforto do que qualquer outra coisa poderia oferecer, e de uma forma tão maravilhosamente Rileyesca! Victoria respondeu de um modo que sabia que ele aprovaria:

— Sim, papai. Eu tenho me alimentado direito.

Verdade. Cinco minutos depois de chegar em casa e colocar Aden na cama, ela já estava com as presas enterradas em um escravo de sangue que vivia na fortaleza.

Ela estava com tanta sede que sugou o humano até quase fazê-lo secar. Sua irmã Lauren, todavia, conseguiu puxá-la na hora certa. Sua outra irmã, Stephanie, encontrou para ela um segundo humano, e um terceiro, e um quarto, e Victoria bebeu até seu estômago não aguentar mais.

– Espertinha – os lábios de Riley curvaram-se. Ele estava se divertindo. – Quando você aprendeu a usar esse sarcasmo?

– Não consigo lembrar exatamente – tudo que ela sabia era que tivera de fazer uma escolha. Encontrar humor no que lhe acontecia ou afogar-se em sua própria desgraça. – Duas semanas atrás, talvez.

Quando ela mencionou o tempo, o deleite na expressão de Riley desapareceu, deixando em seu lugar um frio franzir de testa.

Somente uma outra pessoa o afetava daquela forma: Mary Ann Gray. A garota que fugira sozinha naquela mesma noite em que Aden fora golpeado. E Riley, o lobo inebriado, correra atrás dela, decidido a protegê-la apesar dos perigos que ele mesmo enfrentaria.

– Cadê a sua humana?

Espere. Mary Ann já não era exatamente humana. Ela tinha se tornado uma sugadora, um acontecimento pelo qual Victoria não esperava. Uma criatura capaz de sugar a magia das bruxas, as bestas dos vampiros, os poderes das fadas e a habilidade de se transformar dos lobos.

Victoria se perguntava se Mary Ann, em algum momento, tinha sido humana. Afinal de contas, as fadas eram sugadoras. A diferença era que elas conseguiam controlar sua fome e sua alimentação. Mary Ann não conseguia. Enfim. Isso levantava uma pergunta assustadora: seria Mary Ann um híbrido entre humano e fada?

Victoria nunca tinha ouvido falar de tal combinação. Mas, como a vampira andava percebendo, aparentemente *tudo* era possível. Se Mary

Ann fosse um híbrido ou algo assim, todos os vampiros e mutantes daquela fortaleza – exceto Riley, é claro – passariam a querer a garota morta. Mais do que já o queriam. Os Fae eram inimigos número um. Perigo em sua forma extrema. Uma ameaça à existência do outro mundo.

– E então? – insistiu Victoria, quando Riley não deu nenhuma resposta.

– Eu a perdi – um músculo sob o olho do mutante tremeu, um sinal claro de sua chateação.

– Espere aí. Você, um especialista em perseguição, perdeu uma adolescente que não conseguiria se esconder nem se fosse invisível?

Mais um sinal de que Mary Ann era mais do que parecia.

O estremecimento migrou para o maxilar de Riley.

– Sim.

– Você devia se envergonhar.

– Não quero falar sobre isso – disse ele. – Estou aqui para falar de você. Como você está? Sério!

– Estou bem.

– Certo. Vou fingir que acredito nisso. Alguma notícia do seu pai?

– Não.

Vlad tinha ordenado a execução de Aden enquanto continuava escondido sob as sombras. Sombras que ele ainda precisava abandonar.

Victoria nunca tinha se sentido tão agradecida pela vaidade de seu pai. Ele queria ser visto como invencível, sempre. Então, ninguém ali sabia que Vlad estava vivo e, se ela conseguisse evitar, jamais saberiam. Os vampiros poderiam rebelar-se contra Aden antes de o garoto ser oficialmente coroado rei e, se isso acontecesse enquanto ele estava naquelas condições, ele perderia. Tudo que o garoto já tinha enfrentado iria por água abaixo.

Mesmo saudável, Aden precisaria de todas as vantagens possíveis. Não apenas para continuar no controle, mas também para continuar vivo.

Agora, ele tinha tempo. Victoria conhecia seu pai: Vlad não retornaria antes de estar totalmente fortalecido. Depois... bem, depois haveria uma guerra. Vlad puniria aqueles que se submetessem ao governo de Aden – incluindo Riley e até ela mesma. E faria de Aden um exemplo. Seu método preferido de "exemplificar", como Victoria chamava, era colocar uma cabeça decepada em uma lança e exibi-la na porta de entrada.

Aden lutaria contra Vlad? E, se lutasse, teria chance de vencer?

– Como está Aden? – perguntou Riley. O lobo conseguia ler auras e provavelmente tinha percebido a direção que o pensamento de Victoria estava tomando. – Ele... sobreviveu?

Sim e não. O estômago da garota se retorceu, formando milhares de pequenos nós. Ela soltou-se das mãos de Riley, deu meia-volta e acenou na direção da cama.

– Veja. Nosso rei.

Os olhos verdes de Riley estreitaram-se enquanto focavam aquela coisa sobre o colchão. Cinco passos decididos e o mutante estava ao lado da cama, olhando para baixo. Victoria juntou-se a ele, tentando enxergar Aden pelo mesmo ângulo que o mutante o estava vendo.

Aden estava deitado de costas, um cadáver sem movimento. Sua pele, normalmente bronzeada, estava pálida; os traços azuis de suas veias, evidentes. Suas bochechas, afundadas; seus lábios, secos e rachados. Os cabelos encharcados de suor grudavam no couro cabeludo.

– O que há de errado com ele? – perguntou Riley com uma voz baixa, embora totalmente dura.

– Eu não sei.

– Você deve saber de alguma coisa.

Victoria engoliu em seco.

– Bem, acho que já lhe disse que Tucker o esfaqueou.

– Sim, e Tucker vai morrer por causa disso – uma declaração fria e direta de um fato. – Logo.

A confissão homicida não a surpreendeu. Retaliação, essa era a forma de Riley lidar com as coisas. Olho por olho, nunca menos do que isso. Assim, o inimigo nunca tentava fazer mal duas vezes.

— Eu queria salvá-lo. Quero dizer, salvar Aden... Então, eu... eu tentei... — *fale logo*. — Tentei transformá-lo. Eu também já tinha contado isso para você.

— E eu pensei que você mudaria de ideia, que enxergaria o lado da razão.

— Bem, eu não fiz isso. Sei que não devia ter feito o que fiz, mas não consegui... Eu não queria... Eu fiz o que tinha de fazer para mantê-lo vivo.

— Aden disse quais eram as consequências de contrariar uma das previsões de Elijah, Vic. Nas poucas vezes em que ele as contrariou, as pessoas sofreram mais do que teriam sofrido se ele simplesmente tivesse deixado as coisas acontecer.

As costas de Victoria ficaram duras como uma tábua, e ela levantou o nariz.

— Sim, ele disse. E não, isso não me impediu, nem me fez mudar de ideia. Eu o alimentei com meu sangue, com todas as gotas possíveis. Bebi dele e ele bebeu de mim. Nós repetimos o processo várias e várias vezes.

— E?

É claro que Riley sabia que havia mais a ser dito. Os ombros de Victoria cederam.

— E, de alguma forma, eu absorvi as almas dele para dentro da minha cabeça e ele absorveu minha besta.

Riley ficou boquiaberto.

— *Você* está com as almas?

— Não agora. Nós continuamos trocando e bebendo um do outro, mesmo quando quase não tínhamos mais sangue. Pensei que fôssemos nos matar. E... quase... nos matamos – o queixo de Victoria estremeceu, forçando uma pausa entre as palavras.

– Sei que há mais a ser dito. Vamos, conte – Riley era impiedoso quando queria alguma coisa, e, naquele momento, ele queria informações. Ele a tinha avisado de que ela não gostaria do resultado se ele tivesse de forçá-la a falar. E Victoria levou a ameaça a sério.

– No nosso último dia na caverna, eu fiz alguma coisa com ele. Não sei o que foi, e isso está me matando! Eu apaguei e, quando voltei, ele estava assim.

– Você apagou? Por quanto tempo?

– Sim... Não sei por quanto tempo.

– Ele estava sangrando?

– Não.

Verdade. Mas isso não queria dizer que ela não o tivesse ferido internamente.

Por que ela não conseguia se lembrar do que tinha acontecido?

– Por que você o trouxe para cá? Nessas condições! Ele está fraco e vulnerável. Não há melhor hora para atacá-lo. Seu povo pode se levantar e finalmente se livrar do rei humano que eles nunca quiseram.

Ela ergueu o nariz novamente.

– Eu venho tomando conta dele e ninguém sequer tentou entrar no meu quarto. Acho que eles se lembram do quanto as bestas adoram Aden.

Todo vampiro possuía uma besta e, sem as proteções gravadas na pele, as bestas poderiam emergir, solidificar-se e atacar. E, quando atacavam, ninguém – nem mesmo o vampiro "mestre" – estava seguro. E, ainda assim, na presença de Aden essas bestas agiam como cães domésticos, treinados e sentimentais, fazendo tudo o que ele ordenava, protegendo-o contra toda e qualquer ameaça.

– Ou talvez eles ainda não tenham percebido que Aden está aqui – ela finalizou.

— Ah, eles sabem. Todos por quem passei estavam inquietos. As bestas querem sair deles e entrar em Aden.

Naquilo ela podia acreditar. O silêncio precioso que ela saboreou naqueles últimos minutos na caverna chegara ao fim assim que eles aportaram em sua casa. Chompers queria se mudar permanentemente para a cabeça de Aden e não tinha medo de urrar o desgosto que sentia por estar ali, preso com Victoria.

Depois de alimentá-lo, ela teve de duplicar suas proteções para acalmá-lo.

— Aden é um vampiro agora? — perguntou Riley.

— Não. Sim. Não sei. Antes de desmaiar, ele queria sangue. O meu sangue — *todo o meu sangue*. Todavia, ela manteve esse detalhe para si. Era impossível prever como Riley reagiria.

Ele estendeu a mão e levantou os lábios de Aden.

— Não tem presas.

— Não, mas a pele dele...

— Está como a sua?

Com a testa cada vez mais tensa, Riley liberou as próprias garras, tornando suas unhas mais longas e mais pontiagudas. Antes que Victoria pudesse protestar, ele passou as garras sobre a bochecha de Aden.

— Não...

Nenhum ferimento se formou.

— Interessante — após gotejar um líquido claro, o *je la nune*, na ponta das garras, Riley cortou novamente a bochecha de Aden. Dessa vez, a pele queimou-se e abriu-se.

— Pare com isso! — gritou Victoria, jogando-se sobre o corpo de Aden para evitar que Riley fizesse outra investida. Não que ele tivesse tentado.

— Você está certa. Ele tem pele de vampiro — disse Riley.

— É exatamente isso que eu estava tentando lhe dizer! — o que ela não admitiria, ainda não, porque ela mesma ainda não conseguia acreditar, era que sua própria pele agora era *humana*. Vulnerável, tão fácil de ser ferida. E alimentar-se não tinha revertido o dano. Victoria não estava certa de que se alimentar mudaria alguma coisa. – Você não precisava ferir Aden assim. O *je la nune* também pode ferir um humano.

Riley ignorou.

– Há quanto tempo ele está assim?

– Três dias.

Ela sentou-se, permanecendo ao lado de Aden, e lançou um olhar penetrante para o mutante, desafiando-o a culpá-la.

– Um minuto. Preciso fazer um cálculo mental – depois de uma rápida pausa, ele acrescentou: – Sim, três dias, tempo demais. Ele se alimentou recentemente?

– Sim.

Ela havia testado todas as escravas de sangue das quais estava autorizada a beber. Quando sabia que elas eram seguras, deu a Aden um pouco de cada vez para analisar como ele responderia. Nenhuma reação – nem boa, nem ruim. Então, alimentou Aden mais e mais, até que o sangue praticamente transbordasse pelos poros do garoto. Ainda assim, nenhuma reação.

Por horas, ela tinha refletido sobre quão inteligente seria dar ao garoto mais de seu próprio sangue. E se ele se viciasse novamente? E se ele *ainda* estivesse viciado e nenhum outro sangue pudesse ajudá-lo?

Então, ela fez aquilo. Cortou seu próprio pulso – ah, como aquilo doía! – e derramou seu sangue diretamente na boca dele. A ferida cicatrizou lentamente para ela – rapidamente para um humano –, mas Aden pôde tomar vários goles nesse ínterim. As bochechas do garoto subitamente ficaram coradas, e Victoria ficou bastante esperançosa – por ambos. No entanto, poucos minutos depois, a cor enfraqueceu-se até desaparecer completamente, e o sono de Aden tornou-se espasmódico. Espasmódico demais. Ele gemia de dor, contorcia-se, até que finalmente vomitou.

Victoria contou tudo isso para Riley.

– Talvez esse seja o problema, então – disse ele. – Talvez ele não precise de sangue.

– Eu deixei Aden passar 24 horas sem sangue e ele ficou ainda pior. Ele só passou para esse estado parecido com o coma quando comecei a alimentá-lo outra vez.

Um suspiro pesado.

– Está bem. Vamos fazer o seguinte: vou colocar seguranças na sua porta. Ninguém além de você e de mim deve entrar neste quarto. Entendeu? – disse Riley, assumindo o controle como sempre.

– Não, não entendi, porque sou uma idiota. Diga algo novo, Riley. É por isso que ameacei estripar qualquer um que entrasse.

Bem, bem... Estresse e falta de sono estavam deixando Victoria um tanto quanto arisca.

Riley continuou, sem se deixar perturbar:

– Você vai dar seu sangue para ele, exatamente como estava fazendo, e vai me alertar se houver alguma mudança. Qualquer mudança. Eu vou até o rancho D&M buscar os remédios dele.

O rancho D&M, a casa de Aden. Bem, talvez sua antiga casa agora. Adolescentes problemáticos viviam lá. Era a última parada no caminho da redenção – ou da condenação. Uma regra quebrada e os adolescentes eram expulsos. Sair sem avisar Dan, o dono do rancho, provavelmente era o maior de todos os erros.

– Victoria, você está me ouvindo?

– O quê? Ah, sim. Desculpa – ela continuava tão facilmente distraída. – Mas Aden detesta aqueles remédios.

E, se ele quisesse voltar àquele rancho, Victoria faria isso acontecer. Alguns comandos verbalizados e os humanos fariam e pensariam o que ela quisesse.

Se ela ainda possuísse a Voz – pensou, com uma pontada de medo. Ela perdera a pele ultrarresistente e poderia ter perdido também a voz ultrapoderosa. Desde que voltou, ela tentara forçar alguns dos escravos de sangue a seguir suas ordens. Eles sorriam para ela e seguiam seus próprios caminhos, *sem* fazer o que ela ordenara.

Você está sem prática, é isso, e ainda não recuperou totalmente a sua força.

As palavras de conforto não a acalmaram, todavia.

– Você está muito pior do que Aden – murmurou Riley. – E eu não estou nem aí se ele odeia ou não os remédios. Nós já o vimos assim antes, exceto pela necessidade de comida, e a medicação foi a única coisa que o ajudou. Se as almas forem os responsáveis, como foram da outra vez, teremos que afastá-las à força por alguns instantes.

– Mas e se a medicação fizer mal agora que ele bebe sangue?

– Duvido. Os remédios humanos não costumam fazer mal para você. Mas só há uma forma de descobrir, não é?

Certamente. Uma certeza que a chateava. Quase todo mundo na vida de Aden considerava-o um esquizofrênico. Não eram apenas seus pais que o tinham deixado quando ele era pequeno. O garoto tinha passado de uma instituição psiquiátrica para outra. "Curas" diferentes lhe tinham sido enfiadas goela abaixo durante anos, e ele detestava todas elas.

No fundo, Aden gostava das almas, barulhentas e mal-educadas como eram. E seu novo regime médico apagava-as completamente. Mas Riley estava certo. Aden não viveria muito tempo naquele estado. Eles tinham de tentar alguma coisa, qualquer coisa. Todas as coisas.

– Está bem – disse ela, detestando o fato de não ter pensado naquilo antes. Se funcionasse, ela poderia ter evitado que Aden enfrentasse três dias de... angústia? Dor? Tormento mental? Provavelmente uma mistura de todos os três. — Vamos tentar.

— Ótimo. Eu volto logo.

Riley virou as costas e seguiu em direção à porta.

— Riley.

Ele parou, mas não olhou para ela.

— Seja cuidadoso. O fantasma de Thomas ainda está lá.

Thomas, o príncipe feérico que Riley e Aden tinham matado para salvá-la. Agora, o fantasma desagradável daquela criatura assombrava o rancho e tinha sede de vingança.

— Tomarei cuidado.

— E Riley... obrigada.

Estar aqui provavelmente era difícil para Riley. Ele amava Mary Ann e, conhecendo-o como Victoria conhecia, dava para saber que ele estava nervoso por ela ter desaparecido. Provavelmente, sentia um desejo frenético de estar lá fora, procurando por ela. Ainda assim, ele ficou ali, pois Victoria precisava dele.

Victoria decidiu que, quando Aden melhorasse, ela ajudaria o lobo na busca por Mary Ann. Fosse ou não um perigo para quem a princesa vampira amava.

Um aceno duro com a cabeça e Riley se foi, fechando a porta às suas costas. Suspirando, Victoria virou-se de volta para Aden. Seu belo Aden. O que estaria se passando na cabeça dele? Estaria ele ciente do que acontecia à sua volta? Sentiria dores, como Victoria suspeitava?

Será que ele sabia o que ela fizera a ele naqueles últimos minutos na caverna?

Victoria correu os dedos pelos cabelos do garoto, levantando as mechas e revelando as raízes loiras. Havia uma leve onda nas pontas. Os fios entrelaçavam-se nos dedos dela, mas Aden não se entregou ao toque de Victoria, como ela estava acostumada. E isso a entristeceu.

Quanta agitação um garoto poderia suportar antes de desabar? Desde o momento em que Victoria entrara na vida de Aden, ele só tinha passado por combates e dores. Por causa dela, o veneno dos duendes o tinha devastado. Por causa dela, as bruxas tinham lançado um feitiço de morte contra os amigos dele. Por causa dela, os Fae tinham tentado dominar o rancho D&M.

Está bem. Talvez nem todas essas coisas tivessem ocorrido por causa de Victoria, mas ela ainda se sentia responsável. Um riso sem qualquer traço de humor escapou-lhe. Que humano da parte dela! Carregar o peso da culpa, apesar de tudo. Aden ficaria muito orgulhoso.

— Você já sobreviveu a esse tipo de coisa antes — ela murmurou. — Dessa vez não será diferente.

Por favor.

Incapaz de aguentar a ideia de separação, ela ficou onde estava até Riley voltar, meia hora mais tarde. Ele estava sem camisa e vestindo uma calça nova, ainda sem ajustes. Riley tinha se vestido apressadamente, uma vez que suas roupas antigas certamente tinham sido arruinadas enquanto se transformava em lobo.

Lobos costumavam vestir roupas que rasgavam facilmente. Porque, quando se transformavam, poderiam ficar presos se vestissem peças que não rasgassem. E vestir cuecas humanas enquanto estavam na forma de lobo era algo que eles preferiam evitar.

Ele trazia uma pequena cesta de vime repleta de remédios, vidros de comprimidos que chacoalhavam e faziam barulho. Victoria se levantou rapidamente e colocou a cesta onde estivera sentada.

— Desculpe por ter demorado tanto.

— Thomas criou algum problema?

— Não. Eu nem mesmo o encontrei. Mas, diferente de Aden, eu nunca consegui ver ou ouvir os mortos. A demora foi por causa dos comprimidos. Eu não sabia quais devíamos dar ao nosso garoto e não queria que ele tivesse uma reação por causa de uma combinação errada, então peguei os vidros com o nome dele, fui para o meu quarto e pesquisei no Google.

O que ele não contou: Mary Ann era a rainha do Google e o tinha ensinado a usar o motor de pesquisa. Mas chamar aquilo de "motor" sempre confundia Victoria. Afinal, ela não enxergava peças funcionando em conjunto.

– E, então, o que aconteceu no rancho? – ela perguntou.

– Aqui está. Veja você mesma.

Riley estendeu a mão e eles entrelaçaram os dedos. Eles já tinham passado tanto tempo de suas vidas juntos que desenvolveram uma conexão mental muito forte e eram capazes de "compartilhar" experiências.

Como se uma tela de TV fosse ligada dentro da mente de Victoria, com imagens vindas diretamente dos olhos de Riley, ela viu Dan, o ex-astro do futebol americano, alto, loiro e durão, de pé na cozinha do rancho. Sua esposa, a bela e delicada Meg, apressava-se em volta dele, jogando ingredientes em um pote.

– ... realmente preocupada – dizia Meg.

– Eu também. Mas Aden não foi o primeiro a fugir. E não será o último – embora as palavras fossem de aceitação, o tom não era.

– Mas ele foi o primeiro a surpreender com esse tipo de atitude.

– Pois é. Ele é um garoto tão legal. Todo coração.

Meg abriu um sorriso suave.

– E não saber o motivo de ele ter ido embora é o que está matando você. Eu sei, querido.

– Eu espero que ele esteja bem. Talvez se eu tivesse oferecido mais tempo para ele conversar comigo em particular, ele não teria...

– Não. Não se atreva fazer isso consigo mesmo. Nós não podemos controlar as ações de outras pessoas. Tudo o que podemos fazer é apoiá-las e torcer para fazermos alguma diferença.

A conversa desapareceu quando Riley, furtivamente, deixou a casa principal e foi para o alojamento, que ficava na parte de trás. Os amigos de Aden estavam lá. Seth, Ryder e Shannon descansavam no sofá, assistindo TV. Terry, RJ e Brian estavam na frente do computador, jogando. Atividades relaxantes, mas havia uma tensão inegável irradiando de cada um dos rapazes.

Eles também deviam sentir falta de Aden.

Preciso consertar isso, pensou Victoria.

Shannon levantou-se, o reflexo da luz clara batendo em sua pele escura, e varreu o cômodo com o olhar – olhar que se chocou com o de Riley.

Riley soltou a mão de Victoria. As imagens piscaram, desapareceram, e ela estava novamente em seu quarto.

– Shannon viu você – alertou a garota.

– Sim, mas ele não fez nada e eu consegui pegar o que queria sem causar incidentes – Riley enfiou a mão na cesta, separando o que queria e descartando o resto. – Não encontrei muitas informações, só o suficiente para saber que ele precisa de antipsicóticos. Este, este e este – enquanto falava, ele colocava na mão de Victoria os comprimidos necessários.

Ela analisou-os. Um era amarelo e redondo; outro, azul e alongado; outro, branco e marcado no centro. Aquelas coisinhas ajudariam Aden, mesmo quando ela não conseguia ajudá-lo?

– Busque um copo de água no meu banheiro – disse ela.

Em geral, ordens eram algo a que Riley não respondia. Mas, dessa vez, ele não hesitou em obedecer e logo colocou o copo desejado na mão de Victoria. Sua preocupação com Aden era tão grande quanto a de Victoria.

– Levante a cabeça dele e incline-a para trás – disse ela e, mais uma vez, Riley rapidamente obedeceu.

Victoria abriu a boca do garoto e colocou os comprimidos sobre a língua dele. Em seguida, levou a borda do copo até a boca de Aden e deixou a água cair. Só um pouco, mas o suficiente. Sem desviar o olhar, estendeu a mão e colocou o restante da água no criado-mudo. Ou tentou. Victoria errou o alvo e o vidro espatifou-se no chão. Ela não se importou. Fechou a boca de Aden com uma mão e massageou a garganta com a outra, até que os comprimidos descessem direto para o estômago.

Depois disso, ela endireitou o corpo e olhou para baixo, para seu paciente.

— E agora? — ela murmurou, observando para ver se obteria algum tipo de resposta. E não obteve nenhuma.

— Agora... — disse Riley, amargurado. — Agora temos que esperar.

quatro

Mary Ann Gray estava sentada em uma mesa de canto no fundo da biblioteca, lendo incontáveis artigos – a mesma coisa que ela fizera todas as noites durante a última semana. Os dias começavam a se juntar, suas têmporas palpitavam, os músculos de suas costas estavam cheios de nós e havia marcas (provavelmente permanentes) em seu quadril e em suas coxas, uma combinação perfeita com as marcas criadas pela cadeira incrivelmente desconfortável na qual ela se sentava.

De acordo com as informações que ela havia encontrado nos manuais que lera sobre pessoas em fuga, a garota sabia que desenvolver uma rotina era algo péssimo. Seria como manter uma seta de neon piscando sobre sua cabeça. O problema era que uma rotina era necessária.

– Eles vão fechar em trinta minutos, sabia?

Ela lançou um olhar irritado para seu companheiro. Também conhecido como "o garoto que ela não conseguia dispensar, por mais que tentasse". E Mary Ann tinha tentado. Muito. De todas as formas.

O velho "espere aqui, eu já volto". O clássico "o que é aquilo ali do outro lado?". E até mesmo o brutalmente sincero "Me deixe em paz! Eu detesto você!".

– Então eu vou terminar daqui a trinta minutos – disse ela. – Agora, suma.

– Não vamos começar essa discussão outra vez – Tucker Harbor empoleirou-se no canto da mesa, empurrando os livros e os jornais uns sobre os outros e amassando aquelas páginas preciosas. Só para irritá-la, ela tinha certeza. – Não vou a lugar algum.

– Você se importa de me dar licença? Esses papéis são importantes.

– Sim, eu me importo, obrigado por perguntar – ele respondeu, permanecendo no mesmo lugar.

Mary Ann olhou para o garoto. Uma mistura de cabelos loiros e castanhos formava um emaranhando sobre aquele rosto angelical, que era 100% falso, considerando o fato de ele ter sido gerado a partir de um demônio. Ou teria ele sido gerado a partir *do* demônio?

– Quando você vai me dizer o que está procurando? – ele perguntou.

– Quando eu deixar de ter vontade de rasgar sua traqueia. Em outras palavras, nunca.

Ele balançou a cabeça para demonstrar um desânimo simulado. Algo difícil de se fazer enquanto ele abria um maldito sorriso.

– Durona. Mary Ann, como você é durona.

Ele era tão irritante. Eles tinham namorado por meses. Depois, Mary Ann o jogou fora como o preservativo usado que aquele garoto era, quando descobriu que ele a tinha traído com sua melhor amiga. Penny. Penny, que agora esperava um filho dele.

Penny, que Mary Ann perdoara e para quem ainda telefonava. Ainda naquele dia, de manhã, sua amiga sofrera com os enjoos, que agora eram diários. E, apesar disso, conseguiu sair da cama para verificar como estava o pai de Mary Ann.

As palavras de Penny repetiam-se na cabeça da garota.

"Meu Deus, Mary Anti", dissera Penny ao telefone. "Cara, ele está parecendo um morto-vivo. Nem ao trabalho ele vai mais. Espiei pela janela ontem à noite e ele estava olhando uma foto sua. Sabe, eu sou uma garota bem *hard-core*, mas aquilo quase me destruiu."

A mim também, ela pensava agora. *Porém, não posso fazer nada com relação a isso. Estou salvando a vida dele.* Ela o tinha libertado da coação vingativa de uma fada que o fizera ignorar tudo à sua volta e não sair mais de seu quarto. Isso devia ser o suficiente. Melhor ele estar abatido do que morto – assim, pelo menos havia a esperança de Mary Ann voltar a vê-lo.

E agora era hora de Mary Ann mudar o assunto dentro de sua cabeça. Em que ela estava pensando antes? Ah, sim. Em Tucker.

Por que, por que, por que ela tinha convencido Aden, Riley e Victoria a salvar a vida de Tucker depois de um grupo de vampiros ter usado o corpo dele como aperitivo? Se ela não tivesse feito aquilo, Tucker não estaria vivo para apunhalar o coração de Aden.

O mais estranho é que Tucker confessara o crime sem qualquer interferência dela. Tinha até mesmo chorado enquanto contava. Não que ela o tivesse perdoado. Talvez o perdoasse quando o choque passasse. Talvez não.

– O que você fez com Aden foi horrível – disse ela suavemente.

Tucker ficou pálido, mas continuou sem se mover.

– Eu já disse, Vlad me forçou a fazer aquilo.

– E como eu vou saber que você não está sob as ordens de Vlad, me observando e contando para ele tudo o que eu faço?

– Porque eu disse que não estou fazendo isso.

– E você, então, é conhecido por sua sinceridade e integridade?

– O sarcasmo é uma coisa muito feia, Mary Ann. Veja, eu fiz o que Vlad quis e depois fugi. Não o vi ou ouvi desde então.

A parte do "ouvi" fez Mary Ann parar e refletir. Ela sabia que Vlad tinha falado com Tucker dentro da cabeça dele, como se estivesse ao lado do garoto e sussurrasse, quando, na verdade, não estava. Talvez Tucker estivesse dizendo a verdade agora. Mas talvez não estivesse.

O ponto principal: Vlad poderia sussurrar a qualquer momento, mandar o garoto arrastá-la até a casa dela, feri-la ou enterrá-la, e Tucker obedeceria sem hesitar. Mary Ann não estava disposta a correr esse risco.

Então, ela disse:

– Eu não me importo com seus motivos ou com o fato de você estar desesperado para escapar de Vlad. Os fatos são: você feriu Penny, feriu Aden e é um peso. Eu seria idiota se confiasse em você.

– Você não precisa confiar em mim. Só precisa me usar. E, em minha defesa, repito: Aden ainda está vivo. Consigo sentir a vibração dele.

Mary Ann também conseguia e esse era o único motivo pelo qual ela não tinha concretizado sua ameaça de rasgar a traqueia de Tucker. Está bem, esse não era o único motivo. Ela também não era violenta por natureza. Normalmente.

Aden tampouco era violento, mas a vida dele o havia tornado diferente de Mary Ann. Enquanto ela crescera no conforto do amor de seus pais, ele tinha sido criado entre as paredes frias e indiferentes de instituições psiquiátricas, com médicos constantemente lhe enfiando remédios goela abaixo. Remédios que ele não queria e dos quais não gostava.

Os médicos achavam que ele era louco, mas nunca se importaram em ir mais fundo para descobrir a verdade. E a verdade é que Aden era um ímã para o paranormal. Qualquer criatura ou qualquer coisa com habilidades sobrenaturais era atraída por ele. E os poderes dessas coisas ou criaturas – independentemente de quais fossem – eram amplificados.

Mary Ann, por outro lado, era o exato oposto. Ela tendia a repelir o sobrenatural e suprimir poderes.

Essa supressão era o motivo pelo qual Tucker tinha grudado nela. Em volta de Mary Ann, os mais sombrios impulsos da natureza demoníaca de Tucker eram diminuídos, até mesmo esquecidos. Ele gostava daquilo. Aliás, esse era o motivo pelo qual ele a tinha escolhido para namorar. Ele não se sentia atraído por Mary Ann, mas gostava de se sentir normal.

Não é exatamente o que se chamaria de lisonjeiro.

— Veja — disse ele. — Eu ajudei você, não ajudei?

Ela recusou-se a admitir que, sim, nos últimos dias, Tucker a tinha ajudado. Mary Ann ainda queria que ele sumisse.

— Riley estava se aproximando e eu criei uma ilusão e escondi você dentro dela. E ele passou por você.

Não morda a isca. E não se atreva a pensar em Riley! Riley, que provavelmente era... *Droga!* Mary Ann contraiu os lábios, permanecendo ainda em silêncio.

Tucker suspirou.

— Que garota teimosa!

Embora ela tentasse contê-los, os pensamentos sobre Riley continuavam a inundá-la. Riley correndo atrás dela na noite em que ela descobriu a verdade sobre sua mãe. Riley pegando-a e levando-a até o carro dele. Riley beijando-a. Confortando-a. Ele a confortaria agora, se ela deixasse. No entanto, por mais que ela quisesse vê-lo, não poderia. Mary Ann definitivamente iria feri-lo e era bem possível que o matasse.

Na verdade, tê-lo visto daquela última vez, quando ele passou por ela, sem saber que ela estava lá, escondida na ilusão de Tucker, quase a matou. Mary Ann amava aquele garoto. Amava tanto que tinha chegado perto de entregar a ele sua virgindade. Duas vezes. Em ambas as ocasiões, fora Riley quem os conteve, querendo assegurar que ela estava pronta. Que ela não se arrependeria daquilo. Que ela estava com ele porque queria estar com ele, e não por outro motivo.

Agora, ela se arrependia por eles não terem...

Distanciar-se dele – correndo o mais rápido que seus pés conseguiam – tinha sido difícil. Ainda era difícil. Mais difícil a cada segundo. Ah... e seria tão mais fácil telefonar para Riley e simplesmente pedir a ele que fosse buscá-la. Muito mais fácil. Ele iria buscá-la. Riley encontraria Mary Ann em qualquer lugar que ela pedisse. Riley iria pegá-la e levá-la até um lugar seguro. Ele era assim.

Então, ela teria de agir da mesma forma para ele. Qualquer coisa para mantê-lo seguro, mesmo que isso significasse uma separação. Eterna.

– Eu tive de ficar longe de você – continuou Tucker, ou alheio à agitação interna de Mary Ann, ou simplesmente não se importando. – Para que você não afetasse meus poderes. Sabe, sufocá-los.

– Não sei do que você está falando, porque sou uma idiota.

– Sarcasmo outra vez. Sério, repense. *Enfim*. Eu tive que estar perto o suficiente de você para ainda ser capaz de forçar Riley a ver somente o que eu queria que ele visse. Não foi nada fácil.

Mary Ann fez uma grande encenação ao inclinar o corpo para frente, "estudando" a tela, quando, na verdade, já fazia algum tempo que as palavras formavam um emaranhado confuso. O cansaço a acometia fortemente. Nos últimos dias, isso sempre acontecia. Ela sentia-se como se não dormisse há anos.

Todas as noites, quando deitava a cabeça no travesseiro de um motel qualquer pelo qual pudesse pagar – ou, quando não podia pagar, no primeiro prédio que aparecia à sua frente – Mary Ann virava-se de um lado para o outro, com a mente perdida em coisas que tinha testemunhado e feito no que parecia ser uma eternidade atrás.

Uau. Uma eternidade composta por apenas umas duas semanas infernais. Corpos contorciam-se de dor por toda a sua volta. *Por causa dela*. As pessoas tinham implorado misericórdia. Por causa dela. Porque ela tinha colocado suas mãos em seus peitos e absorvido seus poderes, calor e energia, sem deixar nada para trás, transformando-as em cascas vazias.

– Você queria ver o lobo? – perguntou Tucker, inclinando a cabeça para o lado enquanto analisava a expressão de Mary Ann.

– Sim.

A verdade saiu pela boca da garota antes que ela pudesse contê-la. Quão grande, forte e intenso Riley parecia. Quão frustrado e irritado. Quão... aterrorizado. Por ela.

Exasperado, Tucker jogou os braços para cima.

– Por que, então, está fugindo dele?

Porque ela era perigosa. Mary Ann não queria, mas um dia acabaria sugando a energia também de seu lobinho. *Sem* tocar nele. Na verdade, ela não precisava tocar nas pessoas para matá-las. Tocar ajudava, é verdade, mas bastava simplesmente ficar parada na frente delas e inadvertidamente começar a sugar as forças vitais para o seu corpo.

Afinal de contas, aquelas forças vitais tinham se tornado seu alimento.

Embora ela tivesse tentado, ainda não conseguira sugar Tucker. Por algum motivo desconhecido, ela não conseguia. Ele tinha algum tipo de bloqueio. Ou era isso, ou a benevolência exagerada de Mary Ann evitava que ela o sugasse. Por enquanto.

Ela deveria sentir-se culpada por ter tentado, pois, se tivesse conseguido, Tucker jamais se recuperaria. As bruxas não conseguiram. As fadas não conseguiram. Somente aqueles que tinham deixado a briga antes de Mary Ann chegar conseguiram sobreviver à carnificina.

Ela suspirou. Apesar de ter falhado com Tucker, a garota pensou que era apenas uma questão de tempo antes que sua fome retornasse com força total. A cada poucas horas, ela sentia leves golpes. E temia que esses golpes acabassem crescendo. Que eles desenvolvessem braços invisíveis e avançassem, agarrando a primeira criatura que estivesse ao seu redor.

Dedos cruzados para que Tucker fosse a primeira vítima.

Mary Ann pegou-se pensando em qual seria o sabor dos demônios, e teve de sacudir a cabeça para se livrar desse pensamento. Está vendo? Ela não conseguia controlar o mais novo aspecto de sua natureza. A bile queimou o caminho até a garganta. Mary Ann precisava de distração. Urgentemente.

Ela girou a cabeça, inclinou o corpo para trás e descansou as mãos entre as pernas. Observando seu ex-namorado pelo pesado escudo formado pelos cílios, ela disse:

— Tucker, eu não faço bem para você. Você deveria ir embora enquanto há tempo.

Ele receberia um aviso. Apenas um aviso. E franziu a testa.

— Do que você está falando?

— Você viu o que eu fiz naquela noite.

Uma afirmação, e não uma pergunta. E Mary Ann não precisava especificar de qual noite estava falando.

— Sim — o franzir de testa de Tucker desapareceu, abrindo caminho para um sorriso de alta potência. — E foi muito impressionante.

Impressionante? Que nada! As bochechas de Mary Ann queimavam.

— Se você ficar aqui, vou acabar fazendo aquilo com você. Não vou ter a intenção, pelo menos isso é o que vou dizer para qualquer um que me questionar, mas vou acabar fazendo aquilo com você também, um dia.

A pessoa ao lado de Mary Ann, uma universitária, pediu silêncio.

— Estou tentando trabalhar aqui.

— Estamos tentando conversar aqui — respondeu Tucker, lançando uma carranca para ela. — Os incomodados que se mudem.

Mary Ann lutou contra uma leve onda de inveja. Ela sempre tinha desejado ser forte e assertiva e, embora estivesse trabalhando nisso, ainda não tinha alcançado seu objetivo. Para Tucker, a força e a assertividade vinham sem qualquer esforço.

Com uma sobrancelha arqueada, ele estudou Mary Ann.

— Você gostou, não gostou?

Foi necessário um esforço hercúleo, mas a garota conseguiu manter uma expressão neutra.

— Não.

— Mentirosa — Tucker virou os olhos e, então, apoiou os cotovelos nos joelhos. — De volta ao que estávamos *discutindo* — ele atirou a última palavra para a moça que havia reclamado, agora a quatro mesas de distância, antes de voltar seu foco para Mary Ann. — Digamos que eu goste de viver no limite e que o fato de que você possa um dia me ferir me excita. Mas, quer saber, querida? Você precisa de mim. Riley não era o único atrás de você, sabia?

— O quê? — isso era novidade para ela.

— Sim. Duas garotas. Ambas loiras. Você meio que se meteu em uma briga com elas antes — disse Tucker com uma voz grave e rouca como a de um lobo. — E, a propósito, elas são umas gatas.

A bile voltou a queimar a garganta de Mary Ann.

— Elas estavam usando túnicas? Túnicas vermelhas? Se sim...

— Sim. Você as conhece?

— Não.

Mas Mary Ann não tinha brigado com "gatas loiras" tantas vezes. Portanto, ela sabia exatamente de quem Tucker estava falando e, de repente, sentiu vontade de vomitar.

— Que pena. Se conhecesse, você poderia falar bem de mim. Por que, é verdade, eu pegaria as duas.

— Falar bem de você? — ela zombou, embora tremesse por dentro. — Quando você "pegaria" qualquer garota? Ah, por favor!

Não restava dúvida de que as loiras eram bruxas. Bruxas que tinham escapado da ira de Mary Ann. Bruxas que agora a detestavam por conta da destruição de suas irmãs. Bruxas com poderes inimagináveis.

Hummm, poderes...

O medo deixou-a por alguns momentos e a boca da garota salivou. O sabor das bruxas era tão bom...

Quando ela percebeu o que passava pela sua mente, deu um tapa na própria bochecha.

Que péssimo, Mary Ann! Muito ruim!

— Está bem, o que foi isso?

Ela ignorou Tucker para se concentrar em sua nova prioridade. Mais proteções. Se as bruxas estavam atrás dela, seria preciso estar pronta para o ataque. E elas atacariam. Novas proteções iriam resguardá-la de feitiços específicos que poderiam ser lançados. Feitiços de morte, de destruição e até mesmo de controle mental.

Sim, as malditas bruxas com túnicas vermelhas poderiam fazer isso.

— Ei, você está ficando mais pálida a cada segundo. Não há motivo para se preocupar. Eu as dispensei, assim como dispensei o lobo. Ah, e senti o cheiro de outro grupo que está atrás de você, uma mistura de homens e mulheres com pele reluzente.

Por favor, não. Não...

— Fadas e elfos — continuou Tucker. — Eles definitivamente eram fadas e elfos.

Uma confirmação. Que ótimo. Considerando a quantidade daquelas criaturas que Mary Ann tinha sugado, elas deviam ter tanta sede de vingança quanto as bruxas. Embora Tucker as tivesse dispensado, elas voltariam. Todas elas.

— Então, você vem todos os dias aqui para ler sobre o quê? — perguntou Tucker, mudando de assunto. Para dar tempo para ela se acalmar? Para distraí-la? — Diga e talvez eu possa te ajudar. Mais, eu quero dizer. Te ajudar *mais*.

Quanta sutileza.

— Minha leitura envolve Aden e os segredos que ele dividiu comigo. E eu não vou dividir esses segredos com você.

Um momento se passou em silêncio. Então:

– Segredos, segredos. Vejamos. Há tantos entre os quais escolher que nem sei por onde começar.

– O que você quer dizer?

– Vlad me fez pesquisar sobre Aden antes de eu golpeá-lo, e adivinhe só? Você não é a única perita em pesquisas.

Com o coração martelando por conta do pavor, Mary Ann levantou-se.

– O que você descobriu?

Aden não gostava que as pessoas soubessem sobre ele. Ele sentia-se envergonhado, mas também era cauteloso. Se a pessoa errada tivesse acesso àquelas informações – e realmente acreditasse nelas –, o garoto poderia ser usado, testado, trancafiado ou morto. Faça sua escolha.

Tucker ergueu uma mão e começou a enumerar os itens, como se estivesse lendo uma lista.

– Ele tem três almas presas na cabeça. Tinha quatro, e uma delas era sua mãe... Sua mãe verdadeira, e não a tia que criou você como se fosse sua mãe. Mas Eve agora se foi. O que mais? Ah, sim. Ele é agora o rei dos vampiros. Até Vlad resolver entrar em cena para retomar a coroa.

Correto em todas as afirmações. A boca de Mary Ann secou, e ela resmungou:

– Como você descobriu tudo isso?

– Querida, eu posso ouvir qualquer conversa, a qualquer momento, sem as pessoas saberem que estou lá. E ouvi muitas das suas conversas.

– Você me espionou?!

– Não foi isso que eu acabei de dizer?

Quantas vezes? O que, afinal, ele tinha visto? Mary Ann ficou boquiaberta. Talvez, se ela nunca fosse capaz de sugá-lo, ela o golpearia como ele tinha feito com Aden.

– O que faz você pensar que Vlad vai vencer?

Os olhos acinzentados apertaram-se.

– Ah, por favor! Como se pudesse haver outro resultado. Eu também pesquisei sobre Vlad e ele é um guerreiro que venceu incontáveis batalhas e sobreviveu por milhares de anos. Ele é extremamente malvado, dissimulado e desconhece o conceito de "honra". O que é Aden? Para um cara como Vlad, nada além de um saco de carne. Por quê? Porque Aden vai querer brigar limpo e vai se importar com os danos colaterais, e por isso ficará em desvantagem.

Colocando dessa forma, era impossível negar a verdade. Mary Ann precisava de toda a ajuda que pudesse reunir para sua missão original. Mesmo a ajuda de alguém como Tucker.

A garota recostou-se na cadeira, fechou os olhos por um momento e respirou. Apenas respirou. Inspirou e expirou tentando relaxar, tentando entender o que estava prestes a fazer. Se Tucker a traísse, ela acabaria causando mais mal do que bem. Se não a traísse, bem, ele ajudaria a manter Aden vivo.

Então, não havia dúvida. Ela tinha de fazer aquilo.

– Está bem – disse Mary Ann, olhando diretamente nos olhos de Tucker. – Aqui está a coisa toda, a verdade nua e crua.

Ele esfregou as mãos, satisfeito.

Aquilo não a confortou. Aliás, tornou ainda mais forte sua tensão. Todavia, ela continuou:

– Algumas semanas atrás, Riley e Victoria deram a Aden e a mim uma lista. Porque, no dia 12 de dezembro, dezessete anos atrás...

– Espere. 12 de dezembro, seu aniversário?

Mary Ann piscou, surpresa. Ele lembrava! Como ele ainda lembrava?

– Sim. Então, 53 pessoas morreram naquele mesmo hospital onde Aden e eu nascemos, o St. Mary's.

Tucker parecia confuso. Mary Ann acrescentou:

– Eu me esqueci de dizer que Aden e eu nascemos no mesmo dia?

– Sim, mas eu já sabia.

– Enfim... Muitas pessoas morreram em um acidente de ônibus. Minha mãe morreu no meu parto – a mãe de Mary Ann era como Aden, uma força da natureza, capaz de fazer coisas que pessoas "normais" não conseguiam. E Mary Ann, recém-nascida, sugara-a até a morte. *Não pense nisso agora. Ou você vai fazer o quê? Chorar?* – Em algum lugar dessa lista de mortos, estão as três almas que Aden sem querer sugou para dentro da cabeça dele.

Talvez. Era o que eles pensavam. Eles tinham esperança.

– Tem certeza? Talvez as almas tenham morrido ali por perto e seus nomes não estejam na lista.

– Essa é uma possibilidade, eu acho – uma possibilidade que ela não consideraria naquele momento. – Por meio da minha pesquisa, já consegui descartar mais de metade dos nomes.

– Nossa, parece que você está chegando aos resultados!

Na verdade, não.

– As almas que ainda estão com Aden são de homens, então isso automaticamente elimina as mulheres.

Tucker arqueou uma sobrancelha.

– A não ser que as almas sejam transgêneras. Quero dizer... na real. Aden parece ser do tipo que organizaria uma festa das cuecas cor-de-rosa dentro da cabeça...

– Tucker!

– O quê? Ele parece! E aquele amigo dele, Shannon, é tão gay quanto...

– *Cale. A. Boca.* Esses *homens*, quando estavam vivos, possuíam as mesmas habilidades especiais que têm agora. Sei disso porque com minha mãe foi assim. Então, estou verificando os nomes, procurando relatos sobre levantar os mortos, possuir corpos, prever mortes. Mesmo a menor das pistas.

Tucker pensou por um momento.

– Volte um pouco. Por que exatamente você quer identificar as almas?

– Porque elas precisam lembrar qual foi seu último desejo e realizá-lo. Aí elas deixarão Aden e ele vai ficar mais forte, capaz de se concentrar melhor e de se defender melhor de Vlad.

– Você acha mesmo que isso vai ajudar?

– Como assim? Inferno, é claro que eu acho!

Mary Ann tinha de acreditar. Caso contrário, as chances de seu amigo eram nulas. Tucker piscou os olhos novamente para ela.

– Mary Ann, você acabou de xingar.

– "Inferno" não é um palavrão.

– Para mim, é sim.

– Por quê? Por que você tem medo de passar a eternidade lá?

O bom humor acabava de desaparecer.

– É, algo assim.

Tucker parecia tão triste que Mary Ann sentiu-se mal por sua impertinência.

– Talvez, quando isso tudo tiver acabado, eu já terei conquistado meu lugar bem ao seu lado. Aí faremos companhia um ao outro enquanto assamos.

Tucker caiu na risada, como ela esperava, mas isso lhes rendeu outro olhar torto da "garota silêncio". Ele mostrou o dedo do meio para a estudante e disse para Mary Ann:

– Bem que você gostaria que eu passasse a eternidade com você. Então, você encontrou alguma pista aí?

– Antes de você me interromper... – ela parou, esperando por um pedido de desculpas que, obviamente, nunca ocorreria – eu estava lendo uma matéria sobre um agente funerário do hospital. Dr. Daniel Smart. Aparentemente, ele foi morto lá. Feridas de defesa foram encontradas em seus braços e pernas, como se ele tivesse rolado no chão para se proteger enquanto alguém – ou alguma coisa – o mordia e lhe dava socos.

– Ótima matéria. Mas o que isso tem a ver com almas?

— Uma das almas é capaz de despertar os mortos. E se o dr. Smart levantou um morto no necrotério, e o cadáver o matou?

— Mas ele não teria levantado outros corpos antes? E, se tinha, por que continuou trabalhando lá? Ele estaria em constante perigo e seu segredo teria se tornado público. Mas não se tornou, o que significa que ele não fazia os mortos despertarem.

— Talvez ele conseguisse controlar a habilidade.

— Talvez não.

— Eu não me importo com o que você diz — ela resmungou, detestando reconhecer que ele estava certo. Outra vez. — Essa é a melhor pista que tenho.

— Nossa definição da palavra "melhor" é bem diferente. Enfim — continuou Tucker alegremente —, vale a pena verificar.

— Eu sei — que irritante! Como se ela precisasse da permissão dele. — É o próximo item na minha lista de afazeres.

— E quanto aos pais dele?

— Do Smart?

Tucker virou os olhos.

— Não, idiota. Os pais de Aden.

— O que têm eles?

O endereço atual dos pais de Aden já estava queimando um buraco no bolso de Mary Ann. Encontrá-los foi o primeiro item da sua lista. Aliás, uma tarefa que ela realizou com uma facilidade impressionante. Um motor de busca, um cartão de crédito (roubado) que Tucker dera-lhe e *boom*. Resultados.

Eles ainda moravam na cidade; a vergonha por ter abandonado o filho, quando talvez fossem as únicas pessoas no mundo que realmente pudessem ajudá-lo, não os tinha levado para longe. Estariam eles felizes com a decisão? Arrependidos?

Mary Ann tinha ponderado: telefonar para Aden e contar tudo para ele ou não telefonar? No final, ela optou pela negativa. Pelo menos por enquanto. Ele tinha muitos problemas para enfrentar agora e, se ela se encontrasse com o casal – está bem, se ela os espionasse –, poderia tomar uma decisão mais embasada.

– Eles estão fechando por hoje – disse Tucker, trazendo Mary Ann de volta para a conversa. – Vamos encontrar um lugar para dormir e iremos para... – ele fez uma pausa, esperando.

– A casa da esposa de Smart é em Tulsa, perto do St. Mary's, o hospital onde ele costumava trabalhar.

Tulsa, Oklahoma. A duas horas de Crossroads, Oklahoma. A duas horas de Riley.

Não que ela o tivesse imaginado dirigindo aquele trecho de rodovia mil vezes.

– Está bem – assentiu Tucker. – Você leu o obituário desse cara?

– Sim.

– Verificou a família dele?

– O máximo que pude.

Ele tinha deixado a esposa, mas ninguém mais fora mencionado.

– E você tem o endereço correto?

– Não. Pensei que passearíamos pela cidade até um raio dourado da luz do sol brilhar, vindo do paraíso especialmente para apontar a casa para mim.

– Sarcasmo outra vez. Não combina muito bem com você.

– Então pare de fazer perguntas idiotas.

Ele suspirou, o último cara sensato do mundo.

– Vamos para lá de carro amanhã cedo. Está de acordo com a sua agenda? – Tucker não deu a Mary Ann a oportunidade de responder, apenas estendeu-lhe a mão e disse: – Vamos embora.

Suspirando, ela colocou a mão sobre a dele. De pé, ele puxou-a para que se levantasse. Ajudou Mary Ann a colocar a jaqueta e levou-a para fora da área em que ficavam os artigos de jornal. Pouco antes de eles entrarem na área do acervo principal, alguém gritou. Uma garota. A "garota silêncio", talvez. Temendo o pior, Mary Ann tentou dar meia-volta para ver o que estava acontecendo. Tucker passou o braço em volta do pescoço dela e forçou sua atenção para a frente.

– Acredite, você não quer ver.

Nada de fadas ou bruxas atacando, então.

– O que você vez? – ela murmurou ferozmente. E sabia que Tucker tinha feito alguma coisa. Aquele maldito!

– Digamos que a cobra sob a mesa está tentando conversar com ela – ele respondeu com outro sorriso perverso.

É claro.

Eles saíram da biblioteca, no frio e sob a luz da lua. Mary Ann puxou as lapelas de sua jaqueta e lançou um olhar penetrante para Tucker.

– Pensei que você não conseguisse criar ilusões quando está tão perto de mim.

O sorriso de Tucker alargou-se, e tudo que Mary Ann pôde ver foram aqueles dentes brancos brilhando para ela na escuridão. Ela desviou o olhar antes de se entregar ao impulso de estapeá-lo. Repetidas vezes. Carros corriam pelas ruas em ritmo de *zoom, zoom*. Ninguém andava pelas calçadas e não havia nenhum canto escuro por ali. Procurá-los tinha se tornado um hábito.

– E então? – ela insistiu.

Tucker inclinou o corpo, como se estivesse prestes a compartilhar um segredo sujo.

– Digamos que minhas habilidades estão melhorando muito.

Ou a habilidade que ela tinha, de enfraquecer aqueles poderes estava desaparecendo, pensou Mary Ann repentinamente, arregalando os olhos. *Ah, por favor, por favor, por favor, deixe a minha habilidade desaparecer!* Se Mary Ann parasse de enfraquecer poderes, talvez também parasse de sugar energia. E, se isso acontecesse, ela poderia voltar a ver Riley. Poderia beijá-lo novamente. Poderia finalmente – *por favor, finalmente* – fazer mais coisas. Sem se preocupar.

– E por que você ficou tão feliz? – perguntou Tucker, suspeitando de algo.

De que ele estava suspeitando?

– Por nada.

– Mentirosa.

– Demônio.

Ele limpou a garganta, como se lutasse contra uma risada.

– No fundo, isso não é insulto para mim, sabia?

– Eu sei – disse ela, praticamente saltando sobre o concreto. Até mesmo *pensar* em poder ver Riley já fazia o humor da garota melhorar. – Vamos apenas aproveitar o momento, está bem?

Tucker teve de apertar o passo para se manter ao lado de Mary Ann.

– Qual momento?

– Este momento.

– Por quê? Não há nada de especial nele.

– Poderia haver se você calasse a boca.

Dessa vez, ele riu sem qualquer reserva.

– Me lembre qual foi o motivo que me levou a namorar você.

– Não. Eu acabaria vomitando.

– Seja boazinha, Mary Ann – disse ele, ainda sorrindo.

– Vou tentar.

cinco

Os gritos que tinham esfolado a mente de Aden durante uma eternidade torturante cessaram abruptamente e agora só havia o silêncio. Ainda assim, o silêncio era pior, porque, sem a distração, ele tornou-se ciente de uma névoa espessa e sombria à sua volta, uma névoa que se contorcia com um contentamento malicioso.

Escapar, ele precisava escapar. Aden morreria se ficasse aqui. Aquela névoa certamente iria sufocá-lo. Sufocava-o até mesmo agora, enquanto ele tentava escapar. Determinado, o garoto arrastou-se, escalando... escalando... seu corpo dolorido, palpitante... escalando... escalando... mais alto e mais alto até...

Suas pálpebras separaram-se.

A primeira coisa que ele percebeu foi que a névoa havia se dissipado. Mesmo assim, o mundo continuava embaçado, como se manchado de vaselina. Aden inspirou profundamente para se recompor e, em seguida, resmungou. Havia algo doce no ar, e sua boca ficou aguada. Seu sangue esquentou.

Saborear...

Alguém chamou o seu nome. Uma garota, cuja voz trazia camadas de preocupação e de alívio. Aden piscou, distanciando-se aos poucos daquele filme. Em seguida, sentou-se, ignorando as dores que o acometiam. Seu olhar varreu o... quarto. Sim, ele estava dentro de um quarto. Ou talvez em meio a uma nevasca. Todo aquele branco – paredes brancas, carpete branco, móveis brancos –, tudo era tão opressivo quanto familiar.

Uma garota aproximou-se. As mãos dela contorciam-se e retorciam o tecido de sua túnica preta. Finalmente alguma cor que não fosse branco. Cabelos longos e negros formavam uma cascata sobre um dos ombros delicados. A garota tinha uma pele pálida, suave e perfeita, e os olhos azuis mais apaixonantes que Aden já vira.

Ela estendeu a mão, lentamente, muito lentamente, para tocar a testa dele. A doçura no ar tornou-se mais forte, e a necessidade de saborear intensificou-se. Embora quisesse mordê-la, afastou-se daquele toque.

A dor consumia os traços daquela garota.

Em questão de poucos segundos, ela disfarçou a emoção e ajeitou os ombros.

– Fico contente por você ter acordado – disse ela, com uma voz também sem qualquer traço de emoção.

Presas espreitavam por entre os lábios da garota, ele notou. Vampira. Ela era uma vampira. Uma princesa vampira. Seu nome era Victoria e ela era namorada dele. Os detalhes atingiram-no como bolas de beisebol sendo atiradas por uma máquina de arremessamento. Mesmo assim, nenhuma reação os acompanhava.

– Como você está se sentindo? – ela perguntou.

Ele apenas olhou para ela. Sentindo? Suas terminações nervosas tinham se acalmado, e ele não sentia nada.

Victoria engoliu em seco.

— Você dormiu por quase quatro dias. Nós o fizemos tomar os remédios para acalmar as almas, para o caso de serem elas quem o estavam mantendo daquele jeito — apertando o lábio inferior entre os dentes, ela olhou para trás. — Nós achamos que não tínhamos outra escolha.

Nós. Ela dizia "nós" continuamente, o que deixava implícito que alguém a havia ajudado.

— Você quer que nós peguemos alguma coisa para você?

Nós outra vez. Aden observou o quarto pela segunda vez e percebeu um rapaz de pé no canto oposto. Um lobisomem mutante — um cara muito chato, mas, mesmo assim, gente boa.

Atrás dele, havia uma garota humana. Aden não estava certo de como chegara à conclusão de que ela era humana. Afinal, eles não se conheciam. Ela estava nervosa, jogando o peso do corpo de um dos pés calçados com sandálias para o outro; mechas curtas de cabelos loiros dançavam sobre seus ombros. Seus olhos castanhos dirigiam-se para todos os cantos, exceto para Aden. E sua pele era sardenta e muito branca.

Novamente, a doçura no ar tornou-se mais intensa. Mas, agora, essa doçura estava recoberta de algo picante, e todo o corpo de Aden vibrou com a expectativa.

Expectativa. Sua primeira emoção desde o despertar. E uma emoção que o consumia.

— Sede — ele rosnou.

Victoria estendeu a mão, não para tocá-lo, mas para oferecer o próprio punho. Aden tinha uma memória distante de ter bebido daquele pulso. Ele levantou o olhar. E daquele pescoço gracioso. E daquela boca maravilhosa. Ele tinha sido embriagado pela necessidade, extremamente intoxicado. E tinha se detestado. Aden também se lembrava disso.

Ele também tinha odiado *ela*. Ou pelo menos *parte* dele tinha.

Aquela parte dele devia ter crescido, tomado conta. Porque, olhando para a moça agora, tão adorável e serena, queria segurá-la pelos braços e sacudi-la. Para feri-la tanto quanto ela o tinha ferido. Para puni-la pelo que ela lhe tinha feito.

Os impulsos surpreenderam-no. O que ela tinha feito para ele? Além de tentar transformá-lo em vampiro? Além de alimentá-lo e de se alimentar dele? Além de lutar contra ele para sobreviver? Ele entendia e aceitava tudo isso.

— Aden? – ela balançou o pulso.

A saliva na boca do garoto aqueceu até queimar, exigindo alívio, exigindo... sangue. Ele reconheceu a sensação e já estava se inclinando em direção a ela antes que pudesse se dar conta. Pouco antes de afundar seus dentes na pele de Victoria, Aden parou. O que ele estava fazendo? Ele precisava de sangue, sim, mas não do sangue dela. O sangue de Victoria era perigoso. Viciante.

Tremendo, Aden empurrou o braço dela para longe – a parte dele que ainda a desejava gritou em protesto. A pele de Victoria estava aquecida, embora não tão quente quanto antes, mas ele sentia um formigamento nas áreas onde eles se tocavam. Aden queria ser tocado outra e outra e outra vez.

Foco na humana.

– Você – ele chamou, acenando com a cabeça. Recusando-se a cair no feitiço de outra garota. Se fizesse isso, talvez não se recuperasse. Era impossível outra garota afetá-lo como Victoria fizera. Certamente. – Você quer me alimentar?

Os olhos escuros finalmente se focaram nele.

– Si-sim.

Verdade ou mentira?

– Você está nervosa?

– Por sua causa? – ela negou veementemente com a cabeça, mas o gaguejar subsequente contrariou o movimento. – Nã-não.

Ela não estava com medo dele, mas de alguma coisa. Aquilo não faria o garoto se conter.

– Muito bem. Venha aqui.

Riley e Victoria trocaram um olhar longo e sombrio. Mais do que um olhar, na verdade. Aden sabia que Riley estava forçando seus pensamentos na cabeça de Victoria, e deu de ombros. Deixe-os falar, ou não falar, como quiserem. Nada mudaria o curso de ação que Aden estava decidido a tomar.

Victoria finalmente anuiu e afastou-se, e o mutante empurrou a humana em direção a Aden. Ela andou em volta da princesa, permanecendo longe demais para que Aden pudesse dar o bote. O garoto finalmente entendeu o motivo da preocupação. A garota estava com medo de *Victoria*.

Inteligente da parte dela. Victoria observou-a com olhos apertados, pronta para atacar a qualquer segundo. Elas eram inimigas? Não, não poderiam ser. Ninguém protegia Victoria mais que Riley, e o lobo jamais deixaria a humana passar pela porta se elas fossem inimigas. Então... qual era o problema?

A garota relaxou somente quando estava ao lado de Aden. Ali, fez reverência, sorriu.

– O que posso fazer por você, majestade?

Ele não se permitiu estudar a vampira e suas reações à pergunta da garota.

– Dê o seu braço para mim.

A humana prontamente estendeu a mão. Aden envolveu aquele pulso entre os dedos. Um pulso mais grosso do que o de Victoria, com um pouco mais de carne sob a pele. Por mais quente que a temperatura do corpo de Aden estivesse agora, a humana parecia fria.

Ele absorveu o aroma, testando-o. Mais forte do que o desejado, pensou, com mais pimenta do que doçura, mas Aden conseguiria lidar com isso. Seu estômago já estava se revirando, dando nós. Ele puxou-a para mais perto... Abriu a boca...

— Espere! Você vai feri-la — gritou Victoria, alcançando a garota em um piscar de olhos e puxando-a para longe de Aden.

A humana suspirou e estremeceu.

Aden rosnou, enquanto o cheiro da vampira despertava algum tipo de animal dentro dele. Uma coisa selvagem, coabitando em um local onde não havia espaço para emoções, mas apenas para o instinto afiado de um campo de batalha.

Minha, disse aquela coisa selvagem.

Nunca sua, chiou a outra parte dele.

— Você não tem presas — disse Victoria, erguendo o queixo. — Então, como eu disse, você vai feri-la. Deixe que eu mordo e...

— *Eu* vou morder ela.

Com ou sem presas, ele sabia como se alimentar. E já não tinha provado isso várias e várias vezes para Victoria?

A memória do olhar dele caindo no pescoço dela, onde aquele pulso martelava acelerado. A dor na gengiva de Aden voltou. *Minha,* ele pensou novamente. *Minha para morder e para beber e para beijar.*

Você nem gosta dela. Não gosta mais.

— Eu vou mordê-la — continuou Victoria, falando com dentes semicerrados. — E depois você pode beber dela.

Victoria não deu a Aden a oportunidade de responder. Ela simplesmente se levantou e mordeu.

A humana fechou os olhos, gemendo quando o prazer a atingiu. Prazer que Aden conhecia muito bem e que ainda desejava, apesar de sua determinação de se manter afastado.

As presas dos vampiros produziam algum tipo de droga que anestesiava a pele e que, em seguida, fluía diretamente para suas veias, aquecendo, fazendo a vítima da mordida sentir-se bem, *muito bem*. Exatamente o motivo pelo qual tantos humanos tornavam-se viciados, dispostos a fazer qualquer coisa por outra mordida.

Não ele. Ele, nunca. Não outra vez.

Um segundo se passou. E mais um. Victoria ergueu a cabeça. O sangue tingia seus lábios de um escarlate profundo e Aden queria lambê-los. Em vez disso, ele forçou seu olhar nos dois pontos no pulso da humana. O sangue também tingia aquela pele. Aden gemeu. O que ele não fez foi punir Victoria por tê-lo desobedecido. *Que direito eu tenho de puni-la?* O garoto simplesmente puxou o braço que lhe era oferecido e levou a ferida até a boca.

E lambeu uma vez, duas vezes, saboreou o manjar dos deuses, gemendo outra vez, antes de sugar, deixando o néctar preencher sua boca, engolindo, olhos fechados na mesma rendição a que os humanos se entregavam. E, então, no fundo de sua mente, pensou que, por mais que aquele sangue tivesse um sabor maravilhoso, deveria ter um sabor *melhor*. Deveria ser mais doce, com apenas um leve toque picante.

– ... não tem presas, mas ainda assim está louco por sangue – dizia Riley, enquanto Aden voltava a tomar ciência de seus arredores. – Isso não é possível.

– Aparentemente é – gritou Victoria. – Olhe para ele. Ele está aproveitando cada minuto.

– Aproveitando? Os olhos dele parecem de um morto e estão assim desde que ele acordou. Há algo errado com ele.

Aden sabia que falavam dele, mas, assim como antes, não se importou.

– Bem, então ela está desfrutando – acrescentou Victoria com palavras afiadas como uma faca. – Se eu não a tivesse segurado, ela teria pulado em cima dele.

— Você quer que eu diga que não? — murmurou o lobo. — Porque nós dois saberíamos que eu estaria mentindo.

— Você é um péssimo amigo.

— Enfim, só não a mate depois. Para pegá-la emprestada, tive de prometer a Lauren que você lavaria a louça por uma semana. E tive de prometer que você lavaria a louça para sempre se a escrava sofresse algum dano.

— Obrigada. Mas não dava para pedir para Lauren emprestar um homem?

Um tremor tomou conta da humana. De medo? Ou será que ela também estava perdida demais naquele prazer para se importar?

— Estou só imaginando, mas não acho que os humanos, nem mesmo os ex-humanos, são como nós. Eles não conseguem separar a alimentação do sexo. Achei que Aden gostaria de uma mulher.

— Bem, ele está gostando demais!

Riley arqueou uma sobrancelha para Victoria.

— Está com ciúme, princesa?

— Não. Sim. Ele é meu — uma pausa. — Bem, ele *era* meu. Agora... ele me afastou. Duas vezes. Você viu ele me empurrando?

— Sim, eu vi. Mas ele ama você, Vic. Você sabe disso.

— Sei? — ela perguntou com uma voz vulnerável.

Amava?, Aden perguntava-se. Mesmo se não gostasse dela naquele momento? Porque, como ele sabia, não era necessário gostar de uma pessoa para amá-la. Uma lição que ele aprendera ainda criança, quando seus pais entregaram-no para uma instituição e distanciaram-se sem nunca olhar para trás.

Aden não gostava de seus pais, talvez até mesmo detestasse-os. Mas, ainda assim, ele amava-os. Pelo menos, amou-os no início. Porém, conforme os dias passaram-se na vertigem criada pelos remédios, conforme outros pacientes espancaram-no e xingaram-no, aquele amor desapareceu, deixando apenas o ódio. Depois, o ódio também desapareceu e Aden passou a simplesmente não se importar. Afinal, ele tinha as almas.

Suas almas. Onde estavam suas almas? Elas não estavam tagarelando e ele não conseguia senti-las no fundo de sua mente. Será que Victoria estava com elas?

Ela já não o observava. Em vez disso, encarava a área sobre os ombros de Aden, talvez até mesmo o lado de fora do quarto. Os olhos de Victoria estavam tão azuis quanto antes, um azul que agora já não se misturava com tons verdes, castanhos ou cinzas. Não, as almas não estavam na cabeça dela.

Deviam estar na cabeça dele, e o remédio provavelmente as tinha colocado para dormir. Outro motivo para desgostar de Victoria. As almas eram os melhores amigos de Aden e algumas vezes, ao longo dos anos, tinham sido o único motivo pelo qual ele permanecera vivo. Elas abominavam aqueles remédios e, certamente, não estariam nada felizes quando acordassem. Victoria sabia disso e, ainda assim, enfiou-lhe aqueles remédios goela abaixo.

– Sim – Victoria finalmente disse. – Ele me ama. Eu sei que me ama.

Sabia? Então ela sabia mais do que o próprio Aden. No passado, ele a *amara*, disso o garoto sabia. E por que não amaria? Ela era perfeita, uma fantasia ambulante. Mas o que ele realmente sabia sobre ela?

Ponto negativo: para ela, os humanos não eram nada além de comida. Ponto negativo: ela poderia escravizá-los com uma única mordida. Ponto positivo: ela se importava com a família. Ponto negativo: o pai dela queria matar Aden. Ponto positivo: ela sabia que Aden era diferente dos outros humanos e vampiros e mesmo assim gostava dele. Ponto negativo: ela era insensível com os humanos e suas necessidades. Ponto positivo: ela estava *tentando* ser sensível com os humanos e suas necessidades.

Durante o único encontro romântico dos dois, Victoria dançara para ele, contara piadas. Piadas sem graça, é verdade. Mas ela estava tentando. Por ele. Tentando ser o que ela achava que ele queria e precisava. Então, sim, Aden tinha amado Victoria. Mas agora? Ele não conseguia evocar uma única faísca ou sinal de ternura.

Ah, a atração ainda estava ali. Aden queria empurrar a humana para longe e entregar-se à vampira. Queria cravar seus dentes no pescoço e no corpo de Victoria, seu corpo junto ao dela. Queria que Victoria colocasse suas mãos nele, e sua boca nele, e queria ouvi-la sussurrar seu nome.

Os pensamentos passavam pela cabeça de Aden, as imagens formando-se. Dela. Dele. Dos dois juntos, fazendo exatamente o que ele queria. O que ele queria tão intensamente a ponto de começar a gemer um som gutural que saía por sua garganta e se espalhava pelo quarto, ecoando ameaçadoramente entre eles.

Victoria devia ter imaginado que o gemido era para a humana. De repente, a vampira vibrou com fúria e preocupação. Aden conseguia saborear as emoções no ar, e elas fizeram-no sugar a humana com um fervor renovado.

A humana gemeu uma aprovação.

A força entrava nas células de Aden. Os músculos do garoto expandiam-se, seus ossos sussurravam. E, uau! Se essa humana afetava-o tão intensamente, como será que a vampira o afetaria?

— Chega. Já deu! — Riley foi até a cama, agarrou a humana e puxou-a para longe de Aden. — Saia daqui — disse o lobo à garota.

— Eu... Eu... — ela estremeceu. — Sim, claro.

Então, passos e o bater da porta.

— Victoria — quando o lobo estendeu a mão para a vampira, Aden levantou-se com um pulo e posicionou-se entre eles, evitando o contato. Uma necessidade instintiva de proteger o que era dele.

— Você está pensando em lutar contra mim ou contra ela? — perguntou Riley, aparentemente sem se preocupar com nenhuma das opções.

— Nenhum dos dois.

Ambos. Talvez ele não gostasse de Victoria, mas ainda a desejava. Não queria que outra pessoa a tivesse. O impulso... as duas necessidades... lutando... Que diabos havia de errado com ele? Ele era como duas pessoas diferentes.

– Está bem. Por que suas garras estão para fora?

Garras? Aden olhou para baixo. Suas unhas haviam claramente crescido e se tornado mais afiadas, pequenas adagas nas pontas de seus dedos. Ele devia ter se assustado, mas tudo que conseguiu fazer foi levantar as mãos contra a luz e analisar aquele mais novo desenvolvimento.

– Como isso é possível?

Riley expirou e disse:

– Ou você está lentamente se transformando em um vampiro, ou é o primeiro híbrido de humano e vampiro. Pelo menos é isso que eu sei. E agora, você vai recuar ou vou ter de forçá-lo?

Um leve rosnado bem-humorado escapou de Aden. Leve, é verdade, mas mesmo assim divertido.

– Você pode tentar.

Aquela claramente não era a resposta que o lobo esperava. Ele piscou, sacudiu a cabeça.

– Veja bem, vamos voltar a essa disputa por marcação de território mais tarde. Há algo errado com você e eu não sei o quão profundo é o problema. Então, precisamos conversar um pouco para descobrir.

Aden ouviu Victoria, atrás dele, trocar o apoio de um pé para o outro. A penugem na nuca do garoto enriçou, sua pele voltou a formigar. Aden fechou uma carranca. Ele estava assim *tão* ciente da presença dela?

– Não tem nada de errado comigo. Pronto, já conversamos. Agora, reúna meu povo naquele salão enorme.

As palavras ecoaram com um tom de ameaça, surpreendendo tanto Aden como Riley. Só recentemente o garoto tinha aceitado seu direito de governar, mas nunca tinha pensado nos vampiros como "meu povo". Mas eles eram; e, agora, Aden tinha muito a lhes dizer.

— Há, sim, algo errado com você, Aden — insistiu Riley. — Você nem mesmo perguntou sobre Mary Ann. Ela está por aí, sozinha, talvez até em perigo. Você não liga mais para ela?

Uma faísca de emoção acendeu-se no peito de Aden, mas se apagou antes mesmo que ele pudesse perceber do que se tratava. Ou o que significava.

— Ela vai ficar bem — disse ele.

— Você tem certeza? Foi Elijah quem contou para você?

— Sim, tenho certeza. E não, não foi Elijah quem me disse.

A esperança surgiu e morreu nos olhos de Riley.

— Então como você pode estar tão certo?

Porque ele queria que fosse assim. E, naquele momento, Aden estava certo de que conseguiria o que queria. Sempre. E, se não conseguisse, faria o que fosse necessário para mudar as circunstâncias.

Espere aí! Isso era verdade? Ele não conseguia pensar em um exemplo específico, maaas... Ele simplesmente *sabia*. Aden deu de ombros. Isso era bom o suficiente para ele.

Talvez houvesse algo errado com Aden. Mas ele logo percebeu que não se importava com isso. Ele conversaria com seu povo, conforme planejado.

— Talvez você não tenha me ouvido — disse Aden. — Você tem uma reunião para organizar.

— Organize-a você mesmo, *majestade* — Riley bufou e arfou, levantando e ajeitando os ombros. Os lábios de Aden curvaram-se por conta de um humor renovado, embora não soubesse o motivo de achar aquilo engraçado. — Eu vou procurar Mary Ann. Victoria?

— Ela fica — disse Aden com palavras que saíram de sua boca antes que ele pudesse contê-las. Apesar de tudo aquilo, ou talvez por causa daquilo tudo, ele a queria ao seu lado.

– Victoria? – gritou o lobo.

– Eu fiz isso com ele – disse ela suavemente. – Preciso ficar com ele para ter certeza de que... você sabe.

Aden não sabia o que significava aquele "você sabe", mas, mesmo assim, não se importava. Ele teria o que queria: a presença dela. E isso era suficiente. Por agora.

Riley estalou a língua.

– Muito bem. Fique com o celular ligado o tempo todo e me ligue se precisar de alguma coisa. De qualquer coisa. Telefono se descobrir algo. E, Victoria... tome cuidado.

– Pode deixar.

Um aceno severo com a cabeça na direção de Aden e Riley já estava dando meia-volta para sair.

Aden não olhou para Victoria e obviamente não a agradeceu. Ele não devia agradecer, nunca. Certo? Muito embora o desejo de fazer isso tenha se tornado mais acentuado e, logo, se apagado, do mesmo jeito que o garoto sentira aquela emoção inominável por Mary Ann. Aden simplesmente caminhou até a única janela do quarto, um painel que dava pra uma sacada, decidido a, sozinho, convocar seu povo.

seis

Victoria ficou parada, enquanto Aden permanecia na sacada sem fazer nada... esperando por... ela não sabia pelo quê. De qualquer forma, o garoto não estava "conversando com seu povo". Ele estava sozinho, descalço e indiferente a tudo que o cercava. Ah, e com o sangue de outra pessoa fluindo em suas veias. Reconhecer isso a irritava, quando, na verdade, deveria alegrá-la. Aden estava vivo. Aden estava acordado.

Victoria continuava irritada. Apesar de tudo, ela queria *seu próprio* sangue fluindo nas veias dele. *Seu* sangue fortalecendo o corpo dele.

Supere isso. As portas abertas da sala deixavam o ar frio da manhã entrar no quarto, fazendo Victoria tremer. Pela primeira vez em sua vida, ela teria ficado contente se tivesse um casaco. Alguma coisa, qualquer coisa, para derreter o gelo que praticamente cobria sua pele exposta.

Como Aden conseguia não tremer? Ele estava sem camisa, deliciosamente sem camisa. Fibras e mais fibras de músculos marcavam sua barriga e harmoniosamente desenhavam suas costas. A tragédia estava no fato de ele usar calça jeans. Jeans limpo, pelo menos. Victoria dera um banho em Aden e trocara as suas roupas enquanto ele dormia. E não tinha olhado para nada que não devesse olhar. Exceto por aquelas duas – *quatro* – vezes. Riley estava distraído demais para perguntar sobre aqueles banhos com esponja, e ela se sentia agradecida por isso.

Olhar para onde não devia... Que humano da parte dela! Em outras ocasiões, Aden teria se sentido orgulhoso disso. Agora... Agora ela não tinha ideia do que se passava na cabeça dele ou de como ele reagiria a, bem, qualquer coisa. Ela só sabia que Riley estava certo. Havia algo errado com Aden. Ele não estava sendo ele mesmo. Estava mais frio, mais duro.

Desafiador.

Os vampiros lançavam desafios o tempo todo para os mais fracos e vulneráveis. E estes ou aceitavam os desafios, ou enfrentavam uma eternidade de escravidão. Então, quando perdiam, acabavam enfrentando uma eternidade de escravidão, de qualquer forma. A diferença era que, ao aceitar o desafio e perder, eles não eram provocados e atormentados.

Vlad estabelecera as regras, obviamente, e os desafios eram uma forma de extirpar os "indignos".

Será que Aden planejava desafiar a todos?

Um movimento no céu atraiu a atenção de Victoria e ela observou uma ave negra passar. O sol estava escondido atrás de nuvens cinzas e talvez até mesmo de uma espessa camada de neblina. Os anjos estavam patinando no gelo, a mãe de Victoria teria dito.

Sua mãe. Como Victoria sentia falta dela! Durante os últimos sete anos, sua mãe ficara trancafiada na Romênia, uma prisioneira acusada de compartilhar informações sobre os vampiros com seres humanos. Vlad tinha até mesmo proibido seu povo de dizer o nome de Edina, o Cisne.

Mesmo pensar naquilo fazia Victoria sentir um frio na barriga. Rebelar-se era algo novo para ela.

Então, quando Aden foi nomeado soberano, libertou Edina a pedido de Victoria. A garota esperava que sua mãe se teletransportasse para Crossroads, para que elas pudessem ficar juntas novamente. Entretanto, Edina decidiu permanecer em sua terra natal.

Como se Victoria não fosse motivo importante o suficiente.

A garota queria ser importante para alguém. E fora. Para Aden. Desde o primeiro momento em que ele a avistara, ele a tinha feito sentir-se especial. Agora...

O estômago de Victoria embrulhou quando ela posicionou-se ao lado de Aden. A atenção do garoto não se desviava da floresta que cercava a fortaleza. Enormes carvalhos pareciam querer apunhalar o céu gelado. Uma camada de rosas, vermelhas como sangue, lutava para sobreviver. Os galhos, quase sempre nodosos, estendiam-se e entrelaçavam-se, como se as árvores dessem as mãos, abraçando-se para sobreviverem ao inverno que estava a caminho.

Victoria queria segurar a mão de Aden, mas não sabia como ele reagiria.

– Acho que você devia voltar no tempo – ela disse, quebrando o silêncio. Victoria pensara naquilo. Se Aden voltasse para a noite em que Tucker o golpeara, poderia evitar tudo aquilo. Não apenas o golpe, mas a tentativa de Victoria de transformá-lo. Aquela semana em que um alimentou-se do outro, em que um quase secou o outro; as brigas. Tudo aquilo... Nada disso estaria acontecendo.

– Não.

Simples assim? Essa era a resposta para as horas que Victoria tinha dedicado a uma reflexão incessante?

– Não? Só isso?

– Só isso.

— Mas, Aden, você pode conter Tucker de uma vez por todas.

— Muitas coisas podem dar errado e nós não sabemos o que poderia acontecer na nova realidade que iria se criar. As coisas poderiam ficar muito piores do que estão.

Victoria duvidava disso.

— Só há uma forma de descobrir.

A nova frase preferida dela.

— Não.

Tão inflexível. Ele não podia *gostar* desta realidade. Podia?

— Isto é meu — Aden declarou como um fato, fazendo Victoria se lembrar de seu pai.

Está bem, talvez ele pudesse.

— Sim — ela respondeu, estremecendo.

Aden abaixou o olhar até o solo. Os olhos de Victoria seguiam o mesmo caminho, enxergando a mesma faixa de terra escondida que ele devia estar vendo. Gelada, embora lutando para sobreviver. Nem um botão sequer coloria o jardim, mas os arbustos estavam amarelados e alaranjados. A hera ainda se dependurava nas grades, mesmo com as folhas leves e frágeis.

No centro do terreno, havia um enorme círculo de metal, uma proteção esculpida na terra, círculos aparentemente inofensivos que se cruzavam a cada centímetro. O metal podia se movimentar e se abrir, criando uma plataforma que descia até a cripta onde Vlad estivera enterrado.

Sem dizer uma palavra, Aden subiu na grade de proteção da sacada e ficou de pé. Seu equilíbrio era precário, na melhor das hipóteses.

— O que você está fazendo? Estamos muitos andares acima do chão. Desça! Você...

Ele pulou.

Um gemido escapou de Victoria enquanto ela se inclinava sobre a grade. Seu coração parou, vendo-o cair... cair... pousar. Aden não se espatifou, como seria esperado. Ele simplesmente caiu agachado, levantou-se e saiu andando com pura elegância e uma determinação letal.

Victoria tinha feito a mesma coisa milhares de vezes antes. Talvez por isso não tenha hesitado em segui-lo.

– Aden, espere!

O ar, frio e cortante, levantou os cabelos e o manto de Victoria.

Enquanto caía em direção à superfície dura e plana, ela lembrou-se da sua nova pele, de sua pele humana. Victoria debateu-se, tentando cravar as unhas na parede para subir novamente. Mas era tarde demais. Ela...

Pancada.

Seus joelhos vibraram com o impacto e ela entrou em colapso, colidindo em uma das barras de metal da proteção. Durante *aquele* impacto, o oxigênio deixou seus pulmões. Ainda pior, seu ombro saiu do lugar e a agonia quase a consumiu por inteiro. Por horas – na verdade, apenas alguns minutos – ela ficou ali, arfando e tremendo por conta do frio e do susto; as lágrimas queimavam seus olhos e prendiam-se em seus cílios.

– Idiota, idiota, *idiota* – disse, batendo os dentes. Embora o sol estivesse escondido atrás daquelas nuvens, embora o ar parecesse coberto por gelo, sua pele começou a formigar e a queimar, como se ela estivesse perto de alcançar a maturidade vampiresca e se queimar.

O que havia de errado com ela? Além das mil outras coisas que ela vinha enfrentando ultimamente?

Passos reverberaram e Victoria subitamente sentiu o cheiro de Aden no ar. Aquela fragrância maravilhosa de... ela farejou, franziu a testa. Ele tinha um aroma diferente. Ainda incrível, mas diferente. Familiar. Como sândalo fresco. Uma energia mística muito antiga, embora friamente viva, e agora tão picante quanto aquela garota humana.

Não vou deixar o ciúme me controlar.

Victoria abriu os olhos, incerta de quando os havia fechado. Aden estava com o corpo inclinado, iluminado por raios de luz rebeldes que tinham escapado de sua prisão atrás das nuvens. A expressão do garoto era tão insensível quanto antes. Cabelos negros caíam sobre os olhos dele – olhos de um violeta assustador.

Desde que o conhecera, Victoria o tinha visto com olhos dourados, verdes, castanhos, azuis e negros, mas o violeta não tinha aparecido antes daqueles dias na caverna.

Quando Aden estendeu a mão, a garota pensou que ele tinha a intenção de ajudá-la a se levantar. E abriu um sorriso leve e amolecido.

– Obrigada.

– Eu não me agradeceria, se fosse você.

Aden agarrou-se aos ombros de Victoria e uma dor aguda se espalhou pelo corpo da garota.

– O que você...

Aden forçou o osso de Victoria de volta para o lugar e ela descobriu o verdadeiro significado da palavra "dor". Um grito vindo de dentro de seu corpo rasgou sua garganta. Os pássaros alçaram voo, provavelmente desesperados para escapar do barulho horrendo, capaz de furar os tímpanos.

– De nada – respondeu Aden, ajeitando-se.

Victoria entenderia aquilo como um *Eu realmente sinto muito por tê-la feito sentir dor, meu amor.*

– Da próxima vez...

– Não haverá próxima vez. Você não vai pular do parapeito outra vez. Prometa isso para mim.

– Não, eu...

– Prometa! – ele insistiu.

– Pare de me interromper!

– Está bem.

Quando ele não disse ou ofereceu mais nada, deixando-a irritada, Victoria resmungou:

— Por que você pulou? Você poderia ter descido por dentro da casa para chegar aqui.

E evitado que ela tivesse um ataque de pânico e um ombro deslocado.

— Assim é mais rápido.

Aden deu meia-volta e saiu andando. Outra vez.

— Espere!

Ele não esperou.

Xingando em voz baixa, Victoria reuniu força o suficiente para se levantar. Seus joelhos tremeram e quase se dobraram, mas, de alguma forma, ela encontrou forças para continuar de pé. E seguir Aden, sentindo-se uma cachorrinha em uma coleira. Uma cachorrinha má, que não queria sair para passear e tinha de ser arrastada.

Aden em momento algum olhou para trás para se assegurar de que ela estava bem, nem mesmo para ter certeza de que ela ainda estava lá. Ele simplesmente não se importava, e aquilo doía ainda mais que seu ombro, cortando-a por dentro, fazendo-a estremecer. Para ele, ou ela o seguia, ou não o seguia, e nenhuma das escolhas provocaria qualquer emoção.

— Por que você quer conversar com todo mundo? — ela perguntou.

— Algumas coisas precisam ser esclarecidas — Aden caminhou até a frente da casa, subiu os degraus da varanda e parou diante das portas altas que formavam um arco. Poucos vampiros estavam por ali naquela hora, com aquele tempo nebuloso, mas os que perambulavam pelos arredores piscaram os olhos assustados quando o avistaram, e então rapidamente inclinaram o corpo para demonstrar respeito.

Um minuto se passou.

Mais minutos se passaram.

— Hum, Aden, você precisa passar pela porta para entrar na casa. Ficar parado aqui não vai fazer nada acontecer.

— Vou fazer isso. Mas, antes, estou avaliando o que é meu.

Mais uma vez ele soava como o pai de Victoria – ou como Dmitri, seu ex-noivo. Ela mordeu a parte interna da bochecha, sentindo nojo. Victoria não tinha afeição por nenhum daqueles homens. *Por favor, por favor, Aden precisa voltar ao normal quando o efeito dos remédios chegar ao fim.*

O que ela faria se ele não voltasse ao normal?

Mas Victoria não pensaria nisso agora. Ela simplesmente sobreviveria àquele dia e ajudaria Aden a conduzir a reunião convocada por qualquer motivo desconhecido, protegendo-o o tempo todo. E, depois, se necessário, ela se preocuparia.

– Está gostando do que vê? – ela perguntou.

Victoria lembrou-se da primeira vez que o trouxera ali. Aden tinha dado uma boa olhada na mansão em estilo Queen Anne – as torres assimétricas, as pedras e os vitrais góticos, as janelas estreitas com seus beirais proeminentes cujas pontas pareciam mortais e telhados íngremes, pintados de um preto soturno. Tinha dado uma boa olhada e feito uma boa careta.

– Sim.

Respostas monossilábicas eram irritantes, ela concluiu.

Aden finalmente abriu as portas e entrou. Seu olhar varreu a espaçosa sala de estar, absorveu as paredes negras, o carpete carmesim e a mobília antiga perfeitamente polida. Então, ele franziu a testa.

– Eu conheço esse lugar. Há trinta quartos, a maior parte deles nos andares superiores. Vinte lareiras decoradas, vários cômodos com assoalho, vários com arenito vermelho, um corredor enorme, a sala do trono e duas salas de jantar. Mas eu nunca vi nada além desta sala, do seu quarto e do quintal dos fundos. Como isso é possível?

Boa pergunta.

– Talvez... Talvez depois de termos trocado de memória tantas vezes, parte das minhas lembranças tenha ficado com você.

— Talvez — disse Aden, lançando um olhar apático para ela. — Você se lembra de algo relacionado a mim?

Ah, sim. Acima de tudo, ela lembrava-se das porradas que ele tinha levado em algumas instituições para pessoas com problemas psiquiátricos nas quais vivera — e ela queria punir os responsáveis. Victoria também se lembrava do isolamento que ele enfrentara em várias das casas de famílias pelas quais passou, dos pais adotivos que o temiam, mas que estavam dispostos a "cuidar" dele em troca do pagamento que o acompanhava. Sem mencionar a rejeição que ele sofrera várias vezes de colegas que o consideravam diferente demais para serem amigos. Estranho demais.

Era por isso que Victoria não conseguia se distanciar de Aden agora. Independentemente de quão distante ou diferente de si mesmo ele estivesse, ela não o rejeitaria.

— Então? — disse ele.

— Sim, eu me lembro — mas ela não disse do que se lembrava. — Você se lembra de algo específico sobre mim? Além dessa casa?

— Não.

— Ah.

Uma memória poderia ter gerado compaixão. A compaixão poderia ter gerado milhares de outras emoções, e uma delas poderia tê-lo lembrado do quanto ele a amava. Ou talvez fosse melhor assim. Há coisas que uma garota não quer que seu namorado saiba a respeito dela.

— Espere — disse ele, piscando. — Eu me lembro de uma coisa.

Esperança e medo lutavam por supremacia.

— Sim?

— Quando você chegou a Crossroads, chamada por causa da explosão sobrenatural que Mary Ann e eu causamos, você me viu de longe e pensou "Eu deveria matá-lo".

Nossa! Está vendo? *Essa* era uma *daquelas* coisas.

— Em primeiro lugar, eu já conversei com você sobre isso. Em segundo lugar, fora de contexto, esse pensamento parece pior do que realmente era.

— Você está dizendo que querer me matar é algo positivo quando dentro de um contexto?

Victoria rangeu os dentes.

— Não, mas você está se esquecendo de como sua força era estranha para nós. Nós não sabíamos por que você nos tinha convocado até aqui, o que você planejava para nós ou se você estava ajudando nosso inimigo. Nós...

— Nosso*s* inimigo*s*.

— O quê?

— Vocês não têm um, têm muitos. Aliás, a única espécie com a qual vocês não estão em guerra são os lobos. E eles também estariam lutando contra vocês se não fossem tão leais por natureza.

Bem, bem. Uma emoção vinda dele. No entanto, não era a emoção que ela queria. Aden estava desapontado. Victoria não entendia o motivo.

— Você não tem ideia das coisas que aconteceram entre as raças ao longo dos séculos. E como teria? Você viveu na sua bolha humana, distante das criaturas da noite.

— E, mesmo assim, sei que alianças *podem* ser formadas.

— Com quem? Com as bruxas? Elas sabem que nós queremos o sangue delas e que não conseguimos controlar nossa fome na presença delas. Elas dariam risada na sua cara se você tentasse oferecer uma trégua. E então, quem sobra? As fadas? Nós nos alimentamos dos humanos, que elas consideram como filhos. As fadas nos destruiriam se pudessem. E não se esqueça do príncipe feérico que você ajudou a matar, e da princesa fada que tentou matar você depois. E quanto aos duendes?

Eles são seres sem nada na cabeça, que só se importam com a próxima refeição, que, por acaso, é carne viva. *Nossa* carne. Preciso continuar?

— Sim — os olhos de Aden brilharam; seus lábios contraíram-se. — Me explique por que vocês estão em guerra contra outra facção de vampiros.

— Me explique por que os humanos vivem em guerra com outros humanos.

Aden passou a língua sobre os dentes.

— A maioria dos humanos deseja paz.

— Mas os humanos ainda não conseguiram encontrar uma forma de viabilizá-la.

— Nem os vampiros.

Eles ficaram parados, simplesmente olhando um para o outro, em silêncio. Victoria tremia novamente; seu ombro dolorido fazia o fervor pelo assunto aumentar e, talvez, deixasse-a mais irritada do que estaria se Aden tivesse declarado calmamente sua posição.

— Aden — ela começou, suavizando seu tom de voz. — A paz é uma coisa maravilhosa. Mas é só isso. Uma coisa... e, às vezes, a coisa errada. Você desistiria em nome da paz, permitindo que meu pai reconquistasse o trono? Ou você lutaria contra ele?

— Lutaria — ele respondeu sem hesitar. — Depois, declararia guerra até as outras facções de vampiros ficarem de joelhos. E, se não ficassem de joelhos, seriam aniquiladas. Exemplos devem ser dados para a paz finalmente reinar.

Guerra a qualquer custo era a ideologia de Vlad, o Empalador, e algo com que Aden Stone nunca tinha concordado. Ainda assim, essa era a segunda vez nos últimos cinco minutos que ele tinha soado exatamente como o pai de Victoria. E a terceira vez naquele dia.

Uma ideia correu pela mente da vampira, aterrorizando-a.

Haveria partes de seu pai presas dentro de Aden, controlando-o? Se sim, como? Aden tinha consigo memórias de *Victoria*, e não de Vlad. A não ser que... aquelas fossem convicções *dela?* Teriam essas memórias continuado com Aden, junto com algumas outras?

Vlad sempre vira os humanos como comida, e nada além de comida, muito embora, uma vez, tivesse sido humano. E ensinara seus filhos a enxergar os humanos da mesma forma. O poder lhe tinha subido à cabeça, ela acreditava. À cabeça de todos. Mas, além de se achar superior aos humanos, Vlad achava-se superior a *todas* as raças. O rei dos reis. O senhor dos senhores. A paz sempre fora uma reflexão posterior, e o caminho para ela, violento e pavoroso.

Era melhor que os outros fossem exterminados a viverem se opondo a todas as diretivas recebidas, Vlad costumava dizer.

Depois de encontrar Aden e ver o que ele estava disposto a enfrentar por aqueles que amava, toda a perspectiva de Victoria tinha mudado. Vlad destruía. Aden restaurava. Vlad desfrutava da queda alheia. Aden lamentava-a. Vlad nunca estava satisfeito. Aden encontrava alegria em tudo que conseguia.

Victoria invejava o garoto por isso. Não que ela agora fosse completamente contra a guerra. Um dia, ela teria de enfrentar seu pai. Um dia, teria de destruí-lo, pois ele jamais permitiria que Aden governasse. Vlad lutaria até o fim, e lutaria sem misericórdia. Portanto, alguém tinha de oferecer esse fim, e ela preferia que esse alguém fosse ela.

Tendo estado dentro da cabeça de Aden, Victoria sabia quanto o passado do garoto mutilava sua felicidade. Ele ferira pessoas. Entrara em outros corpos, forçando as pessoas a fazer o que ele queria e não o que elas acreditavam ser o correto. Tudo para se proteger ou para proteger alguém com quem ele realmente se importava, para proteger a verdade. E, ainda assim, a culpa não o abandonava.

Conheço essa sensação. Victoria ainda não tinha ideia do que fizera para ele naqueles últimos minutos dentro da caverna, mas a culpa cortava-a, deixando feridas abertas e esfoladas dentro dela.

— Distraída?

Victoria focou-se em Aden. Os lábios dele estavam se curvando para formar um sorriso? Certamente não. Aquilo significaria que ela o tinha divertido.

— Sim. Sinto muito.

— Você devia... — Aden endureceu o corpo, contraiu as orelhas. — Alguém está vindo.

Ela observou e, é claro, duas vampiras estavam descendo as escadas. Os mantos negros dançavam em volta de seus tornozelos. Victoria queria perguntar como ele ouvira-as quando ela não tinha percebido nada, mas não queria admitir que suas habilidades de observação eram inferiores.

— Meu rei — disse uma das garotas quando o avistou, parando no antepenúltimo degrau e executando uma reverência perfeita. Seus cabelos claros caíam sobre um ombro.

— Meu... Aden — a outra garota também parou. Sua reverência foi menos elegante, talvez por que ela enxergasse Aden como um doce e suas presas preferissem doces.

A garota não sentia atração por ele, Victoria sabia. Não, a bela dos cabelos escuros sentia atração por poder. Motivo pelo qual ela desafiara Victoria para ver quem teria os direitos sobre Aden.

De acordo com a lei daquele povo, qualquer vampiro poderia desafiar qualquer outro vampiro pelos direitos de um escravo de sangue humano. Embora Aden fosse o rei em exercício, ele ainda era — ou fora, na época em que o desafio foi lançado — humano, e Draven tinha usado essa brecha em sua vantagem, esperando poder "cuidar" de Aden e tornar-se rainha.

Elas ainda tinham de lutar. Em breve. Em breve. Aden só precisava anunciar quando e onde.

Victoria estava louca para colocar Draven em seu lugar: a cripta do lado de fora da mansão. Havia a alternativa de proteger seus entes queridos por obrigação e havia a alternativa de proteger seus entes queridos por diversão. Draven teria de engolir a segunda alternativa.

Talvez, afinal, Victoria ainda fosse muito parecida com seu pai.

— Hoje é meu aniversário? Veja quem decidiu parar de se esconder em seu quarto — disse Draven com um olhar de provocação para Victoria. — Como você é corajosa.

— Você pode bater na porta do meu quarto a qualquer momento. E não bateu. Por que será?

Draven mostrou suas presas.

Manda ver!

— Maddie, Draven — Aden acenou com a cabeça para as duas garotas, entrando na conversa e colocando um ponto final na tensão que se estabelecia. Sem nenhuma outra consideração, o garoto acrescentou: — Sigam até a sala do trono e esperem por mim lá. Quero falar com todos que vivem aqui.

As mãos de Victoria fecharam-se na lateral do corpo. Aden sabia o nome das irmãs, embora ela não achasse que ele tivesse conhecido Maddie, a Adorável. Draven, a Habilidosa, sim. Ou, como Victoria repentinamente quis chamá-la, Draven, a Próxima a Ter uma Morte Dolorosa.

O conselho dos vampiros escolhera aquela vadia — ooops, a revolta de Victoria estava transparecendo novamente? — para sair com Aden, junto com outras quatro vampiras, uma das quais fora Stephanie, a irmã de Victoria, na esperança de que uma delas fosse escolhida esposa e, ao mesmo tempo, de apaziguar mães e pais que queriam suas filhas alinhadas com a Casa Real. Na época, Aden afirmou desejar somente Victoria.

Será que isso teria mudado junto com todo o resto?

— A reunião é para quê? — questionou Draven, batendo os cílios para Aden.

— Você vai saber junto com todos os demais.

Enquanto Victoria alegrava-se com a resposta abrupta, Draven lutava para esconder a raiva.

Depois de conseguir fazer isso, ela jogou o quadril para um lado e entrelaçou uma mecha de cabelo entre os dedos.

— Posso ficar de pé ao lado do seu trono?

Vaca insuportável.

A contundência — os traços *humanos* — daquele pensamento surpreendeu Victoria. Pelo menos com relação às tentativas de sedução de Draven, Aden parecia não ter mudado.

— Não, não pode — disse ele, logo acrescentando: — Mas pode se sentar nos degraus perto do trono. Quero que você esteja perto de mim.

Draven lançou um olhar presunçoso para Victoria.

— Porque eu sou linda e você não consegue tirar os olhos de mim?

Maddie beliscou-a, claramente tentando fazer a irmã ficar quieta, mas Draven dispensou-a com um aceno de mão. Afinal, ela sempre fora sua própria fã número um.

Aden franziu a testa.

— Não. A realidade é que eu não confio em você, não gosto de você e quero ter certeza de que vou conseguir enxergar suas mãos. Se você tentar pegar uma arma, será considerada uma traidora e acabará na prisão.

Todos os traços de cor desapareceram das bochechas de Draven.

— Co-como assim?

Está bem, Victoria adorava esse novo Aden.

— Podemos trocar de roupa antes de entrarmos na sala do trono, majestade? — Maddie perguntou discretamente e, quando Aden assentiu, ela puxou a irmã para longe antes que Draven pudesse dizer qualquer coisa.

Victoria abriu a boca, fechou-a e abriu-a novamente, embora nenhuma palavra saísse. Não que ela soubesse o que dizer. Aquilo fora espetacular. Simplesmente espetacular.

De volta aos negócios, Aden caminhou até a parede do outro lado e levantou a corneta dourada usada para convocar os vampiros. Um objeto muito bonito, por sinal. Ouro sólido, esculpido com imagens intrincadas, a cabeça de um dragão curvando-se desde a parte superior, suas garras curvando-se na parte inferior e um bocal formando o rabo da criatura.

— Espere. O que você está fazendo? *Não...* — Victoria correu em direção a Aden, mas ele soprou antes de ela chegar. Um alto gemido ecoou por toda a mansão, ricocheteando nas paredes, vibrando contra o chão, fazendo a base da fortaleza tremer — *...faça isso* — ela terminou discretamente.

Ele deve ter interpretado o "não faça isso" como "faça outra vez", um erro facilmente cometido quando *não se ouve* as outras pessoas, pois soprou pela segunda vez, e outro gemido retumbou.

O medo tomou conta de Victoria e ela apertou a parte superior do nariz. Finalmente, o lamento da corneta cessou, deixando um silêncio estranho e ensurdecedor.

— Você não devia ter feito isso.

— Por quê?

Ela largou as mãos nas laterais do corpo.

— Bem, por que eu disse para você não fazer.

— Por que não usar a corneta, se ela está tão exposta assim, *esperando* para ser usada? — questionou Aden.

— Ela está exposta assim apenas para emergências.

— Esta é uma situação de emergência.

Eu não vou gritar com ele.

— Ah, é? — Victoria rangeu os dentes, mas não gritou. Ótimo.

– Eu não queria subir as escadas, fazer telefonemas, enviar mensagens de texto, mandar e-mails e esperar que todos se informassem uns aos outros, por boca a boca, da minha reunião.

Eu não vou dar um tapa nele. Eu decididamente não vou.

– Bem, você sabe o que a sua preguiça acabou de fazer?

– Sim. Eu chamei meus vampiros. De uma forma eficiente. Rápida. Talvez um tapinha não doesse.

– Sim. Mas você também convocou seus aliados e deixou seus inimigos cientes de que você está precisando de ajuda. Espere, permita-me reformular: você convocou os aliados *do meu pai* e... – ela abaixou a voz, caso alguém estivesse espreitando-os – ... e ele quer que você morra, caso tenha esquecido. Agora ele vai ter ajuda. Porque, quando meu pai aparecer, *e ele vai aparecer,* esses aliados vão oferecer ajuda para *ele,* e não para você.

O que significava... que o irmão de Victoria retornaria, ela se deu conta. Seu irmão voltaria para ajudar Vlad.

O que ela faria caso seu irmão lutasse contra seu namorado?

Victoria tinha sempre detestado o decreto que a mantinha longe de Sorin, esperava que um dia ele a procurasse, o que nunca aconteceu. Nenhum deles estivera disposto a desafiar a ira do pai. Victoria espiara Sorin algumas vezes, todavia, observara-o flertar com mulheres antes de mutilar friamente as vampiras com as quais ele "treinava".

Victoria passara a pensar nele como metade moleque irreverente, metade maníaco homicida, e, até então, perguntava-se o que ele pensava dela, ou se ele pelo menos importava-se em descobrir mais sobre ela. Sorin sempre fora o mais ferrenho apoiador de Vlad.

Aden tirou a sorte grande ao ter vencido o pai de Victoria, mas vencer Vlad *e* Sorin? Impossível. A única coisa que seria fatiada era Aden.

Victoria conversaria com seu irmão – pela primeira vez em sua vida e, céus, ela queria vomitar de tão nervosa que ficava só de pensar – e pediria a ele para não brigar. E, quando ela pedisse, ele iria... Bem, Victoria não sabia o que ele faria.

— Se o que você está dizendo é verdade, seu pai teria vindo aqui e tocado a corneta ele mesmo. Mas ele não fez isso, o que significa que Vlad não queria convocar ninguém.

— Eu... — ela não tinha argumentos, e ele tinha razão. Mesmo assim! Aden deu de ombros.

— Deixe ele vir. E os aliados dele também.

O que seria necessário para tirá-lo desse estupor desprovido de emoções?

— Alguns vão se teletransportar para as florestas à nossa volta. Outros viajarão como os humanos viajam. Mas todos virão para cá para ferir você.

— Eu sei. E isso é bom. Quero me livrar logo da oposição, arrebatá--los de uma só vez.

Adotando novamente a filosofia de Vlad — *de Victoria* —, certo?

— Meu irmão está entre os que vão viajar até aqui.

— Eu sei.

Ele sabia? E não se importava?

— E ele vai morrer com os outros — continuou Aden.

Não, ele não se importava. Victoria encarou-o durante um longo e silencioso instante.

— *Quem é* você?

O Aden dela jamais teria planejado algo tão cruel.

— Sou o seu rei — ele inclinou a cabeça conforme a analisava mais atentamente. — A não ser que agora você queira seguir o seu pai.

— Por quê? Você também me mataria?

Ele adotou uma expressão pensativa, como se realmente estivesse ponderando sua resposta.

— Deixe pra lá — ela disse rangendo os dentes. A conversa só a estava deixando mais nervosa. — Mas meu irmão...

– Não é uma questão a ser discutida. Até Vlad criar coragem para aparecer, nossa guerrinha não pode começar. E ela precisa começar, dessa vez abertamente, para que possa então terminar. Não podemos ter um sem o outro.

Aden tinha acabado de mostrar mais uma faceta das convicções *dela*. Quantas vezes ela tinha dito para Riley, ao longo dos anos, "Você não pode chegar a um fim se não começar"? Infinitas. É claro que ela sempre tentava convencer o mutante a deixá-la se comportar mal, e não a investir em hostilidades. Mas eis uma pergunta referente aos últimos anos: *ela* tinha sido tão irritante assim?

– Você. Está. Me. Frustrando.

Ele deu de ombros, mas, diante da ação casual e apática, ela viu o reflexo de um certo desconforto no rosto de Aden. Primeiro, pensativo; agora, desconfortável. Ele não devia gostar de deixá-la frustrada. Ao menos, era o que ela esperava.

Esperança que foi destruída quando o garoto disse:

– Chega. Temos muito que fazer.

E, em seguida, caminhou até a sala do trono para finalmente realizar sua preciosa reunião.

Novamente, Victoria viu-se seguindo Aden como uma cachorrinha.

E ela não precisava de Elijah para dizer que coisas muito, muito ruins estavam prestes a acontecer.

sete

Aden entrou na sala do trono, seus passos com os pés descalços silenciados pelo tapete vermelho e felpudo que formava um caminho direto para o assento real. Havia proteções negras tecidas no tapete e, pela primeira vez, Aden conseguia sentir a força do poder que delas emanava vibrando em volta de seus pés. A cada passo, aquele poder tornava-se mais forte, subindo até as panturrilhas, coxas, cintura. Barriga, peito e braços.

Aden inspirou profundamente, o zumbido constante em sua cabeça finalmente desaparecendo. O poder era como um turbilhão, formando um halo que levantava os fios de cabelo do garoto, como se ele tivesse acabado de colocar o dedo na tomada.

Ele enfrentou um momento assustador de claridade. Um intimidante momento de... emoção. De repente, ele era Aden, e não o vampiro-rei com coração gelado que se tornara. Ele *sentia*. Culpa, alegria, remorso, empolgação, tristeza... amor.

Aden olhou para trás, estendeu a mão, precisando tocar Victoria, mesmo que brevemente. O garoto sabia que ela estava atrás dele, cada uma de suas células percebia os movimentos dela, a respiração dela. A cada segundo que se passava.

Uma pausa momentânea, um suspiro de surpresa. Os dedos de Victoria hesitantemente se entrelaçaram aos dele, docemente aquecidos e familiares.

– Aden?

Ela deu um passo em falso e caiu em cima dele. O garoto parou e envolveu-a em seus braços para levantá-la, adorando a forma como ela ficava ao seu lado. Como uma peça que faltava no quebra-cabeça de sua vida.

– Seus olhos... Eles estão normais – a esperança borbulhava no tom de voz de Victoria.

Normais?

– Vou entender isso como sendo algo bom.

– Muito bom.

Ele olhou em volta. Candelabros negros alinhavam-se diante das arquibancadas de concreto que se estendiam pelas laterais. Entre elas, espessas colunas de mármore.

– Não consigo acreditar nisso – disse ele, assustado por realmente estar ali. – Esqueça o perigo que causei tocando aquela corneta. Eu convoquei todos aqui para provar um fato, e esse fato poderia matá-los.

– Qual fato?

– Estou envergonhado demais para dizer. Eu preciso... me sentar – Aden voltou a se movimentar. Quando chegou ao trono, relaxou. Mais velas acesas à sua volta, soltando fumaça.

O zumbido ressurgiu em sua cabeça. Uma fração de segundo mais tarde, Aden ouviu um urro abafado – e, por conta disso, ainda mais selvagem e brutal. De uma hora para a outra, o véu da emoção levantou-se, fazendo o garoto sentir um frio congelante e um calor causticante.

Porém nem o frio, nem o calor poderiam vencer sua determinação de guiar os vampiros à vitória contra Vlad.

– Estou tão feliz que eu poderia chorar. Que humano da minha parte, não? Mas eu estou me tornando mais humana a cada segundo, acho. E não tem nada de errado nisso, certo? Isso é bom? – sorrindo, Victoria agachou-se na frente de Aden, descansando as mãos nas coxas do garoto. – Vamos voltar para o meu quarto e conversar. Vamos... – lentamente, o sorriso da garota desaparecia. – Seus olhos... – Agora, ela tinha uma voz desanimada.

– O que têm eles?

– Estão violeta outra vez. Sem vida.

Aden deu de ombros, sem demonstrar preocupação.

– Eu estou com Chompers dentro da minha cabeça?

O urro tinha desaparecido tão subitamente quanto começara, mas Aden sabia que havia algo – alguém – no limite de seu consciente, esperando, ouvindo... *controlando?*

Se não fosse Chompers, quem seria? Ou... *o que* seria?

Um franzir de testa, enquanto Victoria se ajeitava.

– Não, ele está comigo.

Aden observou-a. Ela usava uma longa túnica negra com tiras delicadas prendendo o tecido sobre os ombros. Dois puxões e aquela túnica cairia no chão e ele poderia beber do pescoço, do peito e até mesmo das coxas dela. Poderia beber de qualquer – de *todo* – lugar que quisesse.

Ele agarrou-se aos braços de ouro sólido do trono para se assegurar de que suas mãos se comportariam. De onde aqueles pensamentos estavam vindo? Mais cedo, ele sequer conseguia decidir se realmente gostava daquela garota. Agora ele se imaginava despindo-a e alimentando-se dela.

– Tem certeza quanto a Chompers? – ele murmurou.

— Absoluta. Tenho proteções do pescoço ao tornozelo para mantê-lo sob controle, mas ainda consigo ouvi-lo.

Um milagre do qual Aden não pediu provas.

— Vamos conversar sobre isso amanhã, depois que o efeito da sua medicação tiver chegado ao fim — disse ela, suspirando. — Pode ser?

Aden observou os lábios de Victoria enquanto ela falava. Eles eram vermelhos e exuberantes, e ele queria mordê-los também.

Talvez ele não tivesse tomado uma quantidade suficiente de sangue daquela humana. Espere. Risque esse "talvez". Ele não tinha tomado sangue suficiente. Se tivesse, sua boca não estaria salivando. Sua gengiva não estaria dolorida; seus músculos não estariam se contorcendo.

— Aden?

Ele quase saltou do trono e atirou-se em direção a ela.

— Fique atrás de mim — *por favor*.

Dar aquela ordem foi mais difícil do que o esperado, mas, mesmo assim, ele não se desculpou.

Choque, e não afronta, tomou conta dos traços delicados da garota. Então, seus olhos estreitaram-se e ela se movimentou, posicionando-se ao lado dele, e não atrás, como ele tinha ordenado.

Aden ainda conseguia sentir o calor do sangue dela, o calor da respiração de Victoria batendo no seu corpo. Qualquer tipo de aproximação era um problema, então. No entanto, antes que ele pudesse dispensá-la, um gemido ecoou, seguido pelo grunhido de um homem. Instintivamente, Aden estendeu a mão para pegar a adaga presa ao seu tornozelo.

Não havia nenhuma adaga presa ao seu tornozelo.

Não importava. Ele levantou-se, observando a sala do trono. Seus súditos ainda tinham de entrar — ele conseguia ouvi-los se reunindo fora da sala, especulando sobre o que Aden desejava. Quanto tempo eles...

Um casal envolvido em um beijo ardente entrou pela porta mais distante do lado esquerdo. O homem estava de costas para Aden, levando a mulher em direção a uma coluna e pressionando-a contra o concreto. Aden viu cabelos escuros bagunçados e uma camiseta rasgada, deixando costelas à mostra. Viu uma calça jeans solta e pendurada em quadris magros. Aliás, a única coisa segurando aquela calça eram as pernas da garota.

Talvez eles não soubessem da reunião.

A mulher era uma loira que Aden não tinha visto antes, mas que, de alguma forma, reconhecia. Os olhos dela estavam fechados, mas ele sabia que eram castanhos. Suas presas mordiam o lábio inferior enquanto o sangue respingava de seu queixo. Ela claramente tinha se alimentado antes de eles começarem aquilo.

Aquilo. Na sala do trono dele. Sem a permissão dele.

A ira de Aden cresceu. Mas, no fundo, ele sentia-se bem. Talvez até com um pouco de inveja.

Victoria devia ter acabado de perceber o que estava acontecendo, pois ficou boquiaberta. Aden não precisava olhar para saber que as bochechas dela estavam adoravelmente rosadas. O calor que Victoria exalava tinha se intensificado, envolvendo-o como uma corrente invisível.

Aden esperou o casal terminar. O rapaz estava fechando o zíper da calça, e a garota, ajustando seu manto. Um manto muito parecido com o de Victoria: longo, negro e facilmente removível. *Pare de pensar nisso.* O casal teve sorte, pois os outros vampiros não cessaram suas conversas do lado de fora.

Aden limpou a garganta enquanto voltava a se sentar.

O rapaz deu meia-volta, e a primeira coisa que Aden percebeu foram os pontos perfeitos em seu pescoço, marcados nos olhos da serpente ali tatuada. E de ambos os pontos pingava o néctar vermelho.

Aden salivou novamente. Ele estava babando?

Ao vê-lo, a garota ficou boquiaberta, horrorizada, e caiu de joelhos, inclinando a cabeça.

— Majestade, sinto muito! Eu não devia ter entrado sem sua permissão expressa. Vou raspar meus cabelos, cortar minha pele e me jogar de um precipício. Apenas me dê as ordens para fazer isso. Eu jamais o teria ofendido intencionalmente.

— Fique quieta.

Sangue... saborear...

Aden devia ter enrijecido o corpo ou se preparado para levantar, pois Victoria colocou a mão no pescoço dele e segurou-o ali. Ele poderia tê-la empurrado para o lado, mas não fez isso. Ele gostava daquele peso ali, mesmo leve como era. Gostava de saber que só precisava agarrar o pulso de Victoria e puxá-la e ela estaria em seu colo. O pescoço dela, tão próximo. Seu sangue, na boca dele.

Inspiração profunda, expiração demorada. Outra vez. Outra vez. O desejo por sangue desapareceu, mas apenas brevemente. Breve, mas suficiente.

— E aí, Ad? – disse um garoto.

Aden estudou um rosto que tinha visto todos os dias por meses. Grosseiro, com algumas cicatrizes.

— Seth! O que você está fazendo aqui?

Seth abriu um sorriso impertinente.

— Vim atrás de você. Dan está preocupado. Todo mundo está preocupado.

Emoções voltaram fortes como uma enxurrada – a culpa na posição dianteira –, mas todas elas desapareceram em um piscar de olhos.

— Como você me encontrou?

— Shannon. Ele seguiu seu amigo Riley, que entrou no seu quarto para pegar algumas daquelas suas porcarias.

Shannon vivia no D&M, era colega de quarto de Aden e um dos caras legais. E, pelo visto, também tinha habilidades de rastreamento que Aden desconhecia.

— Mas devo admitir que eu não esperava *isso* — Seth acenou, mostrando a sala com motivos góticos. — Tipo, *vampiros*? Cara, é incrível!

Aden voltou sua atenção para a garota, que ainda estava ajoelhada, com o corpo tremendo e chorando silenciosamente.

— Chega! Você tinha permissão para estar aqui. Eu convoquei todo mundo para uma reunião. Agora levante-se e vá se sentar.

— Obrigada... Obrigada... Muito obrigada, majestade.

Ela endireitou o corpo, sem nunca ter coragem para olhar nos olhos de Aden, e recuou, obedecendo-o.

Parte dele sentiu uma enorme satisfação com aquilo. A outra parte sentiu angústia.

— Você foi trazido para cá como um escravo de sangue? — ele perguntou a Seth.

— Sai fora, cara! Eu não sou escravo de ninguém — Seth puxou um pedaço de gaze invisível de seu ombro. — Você quer saber se alguém tentou me chamar para cá? Sim, um cara. Até eu dizer que eu e você éramos muito próximos e aí ele se afastou de mim muito rapidamente. O efeito é o oposto com as garotas. Parece que estou em alta temporada, cara.

Próximos? No passado, Seth queria picar Aden em pedaços e pendurá-los nas paredes do rancho.

— Não é de se espantar que você tenha mantido esse lugar em segredo. Aqui você tem todas as gatas que poderia querer, e muito mais.

— Há quanto tempo você está aqui? — perguntou Victoria com a voz tão afiada quanto uma das adagas pelas quais Aden procurara minutos antes. — Quantas vezes você foi mordido?

Os olhos escuros viraram-se para ela. E permaneceram ali. E desceram por seu corpo, analisando-a completamente. Aden ajeitou-se e forçou-se a se segurar no braço do trono antes que fizesse qualquer coisa de que pudesse se arrepender. Ou seja, rasgar os olhos de seu colega.

Dobradiças rangeram quando a porta se abriu. Passos ecoaram. Múltiplos passos. Mas nada de conversa – as conversas haviam cessado. Vampiros e escravos de sangue apareceram, cada um finalmente tomando seu lugar nas fileiras, conforme ordenado.

Seth olhou para eles, acenou com entusiasmo e então voltou sua atenção para Aden.

– Não faz muito tempo que estou aqui – respondeu. – E já fui muito mordido.

– Nenhum sintoma de perda excessiva de sangue? – perguntou Aden ao mesmo tempo em que Victoria disse:

– Você está com desejo de ser mordido?

– O que é isso? Dia Nacional do Interrogatório de Seth? Nenhum sintoma. E sim, estou com desejo. Quem poderia imaginar como essas presas são divertidas?

Aden viu Victoria inspirar uma lufada de ar que chegava a estalar, sabia que ela estava preocupada e confusa.

– Mas seus olhos não estão vidrados.

– Eu sei – respondeu Seth. – Eles estão incríveis.

– Mas... – Victoria enrolou a ponta dos cabelos com os dedos. – Como você não se tornou um escravo de sangue, viciado nas mordidas?

Seth balançou as sobrancelhas.

– Talvez eu não tenha sido mordido pela garota certa. E aí, quer me provar?

Victoria virou os olhos e Aden rangeu os dentes. Flertar com a princesa não era permitido. Nunca.

– Dan sabe onde você está?

Seth trocou o apoio de um pé para o outro, sentindo-se no mínimo desconfortável.

– Na verdade, não.

– Então você *desapareceu*, como eu? E deixou Dan preocupado?

– Bem, eu suponho que não deva contar para ele que encontrei você, certo?

Mais e mais vampiros entravam na sala. Aden podia sentir os olhos dos vampiros nele, podia sentir a curiosidade de todos queimar sua pele. Mais do que isso, ele conseguia sentir os desejos das bestas. Aquelas bestas queriam estar com ele, tocá-lo. Elas sentiam falta de Aden.

– E quanto aos outros caras? – ele perguntou, continuando a conversa com Seth. Ele era rei. Podia fazer o que quisesse. – Como eles estão?

– Bem, Terry e RJ vão se mudar, conforme planejado. Aliás, já na semana que vem. Ah, e Dan pegou Shannon e Ryder juntos.

– O quê?! – Aden sabia que Shannon era gay. Sabia que Shannon pensava (e esperava) que Ryder fosse gay. Mas Ryder tinha tratado o colega de quarto de Aden como se fosse um doente desde que ele fizera uma investida. – E aí?

– Aí Dan foi super tranquilo com relação a isso. Ele só disse que, como nenhum de nós pode namorar enquanto estamos no rancho, eles dois também não podem. Não podem ficar sozinhos nem nada desse tipo.

Dan era um cara mais legal do que Aden pensava. E Aden pensava que Dan era muito legal.

– Você precisa voltar.

– Não. Não mesmo. Esse lugar é legal demais. As garotas chegam em mim como se fossem moscas e eu fosse mel – Seth apertou os lábios. – Quero dizer, como se elas fossem ursos e eu fosse mel.

Aden não queria saber com quantos "ursos" Seth tinha se divertido.

– Alguém brigou por você?

Seth encheu o peito.

– Não que eu queira me gabar, mas... Caramba, não é se gabar quando é verdade, não é mesmo? Então, rolou uma briga. Aliás, poucas horas atrás.

E a perdedora agora era uma escrava...

– Você vai voltar e ponto final – insistiu Aden. Alguma coisa vinda de dentro dele, uma espécie de calor, envolvia as palavras conforme elas saíam de sua boca.

Seth contraiu o corpo abruptamente e olhou em volta.

– Sim. Voltar – ele deu meia-volta e caminhou pelo tapete vermelho sem dizer mais uma palavra sequer.

Impressionante.

– Espere! – gritou Victoria com um leve tom de pânico em sua voz. Ele continuou andando.

– Eu mandei você esperar! – ela gritou.

Novamente, ele continuou andando.

– Aden, faça ele parar – implorou a garota.

O desespero de Victoria atingiu o âmago de Aden e ele se viu reagindo, obedecendo.

– Seth, pare – gritou Aden com o calor ainda pulsando em volta das palavras.

Seth derrapou, mas não deu meia-volta.

– Diga para ele se esquecer do tempo que passou aqui.

A mão de Victoria, que não tinha saído do ombro de Aden, agora o apertava, as unhas entrando em direção ao músculo.

– Diga para ele que vampiros não existem.

– E ele vai acreditar em mim? Simples assim?

– Sim.

Difícil. Enfim. Aden pensou naquilo, queria agradá-la, mas não sabia *por que* queria agradá-la. E finalmente disse:

– Seth, volte para o rancho de Dan. Diga a ele que você me encontrou, que eu estou vivo e bem, morando em outro lugar, mas não diga nada sobre os vampiros.

– Voltar. Dan. Encontrado. Nada sobre vampiros.

Foi quando ele percebeu. O coração de Aden bateu irregularmente. "Voz de vodu". Era como Mary Ann chamava a habilidade dos vampiros de falar e manipular. Agora, Aden estava usando a voz de vodu. Ele não sabia como, não sabia quanto tempo duraria, mas é claro que se aproveitaria daquilo tanto quanto pudesse.

Você detestava quando Victoria usava a voz de vodu em outras pessoas.
Bem, isso era antes.
Antes de você ter se tornado um idiota? O poder está subindo à sua cabeça e, se você não lutar contra isso, vai acabar se tornando um idiota para sempre.

Que ótimo. Ele ainda falava consigo mesmo. E *isso tudo* não era um progresso incrível? Uma metade dele detestava a outra. Se as coisas continuassem assim, logo ele seria o primeiro a lutar contra si mesmo.

– Diga para ele esquecer que nós existimos – implorou Victoria. – Por favor!

– Não.

– Por quê?

Porque Aden poderia usar um aliado humano. Porque ter olhos e orelhas do lado de fora era algo bom. Porque ele queria assim.

– Seth, vá.

Seth foi embora, deixando Aden sozinho com os vampiros. As fileiras estavam agora lotadas de corpos. Um mar de rostos pálidos, masculinos e femininos. Draven estava na frente, com um sorriso falso apontado para Aden.

Lauren e Stephanie, as irmãs de Victoria, também estavam na frente. E faziam caras e bocas para ele. Caras e bocas que não conseguiam diminuir em nada a beleza das irmãs. Ambas eram loiras, embora uma tivesse olhos verdes e a outra, azuis. Uma era guerreira; a outra queria ser humana.

E havia os conselheiros de cabelos grisalhos, mais pálidos que os demais porque estavam vivos há muito mais tempo e já não toleravam a luz do sol.

Todos os vampiros usavam um tipo de túnica negra, e todos os escravos usavam uma túnica branca. Branco e preto, branco e preto, intercalando-se de forma hipnotizante.

Mutantes em plena forma de lobo alinhavam-se às fileiras, guardando seus queridos vampiros e observando Aden prudentemente. Embora os vampiros pudessem segui-lo cegamente, os lobos jamais fariam isso. Ah, os lobos serviriam quem quer que fosse coroado rei, mas Aden teria de trabalhar duro para ganhar a afeição deles.

Afeição era algo que devia ser cultivado, pois os lobos produziam a substância que poderia provocar o massacre do povo de Aden.

– Eu os trouxe aqui por dois motivos – Aden anunciou, sem ter o trabalho de se levantar. O silêncio cumprimentou o anúncio. – O primeiro deles é lembrá-los de que eu estou vivo e bem.

O burburinho começou. Aden não sabia se aquele burburinho era de aprovação ou de desaprovação – e, de qualquer forma, também não se importava.

– O segundo motivo é lembrá-los do que eu posso fazer. Bestas – chamou, pronto para deixar as coisas claras –, venham até mim.

As expressões adotaram diferentes graus de horror. Alguém choramingou. Outro vampiro gemeu. De trás de Aden veio um grito. Então, sombras começaram a se levantar sobre alguns dos vampiros. E algumas outras. Mais. Asas negras abriram-se e bateram, colocando o ar parado em movimento.

Lentamente, aquelas sombras solidificaram-se, tornando-se monstros saídos diretamente de pesadelos. Focinhos tomaram forma e olhos escarlates brilharam. Torsos grossos, como os de dragões, cresceram...

cresceram... e também solidificaram-se. Pés com cascos logo apareceram e desceram os degraus como um furacão.

Os vampiros gritaram e se arrastaram. Aqueles monstros estavam dentro deles, mas, quando libertados, nem mesmo os chupadores de sangue conseguiam controlá-los. E, em geral, uma besta atacava primeiro seu hospedeiro, mordendo-o e mastigando-o até que os órgãos vampirescos se tornassem uma polpa dentro da pele supostamente indestrutível. Dessa vez, as feras correram para Aden.

O garoto ficou parado, olhou rapidamente para trás, para ter certeza de que Victoria estava segura. A garota estava encostada em uma parede afastada, olhos arregalados por conta do medo. Chompers estava ao lado dela, as garras de seus pés arranhavam o chão enquanto ele tentava se conter, suas narinas, queimando, suas presas, expostas. A saliva da criatura golpeava Victoria a cada expiração.

– Venha até mim – Aden lembrou-o.

A cabeça bestial virou-se e os olhares se encontraram. Como um animal de estimação que sabia estar prestes a receber um mimo, Chompers deixou para trás seu ar de agressão e andou pesadamente. Colocou a língua para fora e balançou o rabo. Então, Aden foi cercado, lambido e cutucado também por outros monstros.

Chompers avançou para a frente, bufando uma vez, duas vezes. E parecia... franzir a testa?

– O que foi? – Aden perguntou a ele.

A besta farejou, farejou e, sim, estava de fato com a testa apertada.

– Estou com um cheiro diferente, garotão? Cheiro de vampiro?

Uma afirmação com a cabeça.

– E você não gosta?

Outra afirmação.

A parte fria de Aden se ofendeu. Seu outro lado, ainda tão profundamente enterrado, queria consertar aquilo.

— Vamos — disse o garoto, acariciando atrás da orelha de Chompers. — Vamos todos brincar lá fora. Talvez isso ajude.

Nenhum dos vampiros protestou enquanto o garoto levava as bestas para fora da sala do trono, em direção ao corredor e à sala e estar. O chão tremeu e os móveis crepitaram. Bibelôs — provavelmente vasos de valor inestimável e itens coletados ao longo de eras — caíram e se estilhaçaram.

Aden não parou, não pediu às bestas que fossem cuidadosas, e eles finalmente chegaram ao ar livre na manhã sombria. O exército que acompanhava Aden quase arrancou as portas enquanto se apressava para novamente cercar o garoto.

Aden pegou alguns bastões e atirou-os. Os bastões foram buscados e presos entre dentes fortes em questão de segundos, e então trazidos de volta para o garoto. Como aquilo devia parecer surreal, brincar de jogar e lançar. Um momento verdadeiramente mais estranho que qualquer ficção.

Por algum tempo, Aden foi capaz de esquecer seus problemas. Mas, no fundo, ele suspeitava que, assim que deixasse aquela clareira, sua vida mudaria — outra vez.

E não seria para melhor.

oito

Riley dos Muitos Nomes correu por florestas, por estradas de asfalto, de pedra e de terra, por bairros, por ruas de lojas movimentadas e por becos escondidos, sem jamais permitir que seus passos se tornassem mais lentos. Nem mesmo quando o sol libertou-se das pesadas nuvens e queimou a pele do mutante, apesar do ar frio. Nem quando esse mesmo frio fez seus pulmões agonizarem. Nem quando a lua finalmente apareceu, quarto crescente dourado que *tanto* o fazia querer uivar. Hora desaparecia após hora, milhas ficavam para trás.

Para se distrair, ele permitiu que sua mente reprisasse todas as situações pelas quais ele passara ao longo dos anos. Seus irmãos, que o chamavam de Riley, o Barulhento. Ou de Riley, o Pelo-Amor-de-Deus--Cale-a-Boca. Victoria tinha recentemente começado a chamá-lo de Riley, o Cara-Chato-que-Nunca-me-Deixa-Sair-Impune-de-Nada. E esse nome costumava ser pronunciado com batidas de pé da realeza.

Para se matricular no colégio de Aden, o mutante adotou Connal como sobrenome. "Connal" significava "cão de caça todo-poderoso" na língua antiga. Victoria sugerira Ulrich, que significava "mulher guerreira". Uma das primeiras piadas que a vampira fizera. Riley ficara tão orgulhoso de Victoria que quase aceitou a sugestão. Mas Riley Ulrich soava um pouco estrangeiro demais quando, na verdade, ele queria se misturar àquele povo.

Talvez ele pudesse ter escolhido Riley Smith. Ou Riley Jones.

Algumas de suas ex-namoradas chamavam-no de Riley, o Insuportável. Ou o favorito dele: Riley, o Eu-Espero-que-Você-Contraia-uma-Doença-Venérea-Seu-Filho-da-Mãe.

Em geral, seus relacionamentos costumavam não funcionar, por alguma razão. "Alguma razão" era sempre culpa dele, ele sabia. E não apenas porque as garotas diziam-lhe isso. Riley se mantinha propositalmente distante, para o bem das garotas e para o seu próprio bem. Ele era possessivo até os ossos e, se decidisse que uma garota era sua, bem, ele a seguraria. Para sempre.

É claro que as garotas o desejavam naquele momento, ou até mesmo durante as primeiras semanas ou meses de relacionamento, mas isso poderia mudar. A garota talvez mudasse.

Riley não mudava.

E era impossível ensinar novos truques a um cachorro velho, porque o cachorro velho simplesmente não se importava em aprender. Riley tinha vivido mais de cem anos. Entre humanos, era velho. Portanto, não aprenderia nada novo.

Entre os lobisomens, todavia, ele ainda era uma criança, mas isso não o ajudaria a defender seu ponto de vista e, portanto, não era um fator que ele colocaria na equação.

E as namoradas, quando tinham a oportunidade de realmente conhecer Riley, talvez não entendessem seu estilo de vida, talvez não gostassem e, então, decidissem deixá-lo. Mas, se ele levasse as coisas para um nível mais profundo, aí seria tarde demais. Todos que eram trazidos para a casa de Vlad permaneciam na casa de Vlad.

Vlad já não tomava mais as decisões, mas Riley entendia o raciocínio por trás do decreto. Proteção da espécie. Mesmo assim. Se você levasse alguém para a mansão, estava se dispondo a desafios.

Bastava ver o que tinha acontecido entre Vic e Draven.

Riley detestava desafios. O que era seu, era seu, e ele não compartilhava. E talvez se sentisse assim porque crescera em uma alcateia, onde cada grama de alimento, cada peça de roupa, cada quarto, cama e fêmea solteira – e, sim, cada macho solteiro – era considerado propriedade da comunidade. Isso tinha se tornado rapidamente antiquado. Então, como Riley dissera, ele mantinha-se parcialmente distante de suas namoradas e nunca se permitia considerar sua namorada exclusivamente "sua".

Até conhecer Mary Ann.

De alguma forma, ela tinha passado pelas defesas dele. Caramba, talvez Mary Ann tivesse mudado Riley como ela mudara todos os demais. Ele se perguntava se isso tinha acontecido, estranhando o fato de ter se sentido tão intrigado com ela desde o início. E, sim, ele também estava louco por um pouquinho de ação. Aqueles cabelos negros que ele queria tocar, aqueles olhos castanhos tão-profundos-que-você-poderia-se-perder-para-sempre que ele queria estudar. A pele levemente bronzeada que ele queria lamber. (Ei, não se esqueça de que ele era um cachorro!)

Ela era alta e esbelta, bonita de uma forma discreta, graciosa de uma forma ainda mais discreta. Do tipo que poderia tropeçar enquanto caminha com a mente perdida em pensamentos, mas que, quando estendia a mão para tirar os cabelos da frente do rosto, passando os dedos pelas bochechas e têmporas, tinha um movimento fluido, cheio de sensualidade.

Ela não conhecia o próprio apelo, algo que ficara claro desde o início. Mary Ann às vezes olhava para seus pés e timidamente chutava as pedras no chão. Ela nunca procurava atenção; às vezes enrubescia. Era reservada e nervosa, mas determinada a superar todos os desafios que eram colocados em seu caminho.

Inicialmente, ele não sabia como ela era inteligente. Riley simplesmente pensou: *Nossa, ela é bonita... e doce... e se preocupa mais com os outros do que consigo mesma.* Porém, ele descobriu rápido. Muito rápido. A mente de Mary Ann funcionava em uma velocidade incrível. Ela não se deixava enganar pelas aparências, pesquisava tudo e, embora fosse reservada e ansiosa, não tinha problema em dar voz às suas opiniões quando estava cercada pelas pessoas com quem se sentia confortável, acreditando totalmente no que dizia.

Além disso, ela sempre dizia a verdade. Sempre. Não importa o quão dura fosse a realidade. Riley admirava esse traço, pois ele agia da mesma forma.

Ela também era emotiva. Algo que ele não era e de que não tinha percebido que gostava. Até conhecer Mary Ann. Ela não tinha medo de chorar ao lado dele ou de abraçá-lo. Ou de rir e correr de um lado para o outro cheia de felicidade. Ela simplesmente não se continha. O exato oposto de Riley e de todas as garotas com quem ele tinha saído.

Mary Ann era vulnerável e não se importava. Ela simplesmente... vivia.

Ela não o tinha deixado para proteger a si mesma. Riley sabia disso. Deixá-lo tinha sido uma forma de protegê-lo. Ela não queria ferir o mutante. Ele entendia. Entedia, mesmo. Ele tampouco queria feri-la. Mas separação? Essa não era a resposta.

Ela era uma sugadora. E daí? Eles poderiam lidar com aquilo. Todos os casais têm seus problemas. Está bem, está bem. O problema dela poderia matá-lo. Mas eles encontrariam uma solução antes de isso acontecer. Não havia dúvida.

Riley pisou em uma pedra, mas não tropeçou. Ele continuou correndo, o suor pingando em seus olhos. Diferentemente dos cachorros não mutantes, Riley suava (entre outras coisas) como o humano e o animal que existiam dentro dele. E como suava! Muito. Seus pelos formavam um emaranhado úmido sobre a pele quando ele chegou à grande e cruel cidade.

Arfando, passou apressadamente pelas pessoas – as quais ficaram boquiabertas e assustadas ao perceberem o enorme (*realmente* enorme) animal correndo –, ultrapassou carros e desviou de outros animais. Animais de estimação em coleiras, criaturas selvagens à procura de comida.

Tantas auras, todas ostentando camada após camada de cores. Uma para o corpo físico, uma para as emoções direcionadas para si mesmo, uma para as emoções direcionadas para outras pessoas, para a mente lógica, a mente criativa, a mente prática, para a verdade e a mentira, para o amor e o outro, para a paixão e, finalmente, para a paz e o caos.

As pessoas cobriam-se com aquelas camadas como se fossem casacos. Casacos brilhantes que transmitiam suas emoções e pensamentos – seu *tudo*. As coisas não seriam tão ruins se cada camada fosse simplesmente uma cor simples de um quadro organizado. Vermelho, azul, verde ou amarelo, alguma coisa simples assim. Mas não. Riley enxergava tonalidades diferentes de uma mesma cor, cores distintas sobre cores distintas, cores que se misturavam com outras cores, e cores, e cores e mais cores.

Isso era outra coisa que ele gostava em Mary Ann. A aura dela. Riley não precisava perder tempo interpretando as cores que pulsavam em volta da garota. Elas eram puras demais, fortes demais, uma colocada sobre a outra, nada sombrio ou aberto para interpretação.

Onde está você, querida?

Da última vez que Riley a vira, muitos dias atrás, Mary Ann estava em Tulsa, Oklahoma. Como ela conseguira escapar dele, isso ele ainda não sabia. Em um momento ele a viu; no instante seguinte, quando ela virou a esquina, ele já não conseguia avistá-la. Mas Riley ainda conseguia sentir o cheiro dela. Aquela fragrância doce de flor selvagem e mel. Mas, assim como a própria garota, o cheiro desapareceu, sem levar o mutante a lugar algum. E, então, ele não tinha mais nenhum vestígio dela.

Riley teria ficado ali, continuaria procurando, mas, quando telefonou para seu irmão Nate para ter notícias de Vic, de Aden e da vida na mansão, assustou-se. Ouvir que a garota de quem devia tomar conta estava "chorando muito", "trancada no quarto" e "envolvida com uma mania de sangue e ameaçando ferir pessoas" o fez entrar em pânico. Riley roubou um carro e desrespeitou todas as leis de trânsito para chegar até ela.

O lobisomem poderia ter voltado para cá com o carro e chegado em apenas três horas, mas preferiu correr em sua forma animal. Para sentir o cheiro de Mary Ann. Para saber quem tinha interagido com ela.

Quando chegou à rua onde a vira caminhando pela última vez – bem no meio de um movimentado centro de compras – ele finalmente diminuiu a velocidade. Buzinas soavam, carros desviavam para passar longe dele. Riley movia-se nas sombras, permanecendo próximo às paredes dos prédios. Seria um inferno ter de lidar com a carrocinha e suas armas de efeito tranquilizante.

A adrenalina espalhou-se pelo corpo do mutante, forte e potente, fazendo seu sangue parecer fogo correndo pelas veias. O suor continuava pingando de seu corpo, deixando um rastro perceptível pela calçada. Ele provavelmente estava fedendo. Ótimo. Assim todos ficariam longe.

Riley farejou... farejou... tantos odores misturavam-se. Fez uma busca entre esses cheiros, continuou a farejar... pôde perceber uma pista de magia e os pelos de sua nuca eriçaram, mesmo molhados e pesados como estavam. Magia era sinônimo de bruxas, e as bruxas detestavam Mary Ann com uma paixão assassina.

Um grupo de bruxas poderia viver ali, sem saber que agora havia uma sugadora entre elas. Ou essa comunidade de bruxas poderia estar seguindo a sugadora.

Ele farejou, farejou... Ali. O *tum-tum* de seu coração retumbou mais intensamente – em velocidade e em ferocidade. Mary Ann. O cheiro de Mary Ann não tinha apenas aparecido, mas também tornava-se mais forte. Ela devia ter tomado aquele caminho várias vezes – e recentemente. Por quê? Ela tinha se encontrado com as bruxas? Se sim, tinha sugado a magia delas? Ou as bruxas teriam capturado a garota? Ou pior?

Riley estudou a região. Lojas de roupas, uma padaria, lanchonetes, um café. Um pouco adiante, uma colina, destacada por uma grande quantidade de luzes, a grama amarelada e um prédio alto e imponente. Um prédio mais antigo, feito de pedras enormes usadas na construção de muralhas, com telhados em forma de torre e escadas de concreto. Uma biblioteca.

Bingo. A nave mãe de Mary Ann.

Riley aproximou-se e subiu as escadas. O horário de encerramento das atividades já tinha passado, o que significava que o prédio ficaria vazio durante a noite. O mutante deu meia-volta, farejando. Ah, sim. O cheiro de Mary Ann espalhava-se pelo ar. Ela estivera ali muitas vezes. Pesquisando, como sua natureza mandava.

O que ela estaria pesquisando? Sugadores? Só de pensar, Riley sentiu seu estomago queimar, como se houvesse um balde de ácido ali. Evidências escritas eram um saco e, sim, as bruxas também seguiam essas informações. E quem não as seguia? As bruxas estariam atrás de Mary Ann – se já não estivessem – antes de a garota conseguir se levantar e rezar para estar em casa.

Farejando, farejando. Riley franziu a testa. Ele também sentiu o cheiro de alguma coisa, alguém, familiar. Obscuro, um pouco cítrico. Conhecido, sim, mas não o suficiente para ser identificado imediatamente.

Então, Riley perdeu aquele cheiro. Fumaça de cigarro espalhou-se pelo ar, encobrindo todo o restante à volta do mutante. Ele rosnou – um som baixo e gutural. Riley detestava aquela porcaria. Assim que encontrasse a fonte daquilo, ele iria...

Um cara sujo com uma garrafa de *whisky* sentou-se atrás de uma das colunas. A fumaça espalhava-se à sua volta.

– Aqui, cachorrinho, cachorrinho – chamou confusamente.

Sério? Riley voltou a rosnar, dessa vez em direção ao homem.

Aquilo lhe rendeu uma gargalhada bêbada.

– Bichinho malvado, né?

Bichinho? Não exatamente. *Cara, você tem sorte. Eu poderia mijar em você.* Riley mostrou seus caninos afiados e deu meia-volta. Agora, ele conseguia ver o centro de compras pelo qual acabara de passar e uma boa distância além, com prédios caindo aos pedaços, casas que pareciam ser usadas para tráfico de drogas e algo que parecia ser uma cena de crime, com direito ao piscar das luzes vermelha e azul de um carro de polícia. Um pouco adiante, estava o centro de Tulsa. Várias luzes e prédios altos, vidro e cromo.

Mary Ann não teria ido muito longe da biblioteca, nem mesmo para se perder na multidão. Em primeiro lugar, ela não tinha tanto dinheiro; em segundo lugar, ela era viciada em informações e queria estar perto de uma fonte, pois uma nova ideia poderia surgir e ela precisaria de dados.

Pois é. *Motel barato, aí vou eu.* Riley trotou, distanciando-se do prédio, sempre farejando até encontrar o rastro correto. Lá estava! A expectativa tomou conta dele, fazendo-o acelerar.

A primeira coisa que ele faria ao encontrá-la seria sacudi-la. A segunda, beijá-la. A terceira, sacudi-la outra vez. A quarta, beijá-la outra vez.

Ele começava a perceber um modelo de ação.

Mary Ann provavelmente estava fazendo-o envelhecer cem anos. E ele não se sentia agradecido. Os mutantes não viviam para sempre, embora tivessem uma vida muito, muito longa. E ele queria aproveitar cada minuto.

Seus pais morreram antes da hora, com arrependimentos demais. Ele não queria passar por aquilo. É claro que eles tinham morrido em um ataque de fadas e não porque uma garotinha humana os tinha deixado loucos.

Fadas, cara. Os seres feéricos tinham um complexo de Deus, sempre massacrando outras raças sobrenaturais em nome da proteção dos humanos. No fundo, a verdade é que as fadas e os elfos queriam ser o grupo mais poderoso do mundo.

Mais ou menos como Vlad, que criara Riley. A quem Riley sempre servira. Até Aden tomar a coroa. Então, a lealdade de Riley mudou de foco e, mesmo depois de descobrir que Vlad ainda estava vivo, ele não traiu Aden. A ligação já tinha sido formada.

Mas esse novo Aden... Havia algo diferente nele, algo de que Riley não gostava, embora não soubesse exatamente o quê. De qualquer forma, o lobo não trairia seu novo rei. Quando encontrasse Mary Ann e a levasse para um lugar seguro, ele ajudaria Aden a redescobrir sua antiga personalidade. De alguma forma.

O cheiro de magia tornou-se mais acentuado e Riley diminuiu a velocidade. Seu olhar tornou-se mais aguçado, analisando as cores e as sombras. Do outro lado da rua, ele avistou dois pontos brilhantes. Um deles, dourado metálico; o outro, dourado acastanhado. Magia.

Olá, mestre e aprendiz.

Riley levantou as orelhas para ouvir todas as conversas à sua volta – até mesmo aquelas que aconteciam a milhas de distância e dentro das construções. Então, descartou toda a conversa fiada, focando, focando...

– ...atacar agora, enquanto ela está sem proteção.

Ele reconheceu a voz. Marie. Uma bruxa. A líder da comunidade que viera para Crossroads.

— Eu sei. Mas as proteções dela são um problema — Riley reconheceu também aquela voz. Jennifer. Outra bruxa. A aprendiz. — Teremos de planejar nosso ataque com precisão. Não podemos permitir que aquelas proteções a salvem.

Mary Ann estava protegida contra morte por ferimentos físicos e contra controle mental. Para passar por cima disso, as bruxas teriam de... fazer o quê? Causar problemas mentais por meio de algum truque? Riley não sabia como seria possível fazer algo assim.

Quantas outras bruxas estariam ali por perto? Será que elas já tinham visto Mary Ann? Obviamente, as feiticeiras ainda não tinham atacado. Decidido a descobrir a verdade, Riley aproximou-se delas.

— Também daremos um jeito no garoto — disse Marie, suspirando.

Qual garoto? Ele? Ou outro? Uma onda de ciúme brotou.

— Ele não fez nada de errado — disse Jennifer.

— Não importa. Ele é poderoso. E vai acabar se tornando um problema — respondeu Marie.

Poderoso poderia significar Aden, mas também poderia significar Riley. No entanto, o "não fez nada de errado" eliminava os dois. O ciúme de Riley criou asas pontiagudas e cortou todo o seu corpo.

Marie continuou:

— Não podemos correr o risco de ele vir atrás de nós. Ele poderia causar sérios danos. Especialmente se resolver ajudar aquele outro, o novo rei. E, como Aden está com Tyson preso dentro dele...

— Eu sei — o medo transparecia na voz de Jennifer.

Tyson? Uma das almas, antes de morrer?

Riley gravou aquilo em sua mente para contar para Aden, para verificar se o nome despertava alguma memória em uma das almas. O lobo parou quando se aproximou da porta de um prédio. Um daqueles prédios caindo aos pedaços. As bruxas estavam lá dentro; suas auras praticamente passavam pelos tijolos. Tanto que Riley queria invadir o prédio, morder e transformar as detentoras de magia em pedacinhos. Ameaçar ferir Mary Ann era um erro... E essa era uma lição que elas tinham de aprender. Mas ele estava sem proteções; sua pele de lobo não as segurava. As bruxas poderiam lançar milhares de feitiços diferentes – morte, destruição, dor – e ele estaria desprotegido.

Era por isso que os lobos nunca desafiavam as bruxas sem ter um vampiro ao lado.

Um rosnado discreto escapou-lhe. Riley detestava fugir de uma briga, mas fez isso. Ele voltou a andar em meio à escuridão e avistou um motel do outro lado da rua – e as quatro auras significativas dentro da construção. Aquelas auras crepitavam, o brilho vibrava como as cores de um arco-íris.

Fadas e elfos.

Eles também estavam aqui. O temor tomou conta do mutante. Suas orelhas levantaram-se enquanto ele se aproximava, escutando.

– ...alcançá-la antes das bruxas – alguém dizia. Uma mulher. Possivelmente Brendal, a fada que tentara controlar a mente de Aden. Uma princesa, e a determinada irmã do falecido e agora fantasma Thomas. – Ela é minha.

– Sim, princesa.

Ah, sim. Era realmente Brendal.

Riley entrou rapidamente em ação. O cheiro de Mary Ann tornou-se mais forte quando ele aproximou-se do Charleston Motel. O letreiro dizia: "Temos vacas". Ótimo. Alguém tinha bagunçado as letras.

Teria Mary Ann entrado em uma instalação tão ruim assim? Fazer isso era completamente inesperado para uma garota conhecida por ser tão almofadinha. (E que diabos significava essa expressão? Por que as almofadas eram consideradas certinhas?) Ela poderia ter entrado ali, todavia, simplesmente para despistar alguém que a estivesse seguindo.

E bruxas, fadas e elfos a tinham visto. Não restava dúvida agora. Por que outro motivo essas criaturas estariam por ali, falando de Mary Ann?

Quando a ansiedade e a preocupação de Riley retornaram, fortalecidas, ele atravessou a rua correndo. Faróis iluminaram-no, a buzina de um carro soou, pneus cantaram. Devia ter olhado dos dois lados, ele pensou, pulando para longe do veículo. As portas do motel abriam-se pelo lado de fora, e não por dentro. Suas favoritas. Ele farejou cada cheiro até sentir novamente Mary Ann.

No instante em que isso aconteceu, o lobo sentiu seu sangue aquecer com todas as emoções inoportunas que somente as garotas deviam sentir. Ela estava ali.

Ele transformou-se em humano novamente, nu e sentindo um frio repentino. Abriu a fechadura, voltou para sua forma de lobo, colocou a boca na maçaneta e girou-a levemente. Ou tentou. Nenhum movimento, o que significava que estava trancada. Ótimo. Não que esse tipo de tranca fosse conter bruxas, Fae ou ele mesmo.

Em vez de se transformar novamente em humano e desfazer o trabalho manual – e talvez acordar Mary Ann e dar a ela tempo para correr, se esconder ou chamar "o garoto" que as bruxas tinham mencionado –, Riley golpeou a porta com suas patas pesadas de lobo. As dobradiças rangeram e choveram farpas de madeira.

Riley permaneceu ali, na entrada, analisando. A primeira coisa que percebeu: havia alguém no chão, sentado, olhando fixamente. Mary Ann. Os cabelos negros caindo, a aura vermelha escura por causa do medo, azul por conta da esperança.

Em um instante ele descobriu: Tucker era "o garoto". O garoto poderoso, que supostamente não tinha feito nada errado.

Em um piscar de olhos, a imagem mudou. Já não havia ninguém no chão, olhando para Riley com uma combinação de esperança e medo.

Agora havia duas pessoas na cama – e elas estavam transando.

Mais um rosando lhe escapou, dessa vez feroz e letal como uma adaga. Provavelmente muito mais cortante. Riley já tinha decidido matar Tucker, mas agora iria matá-lo com dor.

O lobo transformou-se – sem se importar com o fato de estar nu – e se aproximou ainda mais da porta. Com as dobradiças quebradas, ele só precisaria se escorar na madeira falsa para fazê-la abrir. Então, virou-se e cruzou os braços.

– Eu sei o que você está fazendo, idiota. Pode parar.

Ilusões. Aquilo era uma ilusão, e Riley reconheceu isso bem. Não havia ninguém na cama, ninguém tão perdido nos prazeres, lançando nenhum tipo de aura.

– Riley... – disse Mary Ann com uma respiração áspera.

O som do nome do mutante naqueles lábios o afetou. Seu sangue aqueceu mais um grau, e não era por causa da fúria.

– Tucker... – ela disse em seguida. O prazer abria caminho para a irritação. – Pare ou eu vou ser capaz de esfaquear você!

Uma ameaça engraçada vindo dela, mas eficaz. Tucker desfez a ilusão e Riley notou que o demônio estava no chão e Mary Ann, na cama.

Com um calor rosado estampando suas bochechas, ela desviou o olhar de Riley, mesmo enquanto jogava um lençol para ele.

– Caramba, Riley, cubra seu corpo. Tucker está aqui.

Ela tinha acabado de falar "caramba"? E se ele não obedecesse? Riley queria perguntar, mas se conteve. Pegou o lençol e enrolou-o na cintura, prendendo a ponta para ter certeza de que não cairia. Em seguida, cruzou os braços novamente.

– Tucker já se deu conta de que todo mundo é mais bem dotado do que ele, tenho certeza, então, não se preocupe, ele não vai acabar entrando em depressão e se matando. Vamos simplesmente conversar – *antes que eu comece a mutilá-lo.* – O que está acontecendo?

— Você não percebeu? — perguntou Tucker, presunçoso o suficiente para destruir as boas intenções de Riley. — Nós estamos namorando outra vez e ela está se fazendo de difícil.

Riley correu a língua pelos dentes.

— Não diga mais uma palavra, seu demônio. Mary Ann?

Ela o tinha deixado para fugir com seu ex-namorado malvado e traidor? Riley nunca estivera mais surpreso — ou mais irritado.

— Temos bruxas do outro lado da rua e fadas aqui neste prédio, e todas elas estão planejando acabar com você. Ou você me diz o que está acontecendo agora, ou vai me contar depois que eu matar Tucker.

Mary Ann engoliu em seco.

— Pode ser agora.

— É uma boa escolha.

Deus, como ela era linda! Não apenas discretamente linda, ele percebeu, mas linda de morrer. E sim, talvez o fato de ele ter sentido tanta saudade dela fosse responsável pela mudança em sua forma de pensar, mas ela simplesmente era perfeita de todas as formas. Exceto por ter aquele ex-namorado. Ele era um acessório que não combinava com o visual de Mary Ann.

Tucker levantou-se. Ele vestia uma camiseta e uma samba-canção. Ambas as peças ficariam muito melhor destruídas. Junto com a pele dele.

— Quer um pedaço de mim, lobo? Então vem pegar. Porque sua namoradinha certamente já pegou antes.

Mary Ann arfou novamente.

— Você é um grande mentiroso! Eu mudei de ideia, Riley. Nós podemos conversar depois que você matar Tucker — ela acrescentou recatadamente.

Riley abriu um sorriso. Até escutar:

— ... lobo voltou! O que devemos fazer?

Era Jennifer falando. Com a ajuda da magia, elas podiam observar qualquer um a qualquer momento. Por que diabos Riley não tinha pensando nisso?

— A carnificina vai ter de esperar — ele disse. — Peguem suas coisas. Nós precisamos ir embora. As bruxas estão observando vocês.

E ele precisava fazer alguma coisa para detê-las.

— Está bem. Vamos!

Mary Ann estava pálida e tremia ao sair da cama, mas sua mochila já estava arrumada — a mesma mochila que ela levara ao sair de casa. Então, ela só precisou colocar o tênis e estava pronta.

Um segundo depois, eles já corriam pela noite.

Tucker, o idiota, seguia-os.

— Vocês vão precisar de mim — disse ele, novamente presunçoso. — *Se* quiserem se dar bem.

— Como se você tivesse feito um bom trabalho antes.

— Ela está viva, não está?

Era impossível contrariar esse argumento.

— Quietos vocês dois! — disse Mary Ann, exasperada. — Podemos gritar e ameaçar uns aos outros quando estivermos seguros.

Riley ouviu a pergunta não verbalizada: eles estariam, em algum momento, seguros? Realmente seguros? Ele queria responder, mas fechou os lábios, conforme ordenado, e transformou-se novamente em lobo, deixando o lençol cair.

Ele garantiria a segurança de Mary Ann. Independentemente do que tivesse de fazer, ele garantiria isso.

nove

Quando terminou de brincar com as bestas, Aden pediu a elas que voltassem a seus hospedeiros. Elas bufaram e lamentaram, mas, por fim, obedeceram, pois queriam muito agradar o garoto. Depois disso, ele ordenou que seu povo seguisse com suas obrigações e que ninguém – *ninguém* – o incomodasse.

Então, passou algumas horas caminhando pelo terreno (perfeito), pela casa (imaculada), ouvindo fofocas (chateação) e ignorando os conselheiros, que obedeceram ao decreto de deixar o garoto em paz, mas que propositadamente lançavam suas vozes em direção a Aden enquanto debatiam sobre os planos para o casamento dele (que não aconteceria).

Eles também discutiam o fato de a cerimônia de coroação do garoto ter sido cancelada porque ele não estava presente e então escolheram uma nova data, concordando que tudo devia estar finalizado em uma semana. Que, milagre dos milagres, seria praticamente a mesma data da cerimônia que tinham cancelado, mas, enfim...

Aden era rei e não precisava ser coroado para sentir isso. E as pessoas também não precisavam que ele fosse coroado para segui-lo. Não depois de terem visto o que ele podia fazer com as bestas.

E agora... ele estava cansado. Encontrou uma camiseta, vestiu-a e passou o restante da noite na sala do trono, onde o poder que emanava das proteções entalhadas no tapete aquietava o zumbido em sua cabeça, confortando-o, mas sem reanimá-lo. Pelo menos ninguém tinha tentado entrar e todos o tinham deixado sozinho com seus pensamentos.

Aden se perguntava onde Victoria estaria e o que estaria fazendo. Certo. Ele também não se importava com isso. Só queria saber com quem ela estava fazendo *o que quer que estivesse fazendo* e, então, matar o cara.

Victoria era sua namorada. Certo? Então, dar um aviso aos outros homens usando violência era prerrogativa de Aden. *Certo?*

Ele massageou a nuca. Riley dissera que havia algo errado com ele. Victoria concordara, e, agora, o próprio Aden concordava. Ele estava indiferente, frio e com uma energia assassina. Suas emoções morriam antes de terem a oportunidade de crescer; seus pensamentos viajavam por caminhos obscuros e perigosos que ele não entendia.

Mais do que isso, ele sabia de coisas que não devia. Como os nomes, os erros e os pontos fortes de vampiros que jamais conhecera. Como o fato de que tocar a corneta dourada chamaria seus aliados. Ou sobre Vlad. Aden conhecia bem aquela fortaleza. Todas as passagens secretas, todos os esconderijos. E aquele desejo de começar uma guerra contra todo e qualquer um que se opusesse ao seu governo? Esse era o mais estranho dos fatores.

Ele tinha se tornado outra pessoa.

E como ele conseguiria lutar contra isso se, no fundo, parte dele estava *gostando* das mudanças?

Quando o sol se levantou, ele ainda não chegara a uma resposta decente. Estava cansado, mas ainda inquieto demais para tentar dormir. Algo bom, também. Ser vulnerável em um ninho de víboras não era uma escolha sábia. Além disso, os efeitos de seus remédios começavam a chegar ao fim, e as almas já tagarelavam em sua cabeça. Nada distinguível, mas o suficiente para assegurá-lo de que elas ainda estavam ali, com ele.

Aden sentia-se aliviado. Ou pelo menos achava que sim.

Acima de tudo, sentia fome. Não era fome de panquecas ou de cereal ou de pão, mas fome de sangue de um hospedeiro vivo. Mais uma coisa com a qual ele devia se preocupar, mas não se preocupava. Tudo que o garoto queria era alimentar-se. E queria fazer isso antes que as almas acordassem completamente e decidissem tecer comentários sobre seus novos hábitos alimentares. Embora elas talvez entendessem e aceitassem, levando em consideração o que já tinham testemunhado dentro daquela caverna.

Aden levantou-se. Seus ossos estalaram por conta das longas horas sem serem usados e, então, o garoto finalmente caminhou até sair da sala do trono. Ele parou, esperando, mas o zumbido não voltou a acometê-lo.

Os lobos permaneciam como sentinelas nas portas duplas: um deles, branco como um floco de neve; o outro, um arco-íris de dourados. Os mutantes seguiram-no enquanto ele caminhava – e os lobos sequer tentavam esconder seus objetivos.

Nathan e Maxwell, os irmãos de Riley. Sem sombra de dúvida os novos seguranças de Aden. O garoto já os conhecera antes; portanto, tê-los identificado não era algo estranho. Eles eram caras legais, talvez um pouco irreverentes.

Um de seus pés chocou-se no outro. Está vendo? Aqueles pensamentos não eram dele. Nathan e Maxwell eram caras legais, sim, embora Aden nunca os tivesse considerado irreverentes.

Jovens vampiros andavam em todas as direções, seguidos por seus escravos de sangue com olhos brilhando em adoração. *Aquele poderia ter sido eu.* Na caverna, Aden desejava as mordidas de Victoria mais do que qualquer outra coisa. E queria mordê-la ainda mais do que ser mordido por ela.

A forma como suas gengivas latejavam e seus dentes doíam geraram um estribilho repentino de *ah, por favor, agora.* Ele ainda a queria. Queria ela, e nenhuma outra. E iria tê-la. Ele era o rei de Victoria. Ele a morderia. Só precisava encontrá-la.

Ou não, pensou, logo em seguida. Era para isso que os escravos serviam.

Escravos? Sério?

Talvez... talvez a única forma de lutar contra essa nova parte dele fosse fazer o oposto do que queria. Ele anuiu. Aquilo fazia sentido. O primeiro obstáculo, é claro, era Victoria. Ele desejava se alimentar dela; portanto, não poderia se alimentar dela. O segundo obstáculo seria dizer à garota que eles já não podiam mais passar tempo juntos.

Para dizer isso a ela, teria de vê-la. O formigar gerado pela expectativa tomou conta de seu corpo. No fundo, na parte de si mesmo que ele *conhecia* e *compreendia,* Aden seria capaz de dar um braço para vê-la.

– Me levem até Victoria – ele ordenou aos lobos. Não haveria escravos. Não para isso.

Nathan levantou as orelhas. Maxwell mostrou os dentes para ele. Então, os dois lobos pularam na frente do garoto, uma ordem silenciosa para que Aden seguisse-os. Foi o que ele fez e, rapidamente, já estava no terreno dos fundos. O sol estava mais claro que de costume e, apesar do frio no ar, o garoto sentiu uma onda de pontos flamejantes contra sua pele. Não o suficiente para fazê-lo retroceder; só para irritá-lo.

Aden? É você?, uma voz masculina perguntou. Julian. Finalmente alerta.

O garoto devia ter se sentido feliz – a alma soava como sempre; não tinha mudado, como Aden. Sim, ele devia ter ficado feliz.

— Sou eu — respondeu o garoto. Os lobos pararam para observá-lo, mas Aden acenou com a mão, deixando claro que eles deviam prosseguir.

A compreensão tomou conta do olhar dos mutantes, e eles logo obedeceram. Aden queria responder mentalmente às almas, mas sua voz interior estava sempre perdida em meio ao caos.

Cara! A incerteza desapareceu. *Nós estamos de novo com Aden,* gritou Julian alegremente. *Estamos aqui para ficar, Elijah? Vamos lá, Grande Oráculo do Destino, ajude seu amigo. Diga o que eu quero ouvir!*

Silêncio.

Elijah ainda devia estar dormindo. E Caleb também. Preguiçosos.

Os lobos pararam com as costas tensionadas e com os pelos eriçados. Olharam em volta, rosnando para... — Aden seguiu a linha de visão dos mutantes em direção à floresta ao redor — nada além de ar. Teriam eles sentido uma ameaça que o garoto não conseguia enxergar? Aden esperou, mas ninguém saiu das árvores, nem uma folha sequer se moveu. Teriam seus aliados — ou aliados de Vlad — chegado? Será que eles viriam?

A corneta era enfeitiçada, e assim fora por milhares de anos, desde que várias facções de vampiros tinham concordado em ajudarem umas às outras sempre que necessário. E, ainda assim, nenhuma dessas facções jamais usara suas cornetas. Será que lembravam o significado daquela convocação? Será que se importavam com aquilo?

Os rosnados intensificaram-se uma fração de segundo antes de uma mulher seguir dançando até o círculo de metal que designava a cripta. Aden sentiu-se hipnotizado por ela. Vestia uma túnica negra, como todas as vampiras dali, mas um capuz envolvia sua cabeça, ocultando seus traços. De qualquer forma, o garoto conseguia ver seus cabelos, longos e escuros como a noite, caindo como uma cachoeira sobre seus ombros.

Os lobos não pararam de rosnar, mas também não a atacaram. Eles deviam estar tão impressionados quanto Aden.

Girando, girando, hipnotizando.

Havia algo familiar naquela mulher, alguma coisa que fazia Aden acender por dentro mesmo enquanto o puxava para baixo. Fosse lá quem aquela criatura fosse, ela fazia surgir em Aden as mesmas emoções que Mary Ann fazia. Uma necessidade de abraçar, seguida por uma necessidade de fugir.

– Maxwell, Nathan – chamou Aden.

Eles aquietaram-se enquanto olhavam por sobre seus ombros peludos. Usar escravos realmente não era má ideia.

– Tragam Victoria para mim – disse distraidamente.

Nós deveríamos ficar com você, ecoou a voz de Nathan dentro da cabeça do garoto. *É perigoso aqui, majestade.*

Os lobos conseguiam conversar mentalmente com aqueles que estivessem à sua volta. Algo que Riley tinha feito com Aden antes – por esse motivo, o garoto não se assustou. E nem Julian, que provavelmente não conseguia ouvir a nova voz.

– Perigo? Essa mulher? Não. Agora procurem Victoria e a tragam até mim.

Eles consentiram, confusos, e então seguiram.

Aden sentou-se, bem ali, na frente do círculo, observando a mulher. Ela sequer parecia vê-lo. Os passos graciosos daquela dançarina eram perfeitos. Girando, girando como uma bailarina no gelo, braços estendidos, uma perna levantada para trás e curvada. Girando, girando.

Quem seria ela?

Alguém bocejou dentro na cabeça do garoto.

Oi, Aden, disse finalmente Elijah. *Como você está se sentindo?*

– Bem.

Mais ou menos.

Então, agora estamos aqui para ficar ou o quê?, questionou Julian, praticamente pulando.

Eu... não sei, respondeu o sensitivo.

Ok. Essa era inédita.

Explique, por favor, irritou-se Julian.

Elijah suspirou. *Eu acabei de acordar. Será que temos de fazer o trabalho duro...*

Explique, explique, explique!

Você é tão infantil! Mas tudo bem. O caminho de Aden tem sido alterado com tanta frequência nos últimos tempos que já não consigo enxergar um futuro claro para ele. Aden devia morrer, e isso seria o fim de todos nós. Mas ele não morreu, nós não morremos, e agora não consigo ver o que está por vir.

Talvez isso fosse bom.

É melhor que isso não signifique que nós vamos morrer em breve. Quero dizer, morrer de verdade, respondeu Julian, que, se tivesse um corpo, estaria andando de um lado para o outro. *Ou que vamos acordar outra vez dentro da vampira. Eu gosto dela e tal, quando ela não tenta pegar nossa jugular. Mas, por favor. Um homem precisa ter um corpo de homem.*

Não há nada errado com a vampira, disse Caleb, pronunciando-se pela primeira vez. Como Elijah, ele bocejou. *Não quero ofender, Aden, mas ela é mais bonita do que você.*

Até um galão de leite é mais bonito do que nosso Ad, disse Julian, rindo.

Caleb bufou. *Que saaacooo!*

– Ótimo. A turma está toda aí.

Por que você não parece feliz?, perguntou Julian, agora irritado. *E a pergunta mais importante: por que você não riu com a minha piada sensacional?*

E por que você está tão... frio por dentro?, perguntou Caleb. *É sério, parece um frigorífico aqui.*

Frigorífico? Enquanto a pele de Aden parecia queimar?

– Eu estou bem. E não sei.

Talvez eu saiba. O que você se lembra da última hora naquela caverna com Victoria?, perguntou Elijah. *Pense por um minuto, está bem? Depois você pode voltar a fazer seja lá o que for que está fazendo.*

— Por que você quer saber?

Por favor. Apenas faça o que eu pedi.

Nenhuma resposta, mas tudo bem. Enfim...

— Está bem.

Para discutir, seria necessário ter muita energia. Então, Aden pensou naquilo, repassando os eventos em sua cabeça. Ele tinha acabado de morder Victoria. Acabado de beber dela. Ela tinha acabado de mordê--lo e de beber dele. E aquilo não era suficiente para nenhum deles. Os dois brigaram, atiraram um ao outro por todos os lados como se fossem bonecos de pano, ambos perdidos em meio a uma fome que parecia nunca ser satisfeita.

A mulher dançando riu, e Aden queria olhar para ela, ver o rosto dela suavizado pelo humor, mas se esforçou para manter a concentração, pensando outra vez... de volta... Na caverna. Victoria. A luta tinha cessado e eles tinham se enfrentado. Ela... brilhava. Sim, agora Aden lembrava-se. Um brilho dourado glorioso agora saía dos poros de Victoria, tão claro que ele sequer conseguia olhar para ela. Vendo aquilo, Chompers tinha ficado louco dentro da cabeça dele, queria sair, queria desesperadamente protegê-lo, sentia que um predador muito mais forte que ele estava prestes a ser libertado.

Então, Chompers teve seu desejo realizado. Saiu do corpo de Aden, solidificou-se na forma de dragão e atacou. Aden gritou, correndo para a frente, receoso por sua garota, disposto a se jogar na frente de Victoria para salvá-la da ameaça de ser apertada por aquela mandíbula extremamente forte. No entanto, Victoria tinha estendido a mão. O brilho tinha saído de seu corpo e ido contra Chompers, jogando-o para trás, prendendo-o contra a parede da caverna.

Victoria voltara sua atenção para Aden. Novamente, o brilho saía dela e agora batia contra ele. Ele também tinha sido lançado para trás, tinha sido preso no lado oposto, o mais longe possível de Chompers. E Victoria não se aproximou de nenhum deles.

Os olhos da vampira, normalmente azuis, estiveram então preenchidos com lascas de gelo lavanda, desprovidos de qualquer emoção. Ela observou Aden da cabeça aos pés, analisando-o.

Uma pausa. Aden tentava respirar, mas não conseguia. A energia, ou fosse lá o que ela jogara contra ele, prendia-o cada vez com mais força, enterrando as costelas do garoto nos pulmões, perfurando o diafragma. A dor espalhava-se por todo o corpo.

—Victoria... — ele arfou.

Ela piscou para ele, como se o tivesse ouvido, mas não entendido.

—Victoria.

Ela abrira a boca para falar. Tinha falado. Aden ouvira as palavras. Ou devia tê-las ouvido. Os ruídos que ela produzia, eles eram...

Já deu!, gritou Elijah dentro da cabeça de Aden, abafando todo o resto.

Aden inspirou uma lufada de ar e subitamente estava de volta ao presente. O passado desaparecera. Totalmente.

Já deu, disse Elijah novamente, dessa vez, com calma.

—Você queria que eu pensasse naquilo — disse Aden, confuso. — Eu pensei. E você devia ter permitido que eu passasse a cena até o fim.

Ele queria saber o que Victoria dissera, e quem falava por meio dela. Porque aquela não era a voz da vampira. Era feroz demais, gutural demais. Animalesca demais.

Do que vocês estão falando? De qual cena? Eu não vi nada!, resmungou Julian.

Nem eu, disse Caleb. *O que aconteceu?*

Nada, Elijah mentiu. *Deixa pra lá, Aden. Você viu o que precisava ver. E, francamente, eu nem esperava que você conseguisse se lembrar de tanto assim.*

Outra mentira? Elijah nunca mentia. O que estava acontecendo?

— Então por que você me fez pensar no passado?

Eu só queria saber se Victoria não tinha ferido você de propósito.

Era por isso que Aden não tinha nem certeza se gostava dela? Por causa de algo que ela fizera na caverna? Alguma coisa de que ele não conseguia se lembrar? Ou de que não tinha se lembrado *ainda*?

Aden franziu os lábios. Seu passado estava lá, inteiro, todas as memórias acessíveis, mas essas memórias não eram o principal foco de sua mente. Ele tinha de pensar ativamente em uma coisa — como o que acontecera na caverna — para que o evento se cristalizasse.

Depois de todas aquelas trocas de sangue, Victoria deixou partes dela dentro de você. O passado dela, os pensamentos dela, os desejos dela. Ou melhor, antigos pensamentos e desejos. Eles parecem ser seus agora.

— Isso não pode ser verdade. Ainda mais cedo eu estava me perguntando se eu gostava dela.

E, no passado, ela não sabia se gostava de si mesma.

— Eu quero matar o pai dela. Ela amava o pai dela.

Ela quis feri-lo muitas vezes durante as últimas décadas. Ele não era sempre bom com ela, você sabe. Mas, Aden? Você ainda está aqui! O desejo de feri-lo pode muito bem ser uma coisa que existe dentro de você.

Partes da psique de Victoria. Dentro dele. Tomando conta dele, transformando-o. Certo ou errado? Verdadeiro ou falso?

— Como você sabe disso?

Eu sou onisciente, lembra? O tom autodepreciativo carregava uma camada de verdade e horror.

— Não mais, *lembra?*

A mulher que dançava parou, riu, um som extremamente tilintante — que Aden adorava e detestava —, e afastou o capuz para olhar diretamente para ele. O rosto dela era adorável, delicado e assustadoramente doce.

— Aí está você, meu querido. O que está fazendo sentado tão longe? Venha dançar comigo.

Querido? Ah, sim, ele a conhecia. Devia conhecê-la, mas ainda não sabia exatamente de onde. O cérebro de Aden continuava preso às palavras *mãe* e *exasperado*. Aquela mulher não era a mãe dele – era? – e ele não sabia exatamente por que ela o deixava exasperado.

– Eu não sei dançar – ele disse.

– É culpa minha, eu juro.

Aden piscou os olhos, confuso. Aquela mulher queria se culpar pelo fato de ele não saber fazer uma coisa?

Se você se levantar e dançar agora, eu nunca vou perdoá-lo, disse Caleb. *Você vai parecer um idiota e, por consequência, vai nos fazer parecer idiotas.*

Sua falta de vontade de requebrar me surpreende, C., gargalhou Julian. *Os movimentos iriam parecer algum tipo de ritual de acasalamento, devem atrair as garotas. Ou algo assim.*

Aden, cara. Se você está com vontade de dançar, devia simplesmente se levantar e dançar. A mudança de ideia de Caleb foi tão abrupta que chegava a ser cômica. *É só uma questão de se esforçar e se sacudir.*

Outra risada tilintante e a mulher colocou de volta o capuz.

– Muito bem, meu querido. Que assim seja. Vou dançar sozinha – ela voltou a girar. – Mas você está deixando passar uma ótima oportunidade, tenha certeza.

– Aden – a pureza da voz de Victoria capturou a atenção dele. – Você mandou me chamar?

Ele se forçou a levantar o olhar. Ela estava de pé, com um lobo de cada lado. O sol emoldurava-a, criando um halo angelical em volta de seu corpo. Ela tinha prendido os cabelos em um rabo de cavalo e usava um manto negro, como de costume, só que, dessa vez, com mangas longas feitas com um material mais espesso e mais resistente. Ela parecia... humana. Tão belamente humana. Suas bochechas e seu nariz com um rosado vivo, seus olhos lacrimejando por conta do frio.

—Você conhece aquela mulher? – ele apontou para onde a mulher... tinha desaparecido. A dançarina já não estava no quintal.

– Quem? – perguntou Victoria.

– Ah, deixe pra lá.

O cheiro de Victoria atingiu Aden, tão doce quanto a aparência dela. Gengivas palpitantes. Dentes doloridos. Boca salivando.

E, francamente, já era de se imaginar, não é? O zumbido voltou para a cabeça dele, seguido por um grito abafado. O mesmo grito abafado que ele ouvira na noite anterior. Discreto, quase um choramingar. Desesperado por atenção. Como um recém-nascido.

O que foi isso?, questionou Julian.

– Provavelmente ecos do que aconteceu antes, na caverna – disse Aden com palavras arrastadas. Deus. Sua língua parecia tão grande quanto uma bola de golfe. Seu olhar bateu contra o pulso saltitante de Victoria. Hummm.

– O quê? – perguntou Victoria, franzindo as sobrancelhas por conta da confusão.

Isso é perigoso, disse Elijah. *Desvie o olhar dela. Você não pode beber dela. E se ficar viciado outra vez?*

Ou, pior ainda: e se houver outra troca e acabarmos dentro dela? O medo de Julian era palpável.

Eu sou o único que gosta de aventura?, perguntou Caleb. *Vá em frente. Beba dela!*

Ignore Caleb. Beba de outra pessoa, ordenou Elijah.

Porém... Aden não queria beber de outra pessoa, muito embora seu estômago se contorcesse dolorosamente, muito embora estivesse decidido a dispensar Victoria.

A fome provavelmente esmagara seu bom senso, pois ele agora queria mantê-la consigo. E o que Aden queria, ele conseguia. Sempre.

Suspirando, levantou-se e estendeu a mão, mas um grito melancólico ressoou em sua cabeça antes que ele pudesse falar.

Sério, cara, o que é isso? O medo de Julian abria espaço para a irritação. *Caleb, você está agindo como pirralho outra vez, fingindo ser uma criança?*

Você sabe que eu seguro a respiração para conseguir o que quero. Eu não fico choramingando.

Cara, eu odeio desapontá-lo com a verdade, mas você não respira, disse Elijah.

Mas, ainda assim, funciona para mim. Por que eu trocaria de método?

Aden abafou-os da melhor maneira que conseguiu.

– Caminhe comigo – disse a Victoria. Ela não havia segurado a mão de Aden, apenas olhava, insegura.

A esperança brilhou naqueles olhos azuis, realmente azuis, e ela olhou para cima:

– Sério?

Como eu dizia antes, você gosta dela, declarou Elijah, fazendo sua voz passar por quaisquer bloqueios mentais. *Não se esqueça disso. Quaisquer sentimentos negativos direcionados a ela não são seus. Está bem? Sim?*

Por que a insistência?

Victoria segurou a mão de Aden e, então, ignorar as almas já não era um problema. A princesa tornou-se o único foco do garoto.

O cheiro dela fez mais que envolvê-lo, invadiu o garoto, consumiu-o, fazendo sua boca salivar um pouco mais. Então, ele realmente gostava dela. Da suavidade, do calor de Victoria... Ela não era quente, não mais, mas era amena e doce. Ela era... tudo.

– Sigam em frente e assegurem-se de que estaremos sozinhos – ele ordenou aos lobos antes de levar Victoria para fora do quintal, em direção à floresta. Nenhum uivo de aviso chegava até o casal, então Aden continuou andando.

O que ele faria com Victoria? Aden não sabia. Mas eles descobririam isso, e juntos. Para o bem ou para o mal.

dez

Aquela conversa era sobre negócios ou sobre diversão?

Victoria caminhou de mãos dadas com Aden por um longo período, exatamente como eles faziam antes do *incidente*, como ela agora chamava os últimos minutos na caverna. Faziam-no silenciosamente – a não ser pelo agora constante rugido, embora cada vez mais baixo, no fundo de sua mente –, movendo-se para mais e mais distante da mansão. E da proteção.

Ela nunca havia temido Aden antes e, na verdade, também não o temia agora. Só que ele estava tão diferente que ela não sabia o que esperar. Pelo menos ela fora esperta o suficiente para escolher um manto de inverno numa tentativa de combater, de alguma forma, o frio da manhã. Uma coisa que ela jamais tivera de fazer antes. Aliás, ela tomara aquela peça idiota e incômoda de uma escrava de sangue humana.

Victoria nunca havia se preocupado com o clima. *Temperatura* nunca fora um problema para ela. Agora, todavia, ela sentia um frio cortante.

O. Tempo. Todo. Ela tinha se virado de um lado para o outro durante toda a noite, tremendo, batendo os dentes.

– Eu gosto daqui – disse Aden.

Conversa de elevador. Fabuloso.

– Estou surpresa.

As árvores eram esparsas; seus galhos, retorcidos, ofereciam pouquíssima sombra. Não que Victoria precisasse de muita sombra. Sua pele, agora vulnerável, adorava o sol, absorvia cada raio – e, mesmo assim, não se aquecia.

– É. Nada de olhos à espreita, nenhum lugar para alguém se esconder. Alguém... como ela?

– Eu deveria estar com medo?

– Não sei.

A sinceridade de Aden a fez relaxar o suficiente para abrir um sorriso.

– Apenas me avise se você decidir atacar.

– Está bem – um momento se passou. – Aqui está o seu aviso: eu estou com fome.

Adeus sensação de relaxamento. Ficou tensa, esperando que ele fizesse uma investida. Quando percebeu que isso não aconteceria, limpou a garganta e perguntou:

– Com fome de comida humana ou de sangue?

– Sangue – a palavra saiu tão arrastada como momentos antes, quando ele encarava o pulso no pescoço da garota.

Se aquele era o único motivo pelo qual ele pedira a Victoria para caminhar com ele, ela... ela não sabia o que faria. O que Victoria de fato sabia... – o pensamento doía com a mesma força arrebatadora de um carro batendo contra seu corpo, e ela sentiu-se furiosa, uma pontada de fogo que em geral só podia ser encontrada em fornalhas. Para se acalmar, a garota inspirou e expirou, ouvindo distantemente o cricrilar dos grilos e o chamado dos pássaros.

– Antes de você beber de outra pessoa, preciso ensiná-lo como se alimentar.

Ótimo. Nada de dor, nada de fúria.

– Acho que eu sei beber – disse ele secamente.

– Da forma correta?

Porque o que eles tinham feito na caverna não contava.

– Que significa...?

– Veias e artérias têm sabores diferentes. As artérias são mais doces, mas são mais profundas e os humanos têm mais dificuldade de cicatrização, por isso, você só as procura quando quer matar. E cada veia tem um gosto diferente, também. As do pescoço são desoxigenadas, então têm uma espécie de efervescência... deliciosa, mas, se você não souber o que está fazendo, vai acabar... sabe o quê? Matando.

– Eu sabia disso – disse o garoto, que, então, pensou por um momento. E assentiu. – Sim, eu já sabia disso.

Victoria não perguntou se ele tinha aprendido aquilo com as memórias dela, como ela tinha aprendido algumas coisas com as dele, ou se descobrira sozinho, como, digamos, em algum momento durante a noite, enquanto eles estavam separados e ela não tinha ideia do que ele estava fazendo. Existem algumas coisas que é melhor nem saber.

– Bem, de qualquer forma, você não pode beber de mim.

Pronto!

O franzir de testa que Aden lançou para ela era todo intimidação:

– *Eu* sei que não devo beber de você, mas por que *você* se posiciona tão contrária a isso?

Porque ele descobriria como ela é vulnerável. Porque os dentes ainda humanos dele cortariam a pele dela sem qualquer problema e provavelmente iriam feri-la. Porque ela poderia gostar mais daquilo do que ele gostava.

Porque agora *ela* poderia se tornar viciada na mordida *dele*.

A forma como as escravas de sangue reagiam a ele, entregues ao prazer, ao deleite e à ansiedade, significava que até mesmo sem presas ele agora produzia o composto químico necessário para intoxicar.

−Victoria?

Ah, sim. Ela ainda não tinha respondido. O que ela devia dizer?

— Eu só não quero que você beba de mim — ela, finalmente, mentiu. Hora de mudar de assunto. — Então, você bebeu de alguém ontem à noite ou hoje de manhã?

No momento em que Victoria lançou aquela pergunta de forma tão direta, ela desejou não tê-lo feito. Finalmente, a garota entendeu o que ele pensava toda vez que imaginava a possibilidade de ela colocar a boca em outra pessoa, o sangue de outra pessoa preenchendo-a. Como ele detestava aquilo! E, mesmo assim, tivera de aceitar, pois ela precisava beber de outros para viver.

Ela detestava pensar nele bebendo de outra pessoa. Detestava pensar nos dentes dele dentro da veia de outra garota. E sim, ela sempre queria matar a garota idiota!

Idiota — porque quem mexesse com o namorado de Victoria merecia ser atacada.

Quem é você?

E ele ainda era namorado dela?

— Eu não bebi de ninguém. Ainda. Vou encontrar alguém — ele respondeu, completamente alheio (ou despreocupado) com a raiva crescendo dentro dela. — Quando eu estiver pronto.

Aden lançou um olhar para Victoria, deixando seus olhos caírem diretamente no pescoço dela, monitorando o pulso como o predador que ele se tornara.

Talvez ela fosse a idiota, porque jogou os cabelos sobre o ombro, oferecendo a Aden uma visão irresistível.

Tentando provocá-lo, Vic?

Não. Jamais.

Mesmo?

Está bem. Sim. Estou tentando provocá-lo. Ele é meu!

E agora ela estava falando sozinha. O dia estava ficando melhor a cada minuto.

— *Você* se alimentou hoje? — ele perguntou com aquele tom casual.

A decepção tomou conta da garota. Tanto esforço para tentar provocá-lo.

— Sim. Claro, eu me alimentei.

Ele franziu os olhos, criando pequenas fendas onde cada cílio era visível e pelas quais seus olhos violetas eram capazes de encará-la. Olhos violetas? Outra vez?

— De quem? — ele perguntou.

De que seria uma pergunta mais adequada. Pela primeira vez em *toda* sua vida, ela se alimentara de comida. Comida de verdade, com texturas e sabores que ela somente saboreara anteriormente na forma de nutriente líquido. Na noite anterior, a necessidade de sangue começara a diminuir. Ah, ela ainda desejava (mais ou menos), ainda precisava (mais ou menos) de sangue, mas também precisava de algo mais. Alguma coisa sólida.

Victoria teve de escapulir até o alojamento dos escravos e assaltar a geladeira deles. Ela poderia ter ido até o alojamento dos lobos, mas eles teriam farejado sua presença e descoberto que ela estivera por ali, e ela preferia evitar ter de discutir seus novos hábitos alimentares, especialmente com os lobos.

Victoria não sabia o que escolher, então escondeu duas bolas de queijo em sua túnica — seus peitos pareciam pontudos e enormes! —, escapuliu de volta para seu quarto e mordiscou-os, surpresa com o quanto apreciava aquele sabor intenso e defumado.

Talvez a diminuição de seu interesse por sangue fosse o motivo pelo qual Chompers não ficava quieto. Ele era a razão que ainda a levava a beber, afinal. E, como ela não tinha oferecido café da manhã para o monstro, ele provavelmente estava faminto. Pobrezinho.

Pobrezinho?

As proteções de Victoria estavam lá, então Chompers não era um problema. Antes, com a pele de vampiro, as proteções duravam algumas semanas, e nada além disso, e ela tinha de refazê-las. Victoria tinha feito proteções novas há quatro dias e elas sequer tinham começado a desaparecer.

– Victoria, eu fiz uma pergunta.

Certo. Ela tinha de parar de se retrair em sua própria cabeça.

– Ah, você não o conhece.

Verdade. O queijo vinha das vacas, e era impossível que Aden conhecesse aquela vaca específica.

– Mas me diga o nome dele, de qualquer forma.

– Para você matá-lo? – ela perguntou esperançosa. Não que ela quisesse gerar um massacre, mas um Aden enciumado era um Aden que se importava com ela.

– Deixe pra lá – ele acenou com a mão, dispensando a necessidade de uma resposta. – Não importa.

A esperança tornava-se cinzas novamente.

Algo vibrou na lateral do corpo da garota, fazendo-a engolir em seco. Aden observou-a, confuso e, talvez, um pouquinho preocupado. A esperança reinava.

Um ioiô, era isso que ela era.

– Você está bem? – ele perguntou.

– Acho... – outra vibração, mais um engolir em seco. Que diabos... O telefone, ela percebeu, aliviada. Era só o celular. – Sim, eu estou bem.

Victoria enfiou a mão livre no único bolso de sua túnica e tirou o pequeno aparelho de plástico. Ela começara a andar com um celular depois de conhecer Aden, para que ele pudesse telefonar se precisasse dela. Até agora, ele não tinha telefonado, mas Riley certamente estava tirando vantagens do aparelho. Seu número era sempre diferente – ladrãozinho! – mas sua mensagem era sempre a mesma. Quantas mensagens escritas "Isso não faz sentido!" ela poderia receber dele?

– Mensagem de Riley – ela deixou claro. – Só um minuto, preciso responder.

"Isso não faz sentido!", ela leu. "Levei MA p/ 1 lugar seguro e T tá quase destruindo td."

T. Tucker. Victoria detestava Tucker. Depois de soltar a mão de Aden – algo que ela também detestava fazer –, digitou: "Mate ele. Com dor."

Na pressa, Victoria acabou digitando "corno" em vez de "com dor", mas não percebeu antes que fosse tarde demais.

– Como ele está? – perguntou Aden, envolvendo a cintura de Victoria com um braço e levando-a para longe das árvores enquanto a atenção da garota alternava-se entre o telefone e o que estava diante dela. Bem, bem. Se o andar de mãos dadas já tinha sido tão delicioso quanto avistar um arco-íris, aquele abraço era como encontrar o pote de ouro. Ela absorveu o calor de Aden, sentiu as próprias células acordarem, respondendo a ele.

– Bem – mais uma vibração, e ela leu: "Corno? Há! Em breve. O FDP tb tá ajudando."

Mais uma vibração. Mais uma mensagem de texto:

"Como está o GR?"

GR. Garoto Rei. Riley começara a chamar Aden por esse apelido idiota em mensagens anteriores e não tinha mais parado.

"Melhorando."

"Pergunte a ele se o nome Tyson significa alguma coisa."

– O nome Tyson significa alguma coisa para você?

– Tyson? – ele perguntou.

– Hum-hum.

Um momento se passou.

– Não. Devia significar?

– Não sei.

Ela perguntou a Riley.

"A gente conversa + tarde. Me liga se precisar."

"OK."

"Eu ligo quando Tucker acabar de sangrar."

Ela contorceu os lábios enquanto colocava o telefone de volta no bolso.

Aden não perguntou sobre o que ela e Riley tinham conversado. Em vez disso, simplesmente mudou de assunto, dizendo:

– Elijah disse que agora eu sou como você. Quero dizer, minha personalidade.

– É claro que Elijah está me culpando por essa mudança. Ele não gosta de mim. Nenhum deles gosta – ela disse. Depois disso, começou a absorver as palavras do garoto e ficou boquiaberta: – Espere aí, o quê?! – Victoria pisou em falso, tropeçou e livrou-se do abraço de Aden. Quando ela conseguiu se endireitar, olhou para o garoto, que continuou caminhando. Tudo bem que ela já tivesse pensado naquilo no dia anterior. Mas estivera mais inclinada a culpar seu pai. – Aden!

Ele se virou para encará-la, franziu a testa ao perceber a distância entre eles e aproximou-se. Novamente, Victoria absorveu o calor do garoto. Agora que as células dela estavam totalmente acordadas, elas praticamente tremiam em êxtase por estarem ao lado dele.

Victoria teria adorado se ele tivesse se dignado a retornar o olhar dela, mas isso não aconteceu. Aden continuava inexpressivo.

– Ele disse que você deixou partes da sua personalidade dentro de mim. Como quando eu dei as almas para você e você me deu Chompers – Aden inclinou a cabeça para o lado, lançando o olhar para trás dela, para a floresta, como se estivesse escutando outra pessoa. E provavelmente estava. Então, acenou com a cabeça e disse: – E quando bebemos um do outro.

Ela passou a língua pelos dentes. Dentes afiados e inúteis.

—Você está dizendo que esse comportamento desatencioso, praticamente de desgosto, é por *minha* causa?

Você pensou a mesma coisa, lembrou a si mesma. *Como pode estar furiosa com ele?*

Ela não sabia a resposta, mas estava furiosa. *Muito* furiosa.

— Sim. É isso que estou dizendo — ele respondeu sem qualquer hesitação.

Era *assim* que as pessoas viam-na? Fria, distante? Ah, Victoria sabia que era considerada séria demais, mas isso... Droga, droga, *droga!*

— Por que eu não estou agindo como você, então?

— Talvez você esteja.

— O que isso significa?

— Não sei. Me diga você.

Ela levantou o queixo.

—Você está dizendo que eu estou agindo de forma confusa, que não consigo me concentrar em uma conversa, que ando distraída o tempo todo e estou tendo ataques de ciúme?

Espere aí! Ela *estava!* Victoria arregalou os olhos ao se dar conta. Ela realmente estava.

— Era assim que você me via? — ele perguntou, praticamente verbalizando os pensamentos dela. Aden deu um passo ameaçador em direção à garota. E mais outro.

Ela recuou lentamente, tentando não deixar transparecer sua covardia. E seu desejo. Sua agitação tornou-se óbvia, sua necessidade de ser tocada por ele ofuscava todo o resto, fazendo-a sentir dor.

Aden não parou de se aproximar e ela não parou de recuar até que suas costas estivessem contra um espesso tronco de árvore. Ela podia desejá-lo, mas não conhecia esse Aden, não sabia como ele reagiria às coisas que ela tinha feito e dito.

Mas, se Elijah estivesse correto, ela podia imaginar. Se Aden estivesse agindo como Victoria, ele tentaria resistir a ela, mas não conseguiria. Assim como ela não tinha conseguido resistir a ele. Ele tentaria não gostar dela, tentaria não se apegar a ela, mas falharia novamente.

Finalmente, uma bênção em meio a uma maldição.

Quando ela o encontrara pela primeira vez, estava seguindo ordens de seu pai. Encontrá-lo, interrogá-lo e matá-lo. Ela o encontrara, sem problemas. Ela o interrogara – bem, mais ou menos. Enquanto seu pai esperava gritos de dor brotando durante a sessão de perguntas e respostas, ela acabou nadando com Aden, brincando com ele. Beijando-o.

Victoria disse a si mesma que não iria – que não poderia – gostar dele. Aden era alimento e nada mais. Ela disse a si mesma para ficar distante da situação, fazer o que tivesse de ser feito. Aden convocara os vampiros para Oklahoma, emanando um poder que nenhum deles entendia, mas pelo qual se sentiam atraídos, um poder que as bestas dentro deles desejavam e basicamente adoravam, mas que poderia trazer sérios danos à raça dos vampiros. Matar Aden teria sido demonstrar compaixão para com os vampiros.

Matá-lo, no entanto, nunca fora uma opção para Victoria. Ela sentira-se intrigada por Aden, tinha se identificado com ele. Ele era um estranho em meio à sua própria espécie; era mal compreendido, indesejado. Ela não era uma estranha, mas, como princesa, fora *posta* para viver separada do povo. E o fato de ela sempre ter sido uma decepção para o pai não ajudava em nada. Victoria não era uma guerreira como sua irmã, Lauren. Tampouco era uma força volátil da natureza como Stephanie.

Victoria era apenas... ela mesma.

Aden apoiou as mãos nas têmporas dela. A parte inferior do corpo do garoto se esfregava nela e fazia-a suspirar deliciosamente. Ele a tinha prendido, cercado, tornando-se tudo o que ela via. Tudo o que ela queria ver.

— Você *está* tendo problemas para se concentrar nas conversas — disse ele. Não havia calor algum em seu tom de voz, mas, talvez... Talvez houvesse traços de diversão?

— Isso não quer dizer nada — respondeu Victoria, apenas para provocá-lo. O que ele faria? Quão longe levaria aquilo?

— Vamos provar essa teoria, então.

— Como?

O nariz de Aden roçou contra o dela. Seu hálito, quente e mentolado, ventilava sobre o rosto de Victoria.

— Como você gostaria de provar?

Ele iria beijá-la? O coração de Victoria acelerou, hiperativo, suas veias expandiam-se para suportar o aumento do fluxo sanguíneo. Ela passou a língua pelos lábios, derreteu seu olhar em direção ao dele.

— Eu... eu não sei.

— Eu sei — disse ele com uma voz rouca e obscura. — Em primeiro lugar, eu tenho toda a sua atenção?

— Sim.

— Ótimo. Esse é o primeiro passo. Agora vamos ao segundo...

Sem dar mais explicações, ele colocou a boca sobre a dela, suave, explorando. A respiração de Victoria tornou-se dificultosa enquanto ela o saboreava. Então, Aden aproximou-se mais, abriu a boca e lambeu-a. Ela também abriu a boca, recebendo-o dentro de si, e as línguas rodopiaram juntas. As mãos de Victoria deslizaram pelo peito do garoto, em volta de seu pescoço e prenderam-se nos cabelos dele.

— Eu gosto do segundo passo — arfou Victoria, tão feliz por aquilo estar acontecendo que ela poderia explodir. — Mas ele não prova nada.

Beijos.

— Bem, a gente se preocupa com isso depois.

Beijos.

Ela riu, adorando o lado provocador de Aden. Um lado do qual ela sentia muita, muita falta.

E eles ficaram assim, beijando-se e tocando um ao outro por incontáveis minutos, talvez horas. E finalmente, ainda bem, os corpos começaram a se aquecer. Por mais que ela estivesse adorando aquilo, desejou que Aden a acariciasse como ele costumava fazer antes. Victoria queria sentir o toque de Aden por todo o seu corpo.

Logo seu desejo foi atendido. Não era um contato pele-com-pele, mas as mãos dele começaram a vagar pelo corpo dela, explorando-a, amassando-a, dando forma a ela, fazendo-a beijar ainda mais intensamente, até que leves gemidos escapassem de sua garganta, até que ela estivesse tremendo, mordendo-o.

Para crédito de Aden, ele não mordeu de volta. Seu toque tornou-se mais forte, mais atrevido. E ela gostava daquilo.

— Aden — ela chamou, sem sequer estar certa de por que estava dizendo o nome dele.

Um instante depois, ela sentiu que estava caindo... caindo... as folhas frágeis e a poeira subitamente lhe servindo de leito, o peso de Aden prendendo-a contra o chão. O beijo não se tornou menos intenso. Eles prenderam-se um ao outro, esfregaram-se um contra o outro. O corpo de Victoria estava sensível, indo em direção a... alguma coisa a cada movimento.

Ele finalmente se afastou para segurar o maxilar da garota. Aden também tremia. Pequenas gotas de suor brotavam em sua testa.

—Você já esteve com alguém? — ele perguntou. Havia um tom áspero em sua voz. Um tom que ela adorava.

—Você está falando de sexo?

Ele assentiu, desviando o olhar para o pescoço dela. Um segundo depois, ele beijava-a ali, lambia, sugava, embora não mordesse. Ah, e as sensações que ele provocava...Victoria estava sendo devorada por aquelas sensações, cada centímetro de seu corpo estava em chamas.

Em vez de responder, ela disse, tremendo:

– Você já?

– Não.

Mas... mas... ele era tão lindo. Mesmo as garotas humanas considerando-o louco, deviam se sentir totalmente atraídas por ele. Na verdade, deviam se interessar por ele justamente porque o consideravam louco. Afinal, os *bad boys* eram extremamente atraentes, não eram? Garotos a serem domados, ou algo assim?

O ex-noivo de Victoria, Dmitri, era o *bad boy* dos vampiros, e as vampiras todas o desejavam.

– Por que não? – as mãos dela deram início a uma exploração própria, deslizando por aquele peito forte, passando pelo tecido suave da camiseta e então passando *por baixo* do tecido. Finalmente. Pele quente como um forno. – Nunca confiou o suficiente em alguém?

Ele confiava nela o suficiente? Ou tinha um pingo de confiança ao menos? Ela esperava que sim, pois nunca o trairia. Nunca.

– E você? – ele perguntou, beijando-a por todo o maxilar.

Victoria cravou as unhas na pele de Aden. Ela não queria responder àquela pergunta. Não depois de ouvir a resposta que ele tinha dado.

– Bem...

Ele levantou a cabeça e ela gemeu, frustrada. Os olhos de Aden brilharam, agora com um âmbar quase marrom com pequenas marcas violetas e verdes girando no fundo. Olhos tão lindos, tão hipnotizantes.

– Sim – ela admitiu suavemente. – Eu já.

Ele segurou-a com força.

– Com quem?

Ele pensaria mal dela agora? Victoria não queria contar, então disse:

– Eu tive curiosidade. Eu era noiva de Dmitri, você sabe, e, como também sabe, eu o detestava. Bem...

– Dmitri? Você dormiu com Dmitri? Quem você detestava? – havia um leve traço de afronta na voz de Aden.

E até mesmo aquele leve traço deixou-a furiosa, esfriando a mais quente das chamas que a mantinha aquecida.

– Não, não foi com Dmitri. Mas e se fosse? O que você faria? O que você diria?

– Eu não sei – ele respondeu com sinceridade.

Mais algumas chamas crepitaram até se extinguirem.

– Enfim. Eu não queria que ele fosse meu primeiro porque, como disse, eu o detestava – ela tinha dito que se manteria pura para Dmitri, muito embora não fosse uma vampira ligada às tradições e às exigências. Ela dissera simplesmente porque Dmitri era do tipo ciumento e possessivo e teria ferido quem quer que Victoria escolhesse para satisfazer sua curiosidade.

Finalmente, alguns meses antes de viajar para Oklahoma, ela decidiu experimentar, simplesmente resolver o "problema" e escolher alguém que se garantisse diante do noivo dela. Um erro pelo qual ela se arrependia, mas que não podia mudar.

– E, para sua informação – ela continuou –, nós não temos uma visão tão fechada sobre sexo quanto vocês, humanos. Meu pai teve umas mil esposas, você sabe.

Os olhos vidrados de Aden estavam frios.

– Então, com quem foi?

Como se ela fosse discutir aquilo com ele...

– Não importa.

– Ele ainda está vivo e aqui, então. E isso significa que eu posso... – De repente, o silêncio. Aden enrijeceu o corpo contra o dela, seus olhos furiosos e estreitos.

– Alguém está vindo – ele farejou. – Mulher. Conhecida.

Victoria aprumou as orelhas, mas não ouviu nada.

Aden saiu de cima dela e levantou-se. Embora ela estivesse em uma espiral para baixo e detestasse a direção daquela conversa, já sentia pela separação, ressentida pela interrupção.

Sem dizer uma palavra, Aden estendeu a mão para ajudá-la a se levantar. Os joelhos de Victoria quase dobraram enquanto ela limpava a terra de sua túnica, sem nunca desviar a atenção dele. A pele de Aden estava corada, a tensão vibrava em seu corpo. Embora ele não tivesse presas, seus dentes estavam expostos em uma carranca assustadora. Os lábios do garoto estavam inchados – talvez ela os tivesse mordido com muita força – e seus cabelos quase em pé.

Folhas sendo amassadas, galhos estalando.

Alguém *estava* vindo. Como Aden percebera antes dela? Outra vez? Ela deu meia-volta e viu Maddie, a Adorável, apressando-se em direção a eles, cabelos longos e loiros esvoaçantes.

– Majestade – gritou a garota, derrapando até parar quando o viu.

Aden posicionou-se na frente de Victoria. Como um escudo para protegê-la de uma possível ameaça? *Por favor, por favor, por favor.* Isso significaria que seu Aden estava retornando, os traços de Victoria desaparecendo. Certo?

– Sim? – disse Aden.

– Você tem visita – Maddie focou seus olhos preocupados em Victoria antes de voltar sua atenção a Aden. – Os conselheiros sugeriram que você se apresse.

O medo tomou conta de Victoria como uma serpente decidida a tirar sua vida. Visitantes. Aliados? Ou inimigos? De qualquer forma, Aden estava faminto e não tinha se alimentado. Até isso acontecer, todos na mansão estariam em perigo. Porque ele já não conseguia passar sem sangue e, quanto mais ele enfraquecesse, mais sentiria fome – até o ponto em que simplesmente atacasse todos à sua volta.

– Você precisa se alimentar antes – lembrou Victoria. Embora sentisse dor ao dizer, ela acrescentou: – Com o sangue de Maddie.

Quanto mais cedo, melhor.

Vampiros podiam alimentar-se satisfatoriamente de outros vampiros. Não era o ideal, não por causa da questão da pele, mas porque, ao beber de outro vampiro, você via o mundo pelos olhos dele. Pelo menos por algum tempo.

Uma distração desse tipo podia custar a Aden a própria vida, mas ele teria algumas horas até que seus olhos se fundissem com os de Maddie. Isso lhe daria bastante tempo para atender aos visitantes. E, mais tarde, Victoria poderia protegê-lo em seu quarto.

– Não, nada de vampiros – disse Aden, sacudindo a cabeça. – Victoria, por favor se teletransporte até a fortaleza e me traga uma escrava de sangue.

Ele não queria discutir aquilo com ela, e ela não sabia se ficava feliz ou triste. Ou nervosa.

– Eu... eu não posso – ela admitiu em voz baixa. Victoria tinha tentado se teletransportar até ele naquela manhã, quando os irmãos de Riley informaram-na de que ele havia chamado. Tentara e falhara horrivelmente.

A depressão quase a destruiu. Victoria já não era normal. Era uma aberração em meio à sua própria espécie. E, francamente, ter de andar de um lugar ao outro, sem a opção de simplesmente aparecer, era um saco.

Um saco. Mais uma expressão humana. Quando essa loucura terminaria?

– Por quê? – Aden perguntou.

– Eu simplesmente não consigo.

O garoto permaneceu quieto por um instante, absorvendo a alegação. Se ele deduziu ou não o que aquilo significava, mesmo quando a própria Victoria não estava totalmente certa, ele não disse. Aden apenas assentiu com a cabeça.

— Está bem, então. Voltaremos caminhando juntos até a mansão.

— Mas você precisa...

— Maddie — chamou Aden, interrompendo Victoria. — Guie-nos pelo caminho.

A garota concordou e obedeceu. Então, Aden seguiu-a. Victoria permaneceu no mesmo lugar pelo tempo de algumas batidas do coração. Nem Aden, nem Maddie olharam para ela. Ou em volta dela. Victoria queria fazer alguma coisa para evitar que Aden chegasse à casa e a quem quer que tivesse vindo atrás dele. Ela queria protegê-lo. Mas como?

Quanto mais Aden se distanciava, mais o rugido na cabeça de Victoria se intensificava. Até que ela não conseguisse mais se concentrar.

— Cale a boca, Chompers!

Mais um rugido.

— Está bem.

E agora mais essa! Agora ela estava conversando com a coisa dentro da cabeça dela, assim como Aden frequentemente fazia. Rangendo os dentes, Victoria caminhou pesadamente atrás do garoto.

onze

Mary Ann queria gritar. No final, entretanto, ela se permitiu apenas vociferar.

— Já deu. Vocês dois.

Ignorando-a, Tucker e Riley enfrentaram-se. Outra vez. Depois de correr a noite toda, roubar um carro, roubar descolorante para o cabelo de Mary Ann — ela ainda se rebelava com aquela ideia e não tinha usado o produto —, roubar equipamentos para tatuagem, invadir um quarto de motel, tudo com uso da força, ela precisava de um maldito momento de paz antes que os três precisassem sair para roubar mais um carro.

— Não acredito que você quer viver com esse estrume — disse Riley.

— Parece mesmo que ela gosta de estrume. Veja quem ela está namorando — Tucker respondeu à provocação.

— Eu não gosto de estrume — que saco! Eles eram como crianças. Crianças selvagens, infectadas pela raiva e que precisavam ser acalmadas.

— E eu estava namorando Riley. *Estava*. Não estou mais.

Infelizmente.

Riley emitiu um rosnado baixo, definitivamente um grito de guerra, alternando o olhar de Tucker para ela, dela para Tucker, como se não soubesse com quem se enervar. Ótimo. Realmente ótimo. Se ele rosnasse para Mary Ann, seria ela quem cometeria um pequeno assassinato!

– Cale a boca, Tucker, antes que Riley pare de me ouvir e finalmente comece a roer os seus ossos. Riley, acredito que temos algumas coisas a serem feitas antes de sairmos.

Deixando para trás o tom de ameaça, o mutante prestou atenção em Mary Ann.

– Tire a blusa – disse ele, claramente decidido a ser bonzinho. – E deite na cama. E, se você olhar, querido T., vou quebrar cada osso do seu corpo.

– Ah, mas eu vou dar uma olhadinha. Várias olhadas – Tucker esfregou as mãos, alegre. – E adivinhe só, *querido R.,* vai haver mais um "osso" no meu corpo para você quebrar.

Nojento. Simplesmente asqueroso.

Riley voltou a rosnar. Deu um passo, aproximando-se de Tucker. Apenas um sussurro os separava.

Mary Ann pulou entre os dois e empurrou-os, mantendo os braços estendidos para separá-los. Um esforço irrelevante, mas eles eram bonzinhos o suficiente para fingir que ela poderia feri-los e, então, permaneceram separados.

É claro que aquilo não evitou os ataques verbais.

– Idiota.

– Maricas.

– Pervertido.

– Filho da mãe.

Silêncio. Exceto pelo peso da respiração de Riley.

– Quanta maturidade... – disse Mary Ann, suspirando.

— O que são proteções, afinal? — perguntou Tucker, como se não tivesse acabado de agir como uma criança e como se Riley não estivesse novamente planejando seu assassinato.

— Você não se importa com o lobo furioso prestes a destruir o seu rosto? — ela murmurou. Antes que ele pudesse lançar uma resposta mentirosa, Mary Ann acrescentou: — Proteções são feitiços de proteção. Assim, as bruxas têm menos poder sobre nós. Agora se afastem. Vocês dois.

— Ninguém pode *me* dominar — disse Tucker, ignorando a ordem da garota.

— Subestimá-las é um erro — disse Mary Ann. — Uma vez elas lançaram um feitiço de morte sobre mim, Riley e Victoria e nós quase não conseguimos sobreviver.

— Não vamos nos esquecer de que as bruxas estão vendo vocês com a ajuda da magia — lembrou Riley. — Precisamos ter isso claro.

Mary Ann observou Tucker passar a mão pelos cabelos.

— Eu sempre soube que havia outras... coisas por aí — disse Tucker. — Diferentes, como eu. Só não sabia que seriam coisas ridículas como bruxas e lobos.

Mary Ann arqueou a sobrancelha. Seus braços continuavam tremendo — *lembrete para si mesma: começar a malhar* —, mas ela os manteve estendidos.

— E os demônios são legais?

— É claro que sim! — naquele momento, o tom de voz de Tucker era arrogante.

E ela soube: ele estava mentindo. Certamente. Ele se detestava. E, tendo ouvido fofocas sobre o fato de o pai de Tucker ser agressivo, Mary Ann sabia que o garoto também o detestava.

— Enfim... — ela continuou. — Uma vez que um feitiço é lançado, nem mesmo as bruxas podem impedir que ele se concretize. Independentemente das condições que elas tenham estabelecido. No caso do feitiço de morte, nós tivemos uma semana para realizar um encontro. Se não aparecêssemos, ou melhor, se Aden não aparecesse, todos nós morreríamos.

– Se Vlad soubesse que vocês estavam sob um feitiço, ele iria simplesmente trancafiar Aden e esperar aquela semana passar. Vlad não me colocaria atrás de Aden. Toda aquela coisa de esfaqueá-lo teria sido evitada. Então, no fundo, vocês são culpados pelo passado. Já disseram às pessoas...

– Riley, Victoria e eu teríamos morrido.

Tucker deu de ombros.

– Isso não teria sido problema meu.

– E agora? – perguntou Riley. – Você está ajudando Vlad agora?

– Ele deixou de me chamar depois que eu golpeei Aden, então, eu me distanciei. Eu não gostava de ajudá-lo, vocês sabem disso. E, só para deixar registrado, eu sinto muito por Aden. Antes *e* depois que eu fatiei o coração dele.

A fúria fez os olhos de Riley brilharem com um fogo esverdeado.

– Ah, claro. Você se desculpou. Isso apaga tudo – ironizou.

– Finalmente – Tucker levantou o braço, o último homem com sanidade do mundo. – Alguém entende.

Riley aproximou-se de Mary Ann e empurrou Tucker. Com força.

– Sinto muito – empurrou novamente. – Ah, desculpa, foi mal. Resolvido? Você me perdoa? – mais um empurrão.

Tucker aceitou a ofensa sem contra-atacar. *Impressionante.*

Mary Ann colocou-os de volta em seus lugares.

– Eu não vou tirar a blusa. Entenderam? Então fiquem calmos, garotos. E Riley, pode fazer a proteção no meu braço. Vai funcionar tão bem quanto se fosse nas minhas costas ou no meu peito.

– Está bem.

Pelo menos ele parou de empurrar Tucker.

Ela já tinha tatuagens nas costas para protegê-la contra manipulação mental e ferimentos mortais. Agora, todavia, Riley queria assegurar-se de que ela estaria protegida contra outro feitiço de morte, além de ilusões mágicas – ele aprendera essa lição com Tucker – e também contra feitiços de dor, pânico e espionagem.

– Espere, espere, espere. É melhor pararmos – Riley sacudiu a cabeça, a tensão irradiando de seu corpo conforme ele a encarava. – Seu pai vai ver o seu braço.

Sim, ela sabia disso. E isso seria um enorme problema se ela planejasse voltar a vê-lo.

Uma onda de enjoo acometeu-a, lágrimas brotaram repentinamente. Mary Ann fugira havia duas semanas, mas já sentia muita, muita falta do pai. Mas era necessário distanciar-se também dele. Ela não queria levar uma guerra do sobrenatural para a porta de casa.

Em vez de dar uma resposta, todavia, ela sentou-se no canto da cama e rolou a manga da blusa.

– Pare de matar tempo. Já ao trabalho!

– Você realmente não está planejando voltar, está? – perguntou Tucker. Dessa vez, seu tom de voz não trazia sarcasmo, grosseria ou pura maldade.

– Não – disse ela apaticamente. – Não estou planejando. Riley! – Mary Ann ajeitou-se sobre o colchão barulhento, rezando para que não saísse dali com pulgas e carrapatos. Ou coisa pior. – Comece! – Ou ela poderia se acovardar.

Ele analisou-a antes de se aproximar, ajoelhou-se ao seu lado e apoiou o braço dela sobre o próprio colo. Contato. Flamejante, capaz de sacudir a Terra. Necessário. Por algum motivo, ela mantinha uma expressão apática.

– Você mudou – disse ele.

– Em duas semanas? – ela queria rir. Impossível. Ele estava certo.

– Sim.

Riley já tinha colocado o equipamento para a tatuagem no criado-mudo e a tinta estava pronta para ser aplicada. O garoto levantou a pequena pistola e apertou a agulha contra a pele de Mary Ann, que sentiu uma picada forte, uma queimação persistente e o zumbido do pequeno motor. Talvez a saudade que sentia de casa a tivesse tornado mais forte, pois sequer tremeu.

– E você acha que eu mudei para melhor?

Pare! Não pergunte isso. Você pode não gostar do que vai descobrir.

– Eu gostava de você como era antes.

Riley soava amargurado. Ela *tinha* de perguntar.

– Fraca? Dependente de você?

– Você não era fraca.

– Mas também não era forte.

– E agora você é forte?

Droga!

– Estou mais forte. E então, você não gosta de mim agora? – *Por que você está insistindo nisso?*

– Eu gosto de você. Só não gosto das suas companhias – ele acrescentou, em voz alta.

– Isso aqui está um saco – resmungou Tucker, andando de um lado para o outro do quarto. – Alguém me divirta, por favor.

Eles ignoraram-no.

– Como você e Tucker se encontraram? – Riley perguntou, seu tom ficando mais agressivo. – E não estou dizendo no sentido romântico. A não ser que haja algo que você precise me dizer. E, se esse for o caso...

– Não é. E não há nada – ela apressou-se em assegurá-lo. As coisas entre eles poderiam ter chegado ao fim, mas Mary Ann não queria que Riley pensasse que ela entrara novamente em um relacionamento com Tucker. – Depois de golpear Aden, algo pelo que ainda não te perdoei – ela disse, com a voz tão alta quanto estivera a de Riley ao atirar provocações –, Tucker me procurou. Ele me viu sair de casa com uma mochila e me seguiu.

– *Eu* segui você, Mary Ann. E você fez tudo o que podia para me deixar pra trás. Mas ele você deixou se aproximar.

Sim. Aquilo era amargura, pura e borbulhante. Mais do que isso. Ao dizer "ele", Riley expressou tanto nojo que era como se discutisse um caso de diarreia crônica.

E, em sua mente, ele provavelmente estava discutindo um caso de diarreia crônica.

– Sim – disse Mary Ann. – Mas eu *me importo* com o fato de poder ferir você. Mesmo que sem querer.

– Legal, Mary Ann – disse Tucker secamente. – Muito legal.

Eles ignoraram-no.

Riley fez uma pausa, deixou a pistola com a tinta de lado e estendeu a mão em direção à garota. Passou os dedos pelo rosto dela, acariciando. Mary Ann não queria, mas simplesmente entregou-se àquele toque familiar e calejado. Fechou os olhos. Naquele momento, eles eram as duas únicas pessoas no mundo.

Ela respirava o mesmo ar que ele, fingindo ser uma garota normal, fingindo que ele era normal, que tudo era normal. O cheiro selvagem e áspero de Riley lembrava-a do mundo exterior. E ela desejava mais, estava desesperada por mais... Até lembrar-se do que aconteceu com a última criatura da noite que ela encontrara. E não conseguiu mais fingir.

As criaturas tinham entrado em convulsão, empalidecendo cada vez mais... Até se tornarem brancas como giz, lembrando as decorações pintadas durante o Halloween. Ferimentos haviam se formado sob seus olhos, os lábios tinham rachado e as criaturas, gritado. E gritaram e gritaram e gritaram conforme a dor tornava-se insuportavelmente forte.

– Mary Ann.

Ela devia ter enrijecido o corpo. Suas pálpebras abriram-se e ela pôde perceber que Riley estava preocupado, com a testa enrugada. Preocupação. Não, não, não!

— Eu feri você? — ela apressou-se em perguntar. Teria ela o sugado, talvez só um pouquinho?

— Eu estou bem. Você não me feriu.

Então a preocupação era por ela. Mary Ann relaxou, mas apenas ligeiramente. Por que ele tinha de ser tão maravilhoso?

— Você me contaria se eu o ferisse, não é mesmo?

— É claro! Não sou do tipo que sofre em silêncio.

Não, ele definitivamente não era. Uma característica, aliás, que ela sempre adorara nele.

— Como *você* está? — ele perguntou. — Anda... se alimentando direito?

— Ainda não. Tenho vivido da minha benevolência excessiva, mas a sensação de saciedade está chegando ao fim — ela admitiu. — Muito em breve estarei com fome.

— Muito em breve não é agora. Nós temos tempo.

Tempo juntos, ele queria dizer. Tempo antes de ela ter de começar a se preocupar.

Quando ele aprenderia? Ela *sempre* se preocupava.

— Apenas termine as proteções — disse Mary Ann, suspirando.

— Está bem. Mas essa conversa não chegou ao fim.

Sim, tinha chegado ao fim. Mas ela não comentou. E, algumas horas depois, Mary Ann era a orgulhosa possuidora de seis novas proteções.

— Sexy — disse Tucker, mexendo as sobrancelhas para ela.

— Você quer que eu arranque os seus olhos? — esbravejou Riley enquanto desmontava o equipamento e enfiava-o em uma bolsa.

— Foi mal — disse Tucker levantando os braços, todo inocência. — Ela está asquerosa.

Asquerosa?

—Valeu, traidor.

Tucker deu de ombros, sem remorso.

— Nós tentamos namorar, não deu certo. Portanto, eu sei que não devo colocar meus ovos no seu cesto. Se eu fizer isso, você vai acabar martelando eles.

Certo. Ovos eram uma metáfora para o saco escrotal dele? Porque isso sim era asqueroso. Enfim. Riley acenou com a cabeça, genuinamente feliz pela primeira vez naquele dia.

—Você também não vai colocar seus ovos na minha cesta — informou Mary Ann.

Riley também deu de ombros.

—Você vai mudar de ideia.

— Apenas... mantenha seus lábios longe de mim! — se ela o beijasse, acabaria se entregando; ela sempre se entregava. A boca do lobo enfraquecia-a. Simples assim.

Riley abriu um sorriso discreto, um sorriso que significava que daria em cima dela quando estivessem sozinhos. E Mary Ann gostou daquilo. E estremeceu. *Nada de ficar a sós com o lobinho!*

— Eu não falei nada sobre beijar você, falei?

— Que nojo! Que nojo! – Tucker fingiu engasgar. – Parem de flertar na frente de um espectador inocente.

— Eu duvido que você algum dia tenha sido inocente – disse Mary Ann secamente.

— E você, não tem outro lugar para ficar? – perguntou Riley. – Tipo... com a garota que você engravidou?

Penny. Mary Ann ainda não tinha telefonado para a amiga hoje e se perguntava se ela estaria debruçada sobre um vaso sanitário, vomitando tudo que podia.

Pela primeira vez desde que Tucker tinha aparecido na frente de Mary Ann – implorando a ela que o deixasse ajudar, para compensar os danos causados a Aden, alegando que ele só se sentia "direito" quando estava com ela, que poderia lutar contra seus impulsos obscuros contanto que ela estivesse por perto –, ele parecia extremamente derrotado.

– Penny vai ser feliz sem mim – disse Tucker, sem expressar emoção.

– Bem, o filho dela... O *seu* filho não vai. Ele vai ser parcialmente demônio e Pen vai precisar de ajuda para criá-lo.

A palidez com ares de derrota deixou o rosto do garoto, abrindo espaço para um enrubescer de saudade.

Ele... poderia... realmente amar Penny e querer ter contato com seu filho? Talvez parte dele, sim. Mas talvez ele também soubesse que estar com eles iria destruí-los de forma que não aconteceria se ele se mantivesse distante. A natureza obscura de Tucker poderia forçá-lo a fazer coisas das quais ele se arrependeria pelo resto da vida.

Mary Ann sabia o que era se sentir daquela forma. Ficar sem Riley a estava *matando*. Ela sentia mais falta dele a cada dia – sentia saudade até mesmo quando ele estava ao seu lado – mas faria qualquer coisa, *qualquer coisa*, para mantê-lo seguro.

– Então, já terminou com Mary Ann? Diga que terminou, porque estou pronto para minha vez – disse Tucker, esfregando as mãos novamente.

Riley bufou.

– Até parece...

– Ei, eu também não quero ser amaldiçoado. E, como sou um membro valioso para essa equipe...

– Nossas definições de *valor* parecem ser bem diferentes.

Tucker estalou a língua.

– Assim como nossas definições de *mutante* devem ser diferentes. Para você, provavelmente significa *aquele que muda de forma*. Para mim, significa apenas *idiota*.

— E se eu fizesse uma proteção para você se tornar permanentemente impotente? — Riley sacou a pistola e sacudiu-a apontando para Tucker. — O que você acha disso?

— Desnecessariamente cruel, lobo. Isso me machucou. Profundamente — Tucker secou lágrimas falsas de seus olhos. — Aquelas fadas e bruxas são umas gatas e, se eu for capturado por uma delas, as coisas precisam estar funcionando por aqui. Você se lembra de como eu *funciono*, não lembra, Mary Ann?

Ah, não. Ele não estava arrastando-a para aquela discussão...

— Nós nunca transamos, e você sabe muito bem disso.

— Você estava muito ocupado trepando com todas as outras — rosnou Riley para ele.

— Sim, tipo com a sua mãe — respondeu Tucker.

— Minha mãe está morta.

Um lapso de silêncio.

— Tipo com o seu pai — insistiu Tucker, sem demonstrar qualquer sinal de remorso.

Na verdade, o pai de Riley também estava morto. Não havia motivo para verbalizar aquilo e permitir que Tucker dissesse o nome de alguma pessoa com quem poderia ter transado.

— Vocês são tão... garotos — disse Mary Ann, levantando-se.

— Ele é um garoto — Riley deu de ombros. — Em grande parte.

Os olhos de Tucker estreitaram-se.

— O que você está dizendo? Que o restante de mim é uma garota?

— Ei! — Riley levantou as mãos, colocou as palmas para fora, em um gesto simulando inocência, como Tucker fizera anteriormente. — Não fui eu quem admitiu ter transado com um cara.

— Era mentira, Totó. Um insulto aos seus pais, mas, é claro, você é idiota demais para entender.

— Podemos ir agora? — perguntou Mary Ann antes que eles começassem a brigar. Outra vez.

— Sim — disse Riley, ao mesmo tempo que Tucker disse:

— Tanto faz.

Por sorte, eles viajaram os 25 quilômetros até a antiga casa do dr. Daniel Smart sem causar incidentes. Mary Ann teria preferido ir sozinha, mas... Aos cinco anos, ela queria ter um pônei. Ou seja, já tinha aprendido a viver com decepções.

Ninguém atendeu à porta após as pesadas batidas de Riley, seguidas pelas batidas igualmente pesadas de Tucker, como se até mesmo aquilo fosse uma competição. De qualquer forma, aquele grupinho de amigos desequilibrados não foi embora. Eles se sentaram no balanço da varada — Mary Ann era a carne em um sanduíche de testosterona — e esperaram.

Ela verificara os arquivos daquela região, e a esposa do dr. Smart ainda era proprietária daquela casa. Tonya Smart não havia alterado o nome na escritura, o que, muito provavelmente, significava que ela não tinha se casado novamente.

Todavia, talvez ela tivesse alugado o imóvel. Talvez não estivesse lá porque trabalhava nos finais de semana. Talvez simplesmente olhasse para Mary Ann e dissesse para a garota desaparecer. A mulher definitivamente não estaria disposta a responder perguntas como "Seu marido era um cara esquisito que conseguia acordar os mortos?". Mas, mesmo assim, a garota estava disposta a tentar.

O sol brilhou forte, embora as nuvens flutuassem e obscurecessem os raios a cada poucos minutos. Uma fumaça formava-se na frente do rosto de Mary Ann toda vez que ela respirava. Enquanto desenrolava a manga da blusa para conseguir se aquecer, ela perguntou:

— Como está Aden? — e sentiu-se mal por não ter perguntado antes. Para defesa de Mary Ann, ele era o motivo que a levara até aquela situação.

— Ele está se recuperando — disse Riley. — Não graças a Tuck.

— Cara, não dá pra deixar isso no passado? — esbravejou Tucker. — Eu já disse que sinto muito.

—Vou deixar no passado. Quando você estiver morto.

Mary Ann apertou a parte superior do nariz, certa de que sua cabeça explodiria antes do fim do dia. Ela nunca tivera vontade de se tornar um árbitro, mas era a isso que eles tinham-na reduzido. Da próxima vez, exigiria receber um pagamento por aquilo! Depois de duas horas de insultos indo e vindo, a dor de cabeça da garota tornara-se um inimigo maior que bruxas e fadas. E Mary Ann estava muito próxima de se convencer de que Tonya Smart *não poderia* ajudá-la. É claro que, nesse momento, ela ouviu o barulho de um motor de carro, o cantar dos pneus vindo pela rua.

Mary Ann levantou-se. Seu quadril já formigava e o movimento abrupto acordou-o furiosamente.

— Deixem que eu converso com ela — disse Mary Ann aos garotos.

— O que você vai dizer? — perguntou Tucker.

— Assista e descubra, demônio — disse Riley. — Ela vai falar a coisa certa, é isso que ela vai dizer.

Tucker fez uma careta.

—Você contou seu plano para ele e não contou para mim?

— Não. Mas ele confia em mim. Agora, silêncio.

Mary Ann não contara a nenhum deles porque ela mesma ainda não tinha pensado em uma forma de abordar o assunto. Mas agora era o momento crucial. Ela tinha de encontrar alguma maneira e tinha de ser *agora*.

A senhora Smart saiu do carro. Uma mulher com pouco mais de cinquenta anos, cabelos castanhos claros, bem cortados, roupas limpas e arrumadas. Ela tinha uma beleza maternal e, no passado, provavelmente fora muito bonita.

A mulher trazia uma sacola de compras e sorriu calorosamente conforme se aproximava. Mary Ann gostaria de ter visto os olhos da senhora Smart, mas eles estavam escondidos atrás de óculos de sol.

— Posso ajudar?

Ela era humana, Mary Ann percebeu — surpresa com o fato de sua mente agora funcionar assim. Atualmente, assim que conhecia alguém novo, a garota imediatamente fazia uma análise.

— A aura dela é negra — murmurou Riley, soando confuso.

O que exatamente aquilo significava? Não havia tempo para perguntar.

— Sim, a senhora pode me ajudar. Meu nome é Mary Ann. A senhora é Tonya Smart, certo?

— Correto — respondeu a mulher, agora um pouco hesitante.

Finalmente. Uma pausa.

— Eu sou... Bem, minha mãe morreu no mesmo dia que seu marido — ela já ia entrar no assunto? — No mesmo hospital — sim, ia. — Ela deu à luz e... foi isso. Fim — quão idiota ela soava?

Parte do calor dissipou-se, abrindo caminho para a cautela.

— Sinto muito por sua perda.

— Obrigada. Também sinto muito pela sua.

A senhora Smart assentiu, mudando a sacola de compras de um braço para o outro. Seu olhar devia ter desviado para os garotos, pois a cautela agora era acompanhada de medo.

— Por que você está me dizendo isso? Por que você está aqui?

— Nós não vamos ferir a senhora — garantiu Mary Ann. — Os garotos podem sair se a senhora se sentir incomodada. Aliás... — a garota lançou um olhar para eles. — Por favor, saiam. Agora.

Embora Riley parecesse querer protestar, ele estendeu a mão, pegou Tucker pelo colarinho da camiseta e puxou-o. Eles não foram longe; pararam sob um enorme carvalho no quintal da frente.

– Então, com qual deles você está saindo? – perguntou a senhora Smart.

– Com nenhum. Com o de cabelos escuros. Com nenhum... – respondeu Mary Ann.

A senhora Smart riu, relaxando novamente.

– Ah, como é bom ser jovem.

Mary Ann pegou-se estudando os garotos. Riley, com seus cabelos escuros e o rosto durão de um guerreiro, parecia um demônio. Tucker, com seus cabelos claros e traços inocentes, parecia um anjo. Ainda assim, em termos de personalidade, o oposto era verdadeiro. *Isso não importa agora.*

A garota voltou seu foco à mulher e limpou a garganta.

– Um dos meus amigos nasceu no mesmo dia, no mesmo hospital, o St. Mary's – acrescentou Mary Ann, para evitar que a senhora Smart pensasse que ela estava mentindo. As provas estavam nos detalhes, afinal. – Ele está procurando os pais dele.

A confusão tomou conta daquele rosto ligeiramente envelhecido.

– E você acha que meu Daniel pode ser pai dele?

– Não, não! Deus, não é nada disso... É que meu amigo... e eu... nós podemos... fazer... coisas. Coisas esquisitas.

De canto de olho, Mary Ann conseguia avistar Riley lutando contra uma necessidade de se aproximar e de empurrá-la para longe dali. Ela não devia dizer aquilo. Para ninguém. Especialmente para uma pessoa praticamente estranha que poderia contar para as pessoas erradas o que ela estava para dizer. Pessoas que poderiam ir atrás dela e de Aden. No entanto, não havia alternativa.

Além disso, Mary Ann fizera a lição de casa. Daniel Smart devia ser Julian. As peças se encaixavam.

– Eu estava me perguntando se...

– O quê? – insistiu Smart.

— Eu gostaria de saber se o senhor Smart também conseguia fazer... coisas estranhas.

Um silêncio pesado e, em seguida:

— Coisas estranhas. Como o quê?

Mary Ann não podia dizer. Simplesmente não podia.

— Deixe pra lá – continuou Smart uma fração de segundo depois, com uma voz fria. – Quero que você vá embora. E nunca mais volte aqui.

— Por favor, senhora Smart. Isso é uma questão de vida ou morte.

A mulher subia pesadamente as escadas e desviara-se de Mary Ann. Ao ouvir a palavra "morte", no entanto, ela parou antes da porta. Sem olhar para Mary Ann, sussurrou:

— Você está tentando... levantar alguém?

Levantar alguém... Acordar um morto. Mary Ann sabia. Ela realmente sabia! Alguém que desconhecesse o que Julian poderia fazer jamais faria aquele tipo de pergunta. Mary Ann queria gritar.

— Não, não, eu juro. Nada desse tipo – com uma força incrível, Mary Ann conseguiu ficar parada. – Só estou tentando encontrar a pessoa que poderia... acordar alguma coisa. Uma pessoa que morreu no mesmo dia em que eu nasci. Alguém que poderia ter... passado essa habilidade para outra pessoa.

Se Daniel Smart era Julian, talvez seu último desejo tivesse sido conversar com sua esposa. Jogando com meias verdades como estava fazendo, Mary Ann corria o risco de afastar a mulher. Mas dizer toda a verdade não era uma opção. Pelo menos não por enquanto.

Silêncio. Mais daquele silêncio incômodo. E, em seguida:

— Meu Daniel não podia fazer isso que você está falando.

— Ah...

Mary Ann estava tão segura. Talvez... Talvez a senhora Smart estivesse mentindo. Simplesmente não havia outra explicação para o que Mary Ann lera.

– Mas o irmão dele conseguia – disse a mulher.

Está bem. *Havia* outra explicação.

– Ele também desapareceu naquela noite e nunca mais ninguém ouviu falar dele – continuou Tonya Smart. – Agora, por favor, vá embora. E lembre-se do que eu lhe disse. Não volte mais aqui. Você não é bem-vinda.

doze

Uma hora depois, Mary Ann encontrava-se dentro do The Wire Bean. Apesar de o local levar um nome tão ridículo, Mary Ann gostou de lá. O *cybercafé* era acolhedor, tinha sofás macios e pequenas mesas redondas, além de cabines com múltiplos plugues nas laterais.

Mary Ann fingia beber um *mocha latte* – porque bebê-lo de verdade iria deixá-la enjoada. Comida humana já não fazia parte de suas predileções. Mary Ann gostava agora de magia e do poder de outros seres. Não que ela estivesse se sentindo amargurada. Exceto por sentir-se *muito* amargurada.

Enfim. A bebida tinha sido "paga" por Tucker.

Sua versão de "deixe que eu pago" era lançar uma ilusão para que a garota do caixa – que tinha sorrido e flertado com ele e com Riley a níveis irritantes – pensasse que Tucker tinha lhe dado uma nota de vinte dólares quando, na verdade, ele dera uma boa porção de ar.

Riley tinha verbalizado uma reclamação. Tucker olhou para ele e disse:

— Você está falando sério, seu safado? Você roubou um notebook para a Mary Ann e agora está questionando os *meus* métodos? Sério?

— Sim, é sério.

— Pelo menos minha vítima não vai chorar a noite toda por ter perdido as dez primeiras páginas de um relatório.

—Você é realmente um benfeitor, não é mesmo? – zombou Riley.

Em outros momentos – como uma hora atrás – toda essa discussão teria chateado a garota. Agora? Quase nem apitava em seu radar. Ela estava ocupada.

É claro que eles também discutiram para saber quem se sentaria ao lado dela. Lisonjeiro, mas também um insulto, já que aquilo era apenas uma disputa de território, e não um desejo verdadeiro de estar ao lado dela. Riley venceu. Por pouco. E só porque passou o pé em Tucker, que caiu de cara na mesa manchada de café.

Agora o mutante de Mary Ann recostava-se, estendia o braço por trás dela. Tucker sentou-se na frente da garota, fazendo uma carranca para o casal. Mary Ann continuava fingindo tomar o café e digitar, inspirando os vapores deliciosos enquanto buscava por respostas a respeito de Robert, irmão de Daniel Smart.

— Sabe... – disse Tucker. – Eu sou um cara muito legal quando estou só com Mary Ann. Você é que destrói a minha calma, Totó.

—Vou fingir que isso é verdade.

— Mas é verdade – disse Mary Ann sem tirar os olhos da tela. – Assim como eu neutralizo as habilidades de Aden quando estou perto dele, também neutralizo o demônio dentro de Tucker.

— Eu acho a palavra "demônio" questionável.

— E você... – ela continuou, ignorando o demônio. –Você neutraliza minha habilidade.

— Pobre Tucker – zombou o lobo. – Tendo que enfrentar o fato de ser um *bad boy*.

— E você não se importa com o fato de eu chamar você por diferentes nomes de cachorro, Max? — disse Tucker, claramente de mau humor.

— Não. E, a propósito, Max é o nome do meu irmão.

— Espere — Tucker inclinou o corpo para a frente e arqueou os lábios, formando um sorriso. — Seu irmão é um lobisomem mutante e o nome dele é Max?

— Sim. E daí?

— Cara, sabia que esse é tipo... o nome de cachorro mais popular do mundo?

— Agora você é um guia de estatísticas?

Franzindo a testa, Tucker correu a mão pelos cabelos.

— Se você não vai reagir aos insultos da forma correta, não vou ficar aqui. Primeiro, chamei você de Totó. Nenhuma reação. Depois, de Max, e você me corrigiu. Você é patético — Tucker saiu da cabine. — Vou ficar lá fora. Fumando. Talvez bebendo.

— Não vá esfaquear ninguém, hein! — disse Riley, acenando com os dedos.

A expressão de Tucker tornou-se obscura.

— Você tem alguma coisa para acrescentar a essa conversa, Mary Ann?

— Está bem — disse ela, distraída, já ignorando-os novamente.

Tucker suspirou.

— Me encontrem lá quando terminarem.

— Claro, claro — assegurou Riley. Então, o mutante mostrou o dedo do meio.

Tucker saiu do café. A campainha tocou quando o garoto passou pela porta.

— Que cara chato! — murmurou Riley. — Vou matá-lo antes de isso tudo chegar ao fim. Você sabe disso, certo?

— Ótimo.

— E você não vai ter problema nenhum com isso?

– Ótimo.

–Você também não está ouvindo uma palavra do que eu digo, está?

– Ótimo.

Dezessete anos atrás, as pessoas não registravam seus pensamentos no Facebook ou no Twitter, então encontrar Robert Smart foi um tanto quanto complicado. Mas Mary Ann finalmente estava chegando a algum lugar.

Ela tinha encontrado uma matéria de jornal sobre ele, e a matéria levou-a até outra e outra e mais uma. Todas elas descreviam a habilidade de Robert Smart de encontrar cadáveres e de se comunicar com os mortos. No entanto, nenhuma delas mencionava *levantar* ou *acordar* cadáveres. E, mais do que isso, não havia nenhuma menção à morte dele. Então, ela talvez estivesse chegando a algum lugar, mas isso não era necessariamente bom. Até que...

Bingo! Uma matéria sobre o seu desaparecimento. A empolgação tomou conta de Mary Ann conforme ela lia as primeiras linhas. Ele desaparecera na mesma noite em que seu irmão morrera. E, ah... a decepção tomou o lugar da empolgação.

– O corpo dele nunca foi encontrado. E ele nunca se casou – disse ela. – Não tinha filhos, nenhum parente além de Daniel e de Tonya.

O que significava que conversar com a família não era uma opção. Tonya provavelmente chamaria a polícia se visse Mary Ann novamente.

– Ótimo – disse Riley, imitando-a. Então, sem respirar, acrescentou: – Mas ele poderia estar por aí conversando com as bruxas ou as fadas, sabia?

Mas, se não tinha família, que tipo de último desejo aquele homem poderia ter tido? Não seria dizer adeus aos familiares, obviamente, como quisera a mãe de Mary Ann. O que, então, ele teria desejado?

Mary Ann precisava saber. Para deixar o corpo de Aden, Julian tinha de fazer o que ele se arrependia de não ter feito enquanto vivo. Mas as almas não se lembravam de suas vidas até que alguém as lembrasse. E, naquele momento, ela era a única capaz de lembrar Julian.

— Mary Ann... — disse Riley.

Talvez ela pudesse imprimir essa história de uma vida (anterior) e ler para ele? Talvez ele se lembrasse? Ou talvez fosse hora de mudar de planos e espiar os pais de Aden? É, talvez. A escritura da casa estava em nome de Joe Stone. Paula, a mãe, não fora mencionada. Eles ainda estavam juntos? Tinham se separado?

— Mary Ann?

— O quê? — ah, sim. Riley tinha dito alguma coisa. Robert, bruxas, fadas. — É claro que ele não está falando com as bruxas. Ele está morto.

Um suspiro longo e pesado, quente e mentolado passou por Mary Ann.

— Estou falando de Tucker.

— Ah. Então vá, siga Tucker. Mate-o. Sei lá. Por favor, só preciso de alguns minutos de paz.

Um golpe de silêncio pesado.

— Você está tentando se livrar de mim.

— Sim. Mas, por algum motivo, não está dando certo.

Dedos maravilhosamente calejados apoiaram-se no queixo e viraram o rosto da garota.

— Mary Ann? — Os olhos de Riley brilhavam, divertindo-se.

— O quê?

— Você é sexy quando está concentrada.

Dizendo isso, ele inclinou-se e beijou a garota. Bem ali, na frente de todos, Riley deslizou sua língua para dentro da boca de Mary Ann. Riley, quente e molhado e tão delicioso quanto ela lembrava-se. Ela nunca fora fã de demonstrações públicas de afeto, mas se viu chegando mais perto, envolvendo o garoto com os braços, afundando suas mãos nos cabelos dele.

Riley sabia exatamente como movimentar sua língua junto à dela. Sabia exatamente quando aplicar pressão, quando aliviar a pressão, como deixá-la sem ar e dar a ela seu próprio ar. E o calor, ela não conseguia se satisfazer. Mary Ann empurrou-se para ainda mais perto dele, tão perto que conseguiu sentir a energia fluir para sua boca, descer por sua garganta e girar em seu estômago.

Ela conhecia aquela sensação.

O pânico tomou conta da garota e ela se distanciou. Ambos tremiam, mas Riley brilhava por conta do suor. O coração de Mary Ann acelerou, mas ela conseguiu murmurar:

– Eu estava prestes a me alimentar de você.

– Eu sei – não havia chateação no tom dele, o que a surpreendeu.

– E você não se distanciou de mim? Seu idiota!

Riley contorceu os cantos de seus lábios.

– Eu estava gostando do que estávamos fazendo.

Ele estava *se divertindo*? Então "idiota" era uma palavra leve demais para ele. Mas, esse tipo de coisa? Era exatamente por isso que ela fugira dele. Riley não levava sua própria segurança a sério.

Fazendo uma carranca para ele, Mary Ann arrastou as próprias pernas para longe e empurrou-o. Para fora da cabine. Ele caiu com o traseiro no chão.

– Saia daqui antes que eu... antes que eu... dê uma joelhada no meio das suas pernas!

Mais uma idiossincrasia. Ele tomou o tempo que precisava para se levantar.

– Vou encontrar uma bruxa. Se você estiver com fome, pode...

A fúria de Mary Ann diminuiu. Ele estava tentando cuidar dela. Como a garota poderia se enervar com ele?

– Não estou.

E ela não estava. Não totalmente. Não ainda.

– Você sabe o que acontece se você ficar sem... comer? Deixe eu...

– Não – sim, ela sabia o que acontecia. Ela sentia dores. Dores piores que qualquer outra. – Eu estou bem – ela não queria mexer com as bruxas, talvez ser enfeitiçada (embora aquele feitiço de impotência que Riley tinha discutido com Tucker talvez fizesse bem para os dois). E definitivamente não queria ser responsável por outra morte.

– As bruxas iam ferir você, Mary Ann. Agora você pode feri-las primeiro.

Tecnicamente, aquilo era verdade. Ela poderia feri-las. Quando sua fome alcançasse o ponto da dor, ela iria se alimentar sem pensar ou planejar. Primeiro as bruxas; depois, as fadas. Mas, um dia, essas raças não seriam suficientes. E Mary Ann teria vontade de outros seres. Vampiros, mutantes. Até mesmo humanos. Mas, como agora estava apenas parcialmente faminta, ela teria de tocar em uma bruxa para se alimentar, e não queria chegar assim tão perto de uma feiticeira. Por todos os motivos mencionados, mas também por que, bem, Mary Ann *gostava* de algumas das bruxas.

Duas delas, Marie e Jennifer, poderiam tê-la matado uma dúzia de vezes. E não mataram. Em vez disso, conversaram com Mary Ann e depois se afastaram. E a garota sentia que devia isso a elas.

– Vá encontrar Tucker antes que eu chegue à conclusão de que você faria um ótimo lanchinho – disse Mary Ann. – Ah, espere. Primeiro me conte o que você queria dizer sobre a aura de Tonya ser negra.

Ele franziu a testa enquanto voltava para a cabine.

– Em geral, isso significa que a pessoa vai morrer. Mas a dela era de um negro antigo que se desbota para uma tonalidade acinzentada. Eu já vi esse tipo de aura algumas vezes antes, mas, em geral, em pessoas que tinham trapaceado a morte usando magia ou que tinham sido amaldiçoadas há muito, muito tempo.

Então isso aconteceria com a aura de Aden? Desbotaria lentamente, talvez até apodrecer?

– Então a vida dela foi salva com magia? Ou ela foi amaldiçoada? Qual das opções?

– Eu não sei. Não senti uma vibração de magia vindo dela – disse ele, encolhendo os ombros. – Mas isso pode apenas significar que a maldição é uma parte tão presente nela como os pulmões ou o coração, de modo que ninguém pode senti-la. Ou pode significar que não foi usada magia.

– Então, o que você está me dizendo é que você não tem ideia do que se trata?

– Correto. Então *você* está *me* dizendo que não quer que eu fique com você? Porque, depois daquele comentário sobre me transformar em lanche...

– Vá, seu ninfomaníaco!

Rindo, ele levantou-se e jogou um beijo para a garota. Então, saiu do café. Mary Ann forçou sua atenção a voltar para o laptop. Suas mãos tremiam enquanto ela digitava. E, a propósito, digitava sem pensar, e acabou em uma busca sobre os pais de Aden. Outra vez. Talvez seu subconsciente estivesse tentando lhe dizer alguma coisa.

Está bem. Ela seguiria aquilo. E mais uma coisa: Mary Ann decidiu que sua próxima proteção seria para evitar que garotos confundissem seus pensamentos e atrapalhassem a sua concentração. Mas, de alguma forma, Mary Ann duvidava que conseguiria se proteger do apelo de Riley, mesmo que tatuasse cem proteções em seu corpo.

Aden surpreendeu Victoria. Em vez de seguir para a sala do trono, onde seus "convidados" esperavam-no, e exigir respostas, em vez de se alimentar, ele primeiro se preparou para a possibilidade de uma batalha.

Uma tarefa que tomou várias horas, tensas, até que a manhã se transformasse em tarde.

Ela escutou uma conversa – um monólogo, mais exatamente – que ele tivera com Elijah, e sabia que Aden estava chateado porque a alma não tinha previsto aquilo e, portanto, o garoto não tinha se preparado. Ela ouviu Aden conversar com os conselheiros, depois com Maddie, para aprender o que podia sobre os nove guerreiros que o aguardavam. Victoria expirou com alívio quando Aden colocou seguranças e vigias em todos os cantos, dentro e fora da casa. Viu-o se armar, desviou o olhar enquanto ele trocava a camiseta e a calça jeans e esperou com ele os lobos que chegariam da floresta, provavelmente cansados de patrulhar.

Não havia tempo para pensar no beijo deles ou na fúria que o garoto demonstrara com o fato de ela não ser virgem, algo tão inesperado para o Aden do passado quanto para o Aden do presente. Será que ele tinha alguma suspeita sobre a identidade do garoto? Ele a detestaria quando essa suspeita fosse confirmada?

Bem, havia tempo para pensar em tudo isso, mas ela não se daria esse luxo. Victoria precisava se focar, estar em sua melhor forma para o caso de Aden não estar na dele. Ele ainda não tinha se alimentado, e Victoria não sabia o porquê.

Outra coisa que ela não sabia: por que ele tinha parado o que estava fazendo, duas vezes, para anunciar que não dançaria.

Agora ele marchava pelo tapete escarlate. Victoria seguia logo atrás. Os lobos, um de cada lado do garoto, e alguns dos seus mais fortes guerreiros vampiros atrás deles. Vampiros encostavam-se nas paredes, observando-o, formando um corredor que levava diretamente à sala do trono.

Victoria ouviu murmúrios como "simplesmente apareceram", "problema" e "guerra", e todas essas palavras faziam o terror tomar conta de seus pensamentos.

Independentemente de quem fossem os guerreiros, eles claramente podiam se teletransportar, pois não tinham atravessado a casa, mas "simplesmente aparecido" na sala do trono. E, para aparecer em um lugar, o teletransportado tinha de já ter estado lá alguma vez. O que significava que, em algum momento, Vlad os tinha levado até lá.

Quando Aden se aproximava da sala do trono, duas de suas sentinelas abriram as enormes portas arqueadas. Sem fazer uma pausa em seu caminho, o novo-embora-ainda-não-coroado rei dos vampiros entrou na sala. Victoria esperava mais murmúrios, alguma coisa, mas tudo que conseguiu ouvir foram os passos pesados de vários pares de botas e o arranhar de garras de lobos. Aden então parou, assim como todos os que seguiam atrás dele. E, então, nenhum ruído. Apenas o silêncio.

Os recém-chegados – mais altos e muito mais fortes do que Victoria imaginara, e ela os tinha imaginado *muito* altos e *muito* fortes – formaram um V ao contrário. Uma formação de guerra. Ela vira, muitíssimas vezes, seu pai agindo no centro de um V daquele tipo. Era uma posição para intimidar, para demonstrar unidade. Uma espécie de "se você mexer com um, mexerá com todos".

O homem à frente inclinou a cabeça para o lado. É claro que não havia nenhum respeito naquela ação, apenas um tom de certeza de que "eu sou o cientista e você é o rato de laboratório".

– Finalmente. Você chegou – o homem não zombou, mas o insulto estava lá, uma implicação de que Aden era um covarde por tê-lo feito esperar.

O antigo Aden talvez tivesse ignorado a provocação. O novo Aden, todavia, levantou o queixo e o desafiou:

– Finalmente eu o honro com minha presença.

Uma carranca feroz.

– Nós não somos seus súditos e não estamos honrados com sua presença.

– É claro que estão.
– Não.
– Sim.
– Por que, seu...

O guerreiro à direita do que falava colocou uma mão firme no ombro daquele vampiro e, em seguida, apertou os lábios – um pedido claro de calma. O segundo homem disse:

– Não somos nós que queremos falar com você, Aden, o Domesticador de Bestas.

Pelo menos eles reconheciam o poder do garoto. Os epítetos eram importantes para a espécie de Victoria, identificavam personalidades, habilidades e conquistas. Vlad, o Empalador. Lauren, a Sedenta por Sangue – o que, em meio a um grupo de vampiros, significava alguma coisa. Stephanie, a Exuberante. Victoria, a Mediadora.

– Quem, então?

Uma pausa, o olho do furacão, antes de outro homem teletransportar-se para a cabeça do V e todas as pessoas na sala, exceto os recém-chegados e Aden, suspirarem impressionadas.

– Eu.

– Sorin – murmurou Victoria. Ela sabia que ele viria, mas vê-lo em carne e osso ainda a deixava impressionada. Seu irmão estava aqui. *Seu irmão estava mesmo aqui!*

A garotinha que ela costumava ser queria correr para ele, jogar-se nos braços dele. Eles nunca tinham se tocado antes, nunca tinham se falado e seus olhares só tinham se cruzado seis vezes. Ainda assim, aquela parte esquecida dela queria fazer essas coisas e mais.

– Você o conhece? – Aden perguntou, mas não esperou uma resposta. – Acho que eu também conheço – os olhos do garoto escureceram e depois clarearam novamente, passando de violeta para preto, de preto para violeta, enquanto ele olhava para ela. – Existe uma forma de fazê-lo parar?

– Parar... Sorin?

Aden franziu a testa, sacudiu a cabeça.

– Eu não acredito em você, Elijah.

Claro. As almas o estavam incomodando; e, infelizmente, não o estavam ajudando.

Victoria estendeu a mão e entrelaçou seus dedos nos de Aden, oferecendo o conforto que podia enquanto tentava trazê-lo de volta para o aqui e o agora. Aden piscou os olhos, a mancha negra invadiu-os e lá ficou. Ele apertou a mão de Victoria, confortando-a.

Sorin bufou.

– Eu ouvi dizer que você era louco, humano. E fico contente de saber que, de vez em quando, os rumores são verdadeiros.

Aden segurou Victoria com mais força, mas não respondeu.

– Elijah... ele previu alguma coisa terrível? – ela murmurou.

Um músculo repuxou sob o olho de Aden. E o garoto permaneceu em silêncio.

Estaria ele perdido em uma previsão até mesmo agora? Tremendo, ela voltou a atenção para Sorin:

– Ele não é louco! – exclamou. Talvez ela pudesse convencer os dois a se darem bem. – Subestimá-lo pode fazer você morrer.

Sorin olhou nos olhos de sua irmã. Sete, ela pensou, mantendo os números em sua cabeça, como sempre fizera. A expressão dura do rapaz não mudou, não se tornou mais suave. Será que ele se lembrava dela? Sorin tinha ido viver em outro lugar há tanto tempo...

Os vampiros envelheciam muito mais lentamente que os humanos. Embora Victoria tivesse 81 anos, isso era equivalente a algo como dezoito anos na idade humana. Sorin tinha pouco mais de cem anos, embora parecesse ter pouco mais de vinte. Seus cabelos eram claros;

seus olhos, tão azuis quanto os de sua irmã. Ele era quase trinta centímetros mais alto que Aden e tinha mais músculos que um astro do futebol americano.

— Irmã — disse ele, inclinando a cabeça para demonstrar respeito. — Também ouvi dizer que você está namorado o humano insano, mas não acreditei até este momento. E você acha mesmo que ele poderia me ferir?

O primeiro pensamento de Victoria: *Ele lembra*. O segundo: *Em algum momento eu fui tão feliz?* O terceiro: *Vai haver problemas*. O último: *Ele lembra!*

— Não o deixe nervoso — disse ela, feliz com a estabilidade de sua voz. Independentemente do que acontecesse, independentemente do que fosse dito, Victoria precisaria permanecer emocionalmente distante. E, se havia uma coisa que Riley lhe ensinara durante as aulas de autodefesa, era que as emoções destruíam qualquer perspectiva de racionalidade. — A besta dele não vai gostar e vai querer te punir por isso.

Um músculo começou a pulsar sob o olho de Sorin. Interessante. Ele já devia ter provado o desgosto de sua besta.

Sorin desviou o olhar e passou a analisar Aden.

— Você não parece um rei dos vampiros.

— Obrigado — respondeu Aden, inclinando a cabeça. Ótimo. Ele estava de volta na sala do trono, e não mais dentro de sua própria cabeça.

— Isso não foi um elogio.

Uma pausa. Um suspiro de Aden:

— Devo dizer que o que você está planejando não vai terminar bem.

Victoria sentiu seu estômago dar uma volta.

— E o que exatamente eu estou planejando? — perguntou Sorin, despreocupado.

— Por que estragar a surpresa de todos?

— Muito bem. Não estragaremos. Vamos simplesmente começar.

Dizendo isso, Sorin avançou, estendeu a mão e segurou o punho das espadas que espreitavam sobre seus ombros. O metal assobiou ao passar contra o couro e então pontas prateadas brilharam à luz lançada pelo lustre.

Aden levantou-se, duro como uma estátua, até um coro de rosnados e grunhidos brotar dos lobos. Ele levantou a mão, pedindo silêncio. Eles obedeceram, mas continuaram com o corpo teso, com os pelos das costas enriçados. E, embora Aden não tivesse ordenado que nenhum vampiro lutasse, embora tivesse gritado a eles que voltassem às suas posições, vários soldados avançaram, cercando o irmão de Victoria.

E ela sabia o motivo daquilo. As bestas. Chompers estava enlouquecendo dentro da cabeça dela, batendo contra as têmporas da garota forte o suficiente para feri-la, querendo sair, querendo proteger Aden. Cada gota da força de Victoria foi necessária para mantê-lo ali dentro, para manter seus próprios pés no lugar depois que, ao não conseguir fugir, Chompers começou a tentar controlar o corpo dela.

Estremecendo, Victoria assistiu a Sorin girar a espada – e lá se foram os órgãos internos de alguém. Ele girou novamente – e lá se foi uma cabeça. Sorin se abaixou, e uma perna foi cortada na altura do joelho, partes de corpos caindo em diferentes direções. Horrível, sim, mas tudo que Victoria conseguia pensar era em como o sangue jorrando parecia delicioso. Não apenas para Chompers, que finalmente parou de lutar contra ela e tinha passado a observar a substância que tanto desejava, mas para ela mesma. E, se o sangue parecia bom para ela...

A garota olhou para Aden, que lambia os lábios. Os olhos do garoto estavam elétricos, crepitando contra a luz. Ele estava em transe? Se sim, então não havia como salvá-lo.

Sorin parou na frente de Aden, que continuou observando o sangue. Ele estava. Ele realmente estava em transe.

Eu devia tê-lo forçado a comer antes de vir para cá. Agora, ele poderia mergulhar em alguma daquelas poças. Poderia deitar ali e engolir cada gota, deixando seu corpo vulnerável a ataques.

— Tirem os corpos daqui — ela gritou, temendo que a capacidade de Aden de levantar os mortos entrasse em ação e que os cadáveres começassem a atacar.

Os soldados vampiros apressaram-se em obedecer a ordem da princesa.

— Você não está com medo? — perguntou Sorin. As extremidades de suas espadas estavam apontadas para o chão, sangue pingando, pingando, pingando, deslizando tão perfeitamente. Victoria só precisava abaixar e colocar a língua para fora e, então, o sabor explodiria em sua boca.

O que você está fazendo? Estremecendo, ela direcionou a atenção aos garotos. Eles ainda estavam um com o nariz colado no do outro. Ela devia ter apertado a mão de Aden com cada gota de sua força, pois tinha cortado a circulação em seus próprios dedos. Eles formigavam. *Fique calma. Apenas fique calma.*

Aden limpou a garganta, o que, de alguma forma, puxou-o para fora do transe como apenas um vampiro velho e com prática poderia fazer. Então, enrijeceu o corpo.

— Com medo? De você?

Sorin abriu um sorriso lento e, então, respondeu:

— Da morte.

— Por que eu estaria? Eu já estou morto.

Isso fez o irmão de Victoria parar e deixar de lado o divertimento.

— Contaram a história errada para você, não é mesmo? Até agora, isso tem sido muito bom para mim.

— Eu nunca disse que isso não terminaria bem *para você.*

Sorin sacudiu a cabeça, confuso.

— Para você, então?

— Não.

– Então por que... Ah, deixe pra lá – Sorin lançou um olhar para Victoria. Oito. – Ele é sempre assim, tão enigmático?

O fato de ele conversar diretamente com ela outra vez a alegrava, e era impossível negar isso. Aliás, ela ficou tão feliz que não conseguiu pensar em uma resposta inteligente. Só conseguiu ficar ali, parada, olhando para Sorin, boquiaberta e gaguejando como uma idiota.

– Apenas diga o que você tem de dizer – ordenou Aden. – Para que possamos começar.

Começar? Começar o quê? O medo tomou o lugar do prazer.

Sorin inspirou.

– Muito bem, então. Eu vim para dizer que seus aliados estão mortos. Eu os matei.

– Você matou nossos aliados? Quando Aden mal acabou de tomar o trono? – ela arfou. Palavras. Finalmente palavras.

Um encolher de ombros travesso.

– Eu vinha acabando com eles durante a última década, atingindo Vlad sempre que podia.

O pai de Victoria nunca tinha dito que Sorin se voltara contra o próprio clã. *Você está chocada com isso?* Ele nunca dissera nada à garota.

– Eu não entendo. Por que você faria algo assim? – perguntou Victoria.

Ela foi ignorada.

– Eu conheço o seu segredo – disse Sorin a Aden.

– Eu sei que você conhece – respondeu Aden, calmamente.

Tão frustrante. Qual segredo?

– As forças dele aumentam a cada dia, sabia? Ele vai voltar um dia. E vai atacar.

Dele. Sorin sabia que Vlad ainda estava vivo. Ninguém mais sabia, mas, se descobrissem... As pessoas não vão ligar os pontos, ela assegurou-se, antes de entrar em pânico. Para todos os efeitos, Aden e Sorin estavam discutindo sobre Dmitri. Ou outra pessoa, alguém que eles não conheciam. Sim, isso funcionaria. *Sim, por favor.*

– Eu também sei disso – disse Aden. – Também sei que você quer ser rei. Quer ser aquele que vai destruí-lo quando ele reaparecer. Você está disposto a me desafiar para ter o que quer, mesmo prejudicando o clã.

– Louco, mas inteligente. Você está certo, Aden, o Domesticador de Bestas.

– Não – Victoria sacudiu a cabeça violentamente. – Talvez possamos discutir isso. Talvez possamos chegar a um acordo.

Batalhas de vampiros dessa magnitude eram sangrentas e sádicas, e Victoria não conseguia sequer pensar em ver um dos dois ferido... ou pior. Depois de testemunhar as habilidades de Sorin, Victoria não estava certa de que as de Aden poderiam salvá-lo.

E Aden também sabia disso. Ele não tinha previsto que aquilo não terminaria bem? E, ainda assim, disse:

– Aceito seu desafio, Sorin, o Perverso. Lutaremos pela coroa amanhã, durante o pôr do sol.

treze

Por que você deu a ele tanto tempo para se preparar?

Aden sentou-se sobre a tampa do vaso sanitário no banheiro privativo de Victoria, faminto, tão faminto, cansado e inseguro. Ele tinha feito a coisa certa?

Ele logo descobriria.

Aden segurava uma máquina de raspar cabelos com uma mão e uma pequena lata de lixo com a outra. Ele passou o primeiro item para Victoria e colocou o segundo entre os pés antes de responder:

– Eu dei *a mim mesmo* esse tempo para me preparar.

– Ah.

Ela estava mais pálida do que de costume e trêmula em vez de firme. Até mesmo agitada. Ele compreendia. Realmente compreendia. Aden tinha ameaçado o irmão dela. Lutaria contra o irmão dela. Victoria provavelmente estava confusa e chateada.

Uma hora atrás, talvez aquilo não o tivesse incomodado. No entanto, conforme eles se aproximavam da sala do trono, com o perigo correndo em direção a Aden, ela tinha segurado sua mão e lhe oferecido conforto. De alguma forma, de alguma maneira, aquele contato puxou-o para fora do mundo bárbaro, frio e sem emoções em que ele estava vivendo. Aden estava sentindo. Esperança, admiração, afeição, cada emoção como se fosse raios de sol.

Então ele descansou os cotovelos nos joelhos.

— Vou fazer uma pergunta para você, Victoria, e não quero dizer nada com ela, está bem? Então, não entenda errado. Só estou curioso.

O corpo de Victoria ficou tenso e Aden conseguia sentir a preocupação já pingando da garota.

— Está bem.

— Você está me ajudando, mas obviamente ama seu irmão — Aden tinha sentido que Victoria tivera vontade de correr em direção àquele maníaco homicida. No entanto, em vez de atacá-lo, ela gostaria de tê-lo abraçado. Será que Sorin também seria capaz de matá-la? — Então, *por que* você está aqui, me ajudando?

Parte da preocupação desapareceu.

— Buscando elogios? Ou uma confissão de "eu te amo"? — antes que ele pudesse responder (não que ele soubesse o que responder), ela acrescentou: — Não quero que vocês dois lutem, é só isso.

Ela esperava que ele fugisse da luta?

— Nós vamos lutar. Isso eu posso garantir.

Talvez a resposta tenha sido um pouco brusca da parte dele, mas Aden não queria nenhum mal-entendido.

Os ombros de Victoria caíram ligeiramente.

— Sei que vocês vão. Acredite, se eu pensasse que poderia enfiar um pouco de juízo na cabeça de um de vocês...

Ele observou-a, tentando prever a reação da garota às suas próximas palavras sem parecer estar fazendo isso.

– Você *quer* que eu fuja da luta?

Um momento se passou. Victoria suspirou.

– Não. Você não pode. Ele viria atrás de você. O desafio já foi lançado e eu o aceito, e, se não for levado até o final, todos pensarão que você é fraco, que eles podem ter o que é seu. Você nunca vai ter paz. Eu só...

Queria que ambos ficassem bem. Compreensível.

– E, antes que você pergunte, eu quero que você vença.

Por *isso* ele não esperava.

– Por quê?

– Porque há a possibilidade de você poupá-lo. Ele não faria essa cortesia. Você... você sabe o que vai acontecer?

– Eu não sei o resultado da luta, não – verdade. Aden tinha visto o desfecho por meio de Elijah, mas tinha visto várias versões diferentes. – O que eu sei é que seu irmão não vai causar problemas enquanto espera o desafio. Ou seja, ninguém vai tentar atacá-lo. Ou me atacar. Se isso ajudar. Foi Elijah quem me contou.

Victoria estremeceu.

– Saber disso não ajuda. E... eu acho que não devíamos mais falar sobre isso. Meu corpo está reagindo negativamente a cada palavra que você diz. Mais uma palavra e talvez eu vomite no seu pé.

Ótimo. Ele queria deixá-la tranquila, e não enjoada.

– Estômago revirado é o único sintoma?

– Meu sangue está frio e grosso, e meu coração está pulsando forte demais contra as minhas costelas.

Não tão terrível quanto ele temia. Ela tinha acabado de descrever um leve ataque de pânico.

– E você nunca teve esse tipo de reação antes?

— Não a esse ponto — ela franziu a testa para a máquina de raspar cabelos. — Então, o que você quer que eu faça com isso?

Se ela queria mudar de assunto, então eles mudariam de assunto. Ele não sabia de que outra forma acalmá-la.

— Eu quero que você raspe minha cabeça.

— Raspar a sua... *o quê?!*

— Raspe minha cabeça.

O horror estampou o lindo rosto de Victoria.

— Mas aí você vai ficar careca.

Aden sentiu uma leve onda de humor invadindo seu corpo.

— Existem coisas piores.

Não, não existem. Isso vai afetar seriamente sua interação com as garotas, disse Caleb, que estava soltando fogo desde que Aden tinha tomado a decisão de dizer adeus aos seus cabelos tingidos.

— De qualquer forma, eu não vou ficar careca. Vou ficar loiro. Existe uma lâmina na máquina que deixa alguns centímetros dos cabelos.

— Ah — disse ela, apalpando enquanto tentava ligar o aparelho. Finalmente o pequeno motor tomou vida. — E você tem certeza disso? Não tem como voltar atrás se você não gostar do resultado.

— Tenho certeza.

— Então, conte para mim por que você quer cortar os cabelos.

É, disse Julian. *Isso é uma idiotice. Nós vamos ficar parecendo idiotas.*

Elijah não tinha comentários.

Depois de tudo o que tinha acontecido, Aden sentia-se outra pessoa. Ele *era* outra pessoa. Ainda assim, toda vez que passava diante de um espelho — e aliás, como muitas das paredes ali eram cobertas por espelhos, ele via-se mais do que queria —, Aden tinha a mesma aparência. Aquilo também precisava mudar.

— Só estou com vontade — foi tudo que ele disse.

— Está bem, então.

Resignada, vacilante, Victoria deu início ao trabalho. E Aden observou mechas negras e mais mechas negras caírem no chão.

Faça ela parar, Caleb praticamente chorou. *Segure a mão dela e faça ela parar!*

Por um instante, Aden sentiu alguma coisa – uma corda, talvez? – puxar seu braço, levantando-o. Sentiu seus dedos contorcerem-se, quase se fechando no punho de Victoria. Ele franziu a testa. Foi necessário esforço consciente para manter os braços na lateral do corpo.

Que diabos era aquilo?

Vamos lá, cara, continuou Caleb. *Você só precisa levantar o braço e segurar o pulso dela.*

Levantar o braço. Agarrar o pulso dela. A resposta ocorreu-lhe.

– Você está tentando invadir o meu corpo, Caleb?

Talvez, foi a resposta resmungada.

Nenhuma das almas tinha tentado nada desse tipo em anos. Provavelmente porque não conseguiam tomar o controle sem a permissão de Aden – ou talvez não tivessem conseguido até então. Mas aquela força... era maior que qualquer coisa que eles tinham feito antes. O garoto não estava exatamente certo do que aquilo significava.

– Não faça isso outra vez – ele esbravejou.

Está bem!

Victoria tinha se movimentado e estava agora entre os joelhos de Aden. Ao ouvir aquelas palavras, ela enrijeceu.

– Eu não... Eu só estou... Você me disse para fazer isso!

Imediatamente pesaroso, ele explicou:

– Desculpa, eu não estava falando com você.

– Ah, está bem. Você me deixou preocupada – disse ela, voltando a atenção ao corte de cabelo.

O cheiro de Victoria atingiu-o com a força de um taco de beisebol. Aden esqueceu-se das almas e sua boca salivou, seu estômago se retorceu. Ele estava morrendo de fome desde que o irmão da garota chegara à sala do trono, e tinha resistido à vontade de se jogar de cabeça e lamber aquele sangue tão delicioso derramado no chão.

Apenas duas coisas o tinham contido. O desejo pelo sangue de Victoria, e apenas pelo sangue de Victoria, que aumentava a cada minuto, e o reconhecimento de que a demonstração de qualquer tipo de fraqueza seria usada contra ele na grande batalha. E a batalha *aconteceria*, exatamente como ele prometera a Victoria.

Elijah podia ter visto diferentes desfechos para a luta, mas esquivar-se não era um deles.

Aden tinha se visto morrendo algumas vezes, sua cabeça sendo arrancada por uma espada coberta com *je la nune*. Victoria não conseguiria salvá-lo disso. Mas, então, ele pensou: *Não vou me abaixar, vou me lançar para o lado*. E as visões mudaram instantaneamente. Então, quando o novo resultado passou em sua mente, ele viu Sorin girar, buscando ar enquanto ele, Aden, esquivava-se e atacava.

O garoto percebeu, então, que seu futuro era incerto. Completamente alterável. E ele poderia – talvez – vencer, mas a um custo. Seu triunfo marcaria o início de uma queda para Victoria. Talvez porque ela o visse sobre o corpo de seu irmão, vampiros comemorando o sucesso de Aden enquanto ela chorava.

E Aden não queria isso para ela. Não queria vê-la deprimida ou nervosa, ou pior, detestando-o com cada fibra de seu ser. Portanto, ele precisava encontrar uma solução.

– Você sabia que tem algumas manchinhas escuras no couro cabeludo? – ela perguntou.

– Sardas?

– Parece que sim. Elas são uma graça.

"Uma graça" era um pouco melhor do que "horrível". Mas só um pouco.

– Obrigado.

– De nada – um zumbido suave enquanto ela terminava o trabalho.

– Pronto – Victoria finalmente anunciou. – Terminei – ela segurou o rosto de Aden com mãos quase frias e observou-o boquiaberta. – Você está...

– O quê? – *tão* feio assim?

Eu não gosto de dizer "eu avisei", anunciou Caleb. *MAS, CARAMBA, EU AVISEI!*

Enquanto a boca de Victoria abria e fechava, Aden levantou-se. Seu reflexo no espelho acima da pia lentamente entrava em seu campo de visão. Ele esperava que uma criatura realmente horrível estivesse refletida ali, mas não foi o que aconteceu. O garoto ainda tinha cinco centímetros de cabelo, mechas espetadas. Mechas de um louro escuro, sua cor natural, que faziam sua pele parecer um pouco mais bronzeada. E seus olhos, que tinham sido negros e se transformado em violeta, agora hospedavam um castanho dourado.

Ah, suspirou Caleb. *Bem, está bem, então. As maravilhas nunca vão deixar de acontecer?*

– Você não gostou? – ele perguntou a Victoria.

– Se eu gostei? – ela estendeu uma mão trêmula e passou os dedos pelos cabelos agora curtos de Aden. – Eu amei! E finalmente vejo aquele ar de *bad boy*.

Ele se perguntava se estaria parecendo um *bad boy* enquanto se entregava ao toque de Victoria, esperando que aquele toque se tornasse mais forte.

Beije a garota, sugeriu Caleb. *Agora, agora, agora! Antes que o clima seja destruído.*

Dessa vez sou obrigado a concordar com esse pervertido, disse Julian. *Dê um beijo de língua intenso nessa garota.*

Sim!

Antes que Aden pudesse perceber, já estava com as mãos na cintura de Victoria, puxando-a para mais perto. O olhar do garoto automaticamente caiu no pescoço dela, no pulso que ali martelava. Um rugido agudo, parecido com aquele que ele ouvira do lado de fora, embora um pouco mais alto, subitamente ecoou na cabeça de Aden.

Victoria percebeu a direção do olhar do garoto.

— Você precisa se alimentar ou estará fraco demais para sobreviver amanhã.

Vou mais do que sobreviver. Ele esperava.

— Você está oferecendo?

— Nã-não. — Victoria engoliu em seco, sentindo o restante de seu corpo estremecer. — Aden, você precisa parar com isso.

— Parar com o quê? Parar de te abraçar?

Nããão!, gritou Caleb, e os dedos de Aden apertaram Victoria, fazendo-a estremecer. *Eu senti falta dela.*

— Já chega! — Aden esbravejou com ele. — Faça os meus dedos se soltarem dela e me dê um minuto.

— As almas? — ela perguntou, demonstrando solidariedade.

Aden assentiu, até ser interrompido, disseminando os murmúrios de Caleb. Então, a pressão diminuiu e Aden foi capaz de segurar Victoria suavemente, mantendo o controle. Caleb continuava agindo, e algo precisaria ser feito. O que, exatamente? Bem, isso Aden não sabia. Além de encontrar uma forma de libertar a alma.

— E não — disse Victoria, retomando a conversa de onde ela tinha parado — eu não queria que você deixasse de me abraçar. Ou talvez eu quisesse. Você me quer por um momento, no instante seguinte já não me quer mais, como agora, e eu não consigo lidar com isso... Eu só... *Caramba!*

O xingamento inocente não o surpreendeu, mas o pânico veio com ele.

– O que há de errado? – ninguém tinha entrado no banheiro, nenhuma ameaça tinha surgido.

Ela afastou-se dele e pegou o telefone com as mãos trêmulas e a respiração irregular.

– Riley acabou de me enviar uma mensagem de texto e a vibração sempre me deixa louca.

Ele a queria de volta em seus braços.

– É fácil dar um jeito nisso. Desligue a vibração.

– Claro. Assim que eu descobrir como fazer isso – Victoria leu o que havia na tela, sua pele pálida ficou acinzentada. – Você, ah... Com licença – ela não esperou uma resposta e correu para fora do banheiro, olhando para trás. – Vou mandar trazer uma escrava de sangue para resolver o problema da sua fome, talvez a mesma daquele outro dia – e finalmente bateu a porta.

– Não faça isso – ele gritou. Se ela o ouviu, isso ele não sabia. Mesmo assim, ele queria Victoria. Então, seguiu em direção ao quarto, mas ela já não estava lá.

Não acredito que você a deixou ir embora sem nem mesmo um beijo de adeus, choramingou Caleb.

Elijah fez um barulho que soava como uma mistura de bufar e tossir. *Primeiro os cabelos; agora o beijo. Dá pra parar? Você está me deixando louco.*

Não! Isso é importante.

Eu acabei com você uma vez, Caleb. Não me leve a fazer isso de novo.

Acabou comigo? Do que você está falando? Como e quando isso supostamente aconteceu? Porque Aden sabe que, de nós três, eu sou o mais poderoso. E, se alguém tiver de acabar com alguém aqui, serei eu.

A irritação de Elijah tornou-se mal-estar. *Deixe pra lá. Apenas...*

Espere! Espere aí um minuto. Eu não vou deixar o assunto de lado. Você está falando sobre a caverna, certo? Porque o final do nosso tempo na caverna foi como o buraco negro em que Mary Ann nos joga sempre que Aden está perto dela. Você fez aquilo com a gente, Elijah? Hein? Hein? Foi você?

Ah, ahn... buraco negro, você diz?

O que você fez, Elijah?, Julian insistiu em saber.

Pelo amor de Deus!

— Eu preciso que Elijah me ajude durante a batalha contra Sorin, mas se vocês não calarem a boca, vou encontrar os remédios que Victoria nos deu e mandar todos vocês para o buraco negro. E vai ser aqui e agora.

Foi mal, Ad, desculpou-se Julian.

Está bem, que assim seja, disse Caleb.

Obrigado, disse Elijah.

— Obrigado.

Eles se entenderam.

Pelo canto do olho, Aden avistou a mulher que dançava naquela manhã seguindo em direção à cama de Victoria, inclinando o corpo. Uma garotinha com cabelos longos e negros estava deitada lá, dormindo. Aden franziu a testa, confuso. Não havia mulher alguma lá um minuto atrás.

— Ei! — ele chamou, aproximando-se.

Ela ignorou-o. Virou-se para a garotinha, que Aden acreditava conhecer, e disse:

— Vamos, querida — então a mulher lançou um olhar cheio de pânico para trás. Não para Aden, mas para algum ponto muito, muito atrás dele. — Precisamos ir agora. Antes que ele volte.

A garotinha espreguiçou-se e bocejou.

— Mas eu não quero ir — disse, com a voz mais doce e mais angelical que Aden já ouvira.

— Você precisa ir. Agora.

— Se ela não quiser ir, você não vai levá-la.

Aden estendeu a mão em direção à mulher e tentou segurá-la pelo ombro. Sua mão, entretanto, atravessou o corpo da desconhecida.

quatorze

Depois de conseguir uma escrava de sangue para enviar a Aden, conforme prometido, Victoria trancou-se no quarto de Riley, sabendo que ninguém entraria lá sem permissão e que, assim, ela poderia ter toda a privacidade que queria pelo tempo que precisasse.

Ela não tinha mentido para Aden. Riley de fato enviara uma mensagem de texto.

"Acho q descobrimos a identidade de J. MB e EF estão nos seguindo. Tirando o fungo nervoso, tudo bem. GR?"

J de Julian. MB de malditas bruxas. EF de exército de fadas. Fungo nervoso devia ser Tucker. Estranho era o fato de Riley ainda não tê-lo matado. Ou talvez não. Mary Ann devia ter batido seus pezinhos delicados e Riley, um idiota apaixonado como era, provavelmente devia ter cedido.

Como Aden costumava ceder por Victoria. E talvez voltasse a fazer isso, em um dia não muito distante, se os olhares que ele tinha lançado para ela no banheiro significassem alguma coisa.

"GR está bem. Vc tome cuidado", ela escreveu.

E o Garoto Rei *estava* bem. Ele tinha finalmente voltado ao normal. No entanto, as coisas estavam prestes a mudar para ele outra vez e, de certa forma, aquilo iria feri-lo profundamente. Afinal, se Riley e Mary Ann tinham realmente descoberto a verdadeira identidade de Julian, era só uma questão de tempo até Aden ter de dizer adeus àquela alma.

Victoria não contaria para ele; não por enquanto. Aden já tinha muito com que se preocupar. E aquilo a levou a outra mensagem de texto que ela tinha recebido, porém não tinha contado para ele.

"Estou na floresta. Me encontre. Sorin."

O irmão de Victoria queria falar com ela. *O irmão dela.* Queria falar a respeito de criar um relacionamento com ela? Ou a respeito de Aden? Ou ambos? De qualquer forma, ela aceitaria o enorme risco simplesmente para vê-lo.

Por um lado, talvez ela pudesse ser capaz de fazê-lo mudar de ideia com relação à guerra. Um enorme "talvez" aqui. No entanto, por outro lado, ele poderia tentar usá-la para forçar Aden a desistir. Depois de a garota ter testemunhado as cruéis habilidades de seu irmão com uma espada, esta última opção parecia mais provável. Mas...

O desejo de vê-lo era avassalador.

Ela iria vê-lo, concluiu, mas agiria de forma inteligente. Não iria sozinha e não demoraria muito. Nenhuma dessas concessões a tornava mais inteligente. Não importava. A esperança era uma coisa boba, mas completamente inegável.

Victoria reuniu suas irmãs como reforço e partiu para o lado de fora, tomando cuidado para não tremer quando a temperatura caísse.

– Eu não quero encontrá-lo – disse Lauren firmemente. – Só estou indo para matá-lo se ele ameaçar você.

Alta, magra e tão loira quanto Sorin, Lauren vestia um top de couro justo e calças compridas. Seus dois pulsos eram cobertos por arame farpado. Durante toda a vida, ela tinha sido treinada para ser uma guerreira, e tinha matado mais bruxas, fadas e elfos que o líder do exército de Vlad. O fato de Lauren ser uma mulher era o que a impedia de avançar ainda mais.

— Ele teve décadas para convencer Vlad a nos deixar conversar com ele, anos para nos visitar, e nunca fez isso – continuou.

— Você devia calar a boca – disse Stephanie, estourando uma bola de chiclete. Mais baixa do que Lauren e Victoria, ela tinha cabelos loiros e olhos verde-escuros. Em vez da roupa tradicional dos vampiros, Stephanie usava um top azul e microssaia preta. Seus cabelos estavam trançados e presos em pequenos coques pela cabeça. – Você só está mostrando seu lado idiota.

— Lado idiota! Eu não tenho um lado idiota e você sabe muito bem disso.

— Há! Eu já conheci pedras mais inteligentes que você.

— Quer que eu mate você também? Porque, se não calar essa sua boca, é isso que eu vou acabar fazendo.

Elas se amavam, mas também amavam se provocar.

Victoria sentia inveja. As duas sempre tiveram a coragem de ser o que quisessem ser. Mas Lauren era a preferida de Vlad, e a mãe de Stephanie tinha sido a preferida de todas as esposas do Empalador. Ele tinha pegado mais leve com as duas. Victoria nunca fora a favorita e sua mãe tinha sido a mais desprezada, então ela sempre fora o alvo da ira de Vlad.

A garota tentara lhe agradar e também agradar a sua mãe, mas eles admiravam características tão diferentes que, no fim das contas, ela não conseguiu agradar a nenhum dos dois. Vlad queria uma soldado destemida que se enfiasse em todas as batalhas; a mãe da garota queria uma filha adorável, divertida e com um temperamento leve. E Victoria não era nada disso.

Conforme caminhava pelas árvores, ela enfrentou o frio intenso e saboreou o cheiro da tempestade que estava por vir. O céu estava escurecendo; as nuvens, cada vez mais pesadas e mais negras. Victoria tinha demorado a aprender que o tempo em Oklahoma mudava num piscar de olhos.

Passos adiante, folhas mexiam-se. Victoria e suas irmãs pararam quando os homens de seu irmão começaram a andar em direção a elas, fechando-as em um círculo. Eles estavam tão bem camuflados que Victoria precisou olhar e olhar mais atentamente para vê-los.

Sorin saiu do centro deles.

– Irmãs – disse, acenando com a cabeça.

Stephanie deu um pulo e correu em direção a ele, jogando-se em seus braços. Ele pegou-a no colo e girou-a. A inveja voltou, quase engolindo Victoria por inteiro. Os dois tinham passado algum tempo juntos, isso era óbvio. Eles se conheciam, sentiam-se à vontade um na presença do outro, e talvez até se amassem.

Por que Sorin não tivera vontade de passar tempo com Victoria?

– O que você está fazendo, sua vaca? – Lauren esbravejou com a princesa mais jovem. – Volte pra cá antes que ele te dê um golpe e sua cabeça role para longe do corpo.

Stephanie sorriu. *Ainda* nos braços de Sorin, ela disse:

– Não fui eu quem não conseguiu visitar nosso irmão escondida. E veja só quem está me chamado de vaca? A baleia! Você viu seu traseiro nessas calças? – o tom de zombaria tomou conta de Stephanie. – Aliás, esqueça a pergunta. *Todo mundo* já viu seu traseiro nessas calças.

– Todo mundo está prestes a ver seu sangue espirrar nas árvores.

Talvez Victoria devesse ter ido sozinha.

– Lauren, você é linda – disse Victoria, abrindo os braços para manter as duas garotas briguentas separadas, caso elas decidissem correr uma em direção à outra e dar início a uma confusão. Sim, elas já tinham feito isso antes e a situação tornava-se humilhante para todos. – Stephanie, você também é linda. Agora, posso conversar com meu irmão, por favor?

Sorin beijou o rosto de Stephanie antes de colocá-la no chão. Em seguida, acenou para o grupo.

— Sentem-se. Todas vocês — agora tão formal. Tão polido.

— Sentar onde? Ah... — Victoria deu meia-volta, esperando encontrar apenas as folhas e os galhos amassados pelos quais tinha passado. Em vez disso, encontrou tocos perfeitos de árvores, dois de frente para outros dois. Quão distraída ela estava exatamente?

Victoria sentou-se no mais próximo. Sorin tomou o toco à frente dela. Stephanie sentou-se ao lado do irmão, forçando Lauren a tomar o assento na frente dela.

Todos os homens que acompanhavam Sorin desapareceram, exceto um, mas Victoria sabia que eles estavam por ali, assistindo, ouvindo, protegendo. Então, um deles saiu da escuridão, provando que a suspeita da garota era verdadeira, trazendo uma bandeja com taças cheias de sangue.

Victoria aceitou uma e deu um gole. O sangue estava aquecido, e tinha uma textura rica e um sabor adocicado. Não tão doce quanto o de Aden, mas Chompers praticamente gemeu aliviado.

— Estou surpreso por você ter vindo — disse Sorin, olhando diretamente para Victoria.

Ela tinha tanto a dizer para ele, tantas perguntas a fazer.

— Por que você nunca nos visitou? — foi a primeira coisa a escapar de sua boca. A pergunta ecoou e ela enrubesceu, engolindo o resto do sangue para esconder o rosto durante alguns preciosos segundos. Ela devia ter escolhido começar as coisas de outra forma. Sem acusá-lo de ter negligenciado as irmãs desde o início, para não deixá-lo na defensiva.

Contente, e não ofendido, ele disse:

— Eu não achei que você quisesse provocar a ira de nosso pai — começando a se sentir confortável, ele tirou as espadas das costas e apoiou-as na lateral de seu assento. — Eu estava errado?

Relaxando o ombro, Victoria colocou a taça vazia no chão.

— Eu poderia ter arriscado provocar a ira dele para te ver, então suponho que devamos dividir a culpa.

Lauren virou os olhos e logo disse:

— Você é sempre tão rápida em assumir a culpa ou perdoar quando não pode. Bem, eu teria arriscado, e mesmo assim você não tentou se encontrar comigo. E, me deixe dizer algo mais. Se você desprezava Vlad tanto quanto diz, teria tentado. Então, adivinhe só? Você só fala! E eu vou detestar você para sempre por isso. Aliás, eu deveria decidir rasgar sua garganta antes de... Ei! Essa espada está *curvada?* — ela derrubou a taça ainda cheia, fazendo o sangue espirrar pela terra, e levantou-se do assento.

Em um piscar de olhos, Lauren estava agachada diante das armas de Sorin, estudando-as, correndo os dedos pelas lâminas, admirada.

— Posso ficar com uma? Ou as duas? Por favor!

Ele fez a garota passar do ódio ao "me dá agora, agora, *agora*" com muita facilidade.

— Você pode ficar com as duas quando eu acabar com o rei humano.

O enjoo que Victoria sentira no banheiro, pouco antes de raspar a cabeça de Aden, havia voltado — e agora com força total.

— Maravilha! Obrigada! — Lauren levou uma das espadas até seu assento para continuar a estudá-la.

Sorin olhou para Victoria com olhos tão parecidos com os dela que a garota poderia estar se afogando em seu próprio reflexo.

— E você? O que você quer de mim? Que eu me renda ao humano? *Ele não é mais humano.*

Stephanie levantou sua mão livre.

— Eu, eu! Eu sei! Me escolha!

— Você pediu para eu vir, eu vim — disse Victoria. — Por que você me chamou? Para *oferecer* sua rendição ao humano?

Ela esperava que esse comentário irritasse-o. Se Sorin fosse Vlad, isso certamente aconteceria. Em vez disso, ele surpreendeu-se novamente com ela e abriu um sorriso.

— Estou vendo que nosso pai não apagou seu fogo como ele achava que tinha feito.

E Vlad certamente tinha tentado.

— Então? — ela insistiu.

Sorin encolheu um de seus ombros largos.

— Ouvi a convocação do seu Aden, e vim até aqui para tirá-lo do trono, sim. Pude perceber que você tem uma grande afeição por ele. Eu também ouvi relatos. Porém, nós nos tornamos uma piada entre as raças. Logo essas raças vão se reunir e nos atacar, esperando destruir os vampiros de uma vez por todas.

— Como nós nos tornamos uma piada? Ele derrotou as bruxas e os Fae. Em uma noite! Me diga quando foi a última vez que você fez isso. Ou que nosso pai fez — e, antes que ele pudesse responder, ela acrescentou: — Vocês não conseguiram. Você só está criando desculpas porque quer a coroa.

Ele deu de ombros, sem demonstrar qualquer sinal de se sentir envergonhado.

— Bem, é verdade. Eu quero. A coroa é direito meu. Meu direito de nascença. O humano parece ótimo... como comida. E é isso que ele é, Victoria. Comida.

Não. Aden era muito mais do que isso. Ele era corajoso, honrável e (quase) sempre fazia Victoria sentir-se melhor consigo mesma. Nunca a feria propositadamente, e jamais faria isso, mesmo em seus piores momentos. De Sorin, todavia, ela já não podia dizer a mesma coisa.

Então, aquela não era uma batalha sobre a qual ela mudaria de ideia.

— Você mesmo devia ter tirado a coroa de Vlad, mas não fez isso. Você ficou em uma posição de retaguarda, esperando, aguardando a sua hora.

Finalmente, a reação que ela esperava desde o início. Fúria.

— Seu humano *não* derrotou Vlad — disse Sorin com um olhar penetrante. — Foi Dmitri quem fez isso. Aden só acabou com o seu ex-noivo.

Verdade. *Mas...*

— Se Dmitri derrotou nosso pai, Dmitri era mais forte do que nosso pai. E se Aden derrotou Dmitri, isso significa que Aden é mais forte do que os dois.

— Lógico, mas errado. Ele não vai derrotar Vlad. Aden é bonzinho demais. Mais do que isso, nosso pai estava extremamente fraco quando Dmitri o atacou. Isso não vai acontecer outra vez. Agora ele vai estar preparado. E vai fazer qualquer coisa, justa ou injusta, mas muito provavelmente injusta, para ter o que quer. Você sabe disso. Eu, por outro lado, posso derrotá-lo. Eu vou derrotá-lo. Venho me preparando para essa guerra há anos.

— Espere aí. O que é esse papo de derrotar Vlad? — perguntou Lauren. — Ele está morto.

O enjoo acometeu Victoria mais fortemente.

— Na verdade, ele está vivo.

Lauren parecia querer protestar, mas um aceno de confirmação de Sorin e depois de Stephanie a fizeram praticamente cuspir:

— Como vocês souberam disso? Por que diabos ninguém me contou? O que isso significa para nós? Para o nosso povo?

— Sorin me contou — disse Stephanie. — E não significa nada. Independentemente de qualquer coisa, nosso pai não pode voltar a governar. Ele é um tirano.

— Mas... Mas...

— Você sabe que eu estou certa. Você o detesta. Só não quer que um humano nos governe — Stephanie entrelaçou seus dedos nos de Sorin. — E você precisa me escutar. Aden não é tão bonzinho quanto você pensa. Quer dizer, ele é, mas viveu em um rancho com humanos ruins por meses. Ele aprontou. Não vai ser fácil passar por cima dele.

Sorin gargalhou:

— Um humano ruim não é o mesmo que um vampiro guerreiro ruim, estou certo?

— Eu estou com Steph — declarou Lauren, abandonando sua chateação a respeito de Vlad não estar morto. Ou, melhor dizendo, a respeito de não ter sabido daquilo. — Você está subestimando Aden e isso vai lhe custar um preço alto — o metal vibrou e fez barulho quando ela passou a ponta do dedo na área central de uma das espadas. — Você não estava aqui quando ele fez nossas bestas babarem por ele.

— Parem! — Victoria bateu o punho sobre a coxa. — Dar informações sobre Aden a Sorin significa ajudá-lo. E ajudá-lo é trair o seu rei.

Sorin não se importou com o protesto de Victoria.

— Elas não me disseram nada que eu já não soubesse. E você pode dizer ao seu humano que não levarei minha besta. Ele não vai usar minha besta contra mim.

Victoria absorveu as palavras de Sorin e ficou de olhos arregalados.

— Você pode fazer isso? Deixar sua besta? De propósito? E sobreviver?

Ele assentiu, orgulhoso.

— Diferentemente de nosso pai, eu nunca temi minha besta. Eu a aceito como parte de mim, e a uso a meu favor. Minha besta sai de mim e volta para mim quando eu quero.

— E ela não tenta matar você? — perguntou Lauren, tão surpresa quanto Victoria.

— Ela tentou, no início. Agora, ela aceita — Sorin descansou seus cotovelos nos joelhos, seu rosto pensativo. — Talvez eu possa ensiná-las a libertar a besta de vocês. Elas podem lutar ao seu lado. E, acreditem, vocês nunca terão parceiros mais fortes, mais alertas e mais fiéis.

– Eu adoraria isso.

Victoria nunca tinha ouvido tanta empolgação na voz de sua irmã briguenta. E pensou, amedrontada: lá se foi a maior vantagem de Aden – controlar Sorin por meio de sua besta.

– As coisas serão muito melhores durante o meu reinado – disse Sorin, fixando o olhar em Victoria. – Você vai ver.

quinze

A chuva caiu durante toda a noite. A chuva *ainda* caía durante o amanhecer e continuou caindo durante todo o restante do dia. O céu estava tão negro quanto um abismo; as nuvens, tão escuras que Aden sequer estava certo de que elas iriam um dia se dissipar.

No momento apropriado, ele foi até o quintal de sua casa nova. Uma casa da qual não desistiria tão facilmente. O garoto parou no limite do círculo de proteção, vibrou com a energia. Ele estava sem camisa, usando apenas calças jeans e botas, já molhado até os ossos.

Em seu dedo estava o anel de Vlad, cheio de *je la nune*. Em seus tornozelos, as adagas, prontas para entrar em ação. Todos os vampiros da fortaleza permaneciam do lado de fora com ele, alguns segurando tochas sob a cobertura. Victoria segurava suas mãos juntas, ao lado de suas irmãs, banhadas pela luz do fogo.

Eles não tinham conversado desde que ela o deixara no dia anterior. Victoria tinha tentado, ela queria, mas Aden evitava. A fome que o garoto sentia por ela parecia ter se intensificado e, ainda pior, ele estava prestes a pedir a ela que traísse o irmão.

E ele não poderia pedir aquilo. Não se quisesse continuar gostando de si mesmo quando tudo aquilo chegasse ao fim.

Seria difícil gostar de si mesmo, todavia, se estivesse morto.

— Você se alimentou? – murmurou Victoria.

Ele negou, fazendo um aceno duro com a cabeça. Não, Aden não tinha se alimentado. Ele tentara. Algumas horas depois de dispensar a escrava de sangue que Victoria lhe havia enviado, sem tomar sequer uma gota de sangue da garota, a fome o oprimia. Então, ele foi até o alojamento dos escravos, uma área que se parecia mais com um harém que com qualquer outra coisa, e onde os humanos podiam transitar livremente, muito embora não quisessem fazer isso.

Enquanto estava lá, observando-os, escutando aquela conversa fiada, Aden acabou sentindo sua fome diminuir. Muito embora o cheiro de sangue e o bater pesado dos corações atormentassem-no. Então, ele saiu.

No caminho para a sala do trono, onde iria se sentar para pensar sozinho, ele novamente se sentiu mais interessado no sangue dos *vampiros* pelos quais tinha passado. Sua fome voltava, furiosa. Ainda assim, ele escolheu não fazer nada, perguntando a si mesmo se passaria o próximo dia enxergando o mundo por meio de olhos que não eram os seus.

Aden quase saíra à procura de Victoria, quase pedira a *ela* que o alimentasse. Ainda assim, evitou-a. Por todos os motivos que já tinha e mais um. Bem, muitos mais, mas esse era o mais importante. Ela não queria alimentá-lo. Reconhecer aquilo o rasgava por dentro, muito embora a culpa fosse toda dele. Depois da forma como ele a tratara...

Um grito animalesco reverberou no fundo de sua mente. Um grito que ele já tinha escutado antes, mas ignorara.

Ele não conseguira conversar com Victoria sobre o encontro com a mãe dela, a mulher que dançava. Aden agora estava certo de que era a mãe de Victoria que ele tinha visto, estava certo de que tinha assistido a uma das memórias da garota tomar vida. Uma memória da mãe da vampira tentando fugir com ela, antes de Vlad encontrá-las. Antes de Vlad punir Victoria enquanto sua mãe assistia. Um golpe do chicote de nove tiras com o mesmo líquido presente no anel de Aden.

Quando Vlad terminou, as costas de Victoria pareciam fitas de Natal esfarrapadas. Aquele homem iria pagar por aquilo.

E Aden seria aquele que iria matá-lo, desta vez definitivamente. Em breve. Só precisava cuidar de Sorin primeiro.

Aden, disse Elijah, nervoso.

— Nem mais uma palavra — ele murmurou. — Vocês me prometeram.

Sinto muito, mas acabei de perceber. Acabei de ver. Você precisa tomar seus remédios. Está bem? Por favor!

O quê?, perguntaram ao mesmo tempo Caleb e Julian.

— Ver o quê?

Tome o seu remédio, simples assim. Como você sabe, já vi o fim dessa briga com vários resultados diferentes, cada um pior que o outro. Bem, acabei de ver mais um final. As imagens estavam distorcidas e desarticuladas, e eu não sei se vi as coisas na ordem correta, mas acho que você vai sair vivo se tomar os remédios.

Como assim?

— Eu não tenho os remédios aqui comigo — se ele não os tomasse, será que teria uma visão do passado de Victoria em meio aos golpes de Vlad? As almas distrairiam-no demais? — Além disso, preciso da sua habilidade.

Aden precisava saber o que Sorin planejava fazer antes que o filho da mãe efetivamente fizesse. Sorin tentaria atacar a cabeça de Aden, não havia dúvida quanto a isso.

Apenas... faça Victoria buscar os remédios.

— Por quê?

Eu já disse. É muito provável que você não saia vivo se não os tomar.

Muito provável?

— Isso não é um motivo bom o suficiente.

Está bem, vejamos por outro ângulo. Você tem noção de como tem sido frio?

— Sim.

Era meio difícil esquecer.

Bem, na verdade, isso tem sido um salva-vidas para você. Neste momento, emoções fortes são inimigas. Os remédios vão te ajudar a agir sem emoções.

— Eu não estou entendendo.

Pois é, nem eu, disse Caleb.

Tome os remédios, Aden, Elijah insistiu. *Confie em mim, as emoções não serão suas amigas.*

E alguma coisa era? Alguém era?

— Está bem — Elijah nunca estava errado. Ou raramente estava. (Aden achava melhor dizer assim agora.) Se os remédios eram necessários, então ele iria tomá-los. — Eu vou...

Sorin materializou-se no limite da clareira, já marchando adiante, com dois de seus homens segurando uma bandeira balançando sobre suas cabeças, os demais segurando tochas. Tochas que a chuva não afetava. Elas eram uma mistura de sombra e luz, ameaça e redenção.

O vento soprou, assobiou... mais perto e mais perto... Passos...

— É tarde demais. Não posso pedir a Victoria que busque os remédios agora — ele pareceria fraco. Vulnerável. Para os vampiros, a aparência era tudo. E se Aden parecesse fraco e vulnerável, perderia a luta, mesmo se vencesse. — Teremos de encontrar outra forma de vencer.

Elijah suspirou.

Eu tinha medo de que isso acontecesse. Agora tente ficar calmo. De qualquer forma, tente ficar calmo. Está bem?

— Está bem.

Falar era fácil. Fazer era praticamente impossível.

Então, Sorin e seus homens estavam lá, parados dentro da proteção. E Aden conseguia ver claramente o rosto de cada um deles — além dos rostos de Seth, Shannon e Ryder, seus amigos humanos. Amarrados por cordas. Prisioneiros.

Para crédito dos três, eles não pareciam sentir medo. Seth, com seus cabelos vermelhos e negros caindo sobre a carranca, parecia apenas irritado. A pele mais escura de Shannon misturava-se às sombras, mas seus olhos... seus olhos eram tão verdes que chegavam a brilhar. E estavam estreitados para Sorin, lançando raios de ódio. Ryder era o mais calmo dos três. Talvez porque estivesse pasmado até os ossos.

Primeiro, o mais importante.

— Solte-os — ordenou Aden. — Agora.

A chuva diminuiu, transformando-se em uma garoa gelada. Sorin assentiu, como se estivesse feliz em obedecer.

— Claro que vou soltá-los. A liberdade de seus amigos em troca da coroa. Simples, fácil e você não vai precisar morrer.

Aden poderia aceitar aquilo, mas, como novo rei, Sorin poderia matar os garotos de qualquer forma. E isso não era algo que Aden pudesse evitar.

— Só um covarde faria esse tipo de proposta.

— Esse é o momento em que eu me sinto enfurecido e o ataco? Desculpe, mas não sinto raiva. Pode me chamar do que quiser. Não importa. Muito em breve todos aqui me chamarão de rei.

— Arrogante.

— Confiante. Mas tudo bem. Você não quer salvar seus amigos, já entendi. Insensível da sua parte, mas vamos ver se você vai ceder a coroa para salvar sua namorada.

Durante o discurso de Sorin, um de seus homens passara pela multidão e aproximara-se de Victoria, segurando-a pela nuca e forçando-a a se ajoelhar. Ela tentou lutar, mas sua força claramente não era páreo para a dele.

— Antes que você peça, ela não consegue se teletransportar — disse Sorin. — Ela me procurou ontem à noite e eu coloquei drogas em sua bebida.

Victoria estremeceu e lançou para Sorin um olhar de repúdio à sua traição. Aden também sentiu o golpe da traição. Ela o deixara para ver o irmão, talvez até mesmo tivesse lhe contado segredos do garoto.

Depois da forma como você a tratou, ainda vai querer culpá-la?, disse Elijah.

Que ótima forma de me manter calmo, pensou obscuramente Aden. Mas a alma não conseguiria escutá-lo, de qualquer maneira.

– Como você pode tratá-la assim? – ele perguntou a Sorin. – Ela é sua irmã.

O vampiro deu de ombros, negligente.

– Uma coisa que aprendi ao longo dos séculos: *todo mundo* é dispensável.

O queixo de Victoria tremeu, e Aden sabia que ela estava lutando contra as lágrimas. Então, o garoto retesou o corpo. Independentemente do que ela tinha feito, independentemente do que tivesse dado errado, ele *detestava* vê-la triste. Forte emoção? Sim, se existia algo que podia causar uma forte emoção, era Victoria.

Qualquer questionamento que ele pudesse ter levantado sobre seus sentimentos por ela foi respondido naquele momento. Aden não apenas gostava de Victoria. Ele a amava. E faria qualquer coisa para protegê-la. Mais do que isso, ele confiava nela. Ela podia ter ido ver o irmão, mas jamais teria feito qualquer coisa para arriscar a saúde de Aden. Assim como, mesmo em seus piores momentos, ele não arriscara a saúde dela.

Aden, chamou Elijah, novamente nervoso.

– Não – respondeu o garoto. Nada de distrações.

– Ele está sem a besta – gritou Victoria, a última palavra soando como um grito de dor. Aquele homem devia ter colocado mais força no pescoço da garota.

Elijah xingou enquanto a fúria tornava-se causticante no peito de Aden. No fundo de sua mente, o garoto ouviu o choro melancólico de uma criança recém-chegada ao mundo. Exatamente como antes.

Só que, dessa vez, mais forte. Tão nervosa quanto ele estava. As almas começaram a discutir. Caleb e Julian exigiam respostas, Elijah recusava-se a oferecê-las.

Aden abafou-os o máximo que podia e concentrou-se no irmão de Victoria. Sorin pagaria pela dor de Victoria. Pagaria em sangue.

– Espadas? – perguntou, pois essa era a arma que o guerreiro escolhia em todas as visões que Aden tivera da luta.

Um momento se passou enquanto Sorin desvendava o significado da pergunta. Ninguém se renderia. Eles lutariam. A surpresa brilhou naqueles olhos azuis antes de se transformar em avidez.

– Vamos fazer de uma forma justa. Mão a mão.

Aden concordou enquanto o sentimento de surpresa invadia-o. Nada estava acontecendo como ele tinha visto. O que aquilo significava? O que tinha feito as coisas mudarem? O fato de ele não ter tomado os remédios?

– Se alguma coisa acontecer com Victoria ou com meus amigos humanos, vou matar seus homens depois de matar *você* – disse Aden para Sorin. E ele realmente faria aquilo.

– E agora, quem é o arrogante aqui, hum?

– Quero que você prometa que nenhum deles será ferido. Agora, durante ou depois. Sem perguntas, independentemente do resultado.

Sorin anuiu.

– Você tem minha palavra.

A tranquilidade com a qual Sorin fez a oferta levou Aden a pensar que o vampiro jamais tivesse planejado matar aquelas quatro pessoas. Aquilo, todavia, não salvaria Sorin, não agora, embora fizesse a parte mais calorosa da fúria de Aden se dissipar.

O irmão de Victoria deu de ombros, e o manto negro que cobria suas costas caiu no chão, deixando-o com o peito nu, como Aden estava. A diferença era que o torso de Sorin estava coberto de proteções recém-tatuadas. Não havia uma polegada sequer de pele visível, mas apenas tinta sobre tinta, círculos sobre círculos. Aden perguntou-se brevemente contra o que aquele cara estava protegido, mas logo limpou sua mente. Ele precisava se concentrar, afinal.

Juntos, aproximaram-se do centro do anel de metal, posicionando-se um a apenas um sussurro do outro. Aden tinha se envolvido em mais brigas do que podia contar, mas elas sempre tinham sido geradas por uma fúria momentânea, sua mente perdida na emoção ou no insulto que o levara à situação. Ele nunca tinha planejado uma batalha fria e calculada como aquela.

– Acho que, em outras circunstâncias, eu teria gostado de você – disse Sorin, pouco antes de afundar as articulações de seus dedos na órbita do olho de Aden.

Os braços do vampiro moveram-se com tanta agilidade que Aden só conseguiu enxergar uma mancha antes de cambalear *para trás*, com a dor explodindo em sua cabeça. Todavia, ele conseguiu ficar de pé enquanto todo o mundo tornava-se silencioso, escuro. Não havia chuva, não havia multidão, não havia almas. Não... havia... nada. Nem mesmo o tempo. Aden estava surdo, paralisado e cego, seu cérebro estava completamente desligado.

Ele simplesmente ficou ali, parado, quase sem conseguir respirar, até ver um brilho branco repentino. Um retorno à escuridão. Mais um flash branco, que se estendeu um pouco mais. Preto. Branco. Preto, branco, como se alguém estivesse brincando com um interruptor de luz dentro de sua cabeça.

Então, ele ouviu um leve ruído, o único precursor de um "boom" repentino enquanto o mundo retomava forma diante de seus olhos. Aden ouviu, reconheceu, enxergou, mas não havia tempo para reagir. Sorin estava atacando-o, punhos golpeando-o como uma britadeira, mais uma vez e outra vez mais, direto, sem parar.

Vamos lá, vamos lá. Reaja. Usando todas as suas forças, Aden deu uma joelhada nas bolas de Sorin. E, se Sorin *estivesse* com sua besta, a criatura teria saído dele, rugindo, exatamente naquela hora, em um movimento para proteger Aden de mais danos, pois Sorin inclinou-se e gritou com uma fúria profana.

O golpe baixo e direto deu a Aden uma prorrogação necessária – e tempo para levantar o joelho, atingindo Sorin no queixo, fazendo-o cair de costas.

Aden correu em direção ao vampiro, planejando prender os ombros daquele cara com os joelhos e simplesmente começar a golpear, mas Sorin levantou as pernas e fez Aden rolar antes de desferir um chute. Dessa vez, foi Aden quem caiu de costas. Um piscar de olhos inchados e Sorin estava sobre ele.

Soco, soco, soco.

– Se em algum momento você quiser desistir, só precisa se ajoelhar diante de mim e jurar lealdade.

– Vá se ferrar – Aden conseguiu dizer entre os golpes.

– Que original.

– Apropriado.

Soco, soco. Vários dos ossos do rosto de Aden estilhaçaram-se. Seu nariz talvez estivesse dividido em dois; parte da cartilagem definitivamente foi toda para um lado. A adrenalina corria por suas veias como se tivesse sido injetada, aquecendo-o, fortalecendo-o. Mas isso era suficiente?

Calmo. Você precisa ficar calmo.

Era a voz de Elijah.

E foi solenemente ignorada.

Com um rugido similar ao que havia em sua cabeça, aquele cujo volume aumentava, aumentava, aumentava, Aden conseguiu desferir um soco. Então, mais um, e ainda outro, e mais um, até que Sorin parasse de golpeá-lo para proteger seu próprio rosto de um espancamento.

Uma oportunidade de ouro. Aden estendeu a mão, segurou Sorin por sob os braços, e empurrou-o, sacudindo o guerreiro sobre seu corpo. Aden não o soltou, mas virou o oponente, de modo que agora Sorin estivesse na posição inferior.

O garoto cuspiu sangue e algo que parecia ser um chiclete – um dente! Então, segurou o rosto de Sorin com uma mão e canalizou sua fúria na outra. *Boom, boom, boom,* tão rápido a ponto de quase nem ver a mancha formada no ar. Ou talvez sua visão estivesse embaçada demais, suas pálpebras desesperadas para se colarem juntas e (esperançosamente) se curarem.

Para o alívio de Elijah, cada soco deixava o garoto mais calmo.

Mas Sorin não ficou ali caído por muito tempo, e logo deu mais um chute em Aden, que foi arremessado, o que separou momentaneamente os dois. O garoto bateu contra uma parede de expectadores. Alguns caíram com ele, outros empurraram-no, mas o fato é que ele conseguia sentir o desejo de todas as bestas. O desejo de sair e salvá-lo.

– Não! – ele gritou. – Não. Fiquem aí!

Elas obedeceram e não deixaram seus hospedeiros para se materializarem. Quanto tempo antes de elas esquecerem a ordem e fazerem o que queriam? Provavelmente não muito. Acabar. Ele tinha de acabar logo com aquilo.

Sorin devia ter sentido a mesma coisa, pois eles correram um em direção ao outro, rolaram juntos no chão, golpeando com os cotovelos e os joelhos, procurando atingir pontos fracos como nariz, garganta e virilha. A cada novo golpe que dava, Aden teria se sentido mais calmo, se cada soco recebido não fizesse a chama da fúria fortalecer-se novamente.

Logo o sangue fluía por um corte na linha do cabelo de Sorin. Sangue que prendeu a atenção de Aden. Talvez por se tratar do sangue de um vampiro. Talvez por ter aquele mesmo aroma doce e obscuro do sangue de Victoria.

Saborear... Preciso saborear...

Aproveitando-se do fato de Aden estar distraído, Sorin conseguiu golpeá-lo na lateral do corpo. O garoto tropeçou nos espectadores e, dessa vez, conseguiu *ouvir* as bestas. Rugidos, tantos rugidos. Elas continuavam em suas jaulas, mas estavam prestes a sair.

Seria muito bem feito para Sorin perder daquela forma, ser humilhado pelas bestas. Pelas mesmas bestas que o levaram a caçoar de Aden. No entanto, Aden tinha algo a provar, ou então o irmão de Victoria nunca o levaria a sério.

Espere. *Você vai deixá-lo viver?* Aden tinha decidido acabar com ele, não tinha?

Saborear...

Aden afastou-se do público e seguiu em direção a Sorin. Novamente eles rolaram, novamente seus corpos entrelaçaram-se e os dois brigaram como animais.

— Eu não queria que as coisas terminassem assim, mas fico feliz — Sorin mostrou as presas e fez uma investida para morder o pescoço de Aden.

Porém, não conseguiu. Suas presas não furavam a pele do garoto. O guerreiro ficou em choque, sim, mas reagiu como se estivesse treinado para algo daquele tipo. Antes que Aden pudesse escapar, Sorin ergueu a mão e tirou a tampa de um anel muito parecido com aquele que Aden usava. E gotejou o líquido no pescoço de Aden. A queimadura foi instantânea, correndo por todo o corpo do garoto em questão de segundos. Era como se o corpo dele fosse engolido por chamas. Sim, chamas, era essa a sensação.

A garganta de Aden fechou-se, deixando-o sem ar. Sua fúria agora era acompanhada de medo e de dor, e as três sensações consumiam-no.

Com um rosnado, Sorin prendeu Aden, afundando suas presas na ferida. Sucção. Tanta sucção. Levando as chamas e substituindo-as por frio, gelo. Não importava o quanto Aden tentasse, ele simplesmente não conseguia afastar aqueles dentes.

Quando seus esforços diminuíram, cessaram, ele sabia. Aden sabia que estava prestes a morrer.

O rugido dentro de sua cabeça aumentou exponencialmente, tornou-se tão alto que era tudo o que o garoto conseguia ouvir. Rugido, rugido, rugido... Agora se acalmando. Não, não se acalmando, ele se deu conta, confuso. *Saindo* dele. Rasgando seu interior. Erguendo-se sobre sua cabeça. Algo pontiagudo perfurando suas costas. Logo havia uma criatura pairando sobre ele, movendo-se ao seu lado. Uma bruma negra tomando forma. Um focinho, asas, garras. Rugidos, rugidos, rugidos, misturando-se às arfadas geradas pelo medo.

A besta de alguém havia escapado.

Sorin foi puxado para longe de Aden e o garoto sentiu aquelas presas praticamente levando sua traqueia com elas. Ele ficou ali, deitado, por um instante, tremendo, suando frio. Ainda era possível vencer, ele pensou. Aden não tinha admitido a derrota e ainda não estava morto. Como poderia estar, se todos os seus músculos e ossos doíam? Primeiro, todavia, era necessário garantir a segurança de Victoria.

Cuidadosamente, ele sentou-se, a ferida em seu pescoço pulsando, queimando. O sangue derramava-se sobre ele, sendo lavado pela garoa constante que pingava sobre seu corpo. A vertigem era insuportável e foi necessário um instante antes que ele conseguisse se focar. Quando finalmente conseguiu, Aden viu Victoria com o rosto pálido, com as bochechas molhadas pela chuva – e por lágrimas? O queixo da garota ainda tremia. Ela já não estava de joelhos, mas o guerreiro de seu irmão continuava ao lado dela.

O alívio espalhou-se por Aden. Ela estava bem.

– Aden – disse Victoria, ao mesmo tempo confusa e assustada –, sua besta.

Alguma coisa zumbiu na linha de visão do garoto, quebrando o contato com Victoria. Aden olhou e... quase se afogou com a própria língua. Um bebê besta, monstro, *algo assim,* perseguia Sorin, mordendo-o com dentes de sabre.

Sua besta, Victoria tinha dito. Era isso o que era aquela névoa. E ela *tinha saído* dele. Aquele rasgo interior, aquela pontada dolorida em suas costas... sim, a criatura tinha vindo dele.

A besta era menor que qualquer outra que Aden tinha visto, mas não menos feroz. Aquelas asas estendiam-se com pontas afiadas como lâminas. Sua cor era um cinza brilhante, como vidro fumê polido. Seus braços eram curtos e finos, mas tinha garras de marfim nas pontas. Seus pés, com cascos e garras, batiam contra o chão, cortando a grama e fazendo o metal crepitar.

Ele é meu, pensou Aden, totalmente confuso outra vez. *Ele veio de mim.*

E ele era justamente o que eu não queria que acontecesse, o que eu não queria que nenhum de vocês descobrisse, disse Elijah, suspirando. *Ele vinha crescendo dentro de você desde aquele último dia na caverna. Foi ele quem olhou pelos olhos de Victoria antes de te atingir e te deixar inconsciente.*

— Como? — Aden conseguiu perguntar apesar de seu ferimento, tendo de segurar a pele unida.

Ele nasceu dentro de você com a primeira troca de sangue, depois entrou na mente de Victoria junto com a gente, crescendo o tempo todo, até finalmente fazer as trocas cessarem de uma vez.

— Por que o manter em segredo? — ótimo. As palavras de Aden tornavam-se mais fortes, mais claras.

Eu não queria que você ou que a dinâmica entre vocês dois entrasse em pânico. Emoções fortes eram a única coisa que poderia fazer você dar à luz. E, sim, eu estou usando linguagem ligada à gravidez porque foi basicamente isso que aconteceu, e ele não estava pronto para vir ao mundo. Ele agora é, bem, um prematuro.

O que significava que aquela criatura era... o quê? Frágil? Vulnerável?

Faminto. Ele é muito faminto, muito determinado, e não vai ser facilmente controlado. Eu não queria dizer isso, mas você estava lutando contra a natureza dele, e também contra a natureza de Victoria. E estava fazendo um ótimo trabalho. Até isso acontecer.

E o que toda essa droga significa para nós?, perguntou Caleb.

Elijah suspirou. *O garotinho agora provou a liberdade. Ele nunca mais vai se sentir feliz em uma jaula.*

Pelo menos Aden sobreviveu à luta, apontou Julian. *Você disse que ele morreria sem os remédios.*

Não. Eu disse que ele poderia *morrer. Há uma diferença aí. Muitas mães morrem durante o parto e foi isso que eu vi.*

Caleb riu, apesar da severidade das circunstâncias. *Meus parabéns, Ad. Agora você é uma mamãe. Por que você não dá de mamar ao garotinho?*

Julian gargalhou.

Finalmente, o "garotinho" pegou Sorin e forçou-o contra o chão, prendendo-o pela barriga. E, o mais curioso: a besta de Sorin poderia tê-lo ajudado, mas ele veio para a briga sem ela.

Agora vá colocar um ponto-final nesta luta, disse Elijah. *Você recebeu uma oportunidade de ouro. Vamos usá-la e terminar com isso tudo da forma certa.*

Aden levantou-se. Quase caiu, mas conseguiu manter o equilíbrio. Sorrindo, ele abriu o anel.

– Seu troco – o *je la nune* espirrou pelo pescoço de Sorin e, dessa vez, foi a pele do vampiro que queimou, abriu-se, sangue jorrando. Aden foi cuidadoso para não atingir a besta criança, que assistia com olhos famintos, selvagens.

Enquanto Sorin gemia de dor, Aden estendeu a mão e acariciou a – *sua* – besta.

– Bom garoto – elogiou enquanto pensava em um nome. Chompers Jr., talvez. Júnior como apelido. Sim, parecia bom.

A criatura esticou os lábios e mostrou seus dentes afiados enquanto rosnava para ele. Chompers e os demais ronronaram quando Aden acariciou a pequena besta. Ah, bem. Pelo menos Júnior não soltou Sorin para atacar Aden.

O garoto voltou a atenção a seu oponente e mordeu-o com força, sugando goles e mais goles de sangue e adorando cada momento daquilo. O sabor era como o de Victoria, exatamente como Aden esperava. Talvez ele nunca parasse, talvez bebesse cada gota – *precisava* de cada gota. E, como você pode imaginar, a pequena besta também ronronava vendo aquilo, como se *ela* também pudesse saborear o sangue.

E talvez pudesse. Júnior soltou Sorin e uniu-se a Aden, bebendo também daquele pescoço. Sorin tentou resistir uma vez, duas vezes, e então ficou paralisado.

Precisamos parar. Se não pararmos, Sorin vai morrer. Ele não precisa morrer. Você venceu.

Elijah, novamente.

Ignorado, novamente.

Não, Aden não podia ignorar a alma. Não dessa vez. O resultado. Importante. Victoria. Detestá-lo. Amá-lo. As palavras atravessaram a sede de sangue e Aden pulou, levantou-se, o calor fazendo seu corpo estremecer, como se ele estivesse tomando um banho de soda cáustica. Suas feridas já começavam a cicatrizar. Ele estendeu a mão para Júnior, mas o garotinho rosnou para ele e sacudiu o pescoço de Sorin, como se fosse um cachorro com seu osso.

Você vai ter de lutar contra ele.

Ótimo. Outra luta. Aden pulou em direção à pequena besta, empurrou-a para longe do corpo e do sangue. Asas batiam freneticamente e aqueles dentes de sabre fizeram uma investida contra o rosto do garoto.

Alguns dos guerreiros de Sorin correram para a frente, claramente tentando ajudar seu senhor, que estava deitado de costas, tão estático quanto um morto.

– Não – gritou Aden enquanto tentava dominar a criatura. Os soldados pararam. – Saiam. Saiam todos – a última coisa que Aden precisava era ver Júnior ferindo outra pessoa. Ou sendo ferido. – E nada de brigas, ou eu juro que vou soltar essa fera e acabar com todos vocês. Vocês devem esperar lá dentro.

Várias batidas de coração se passaram até que passos reverberassem. Murmúrios ecoaram. Então, só os três ficaram ali. Sorin, Aden e a besta feroz. O garoto surpreendeu-se com quão facilmente os vampiros e os lobos tinham obedecido.

Um longo intervalo de tempo passou-se, tão longo que a chuva chegou a parar. Tão longo que Sorin curou-se o suficiente para acordar e se sentar.

O guerreiro sacudiu a cabeça, como se estivesse limpando teias de aranha de seus pensamentos e, em seguida, focou-se em Aden. Sorin poderia ter se levantado e atacado, mas não fez isso. Ele tinha perdido. E reconhecia. Todos sabiam disso. Com olhos apertados, encarou Aden.

– Você não é humano – o guerreiro acusou.

– Não mais. Inferno, talvez eu nunca tenha sido.

Além de uma besta própria, Aden agora tinha a voz e a pele de um vampiro. Aquilo o levava a se perguntar o que mais tinha mudado; o que mais ele podia fazer.

O milagre dos milagres: Júnior ficou parado. Ele mantinha uma respiração pesada passando por suas narinas grossas e pretas. Aden continuou a segurá-lo, murmurando suavemente. A criatura fechou os olhos e, surpresa, Júnior tinha cílios longos e curvados. Ele parecia quase... fofinho.

Logo o grande corpo da besta relaxou e a respiração dificultosa tornou-se um ronronar. Ainda assim, Aden segurou-a, sem saber o que mais fazer, ciente apenas de que ela poderia acordar a qualquer momento, começar a combatê-lo novamente e, se ele não estivesse preparado, acabaria se tornando uma torrada coberta com sangue.

Então, o corpo de Júnior começou a desaparecer, desaparecer, até que Aden estivesse completamente cercado pela mesma bruma negra que tinha saído dele anteriormente. O garoto sentou-se, a bruma entrou por seus poros, por seus olhos, aquecendo-o como se ele estivesse dentro de uma fornalha.

A. Coisa. Mais. Estranha. O cérebro do garoto basicamente sacudiu de perplexidade. Aquilo era... tinha sido... ele não tinha palavras.

Sorin não estava abalado.

– A propósito, minha besta é maior que a sua.

– Não por muito tempo. Você viu o tamanho do pé do meu garoto? Braços enormes cruzados sobre um peito enorme.

– Esqueça as bestas. Tenho algumas coisas em mente, Haden Stone. Ouvir seu nome completo sempre o fazia ficar paralisado.

– Como o fato de que você quer me atacar outra vez? Ah, por favor. Vamos acabar com isso. Porque eu não vou deixar você voltar para dar continuidade outro dia. Ou você me serve agora, ou morre agora. Essas são as duas únicas opções.

– Eu não estava pensando em atacar – disse o guerreiro, levantando-se cuidadosamente. Em seguida, ele caminhou e estendeu uma mão. – Eu estava pensando que nunca irei me esquecer disso. Estava pensando que deveríamos ter lutado com espadas. Estava pensando... Eu quero ajudá-lo a se levantar. Rei.

Ah, sim. Aquilo era, oficialmente, a coisa mais estranha. Uma sequência de eventos que Aden jamais poderia esperar. Uma sequência de eventos que Elijah *não tinha* previsto. O que o deixava terrivelmente apreensivo. Mas ele estava cansado demais para discutir.

– Obrigado.

Aden não confiava naquele homem, mas, mesmo assim, segurou sua mão.

dezesseis

A celebração da vitória estava a todo vapor antes de Aden e Sorin entrarem na casa. Taças com sangue tinham sido distribuídas aos vampiros e taças de vinho aos lobos e aos humanos. O riso transbordava. O rei tinha provado sua força e astúcia, afinal, e seu povo ali presente inteligentemente o havia seguido.

Também era possível ouvir uma série de teorias sendo sussurradas, todos se perguntando como um humano tinha finalmente se transformado em vampiro e se os outros humanos agora também poderiam se transformar:

— Nós não tentamos uma transformação há tanto tempo que as circunstâncias que evitavam nosso sucesso podem ter mudado.

— Mas quais são essas circunstâncias? Nós nunca soubemos.

— Poderia ser nosso sangue. Ou o sangue deles.

— Eu adoraria fazer alguns testes e descobrir.

— Pois é, mas será que o novo rei vai permitir esse tipo de coisa?

Eles não pareciam preocupados com seus mantos frios e molhados ou com os cabelos encharcados. Victoria, todavia, não conseguia parar de tremer. Seus dentes batiam com tanto vigor a ponto de fazê-la temer que todos na enorme sala pudessem ouvi-los por sobre o zumbido angelical da harpa.

Maldita pele humana.

Mesmo enquanto seu estômago se revirava só de pensar em sangue, Victoria estendeu a mão para pegar uma taça, para alimentar Chompers, que estava cada vez mais fraco. Ela olhou em volta. O chão de mármore, as paredes de vidro, as colunas estendendo-se em direção a uma teia de cristais no teto.

No centro dessa rede estava um lustre brilhante com a forma de uma aranha, oito pernas aparentemente movendo-se de um canto da sala para o outro. Um espaço adorável para aqueles que gostam de uma atmosfera mais escura, quase gótica. Victoria, todavia, sempre preferira cores. Cor-de-rosa, amarelo, azul. Até mesmo branco. Qualquer coisa que não fosse o preto em que seu pai sempre insistira.

Perpetue os mitos, ele dizia, ou os humanos nunca te levarão a sério. E sempre subestimarão sua força.

Victoria sentia uma mistura de admiração e horror por seu pai. Mas tinha sempre suposto que Sorin o adorasse. Por que Sorin não adorou – *adorava* – Vlad?

Sorin. Para Victoria, ele ainda era um quebra-cabeça com peças tão espalhadas que ela não sabia se um dia conseguiria encontrá-las e reuni-las. E Aden, bem, ele tinha vencido uma luta contra um guerreiro experiente.

Ainda mais impressionante era o fato de ninguém ter atrapalhado Aden ou ajudado Sorin – isso é, se Lauren e Stephanie não fossem levadas em conta, pois elas estavam servindo de olhos para o irmão; e, depois de ontem, Victoria não as consideraria. Mais do que isso, Aden agora tinha uma besta e a pele de vampiro. A pele *dela*.

O que mais eles teriam trocado?

Victoria tinha perdido a habilidade de dar ordens aos humanos usando sua voz. Tinha perdido sua habilidade de se teletransportar. Aden podia fazer uma das coisas, o que provavelmente significava que podia também fazer a outra. E com relação a se deslocar com a velocidade de um relâmpago? Ele tinha se movido com tanta agilidade naquele ringue. Mais rápido do que jamais fizera. E quanto à força dela? Há apenas poucas semanas, Victoria teria arrancado uma árvore do chão, com raiz e tudo, usando nada além das próprias mãos.

Agora, todavia, ela não sabia se conseguiria levantar os cabelos para fora do rosto.

Se soubesse que tudo isso aconteceria, ela ainda assim teria salvado Aden?

A resposta surgiu em um instante: *sim*. Sim, ela o teria salvado. E, se fosse necessário, deixaria ainda mais coisas para trás.

E talvez você tenha de deixar mais coisas para trás, ela pensou.

Suas mãos tremeram quando levou a taça aos lábios para dar um gole. O sangue era grosso, frio e tinha um sabor metálico que a levou a fazer uma careta. Eca. O que ela não faria por um... sanduíche. Sim, era assim que chamavam aquela coisa. Duas fatias finas de carne enfiadas em um pão e uma camada de uma coisa grossa e branca. A boca de Victoria salivou ao mesmo tempo que seu estômago cantou.

Logo ela teria de escapar e ir até o alojamento dos escravos novamente. Muito, muito em breve.

— Vi-Vi-Victoria! — gritou uma voz masculina por sobre o barulho.

Ela deu meia-volta e lá, no outro canto, estava Shannon, que a tinha chamado, junto com Seth e Ryder. Dois dos soldados de seu irmão estavam ao lado deles, ostentando expressões de mau presságio.

Como ela pôde se esquecer de que os garotos tinham sido capturados, presos?

Ela colocou a taça em uma bandeja que alguém carregava por ali e seguiu em frente.

— Vi-Victoria — gritou Shannon outra vez, seu gaguejar mais pronunciado que de costume. — Fa-faça a-alguma coisa. Po-por favor.

Seus olhares se cruzaram por um brevíssimo instante; o verde dos olhos de Shannon brilhava quase como se ele estivesse com febre. Sua pele bronzeada estava empalidecida, embora ele continuasse lindo. Ainda mais lindo que muitos vampiros ali. Ele era alto e naturalmente forte e, quando sorria, deixando seus dentes brancos à mostra, tornava-se um diamante em meio a zircônios. Victoria sempre tinha gostado dele.

Shannon estava no centro do grupo e, embora permanecesse ereto e com ares de orgulhoso, seu dedinho estava entrelaçado com o de Ryder, como se aquele garoto fosse sua rocha, seu conforto. Ou talvez Shannon fosse a rocha de Ryder, pois o garoto normalmente bronzeado agora tinha um leve tom esverdeado.

Seth estava acenando e sorrindo para alguém atrás de Victoria. Ele fazia aquele gesto que universalmente significa "me liga".

Victoria olhou para os guardas, analisando-os. Eles deixaram o ar de ameaça e sorriram para ela. Bem, a versão deles de sorriso. Mostraram as presas e afastaram os lábios para trás até que ela pudesse ver suas gengivas.

Ambos tinham cabelos navalhados e finas cicatrizes nas bochechas. Cicatrizes. Como nos romances. Como elas tinham surgido? Da mesma forma que Riley tinha conquistado aquele calombo no nariz? Por meio de ferimentos repetidos? E logo *ela* estaria cheia de cicatrizes? Se sim, será que Aden ainda iria achá-la bonita?

Não se preocupe com isso agora. Talvez ela entrasse em uma espiral de depressão. Mas talvez a depressão a ajudasse a se sentir normal outra vez.

Concentre-se. Certo. Apesar dos "sorrisos", o da direita parecia gostar de gatos com cacos de vidro no café da manhã. O da esquerda parecia gostar apenas de cacos de vidro, então Victoria decidiu arriscar com ele.

– Você está de bom humor, considerando que seu líder acabou de perder a chance de governar – ela começou.

Ele arqueou uma das sobrancelhas, quase a costurando junto à linha do cabelo.

– E quem foi que disse que ele perdeu?

Uma resposta inesperada.

– Eu. Aden. Tenho certeza. Todos aqui, certamente. Você percebeu que está acontecendo uma festa, não percebeu?

Ele negou com a cabeça, um pouco em estado de choque, como se a interpretação daquela pergunta o tivesse assustado. O segurança trocou um olhar com o amigo antes de dizer:

– Não, quero dizer... Talvez ele só quisesse testar a força de Aden.

Ah, por favor.

– Que ótima desculpa para encobrir a dor da derrota.

Ele sacudiu os ombros largos, fazendo Victoria lembrar-se dos trejeitos de seu irmão. Há quanto tempo os guerreiros tinham estado juntos?

– Pense como quiser. Isso não vai mudar os fatos.

Quais fatos?

– Então ele causou a briga e se permitiu virar um servo do novo rei?

– Ele jamais causaria uma briga. Seu irmão é um homem bom, princesa Victoria. O objetivo dele sempre foi e sempre será a liberdade para todos nós.

As pessoas estavam olhando para eles, ouvindo-os descaradamente. Ah, está bem, então. As simpatias tinham chegado ao fim e um debate não iria acontecer.

– Soltem os garotos. Agora. Ou serei obrigada a...

— É claro. E você ficará feliz ao perceber que eles estão nas mesmas condições que estavam quando nós os capturamos. E que não há nada pior a temer.

Ela dobrou os braços.

— E as feridas nos pulsos deles? Aquelas da corda que você usou neles?

— Tenho certeza de que eles já tinham aquelas cicatrizes — disse o guarda que tinha cara de que comia gatinhos.

Ambos os homens afastaram-se, praticamente envolvendo os garotos, como se eles fossem um presente para ela. Muito fácil, ela pensou, abrindo e fechando a boca enquanto pensava em uma resposta.

Shannon e Ryder não vacilaram. Agarraram a mão de Victoria e puxaram-na para longe. Shannon também puxou Seth, colocando-o em movimento. No meio do caminho, quando os neurônios voltaram a funcionar, ela tomou as rédeas. Aonde levá-los? Aonde levá-los?

Uma vampira mais velha pisou na frente de Victoria. Mais velha, porém não menos bela. Pele suave, traços elegantes.

— Eu gostaria de conversar com você, princesa — olhos acinzentados deslizaram sobre os garotos enquanto uma língua rosada corria por sobre presas afiadas e branquíssimas. — Quanto você quer pelo tatuado?

— Ele não está à venda — respondeu Victoria ao mesmo tempo que Seth, o tatuado, disse:

— O que você tem em mente?

Com um olhar de "estou falando sério", Victoria deu um tapa na parte de trás da cabeça do garoto.

— Não quero ouvir nem mais uma palavra saindo da sua boca.

— Au! — ele olhou para ela. — Por que isso?

— Ele não está à venda — repetiu Victoria à vampira. — Por nenhum valor.

Com um olhar de frustração, a outra vampira perguntou:

— Tem certeza?

— Sim.

O olhar cinza mudou de foco, pousando em Shannon.

— E quanto ao...

— *Nenhum* deles está à venda.

Os escravos de sangue eram negociados o tempo todo. Por dinheiro, por roupas, por diversão. No passado, aquilo não chateava Victoria, mas o pensamento de ver aqueles garotos, tão parecidos com Aden, serem passados de um vampiro para outro como pacotes de salgadinho não a fazia se sentir bem.

— É *realmente* uma pena — a mulher jogou uma trança de cabelos loiros sobre os ombros antes de se retirar.

Victoria foi parada três outras vezes com diferentes ofertas de vampiros que queriam comprar os humanos, antes de finalmente conseguir levá-los até uma passagem secreta no outro canto da sala. "Secreta" em termos, já que todos a conheciam.

Essa passagem dava para um pequeno cômodo que tinha vista para o salão com um vidro espelhado. É claro que um casal de jovens vampiros se contorcia no sofá e Victoria teve de limpar a garganta para chamar a atenção dos pombinhos. Eles separaram-se, ambos enrubescendo enquanto ajeitavam as roupas.

— Ah... Olá, princesa. O que você está... — começou a dizer o vampiro.

— Saiam! — disse ela, e os dois obedeceram, arrastando-se. Victoria fechou a porta, ajeitou os ombros e virou-se para encarar os humanos com a ansiedade de quem enfrentaria um pelotão de fuzilamento. — Tenho certeza de que vocês têm perguntas.

Todos os três falaram juntos.

— Eu estava do-dormindo, certo, e de re-repente esse vam-vampiro gigante...

— ... cuidando da minha vida e de repente vi presas. Presas! Depois que eu molhei as calças, eles me forçaram a...

— ... quarto vazio ou alguma coisa onde eu possa ficar? Porque estou cansado de ficar indo e voltando. E por acaso você notou aquela gata ruiva com o gigante...

— ... e-era a coisa que sa-saiu de Aden? Um dr-dragão? Aquilo simplesmente sa-saiu d-dele.

— ... corda queimando. Se eu ficar com uma cicatriz, vou processar vocês. Talvez eu processe de qualquer forma. Dan vai me matar. Se seus amigos com sede de sangue não comerem algum dos meus órgãos antes. Essa é minha última chance, sabia? E dessa vez nem foi culpa minha. Por que diabos...

— ... ou a morena. Você me deve essa. Não sei se eu já disse isso antes, mas *existe* algo chamado estraga-prazeres e você é a prova.

Silêncio.

Está bem. Por onde começar? O melhor era começar pelo básico.

— Eu sou uma vampira — e falar com humanos sobre sua raça era esquisito. Era um crime digno de pena de morte. Ou de, no mínimo, prisão eterna, isolamento do resto do mundo.

Esse teria sido o destino de sua mãe se Victoria não tivesse conseguido conquistar a liberdade dela. *E o que ela faz? Recusa-se a vir me visitar.* Aquilo doía mais e mais a cada dia. Talvez porque Victoria continuasse pensando em novos motivos que poderiam ter levado sua mãe a evitá-la. Ela não era boa o suficiente. Não era amada o suficiente. Era uma total decepção.

Era isso que Aden sentia quando pensava nos pais dele? Abandonado, esquecido, não amado? Provavelmente. E isso era mais uma coisa que eles tinham em comum. Quantos pensamentos!

— Esta casa está cheia de vampiros, como vocês mesmos viram — ela continuou. — O que vocês não sabem é que Aden é nosso rei. Ele lutou contra meu irmão para defender a coroa. E venceu.

– Sim, ele venceu – disse Seth, levantando a mão para bater na mão de alguém e celebrar.

Os outros dois ficaram olhando para ele.

– O quê?

– O monstro que você viu é... – muito difícil de explicar. – É uma coisa que todos os vampiros carregam dentro de si.

– Caramba! Não! *Aden* é um vampiro? – os olhos de Ryder estavam arregalados, redondos como se fossem dois pires.

– Sim.

Com um sorriso, Shannon estendeu a mão para Ryder.

– E-eu disse! Vo-você me deve cinco pilas!

–Vocês apostaram para saber o que ele é? –Victoria estava boquiaberta.

– Não foi isso. E-eu suspeitei que vo-vocês eram um pouco diferentes. A fo-forma como vocês andam, conversam, esse je-jeito de morto – ele lançou um sorriso. – A-ainda mais da forma como vo-você invade nosso quarto no rancho.

Victoria estava novamente com medo de cair naquela espiral de depressão. Ela tinha trabalhado duro para se misturar com os humanos e, ainda assim, havia realmente falhado.

– Como eu ando? Converso?

–Você desliza – disse Seth, mexendo as sobrancelhas em aprovação. – E o seu sotaque é... diferente.

Diferente. Uma forma bastante educada de dizer "medonho"?

– Como está Dan? – perguntou Victoria. Será que Dan ainda estava se culpando?

– Ele está triste – disse Seth.

– Preocupado – acrescentou Ryder.

Shannon encolheu os ombros.

– Cul-culpado.

Sim, ele ainda se culpava.

– Talvez Aden converse com Dan quando levá-los de volta ao rancho.

Victoria sabia que Aden respeitava Dan, sabia que ele queria muito terminar os estudos. E tinha planejado fazer isso. Até ela salvar a vida dele, alterando a essência de Aden.

Será que, no futuro, ele olharia para trás e se arrependeria das escolhas que tinha feito naqueles dias? Ela não queria isso. Acima de qualquer coisa, o que ela queria era que Aden fosse feliz. Agora. Para sempre. E, se as coisas seguissem como ela pensava que seguiriam, o garoto teria um "para sempre" enorme com que se preocupar... ou um longo caminho de sofrimento.

– Ei, o que está acontecendo lá fora? – perguntou Seth, colocando o rosto contra o vidro.

– Como assim? – pelo vidro, Victoria viu que todos no salão caíam de joelhos, com as cabeças inclinadas. As vozes transformaram-se em silêncio. Ela sabia o que aquilo significava. – Aden chegou – ela esclareceu, deixando cada célula de seu corpo em estado de alerta. E, varrendo o local com o olhar, a garota viu Aden e Sorin passarem pelas portas duplas e arqueadas.

O cabelo de Aden já não caía sobre o rosto, então ela podia ver claramente as pálpebras inchadas e as bochechas e o maxilar descoloridos. Os ferimentos poderiam ter sido piores, *muito piores,* e deveriam ter sido, considerando o número de vezes que Sorin tinha usado os ossos de seus dedos para acertar as cartilagens do garoto. Pelo menos Aden conseguia parar em pé. Muitos não conseguiriam depois de serem espancados daquele jeito.

O garoto observou a sala, lançando seu olhar sobre os vampiros, os lobos e os humanos, sem nunca parar, completamente determinado. Estaria ele procurando... por ela?

Aden estava tão inconstante com Victoria ultimamente que ela achou melhor não ter esperanças. Preferiu pensar em outra coisa. Algo menos chateante. Como seu irmão. Sorin, o idiota.

Sorin já estava consideravelmente curado. Ostentava o mesmo tipo de ferimento de Aden. Especialmente no pescoço, região em que pele e músculo tinham sido queimados pelo *je la nune*. Parte de Victoria queria enfiar os dedos naquela ferida e puxar. Ele a tinha usado. Não sabia que a habilidade de teletransporte dela tinha desaparecido e, por isso, drogou-a. Reduziu-a a uma moeda de barganha. Sim, ele tinha feito isso para evitar que a luta se estendesse até a morte – até a morte de Aden –, mas poderia ter encontrado outra forma de fazer isso. Aden, por exemplo, encontrou.

E esse era o principal motivo pelo qual Aden era uma melhor escolha para ser o soberano.

– Não consigo acreditar que eu dificultava tudo para ele – murmurou Ryder. – Ele poderia ter chutado meu traseiro ou feito coisa muito pior.

– É porque você é um idiota – pronunciou Seth.

– Não sou idiota.

– Cara, a única matéria em que você tira A é o almoço. E nós dois sabemos que esse A é só de *apetite*.

– Ele ta-também tirou A no intervalo – provocou Shannon, lançando um sorriso.

Ryder empurrou-o, brincando.

Seth gargalhou.

– Meus olhos! Meus pobres olhos! Preliminares entre dois homens é nojento.

Ryder perdeu seu senso de humor tolerante, fechou os punhos e, quando estava prestes a bater, Victoria segurou-o.

– Chega! – mesmo? O que ela poderia fazer se eles decidissem se espancar e se empurrar? Nada. Essa era a resposta. Agora, nada.

Mais que isso, se eles acertassem-na, talvez causassem ferimentos dos quais ela não se recuperaria.

Victoria nunca tivera de se preocupar com essas coisas antes.

De repente, o olhar de Aden recaiu no vidro, como se estivesse colado ali – como se ele pudesse enxergar através do vidro fumê. Victoria não tinha a intenção de olhar novamente para ele, mas aquilo era um hábito e agora ela agia automaticamente daquela forma.

Quando a garota percebeu que eles estavam olhando um para o outro, seu corpo congelou, e ela foi irremediavelmente aprisionada pelo exame minucioso de Aden. Será que ele a estava enxergando? Impossível. Mas...

– Podem se levantar – disse ele à multidão.

Era possível ouvir o farfalhar das roupas conforme todos se levantavam, impedindo que ela enxergasse o garoto. Os murmúrios começaram. Risos e vaias eram lançados a Sorin. Naquele momento, ele era uma chacota.

Talvez aquilo mudasse em cem anos ou algo assim. Talvez não.

Quando a multidão dividiu-se como o Mar Vermelho, Victoria recebeu outro olhar direto de Aden. Ele caminhava para frente, em direção a ela.

Ele a *tinha* visto?

Sorin seguia logo atrás de Aden, ignorando as zombarias jogadas em sua direção.

Um par de mãos suaves e delicadas estendeu-se, acariciando Aden. Draven, Victoria percebeu. Essa garota ia *mesmo* morrer. Novamente, a multidão calou-se, todos na sala ouviam.

– Parabéns por sua vitória – disse Draven com voz sedosa. – *Meu* rei.

– Obrigado. Agora, se você me der licença... – ele tentou contorná-la. Ela pulou na frente de Aden.

– Um momento do seu tempo, *majestade*, por favor.

A indecisão tomou conta dos traços do garoto antes de ele assentir.

– Um momento e nada mais.

Os olhos de Draven brilharam com um tom de ameaça, revelando a garota insuportável que havia embaixo daquela beleza.

– Muito bem. Serei direta. Não sei se o mutante Riley ou se a própria Victoria contaram ou não para você, mas duas semanas atrás eu a desafiei para ter os direitos sobre você.

Todos os músculos do corpo de Aden enrijeceram e seus olhos, estreitos, levantaram-se na direção do vidro por um segundo, dois segundos, antes de retornarem a Draven.

– Continue.

Talvez aquela garota fosse realmente idiota e não tivesse percebido o tom de aviso na voz de Aden. Talvez? Há! Ela era idiota, porque, de fato, continuou.

– Você é humano, afinal de contas, e...

– *Era* humano – ele corrigiu com uma reprovação aguda.

– Eu percebi isso – respondeu Draven. – *Agora* – idiota era eufemismo. Parecia claro que ela tinha o QI de um rato de sarjeta. – Mas o desafio foi lançado e aceito semanas atrás, como eu disse, quando você era, de fato, humano. Então, a lei ainda se aplica. Victoria deve lutar contra mim, como você lutou contra Sorin. É assim que nós agimos. E nossa forma de agir sempre foi essa.

As teorias sussurradas voltaram a reinar. Como Aden tinha se transformado? Outras pessoas poderiam se transformar?

Uma tonalidade acinzentada tomou conta da pele de Aden.

– Não haverá nenhuma tentativa de transformar outros humanos – ele gritou para todos ouvirem.

Nem mesmo Victoria sabia como e por que Aden – e ela – tinham sobrevivido, quando a única tentativa bem-sucedida de transformação tinha ocorrido no final do século XV. Maria, a Sanguinária – a original, e não a antiga rainha da Inglaterra – era agora a líder da facção escocesa, e também tinha sido transformada naquela época.

Através dos anos, Victoria tinha ouvido rumores de uma paixão antiga entre Vlad e Maria. Que Vlad tinha escolhido transformá-la, e não a própria esposa. E que, quando Vlad posteriormente deixou Maria de lado e preferiu ficar com outra, ela reuniu seus apoiadores e foi embora, jurando vingança.

Ocorreram batalhas, vidas foram perdidas, mas nenhum dos lados jamais recuou. Nos dois clãs, as pessoas tinham se cansado das disputas constantes. Dispostos a abandonar, em nome da paz, a única casa que conheciam, essas pessoas quebraram os laços com *ambos* os líderes e passaram a criar outras facções. Muitos clãs, por todo o mundo, cada qual com seu rei ou rainha, ou com rei *e* rainha, se o mais poderoso do casal estivesse disposto a dividir o poder.

Victoria pensou em Sorin e em sua alegação de ter massacrado os aliados de Vlad. Uma alegação em que ela tendia a acreditar, considerando que ninguém mais tinha aparecido desde que Aden os convocara.

Um pensamento preocupante passou pela cabeça de Victoria. Se aquela ideia se espalhasse – *ei, pessoal, o novo rei dos vampiros não tem apoio* –, bem, ele poderia se tornar um alvo ainda maior.

– Como conselheiro número um do rei – disse Sorin a Draven –, tenho muito a dizer sobre isso.

Aden lançou um olhar de "que diabos?!" para Sorin. Victoria escondeu seu sorriso com a mão. *Conselheiro número um?*

– Eu te aconselho a agendar a briga para ainda hoje, mais tarde – continuou Sorin. – Depois das pancadas que recebi, não vejo a hora de presenciar mais alguém apanhando. Você mesma, garotinha. Já vi minha irmã brigar...

Viu?

– E ela é muito, muito boa – concluiu.

Draven assoprou as unhas das mãos.

– Concordo que seja hoje à tarde. Só preciso da sua aprovação, majestade.

As mãos de Victoria caíram sobre a própria garganta. Sua tão vulnerável garganta. O frio que ela sentia em seu corpo tornou-se mais forte, migrando para os ossos.

— Por que você está tremendo? Você dá conta dela — Seth deu um tapa no traseiro de Victoria. — Ela é uma vaca, mas você tem esse lado mais obscuro, eu já percebi.

— Obrigada. Eu acho — ela *costumava* ter um lado mais obscuro. Agora, todavia, tinha um lado humano. Draven iria rasgá-la em pedaços. E, embora Victoria quisesse correr lá fora e colocar um ponto final naquela loucura, agora era tarde demais. A luta *fora* aceita. Recuar agora seria admitir a derrota, e admitir a derrota seria desistir de Aden.

Como Aden logo descobriria, a perdedora do desafio entregaria tudo à vencedora. Suas posses... sua vida. Era por isso que desafios daquele tipo eram tão raros. Sorin agora era propriedade de Aden. Pelo resto de sua longuíssima vida.

Victoria não queria ser propriedade de Draven.

— Não. Hoje é inaceitável — declarou Aden. — Vou reservar um horário para isso depois que eu revisar minha agenda, e então um anúncio será feito. Até lá, fique longe dela.

Ele empurrou Draven para o lado e voltou a andar com Sorin ao seu lado.

A garota observou as costas de Aden o tempo todo, com olhos estreitados.

Quando ele chegou à parede de vidro, parou. Deixou seu olhar perambular, procurando uma maçaneta.

— Victoria — ele chamou. — Me deixe entrar.

Ele sabia. Ele sabia que ela estava lá dentro. E olhar através de objetos não era uma habilidade que ela algum dia tivera. Impressionada, ela abriu a porta para ele.

Seus olhares colidiram enquanto os garotos saíam de trás dela e corriam em direção a Aden, cercando-o, sorrindo como idiotas e gritando. Aden enfrentou tudo com bochechas coradas e uma expressão congelada de descrença.

Victoria sorriu para ele. E ele sorriu de volta. Um momento *deles*, apesar de todo aquele caos. O prazer floresceu. Ela prendeu-se a cada segundo, sabendo que aquela era uma memória que a acompanharia por muito tempo.

— É assim que se faz, pessoal — disse Seth, estendendo o braço pela porta e mostrando o dedo do meio para Sorin.

O irmão de Victoria mandou um beijo para o garoto.

Ryder afundou as articulações dos dedos nos braços de Seth e riu.

— E agora, quem é que está desfrutando de uma preliminar com outro cara?

— Stephanie — chamou Aden sem se virar. — Preciso de você.

Espere aí. O quê?!

A irmã de Victoria veio do meio da multidão, mascando chiclete e mexendo nas pontas dos cabelos em um rabo de cavalo.

— Presente.

— Faça-me um favor e leve os garotos de volta para o rancho.

Franzindo a testa, ela apontou para seu próprio peito:

— Eu?

— Sim, você.

— Que legal. Mesmo? — pulando e batendo as mãos, ela continuou: — Eu posso beber deles, certo? Por favor, por favor, *por favor* diga que eu posso beber deles.

Aden sentiu um horror instantâneo.

— Não. Não beba deles. Quero que eles cheguem em casa nas mesmas condições em que estão agora.

A garota parou de pular. Estourou uma bola de chiclete.

— Isso é tudo que você quer que eu faça, então? Acompanhá-los? Isso é bem chato... Bem chato.

Aden olhou para Victoria, como se pedisse ajuda. Ela encolheu o ombro.

— Sim, apenas os acompanhe — reforçou Aden, massageando a nuca.

Então veio a carranca característica da princesa Stephanie. Seguida por um olhar furioso, uma batida de pé e uma bufada.

— Está bem. Mas da próxima vez quero uma tarefa importante. Você devia ver minhas habilidades com matracas.

— É verdade. Eu a treinei pessoalmente — disse Sorin. — Ela é muito boa.

— Bom saber — foi a resposta de Aden.

Stephanie apoiou as mãos nos ombros de Aden, levantou-se na ponta dos pés e beijou-o na bochecha.

— A propósito, obrigada por não matar meu querido irmão.

Aden lançou um olhar de soslaio para Sorin, o mesmo olhar de "o que está acontecendo à minha volta?" que tinha lançado para Victoria um momento atrás. Ela gostava daquilo. Gostava de vê-los como um.

— Não posso dizer que foi a decisão mais inteligente da minha vida, mas ele está crescendo na minha opinião. Como um fungo.

Stephanie riu, um tintilar.

— Fale o que quiser, eu posso ver que você gosta dele — dizendo isso, ela virou-se para os garotos e acenou para que eles seguissem-na. — Vamos, humanos inúteis. Vou levar vocês para casa.

— Vivos — Aden lembrou-a.

— Está bem, está bem — ela respondeu, sem se virar, mas jogando as mãos para o ar.

Shannon deu um tapinha no ombro de Aden antes de sair. Aden acenou com a cabeça para o amigo. Uma comunicação silenciosa. Eles conversariam em breve.

— Pizza primeiro — Victoria ouviu Seth dizer enquanto o quarteto passava pela multidão enfeitiçada. — *Depois* casa.

— E você terá de convencer Dan de que nós estávamos lá o tempo todo — disse Ryder. — Seth me disse que vocês têm uma voz muito louca.

— Sim, nós temos. Então não se preocupe, isso não será problema — respondeu Stephanie. — Mas eu também posso dar um golpe de matraca na cabeça dele e aí ele vai...

— Use a sua voz — gritou Aden.

Um rosnado de frustração perfurou o ar.

— Você consegue tirar a diversão de tudo!

Rindo, Aden concentrou-se em Victoria.

— Agora que cuidamos disso...

Ele estendeu a mão, entrelaçou seus dedos com os de Victoria e eles deixaram a reunião. Juntos.

dezessete

Riley já tinha se envolvido em várias emboscadas ao longo de sua vida, mas essa estava sendo de longe a sua preferida. Muito embora tivesse sido um plano de última hora, criado às pressas.

Em primeiro lugar, ele e Mary Ann puderam ver rapidamente os pais de Aden enquanto o casal dirigia uma caminhonete, distanciando-se de sua casa, algumas horas antes. Ou pelo menos eles acreditavam que fossem os pais de Aden. Ao volante, um homem com pouco mais de quarenta anos, com cabelos castanhos – pelo menos era o que Riley vira com sua visão superior de lobo.

No banco do passageiro, estava uma mulher, possivelmente com quase quarenta anos, loira e, pelo que o lobo tinha visto – com sua visão superior de lobo –, com olhos castanhos. Ambos tinham auras verde-musgo. Culpa, talvez. Ou medo. Era difícil dizer quando a cor estava tão embaçada, mesmo com a visão superior de lobo.

Talvez Joe e Paula Stone vivessem com o arrependimento por terem feito o que fizeram com o próprio filho. Talvez simplesmente estivessem em pânico porque não tinham como pagar a conta de luz. Tudo era possível.

Riley e Mary Ann estavam esperando em outra casa, em frente à casa ligeiramente destruída da qual os Stone tinham saído, esperando que pudessem vê-los novamente quando retornassem. Talvez até mesmo ouvir algumas palavras que eles dissessem.

Riley poderia ter espiado a casa enquanto o casal estava fora, mas ele viu as câmeras de vigilância. Câmeras caras, com software para reconhecimento de faces. Caras demais para uma casa daquelas. E, com todo aquele valor despendido em câmeras, o mutante poderia apostar que havia detectores de movimento em todas as portas e janelas. Isso para não mencionar as dobradiças especiais e até mesmo os alarmes silenciosos. Portanto, se não era possível invadir, ele não invadiria.

Isso viria depois, se o casal não retornasse.

Parte do lobo tinha esperança de que eles não voltariam logo. Naquele momento, ele tinha Mary Ann todinha para si. Tucker, o reto-congestionado-em-chamas, não estava lá e não tinha sido visto desde o café. Para onde a desova de demônio tinha ido? Isso Riley não sabia. E tampouco se importava.

Agora o mutante estava sentado na janela da sala de estar, olhando através das cortinas amarrotadas. Sim, o lobo tinha invadido uma casa – a casa da frente, a propósito. As trancas eram ruins, assim como as portas às quais elas estavam presas. Portanto, foi só uma questão de arrebentar o vidro já trincado, estender a mão para o lado de dentro e virar a fechadura.

Quando as pessoas aprenderiam? Colocar janelas com vidros do lado de portas era como implorar para todos os ladrões da vizinhança invadirem a casa.

Mary Ann estava sentada ao lado do mutante. Mas eles não se tocavam. Ainda. Logo iriam se tocar. Logo. Ao fazer as proteções nela naquele motel, Riley tinha cuidado dos problemas das bruxas e das fadas. Com a ajuda da magia e de suas habilidades intrínsecas, essas duas raças já não conseguiam vê-la. Não conseguiam segui-la, exceto se usassem meios humanos. Uma habilidade que elas em grande parte não tinham, já que praticamente nunca precisavam usá-la. O que significava que o nível de perigo agora era praticamente inexistente.

O que significava uma coisa capaz de fazer a alma sacudir: não haveria interrupções.

E isso, por sua vez, significava outra coisa capaz de fazer a alma de qualquer um sacudir: Riley tinha feito o papel de lobo bonzinho. Ele tinha experiência. Sabia como encantar uma garota. E seduzia-as. Com frequência. Ele sabia provocar para aumentar a curiosidade e a atenção. E agora ele encantaria Mary Ann.

Desde que quase se alimentara dele, a garota estivera distante, silenciosa. Ele tinha de fazer alguma coisa para convencê-la de que ela não o feriria. Ela não faria isso. Ele não deixaria.

Como Riley e Victoria compartilhavam uma ligação mental tão profunda (o que o permitia fazer mais do que apenas ler a aura dela) e como estava tão ligado a tudo que dizia respeito a Mary Ann, o mutante inadvertidamente rejeitou os pensamentos de Victoria de que Mary Ann pudesse estar ligada aos Fae. Ele se envergonhava de admitir que tinha considerado essa hipótese uma vez. As fadas e os elfos também eram sugadores, embora fossem capazes de controlar sua alimentação. Portanto, se houvesse uma ligação, havia esperança para Mary Ann.

Não que ela fosse pesquisar sobre esse assunto. Não agora. Ela estava focada em salvar Aden. Riley também estava, mas não colocaria a vida de Mary Ann em segundo plano, nem mesmo por seu rei. Portanto, amanhã ele começaria a pesquisar sobre a história da garota.

Agora, todavia, ele tinha de aliviar as preocupações de Mary Ann a respeito de feri-lo. Caso contrário, ela continuaria resistindo a tudo que ele sugerisse. Tanto às sugestões ligadas à missão com a qual eles estavam envolvidos quanto àquelas ligadas ao relacionamento dos dois.

O mutante olhou em volta. Da forma como a vizinhança estava disposta, eles tinham uma visão clara tanto da rua como da casa dos (possíveis) pais de Aden. Não havia carros. Tampouco havia alguém circulando por ali.

— Victoria me enviou uma mensagem de texto — ele disse com um tom casual.

O vento frio soprou pela rachadura na parte inferior da janela, fazendo as mechas dos cabelos negros de Mary Ann dançarem em todas as direções e atingirem o rosto dele.

— O irmão dela foi para nossa casa e desafiou Aden. E Aden acabou com ele na frente de todo mundo.

— Que bom para Aden.

— Precisamos contar para ele o que você descobriu.

— O que eu descobri? — o franzir de testa que Mary Ann lançou para Riley falou por ela: você precisa pensar antes de falar. — Não tenho nada de concreto, então não há motivos para deixá-lo esperançoso.

— Não é verdade. Ele devia saber que você acha que descobriu algo sobre Julian. — Riley imaginava que Victoria já tivesse contado a Aden. — Ele precisa saber que você acredita ter encontrado os pais dele.

— E decepcioná-lo quando descobrirmos que eu estou errada.

— Então você está errada agora?

— Não. Mas eu posso estar.

— Mas você também pode estar certa.

— Ou não — ela insistiu.

— Quando foi que você se tornou essa Debbie Downer?[1]

---

1 Debbie Downer é uma personagem reconhecidamente pessimista do programa de TV *Saturday Night Live*, da rede americana NBC. (N.T.)

A aura de Mary Ann estava azul escura. A garota praticamente irradiava tristeza. Misturadas com o azul, no entanto, estavam manchas marrons que logo escureceram e tornaram-se pretas. Não era uma cor que representava a morte, não o tempo todo. No caso de Mary Ann, aquele marrom representava a fome, sua necessidade de se alimentar, de levar energia para dentro de seu corpo.

As manchas tinham crescido nas últimas horas. Mas não o suficiente para preocupá-lo. Talvez porque ele também enxergasse manchas rosadas e vermelhas. Vermelhas de raiva – ou paixão – e rosadas de esperança. Ele queria satisfazer as duas.

Mary Ann abriu a boca.

– Eu não sou nenhuma Debbie Downer.

O vermelho tornou-se um pouco mais intenso.

– Querida, você é a definição de Dia do Juízo encontrada nos livros. Está sempre esperando o pior.

– Eu não... – então Mary Ann se conteve. – Está bem, é verdade – ela inclinou o corpo para frente e descansou seus cotovelos no beiral da janela. – Mas o seguro morreu de velho.

– Na verdade, não. Mas, se vamos começar a jogar clichês nessa conversa, você precisa memorizar este: É melhor tentar e falhar do que nunca tentar.

– Eu estou *tentando*.

– Então você precisa se esforçar mais, precisa se animar – *que maneira de encantá-la, seu idiota*. Tudo que ele estava fazendo era deixá-la irritada. Riley poderia ter se desculpado por ter escolhido o caminho mais complicado, mas não fez isso. O que ele tinha dito era verdade. No entanto, o mutante lançou um rápido sorriso para Mary Ann quando a cutucou no ombro dizendo: – Me deixe ajudar você.

Suspeitando, ela rapidamente olhou com cautela para ele.

– Como?

Eles tinham trocado de papéis, ele percebeu. Em outros momentos, ela acelerava e ele apertava os freios. Agora, ele se perguntava o que ela teria feito se a situação fosse inversa.

– Me conte um segredo. Alguma coisa que você nunca contou para ninguém.

Ótimo. Uma coisa que a antiga Mary Ann teria sugerido – e adorado. Ela passou a língua pelos lábios.

– Estamos mais ou menos no meio de uma invasão e espiando. Agora não é hora de dividir nada.

Ah, claro. Os papéis tinham mudado completamente.

– Agora é o momento perfeito. Alguém já falou para você que cuidar de várias tarefas ao mesmo tempo é prudente?

– Não sei – um sinal da antiga Mary Ann.

– Vamos. Viva um pouco. Acrescente mais uma tarefa à sua lista cada vez maior.

Não que conversar com ele fosse uma "tarefa". Ele esperava que não. Uma pausa e, então:

– Está bem. Você começa.

Ele a tinha convencido, mas tentou não sorrir.

– Está bem. Aqui vai: eu me arrependo de não ter dormido com você.

Direto ao ponto.

O halo vermelho em volta de Mary Ann brilhou tão intensamente que quase cegou o mutante. Paixão, definitivamente. O corpo dele reagiu, aquecendo da cabeça aos pés.

– Eu não acho que isso seja um segredo – disse ela. – Mas... eu também me arrependo de não ter dormido com você.

Riley congelou. Deixou pra lá a ideia de conquistá-la e convencê--la. Ele gostava *disso*. Da sinceridade crua na voz de Mary Ann, da saudade que ela o fazia sentir.

– Mary Ann – ele disse.

– Eu... eu...

Ela sabia o que Riley queria. Beijá-la, abraçá-la. Finalmente estar com ela.

Mary Ann virou-se, distanciando-se da janela, observando-o por olhos arregalados. Na névoa da luz, Riley conseguia enxergar manchas verdes misturando-se com marrom.

– Não devemos – disse Mary Ann, mas ela estava vacilante, Riley pôde perceber. – Não aqui.

– Nós deveríamos – Riley não queria voltar a se arrepender, não queria esperar. Como Aden deixava claro, ninguém tinha um amanhã garantido.

Os dedos de Mary Ann apegaram-se à bainha de sua blusa, brincaram com os botões. Ela percebia o que aquela atitude fazia com Riley? Como aquilo mexia com ele?

– E se o dono da casa chegar? E se os pais de Aden chegarem?

Ainda hesitando, tão perto do limite... *Caia, querida. Eu vou te segurar.*

– Se isso acontecer, nós colocamos nossas roupas. Rápido.

– Você tem resposta pra tudo – disse ela secamente. – Eu posso ter me tornado uma Debbie Downer, mas você virou um pé no saco. Você sabe disso, não é mesmo?

– Acabei de perceber que precisamos trabalhar também as suas percepções, porque elas andam meio distorcidas.

Um riso escapou dela.

– Ou finalmente estão no lugar certo.

– Duvido – Riley adorava o som da risada de Mary Ann. Rouca, rica como um vinho. E saber que ele causara aquele riso... Bem, isso fazia o garoto sentir-se o dono do mundo. – Eu sou um pedacinho do paraíso e você sabe disso.

– Está bem, eu sei.

Sorrindo, Riley aproximou-se, assegurando-se de que alguma parte dos corpos se tocasse. Antebraços, quadris. O ar formou um nó na garganta de Mary Ann. O mesmo ar que sibilou ao passar pelos dentes de Riley.

Antes que ele pudesse investir para ganhar um beijo, um carro passou pelo canto da rua, acelerando até se aproximar da casa que eles estavam observando. Mary Ann percebeu e enrijeceu o corpo. Riley também, focando-se no motorista. Homem, com mais ou menos vinte anos. Não era Joe Stone. O carro passou pelas casas e, então, ambos relaxaram.

— Eu me pergunto onde Tucker está — disse ela, tremendo.

— Você quer conversar sobre Tucker *agora*? Sério?

— É melhor para nós, você não acha?

Não mesmo.

— Tucker deve estar fazendo algum sacrifício de humano.

— Ele não é tão ruim assim.

— Você está certa. Ele é pior.

Mary Ann empurrou o ombro de Riley. Naquele segundo contato, ele sentiu uma queimação. Ela devia ter sentido também, porque não retirou a mão do corpo do garoto. Aliás, estendeu a palma e afastou os dedos, tocando o máximo possível do bíceps de Riley.

Conforme a aura de Mary Ann brilhava com um vermelho voluptuoso, a garota lambia os lábios.

— Tudo bem. Não precisamos falar de Tucker — no final da frase, a voz de Mary Ann afundou, tornando-se baixa, trazendo um tom de necessidade.

O calor retornou, envolvendo Riley.

— Sobre o que você quer conversar? — a voz do garoto também tinha se tornado mais baixa.

— Nossos segredos.

Todo o encorajamento de que ele precisava. Ele segurou a garota pela cintura, levantou-a e virou-a até que ela estivesse sobre ele e, então, colocou-a sentada em seu colo.

– Sente-se aqui.

Mary Ann sentou e Riley puxou-a mais para perto. Não totalmente, mas perto o suficiente. Os braços de Mary Ann envolveram o pescoço e as costas dele.

– E os carros...?

– Eu ainda consigo ver a janela – era verdade. Ele conseguia. *Quando* olhava. Naquele momento, tudo o que ele podia ver, tudo com que se importava, era Mary Ann. – Agora me beije. Eu preciso tanto do seu beijo.

– Eu também preciso de você – disse ela, inclinando-se para frente, para que os lábios pudessem finalmente se unir.

Ele beijou-a firme e profundamente, suas mãos descendo pelas costas dela, por baixo da blusa, deslizando pela coluna e, então, tocando o cós da calça.

– Você vai me dizer se... – ela disse, exasperada.

Se ela se alimentasse.

– Vou.

– Promete?

– Prometo – dessa vez, ele diria. Riley não queria que Mary Ann duvidasse dele. Nunca. – Mas vamos experimentar uma coisa, está bem?

– O que? – ela perguntou, novamente hesitante.

– Se a necessidade de se alimentar aparecer ou se você se sentir sugando de mim, não se afaste.

– Não, eu...

– Apenas escute – ele segurou o rosto dela com as mãos, suavemente, tão suavemente. – Se isso acontecer, continue fazendo o que você está fazendo, fique calma e tente parar sozinha de se alimentar.

– Ficar calma... Como se isso fosse possível com sua vida em perigo.

— Eu francamente acho que você consegue se conter, que é só uma questão de controle. Mas só teremos certeza se você tentar.

Ela negou com a cabeça.

— Esse é o tipo de coisa que eu devia praticar com outros, não com você.

— Apenas faça o que Riley diz e pode ser que você goste dos resultados.

Uma bufada.

— Agora vamos falar em terceira pessoa? Mary Ann não gosta disso.

— Na verdade, vamos voltar aos nossos segredos — ele retornou a atenção ao beijo, e logo ela fez o mesmo. Embora eles tivessem ido mais longe do que isso em outra ocasião, Riley não tentou mais nada até a respiração de Mary Ann tornar-se mais pesada e ela aproximar-se dele, como se não conseguisse permanecer ereta.

Riley tirou a camiseta e, em seguida, tirou a blusa dela. Puxou-a para mais perto, até que seus peitos se encostassem a cada inalação. Ele deixou suas mãos perambularem, explorarem a garota. Ela fez a mesma coisa, sentindo a pele dele da forma mais primitiva. Logo Riley estava gemendo com cada toque dos dedos de Mary Ann.

Nas poucas vezes que ouviu o barulho do motor de um carro, ele parou o beijo por tempo suficiente para olhar pela janela, descobrir que o motorista não era ninguém importante e, em seguida, entregou-se novamente.

Mary Ann congelou duas vezes, todos os músculos de seu corpo tensionando-se. Ambas as ocasiões ocorreram depois que um carro passou por ali, então Riley sabia que os carros não estavam ligados à reação de Mary Ann. Ele se perguntou se ela se pegara tentando sugá-lo, e precisara se conter. Devia ter sido isso. O garoto em momento algum sentiu um golpe de frio. E era isso que acontecia quando um sugador se alimentava. A vítima caía, gelada. Um frio profundo, que chegava aos ossos, e que nem mesmo o casaco mais pesado do mundo era capaz de amenizar.

— Riley — disse ela. E ele sabia o que aquilo queria dizer. Mary Ann queria mais.

Ele correu o olhar por aquela sala. Um sofá. Velho, rasgado em vários pontos. Manchado. Não mesmo! Ele não faria sexo com ela naquele sofá. Não na primeira vez. Mas ele desejava-a tanto naquele momento que...

Viu um movimento. Do outro lado da rua, nos arbustos da outra casa. Folhas mexendo-se, um brilho alaranjado. A cor da confiança e da determinação. Riley distanciou-se do beijo e focou os olhos. O brilho alaranjado era fraco, como se escondido por um lenço metafísico, mas ainda assim estava lá.

— Riley?

— Espere aí.

Havia uma garota parada no meio daqueles arbustos. Loira, familiar. Bruxa. Ela segurava um arco com uma flecha apontada para Mary Ann. Riley pulou e puxou Mary Ann para fora da direção.

Era tarde demais. Aquela ação era esperada.

A bruxa movimentou-se com ele, ajustando fluidamente seu alvo. A flecha deslizou em menos de um piscar de olhos. O vidro estilhaçou-se e a flecha atingiu as costas de Mary Ann.

A garota gritou, um som agudo no qual se misturavam a dor e o susto, seus olhos arregalados, seu corpo estremecendo. Ela estava perto demais de Riley e a ponta da flecha tinha roçado o peito dele. O mutante empurrou-a contra o chão enquanto outra flecha passava pela janela agora aberta. Dessa vez, atingindo a parede.

— O que... aconteceu? — Mary Ann tremia. Suas palavras eram quase inaudíveis. O sangue escorria por seu peito e por suas costas, ensopando-a com aquele rio avermelhado. Sua aura estava novamente azul, mas um azul desbotado. As outras cores já tinham desaparecido. A energia de Mary Ann estava sendo sugada.

— As bruxas nos encontraram — ele nunca devia ter menosprezado a habilidade que aquelas criaturas tinham de perseguir humanos. E nunca devia ter beijado Mary Ann. No fundo, Riley conhecia os perigos, os riscos, mas, mesmo assim, deixou-se convencer pelas próprias necessidades.

Era culpa dele.

O mutante não conseguia se transformar e caçar as malditas bruxas — afinal, ele não podia deixar Mary Ann naquela situação. E, que inferno! Ela devia estar protegida de ferimentos mortais. Já devia estar começando a se curar.

Riley a tinha protegido semanas atrás exatamente contra esse tipo de coisa. Um golpe de faca, um tiro de arma, uma flecha — nada disso devia importar. Ela. Devia. Estar. Se. Curando. Mas a bruxa tinha visto as costas de Mary Ann, a proteção, e tinha mirado ali. Então, acertou Mary Ann exatamente no ponto que garantia sua cura sobrenatural: o centro da proteção. Ao fazer isso, a feiticeira tinha deformado as palavras e desfeito completamente o feitiço tatuado.

Agora Mary Ann estava tão vulnerável quanto qualquer outro humano. A não ser que...

— Se alimente de mim — disse ele, ainda enquanto calculava qual seria a melhor rota de fuga. Riley já tinha andado por aquele lugar e memorizado as saídas, embora não soubesse se as bruxas estavam ou não cercando o local. Se estivessem, assim que ele levasse Mary Ann para fora, elas começariam a atirar novamente.

— Não — ela murmurou.

— Você... Você tem de fazer isso. Você precisa fazer isso — se ela se alimentasse dele, acabaria se fortalecendo. Ele ficaria mais fraco, é verdade, mas Mary Ann conseguiria eliminar as bruxas de uma forma que ele não conseguiria. Todas de uma vez, e não uma de cada vez. Além disso, aquilo era o mais apropriado. A habilidade de Mary Ann de sugar era o motivo de o inimigo tê-la escolhido como alvo. – Se alimente da minha energia e mate as bruxas!

– Não! – ela se recusou novamente, sua teimosia mais clara do que nunca.

– Se você não fizer isso, elas vão matar *você!*

– Não!

Chega de discussão. Riley tirou o restante da roupa e se transformou em lobo. Seus ossos ajustaram-se, pelos brotaram de seus poros. Ele estava acostumado a fazer aquilo – para ele, era mais como se espreguiçar depois de uma soneca que efetivamente tornar-se algo novo.

Ele afundou os dentes no braço de Mary Ann, o mais suave que podia (o que não era muito suave, diga-se de passagem) e forçou-a a subir em suas costas.

Mais uma flecha voou acima deles, errando o alvo por pouco.

Segure-se firme, ele ordenou, falando na mente da garota enquanto deixava a sala de estar.

– Está... bem... – disse ela, batendo os dentes.

Riley era muito idiota. Mary Ann precisava do máximo de calor que suas roupas poderiam oferecer, mas ele não conseguiu colocar a blusa dela sobre o ferimento e não conseguiu carregar o tecido na boca. Naquele momento, os dentes eram a única arma que o mutante tinha.

Em uma hora como aquela, ele poderia tirar proveito da ajuda de Tucker. Algo que ele jamais imaginara considerar. No entanto, uma ilusão ou outra certamente ajudariam.

Sem escolha, Riley correu pela porta dos fundos, estourando a madeira oca sem jamais parar. Ele correu em ziguezague pela varanda, tornando-se um alvo mais difícil de ser acertado. E foi bom ele ter feito isso. Choviam flechas por ali.

Quantas bruxas havia ali fora? Certamente mais do que apenas Jennifer e Marie.

– Dói – disse Mary Ann.

Eu sei, querida. Ele forçou as palavras na cabeça dela. *Eu faria suas dores passarem para o meu corpo se isso fosse possível.*

Uma flecha acertou-o na pata esquerda traseira. Riley rosnou com a dor, mas não diminuiu a velocidade e não se atreveu a cambalear. Mary Ann cairia, e ele não poderia permitir que isso acontecesse. As pedras mordiam suas patas, tornando tudo ainda pior. Ele varreu o local com os olhos rapidamente e pôde ver onze auras. Todas alaranjadas, todas desbotadas. Elas deviam ter se autoenfeitiçado na esperança de se esconderem dele. Bem, o feitiço não tinha funcionado completamente.

Ele apertou os olhos, focando-se na bruxa que estava mais distante e, então, aproximou-se dela. Ele passou pela feiticeira, deixando para trás apenas uma mancha de movimentos que nunca diminuía a velocidade, e prendeu-a entre seus dentes, arrastando-a. Ela tentou reagir, mas Riley nunca diminuía a velocidade. Mantinha-se em movimento, levando as duas mulheres cada vez mais longe. Cuidadoso, muito cuidadoso.

Sugue-a, ele ordenou a Mary Ann. *Agora!*

A garota devia estar obedecendo, pois as tentativas de reação da bruxa diminuíram até pararem completamente. Ela tornou-se praticamente um trapo na boca do mutante, que a cuspiu. E continuou, sem diminuir a velocidade.

Está se sentindo melhor?

– Um pouco.

Riley iria levá-la para um lugar seguro onde ele mesmo faria o papel de médico. Então, a caça recomeçaria. O mutante nunca mais deixaria as bruxas e os Fae caçarem-nos. Aquele tinha sido seu maior erro, e um erro que ele não estava disposto a cometer novamente.

Os caçadores estavam prestes a se tornarem a caça.

dezoito

Tucker estava empoleirado no mais alto galho de um carvalho e observava o lobo fugir com Mary Ann. Eles deixaram um rastro de sangue que até mesmo um cego poderia enxergar. O lobo estava trêmulo e cambaleante, e Mary Ann tão mole quanto um macarrão cozido. Ela não viveria muito tempo.

O lobo lia auras, mas Tucker conhecia o chamado da morte. Não havia dúvida, Mary Ann estava deixando seu corpo para se encontrar com a morte, e nada poderia impedir que isso acontecesse.

A mira da bruxa tinha sido exata: sua flecha havia acertado a proteção de Mary Ann contra ferimentos mortais. O próprio ponto acertado já era terrível, mas a perda de sangue tornava tudo ainda pior.

As proteções funcionavam – até serem fechadas. Ou queimadas. Ou se transformarem em alvos de outros ataques. Alguns optavam por fazer uma proteção para proteger as outras proteções, para que algo desse tipo não acontecesse, mas os que optavam por isso eram poucos. E se alguém tatuasse uma proteção que você não quisesse? Porque, claro, você poderia ser preso e tatuado com todos os tipos de coisas ruins.

Tucker teria rido com o próprio sarcasmo, considerando que ele dissera a Mary Ann que achava aquela tatuagem horrível. Entretanto, ele estava com muito medo de que seu riso soasse mais como um choro. Só os fracos choravam. E ele não era fraco.

Ele era um mentiroso.

Tucker não tinha sido completamente sincero com Mary Ann. Ah, sim, ele tinha fugido de Vlad depois de golpear Aden, está bem. Mas correu *depois* de ter "conversado" com o poderoso vampiro. O idiota ameaçara fazer algumas tatuagens nele se não fosse homem para fazer o que lhe tinha sido dito.

Ser homem. Engraçado vindo de um garoto que parecia mais demônio que homem e que estava sempre escondido, mas, enfim.

Até ontem, Tucker não tinha exatamente seguido as ordens do antigo rei. Ele tinha ajudado Mary Ann, em vez de feri-la.

Tucker gostava dela. Mais do que devia e mais do que seria inteligente de sua parte.

Por que ela tinha deixado aquele lobo ficar com ela?

Tucker teria continuado a resistir às ordens de Vlad se ela tivesse chutado o lobo para longe – afinal, quando estava sozinho com Mary Ann, ele se sentia bem. Uma pessoa que era ao menos metade decente. Com a mente poluída, talvez, mas quem não tinha a mente poluída? Então, Riley apareceu e *boom*. Vlad fez mais um movimento, e Tucker perdeu a batalha.

Pobre Mary Ann. Ela era uma vítima inesperada.

Tucker aguardou enquanto as bruxas que a tinham aniquilado se reuniam sob aquela árvore. Malditas bruxas com seus mantos vermelhos. Elas encaravam-no, irritadas com o fato de terem falhado. E culpavam-no. Muito embora aquilo não tivesse sido culpa dele.

—Você disse que faria o casal ficar encurralado se nós esperássemos até eles entrarem na casa — disse a loira que as comandava. Marie. Ele achava que ela se chamava Marie. Uma mulher muito bonita, mas também muito perversa em sua determinação.

Tendo vasculhado as coisas de Mary Ann, Tucker encontrou o endereço que ela tanto tentava esconder. Sabia exatamente aonde ela iria, embora não soubesse quando. Então, o garoto lançou uma ilusão quando ela e o lobo deixaram o café e seguiu-os.

— Foi aí que eu achei que vocês fossem competentes — ele respondeu. — Por que vocês não se aproximaram?

— E arriscar sermos sugadas?

—Vou repetir: *achei que vocês fossem competentes.*

Elas cuspiram palavrões em direção a ele.

Tucker empurrou o galho e caiu... caiu... Caiu de pé. Então, no centro do círculo de bruxas, ele virou-se, mantendo os braços abertos, como se as desafiasse a tentar fazer alguma coisa com ele.

Tucker realmente queria que elas tentassem fazer alguma coisa contra ele.

Ele merecia ser punido, mas elas também mereciam. A única diferença era que ele sabia que merecia. Elas seriam as primeiras a dizer que estavam certas, que estavam seguindo o caminho sagrado, blá-blá-blá.

As feiticeiras tinham perdido o rastro de Mary Ann depois que Riley tatuou a proteção na garota, mas não tinham perdido o rastro de Tucker. Elas aparentemente tinham se prendido também a ele por meio da magia, mas Riley recusou-se a fazer as proteções em Tucker. Por causa da recusa de Riley, elas nunca tinham perdido a garota totalmente. Tucker não aceitaria ser culpado por isso.

Os Fae também estavam seguindo Mary Ann e Tucker. Eles estariam aqui, ansiosos por pegar o pedaço de carne que lhes cabia, exatamente como as bruxas. No entanto, elas tinham... pedido *educadamente* para eles saírem, mandando-os para casa.

Depois disso, Tucker lançara uma ilusão contra as bruxas – uma ilusão de Mary Ann e Riley conversando, discutindo, trocando informações e nomes – na esperança de fazer as bruxas correrem em milhares de direções diferentes.

Tucker... meu Tucker...

Simples. Assim.

Tudo tinha mudado.

Tucker...

Ele deu de ombros enquanto aquela voz assustadora e de comando continuava a invadir sua cabeça, fazendo-o se movimentar como uma marionete presa por um cordão. O que não era tão difícil. A parte obscura da natureza de Tucker – a parte que gostava de rasgar verbalmente seus irmãos em pedaços, chutar filhotes de cachorro, lutar contra os amigos, trair a namorada, assistir à garota grávida dele perder o respeito da família –, essa parte desejava as ordens do vampiro.

A outra parte, no entanto, estava curvada em posição fetal, choramingando como uma criança idiota, triste com toda a dor que tinha causado... Com toda a destruição que em breve causaria. Porém, Tucker também detestava essa parte de sua personalidade. Ou seja, não havia nenhuma parte que ele gostasse.

Tucker, meu Tucker, acabe logo com isso.

A voz do rei era mais forte que antes, mais alta, mais... tudo. A cada dia, Vlad estava mais curado e, em breve, ele seria o homem e o guerreiro que um dia fora.

Vlad dera ordens para que Tucker se aproximasse das bruxas, falou ao garoto o que dizer e como agir. E ele tinha feito aquilo. Feito tudo aquilo. Assumiu a imagem de alguém que elas conheciam – quem aquele garoto era, bem, isso ele ainda não sabia – mas o fato é que elas acreditaram nele, fizeram tudo que ele ordenou e jamais questionaram nada.

– ... está ouvindo? – perguntou Marie.

– Não.

– Argh! Você sempre foi uma decepção, mas agora você se tornou um perfeito idiota.

– Você não pode me culpar pelas suas falhas – disse ele. – Eu praticamente os embrulhei em um papel de presente e dei para você, como se fosse seu aniversário.

Simplesmente dizer aquelas palavras fazia a culpa arranhá-lo.

Tucker... você sabe o que deve fazer. Mate as bruxas, encontre o lobo e a sugadora e acabe com eles.

Matar as bruxas? Está bem, sem problemas. Pode considerar o trabalho feito. Mas...

Você queria o lobo e Mary... Você queria que as bruxas fossem culpadas pela morte da sugadora. Tucker forçou as palavras para fora de sua mente, em direção ao ar, e sabia que Vlad o escutaria. Onde quer que estivesse. *Se as bruxas estiverem mortas, como poderão ser culpadas?*

Tenho certeza de que você encontrará uma saída. Agora, faça o que eu mandei.

Não faria sentido tentar lutar contra Vlad. Tucker sairia perdendo. Então, o garoto ajeitou os ombros, estreitou os olhos e focou-os no grupo de mulheres tagarelando à sua volta. Ele sacudiu o braço – pouco, mas o suficiente. As adagas que tinha escondidas sob a manga de sua blusa desceram até suas mãos e ele segurou-lhes o punho.

– Por que você não os embrulha para presente outra vez? – desafiou Marie afetadamente. – Então, começaremos daí.

– Não, acho que não.

A bruxa claramente não gostava de ser contrariada. Batendo o pé, questionou:

– Por que não?

— Vocês não vão estar por aqui para aceitarem mais presentes.
Sem dizer mais uma palavra, Tucker atacou.

Riley deixou Mary Ann atrás de uma caçamba de lixo e transformou-se em humano, sem se importar com o fato de estar nu. Roubou uma garrafa de vodca e a chave de um quarto da recepcionista de um motel, a mala de um dos hóspedes e voltou para onde estava Mary Ann. Levou-a para dentro de um quarto vazio sem ser visto ou sem deixá-la cair. Uma surpresa e um milagre, considerando que o garoto tremia como um viciado necessitando de uma dose de droga.

Ele colocou a mala sobre a cama o mais suavemente que conseguia e então procurou algo para vestir.

— Não se mexa — disse Riley a Mary Ann enquanto ela se debatia sobre o colchão.

— Tudo bem?... — ela perguntou.

— Sim, nós vamos ficar bem — o garoto mentiu.

A única coisa próxima de um par de meias que lhe servia era um par de meias soquete com a palavra "princesa" estampada em rosa brilhante. Mas agora não era hora de se preocupar com estilo — ou com a falta dele. Ou com o fato de aquelas meias serem tão apertadas a ponto de quase fazê-lo dar à luz. Talvez eles precisassem fugir novamente, e ele tinha de estar pronto.

Riley olhou para a própria perna. A flecha saiu de seu corpo quando ele passou por uma árvore e acidentalmente bateu contra ela, mas o garoto ainda conseguia sentir as farpas de madeira enfiadas em seu músculo, cortando-o, fazendo-o sangrar mais, impedindo-o de se curar. Riley pressionou para forçar as farpas a saírem e fez uma careta, mas não deixaria que a dor o impedisse de continuar. Se ele não fizesse seu sangue estancar, não seria capaz de cuidar de Mary Ann.

Então, cuidou do ferimento o mais rápido que podia, usando uma das camisetas na mala, e correu de volta para a cama, onde se agachou na frente de Mary Ann. A pele da garota estava branca como giz e os traços azuis de suas veias eram visíveis. Havia ferimentos sob seus olhos e seus lábios estavam rachados. Mas era tudo superficial... até ele olhar para o peito. Havia tanto sangue aglutinado sobre a pele de Mary Ann que ela parecia estar vestindo um moletom vermelho. Ainda pior, a flecha continuava ali, atravessada.

– Qu-quão ru-im? – ela murmurou.

Mary Ann estava deitada de lado, com os ombros soltos e a cabeça pendendo para a frente. Ela lutava contra o sono, seus dentes tremiam. Ele nunca a tinha visto tão fraca e tão desamparada. E nunca queria voltar a vê-la assim.

O que Riley queria fazer era entrar em pânico, mas ele não se permitiria. Alguém precisava ficar calmo e, no fundo, essa era sua única opção.

– Ri-Riley?

Sinceridade brutal. Chega de mentiras.

– É ruim. Muito ruim.

– Eu sa-sabia. Mo-morrer?

– Não – ele gritou. Então, apressou-se em acrescentar: – Não. Eu não vou deixar você morrer.

Ele apertou os dedos contra a carótida de Mary Ann e contou as batidas conforme a artéria subia: 168 em um minuto. Meu Deus! A velocidade com que o coração de Mary Ann batia era a declaração de quanto sangue ela tinha perdido. Se chegasse a 180 por minuto, seria impossível salvá-la.

Ele precisava agir rapidamente.

– Preciso deixar você aqui um minuto, está bem? Preciso conseguir algumas coisas para retirar a flecha.

Aquilo a faria sangrar ainda mais. Mas Riley não conseguiria cuidar dela com a flecha ali.

– Está... bem – os cílios de Mary Ann tremiam como se ela tentasse focar o olhar nele, mas não conseguisse. Riley precisava ir. Agora, agora, *agora*. No entanto, se ele a soltasse, ela cairia de cabeça ou de costas, e ambas as opções trariam mais danos àquele corpo já fragilizado.

Movendo-se como se estivesse em uma pista de corrida e sendo cronometrado, ele ajeitou os travesseiros na frente e atrás dela, segurando-a na mesma posição durante todo o tempo. Então, enrolou o cobertor em volta das pernas de Mary Ann numa tentativa de mantê-la aquecida. Em seguida, limpou o sangue de seu próprio corpo e saiu pela porta, roubando um pouco de dinheiro da mesa da recepção e correndo em direção à loja de conveniência do outro lado da rua para conseguir gaze, água oxigenada e qualquer outra coisa que encontrasse e acreditasse ser necessária.

Sim, algumas pessoas olharam-no de atravessado. Quando tinha pegado tudo o que precisava, Riley simplesmente jogou o dinheiro no balcão e saiu.

Mary Ann não tinha se mexido. Seus olhos estavam fechados, todo o seu corpo tremia. Não era bom sinal. Ele contou as batidas novamente: 173 por minuto.

Riley tremia enquanto abria a garrafa de vodca metade vazia. Em seguida, abriu a boca de Mary Ann e despejou a bebida. Ele mantinha a boca da garota aberta com a mão livre, assegurando que ela engolisse o máximo possível do líquido.

Mary Ann não engasgou, não protestou. Caramba, ela sequer notou que alguma coisa estava acontecendo. Bom para ela, pois Riley estava prestes a feri-la ainda mais. No entanto, o fato de ela estar nessa situação era um mau sinal. Um péssimo sinal.

—Você não vai morrer nos meus braços – ele disse. – Entendeu?

Riley jogou um pouco do álcool no ferimento. Em seguida, ainda tremendo, segurou a extremidade dianteira da flecha, inspirou, expirou, tentou parar de tremer e quebrou a madeira em duas partes, removendo a ponta.

Ele jogou aquele pedaço no chão, levantou Mary Ann contra a luz e estudou o que havia restado. A flecha tinha atravessado a garota, portanto, a madeira aparecia dos dois lados de seu corpo. Certo. Bom. Os danos já tinham sido causados. O perigo agora era deixar farpas dentro do corpo de Mary Ann quando ele puxasse o restante da flecha para fora. O que precisava ser feito rapidamente, embora com suavidade.

O que era impossível de ser feito quando ele parecia estar sofrendo da síndrome de Parkinson em estágio avançado. Riley pegou a garrafa de vodca e bebeu o restante do líquido em três goladas. A bebida queimou o caminho por onde passava em sua garganta, escaldou seu estômago, incendiou suas veias. Ele já tinha realizado esse tipo de procedimento de emergência antes. Em si mesmo, em seus irmãos e em seus amigos. Por que estava tão nervoso agora?

Riley apertou seus dedos contra o corpo de Mary Ann, medindo o pulso: 175.

Ele pronunciou uma série de xingamentos, mas pelo menos o álcool evitou que vomitasse. Riley posicionou-se atrás da garota. No espelho do outro lado, conseguia ver que os olhos dela continuavam fechados, que a expressão dela continuava calma diante de tudo o que estava acontecendo. Mais uma inspiração, mais uma expiração.

Você consegue. Não hesite. Apenas aja.

Riley levantou o braço. Abaixou o braço. *Vamos lá!*

Levantou. Abaixou. Ele queria pegar a extremidade da flecha e empurrar. Isso seria mais fácil. Ou teria sido mais fácil. Porém, a madeira estava escorregadia por causa do sangue, e Riley mal conseguia segurá-la por muito tempo. Então, ele teria de golpear um lado para empurrar a outra extremidade para o lado oposto. No entanto, só de pensar em golpear Mary Ann...

Você prefere que ela morra? Prefere se amedrontar em vez de fazer tudo o que pode?

Com um rosnado, Riley fechou a mão e deu o golpe. Acertou o lado quebrado da flecha com toda sua força. Com os dedos, sentiu a madeira, a carne de Mary Ann e empurrou a flecha, fazendo-a sair pela frente do corpo. A garota quase não expressou reação.

Certo. Feito. O pior tinha sido feito. Hora das coisas fáceis.

Então por que ele tremia? E a tremedeira só piorou conforme ele limpava a garota e fazia os curativos. Quando terminou, ele estava coberto de sangue. Outra vez. E estava fresco. O que significava que ela tinha perdido ainda mais sangue.

Mary Ann precisava de uma transfusão, e logo. O único fator que a mantinha viva era o fato de ela ter se alimentado de uma bruxa no caminho até ali. No entanto, isso não a manteria viva por muito tempo. Mary Ann estava agonizando. O estertor da morte, como alguns chamavam.

Riley esfregou as mãos no rosto. O que ele devia fazer? Levá-la ao hospital acabaria matando-a, não havia dúvida. Ela não sobreviveria aos chacoalhões. Ser pega por uma ambulância talvez a salvasse... se eles chegassem ali na velocidade da luz.

Que pesadelo! *Nesse momento*, ele entrou em pânico. Andou pelo quarto, mantendo o olhar no telefone. Se ligasse para os bombeiros, eles pegariam-na, mas também procurariam o pai dela. O dr. Gray a levaria para casa, onde uma grande quantidade de inimigos poderia estar esperando por ela, prontos para atacar enquanto ela ainda estivesse fraca demais para se defender.

É claro que seria preciso estar vivo para se defender e se livrar da morte.

Então, Riley chegou a uma conclusão.

Ele telefonou para os bombeiros, descreveu a emergência – garota ferida, perda de sangue, falou onde ela estava –, mas não deu nomes. Então, deitou-se ao lado de Mary Ann.

– Não diga seu nome a eles – ele pediu, esperando que, de alguma forma, ela o ouvisse. – Independentemente do que acontecer, não diga seu nome.

Nenhuma resposta. Pior do que isso: ela já não tinha uma aura. Mary Ann estava totalmente sem cor.

Ela precisava se alimentar novamente ou não sobreviveria, independentemente de quão rápido a emergência chegasse ali. Não havia tempo para encontrar outra bruxa, a preferência de Mary Ann, mas *havia* outra solução: ela poderia se alimentar dele.

Sem se permitir pensar sobre suas ações ou sobre as consequências de suas ações, Riley estendeu a mão e apoiou-a no peito de Mary Ann, logo acima de seu coração que, então, batia fracamente. Ele nunca tinha feito algo daquele tipo, então não sabia se funcionaria, mas estava disposto a tentar de qualquer forma. Talvez, como o corpo dela estava esgotado, ela simplesmente se alimentasse automaticamente.

Fechando os olhos, ele imaginou a essência de sua natureza canina. Profundamente, dentro de seus ossos. Viu leves feixes de luz dourada brilhando ali. Empurrou as centelhas, empurrou, empurrou, forçando-as para fora de seu corpo, forçando-as a atravessarem seus poros, encaminhando-as para dentro de Mary Ann.

Todo o corpo da garota vibrou e ela arfou. Um momento depois, ela estremeceu no colchão. A respiração de Mary Ann, ele se atreveu a pensar, estava se regularizando. Com determinação renovada, Riley continuou empurrando, até suar, tremer, fazer sua própria frequência cardíaca aumentar. Até que seus músculos se contorcessem doloridamente, talvez permanentemente. Até que seu peito parecesse um enorme pedaço de carne perfurado por tachinhas. Riley era feroz, mesmo sentindo toda aquela dor.

Ele se perguntava quanto tempo tinha se passado enquanto também se afundava no colchão. Riley não tinha forças para olhar em volta e observar o relógio no criado-mudo. Tampouco tinha forças para se transformar em lobo, algo que ele queria fazer antes que a equipe de emergência invadisse aquele quarto.

Algo que a equipe estava fazendo naquele momento.

A porta se abriu com um estrondo, mas ele não percebeu. Não conseguia ouvir nada. Três homens humanos pairavam sobre a cama, dois deles analisando Mary Ann, forçando seus olhos a se abrirem, apontando luzes fortes contra suas córneas, prendendo uma espécie de atadura ao peito dela. O outro humano fazia a mesma coisa com Riley. Conversava com ele, talvez fazendo perguntas, mas as palavras eram ininteligíveis.

O mundo em volta dele transformou-se em uma enorme mancha, como se a neblina da manhã tivesse invadido o quarto. Logo depois, ele estava sendo levantado, colocado contra algo frio e ligeiramente suave. Uma maca, talvez. Riley virou a cabeça para assegurar-se de que Mary Ann também estava sendo colocada em uma maca, mas a neblina havia se tornado mais espessa, e ele só viu uma mancha branca infinita.

Algo pontiagudo em seu braço, algo aquecido em sua veia. Não, não era aquecido. Era causticante e espalhava-se por seu corpo. Um instante depois, suas pálpebras estavam pesadas demais para continuarem abertas. A escuridão chegou. Ele lutou contra ela: precisava saber se Mary Ann estava bem, precisava saber se eles não estavam sendo separados. Mais uma picada, mais uma queimação. Ele continuava lutando.

A escuridão intensificou-se. Mais forte e mais forte, até que Riley fosse completamente tomado. Até que ele não conseguisse se mover, até que mal conseguisse respirar. Até que esquecesse contra o que estava lutando.

Em um carro roubado, Tucker seguiu a ambulância que levava Mary Ann e o lobo. Ele tinha visto os paramédicos colocarem-nos lá dentro. Ambos já presos a terapias intravenosas. Os humanos trabalhavam freneticamente para salvá-los. O que significava que ainda estavam vivos. Surpreendentemente. Tucker ouviu as expectativas negativas nas vozes dos médicos e percebeu que eles pensavam que perderiam os dois antes de chegarem ao hospital.

Talvez perdessem, talvez não. Riley e Mary Ann tinham aguentado até agora. Por que não aguentariam mais um pouco?

De qualquer forma, os dois precisavam morrer. Assim como as bruxas.

As bruxas. *Não pense nisso,* ele gritou para si mesmo. Ele acabara de reviver os gritos, as lágrimas, os apelos e os gemidos desaparecendo. Os passos enquanto algumas delas escapavam. A perseguição que se seguiu. A falha. A insistência de Vlad para que ele deixasse as fugitivas irem embora e para que fosse atrás do lobo e da sugadora. Aparentemente, acabar com o casal era mais importante que acabar com as bruxas, que estavam desesperadas para vingarem suas amigas mortas.

Algo pelo que Tucker se puniria mais tarde. Brutalmente.

Ele logo percebeu que Riley e Mary Ann estavam sendo levados para o St. Mary's, o hospital onde ela nascera. O hospital onde Aden nascera. O hospital onde a mãe de Mary Ann morrera.

Ao chegarem, os dois foram rapidamente levados para dentro. Eles tinham conseguido, tinham sobrevivido ao caminho. Tucker saiu do carro e ficou de pé do lado de fora. Um vento cortante soprava à sua volta. Ninguém o notou. Nem mesmo as câmeras que monitoravam a área conseguiam capturar sua imagem.

— O que você quer que eu faça? — ele perguntou a Vlad, ciente de que o vampiro o escutaria.

Um homem de jaleco, que passava por Tucker, parou e franziu a testa, olhando em volta. Como Tucker tinha lançado uma ilusão, o humano só enxergou o estacionamento da emergência, as pessoas andando por ali e os carros entrando e saindo.

Eles estão fracos. Agora é a hora perfeita para atacar, respondeu Vlad.

Murmurando alguma coisa, o homem de avental seguiu seu caminho.

— Você quer que eu... — Tucker engoliu em seco. Ele não conseguia dizer as palavras. Mesmo depois de tudo que tinha feito, não conseguia dizer as palavras. Não Mary Ann, seu lado humano gritou. Por favor, não Mary Ann. Não outra vez.

Mate os dois, sim. Os dois! E não me decepcione dessa vez, Tucker.

— Não vou fazer isso — ele disse enquanto secretamente em seu pensamento completava a frase: *um dia eu vou matar* você.

Ah, eu me esqueci de dizer qual vai ser sua punição se você falhar dessa vez? Não? Uma risada cruel, muito cruel. *Bem, permita que eu diga: vou encontrar seu irmão. E vou sugar seu irmão. Depois de brincar um pouquinho com ele.*

Não. *Não!* Aquilo não estava acontecendo. Não podia estar acontecendo.

Fui claro?

Seu irmãozinho, uma das poucas pessoas que Tucker realmente amava. Em perigo. Por causa dele. *Não,* ele pensou novamente, rangendo os dentes.

— Sim. Você foi claro — foram as únicas palavras que conseguiu dizer antes de dar início ao trabalho.

dezenove

Acorde. Aden, você precisa acordar.

Aden prendeu-se à voz como se ela fosse uma corda salva-vidas. E era. Ele estivera preso em um oceano de vazios, nada de som, nada de cores, nenhuma sensação, nenhuma saída. Ele arrastava-se para subir uma montanha, encontrou a corda pendurada em um penhasco e deixou-se levar, caindo em um rio de gelo.

– Aden – todo o seu corpo foi sacudido. – *Acorde!*

Suas pálpebras se abriram. Aden viu Victoria pairando sobre ele, os cabelos negros da garota caindo sobre os ombros e fazendo cócegas em seu peito nu. A preocupação pintou dois círculos rosados nas bochechas dela e um brilho umidificado estampava sua testa.

– O que há de errado? – ele murmurou. O garoto sentou-se, deixando seu corpo liberar toda aquela vibração de "Eu odeio você". Seus músculos estavam comprimidos contra o osso, sua pele, esticada, um elástico pronto para estourar. Sua boca estava seca como um deserto e seu estômago... o estômago carregava a pior das sensações. Distorcido, resmungando, encolhido e provavelmente no processo de autofagia.

– Você me deixou preocupada – disse ela, ajeitando-se. Victoria enfiou uma das mãos no bolso e brincou com algo que ondulava. Alguma espécie de embrulho, ele logo percebeu. – Eu estava prestes a começar a pingar sangue na sua boca.

Hummm... sangue...

Aden lambeu os lábios, tentando relembrar seus últimos momentos acordado. Ele tinha entrado no salão, onde havia uma festa acontecendo. Olhara para os presentes e, de alguma forma, olhara *através* de uma parede de vidro escuro e encontrara Victoria. Uma nova habilidade de sua nova vida de vampiro, ele supôs. Quantas outras ele herdaria?

Eles tinham saído juntos do salão e ido até ali para conversar. Aden estava sentado no canto da cama e... não se lembrava de mais nada. Devia ter dormido.

Que cara frouxo.

Ele queria falar com ela sobre a mulher dançando e sobre a visão que tivera. A visão da pequena Victoria sendo açoitada. Da mãe da garota, a causa daquelas chicotadas. Talvez aquela soneca tivesse sido uma bênção, todavia. A notícia teria deixado a garota angustiada e, naquele momento, ela não parecia ser capaz de carregar mais essa cruz. Victoria parecia... frágil, facilmente quebrável.

– Que horas são? – ele inspirou e... errado! Todos os pensamentos em sua cabeça descarrilharam-se. Suas narinas prenderam-se àquele cheiro tentador de Victoria, lançando chamas de "preciso tê-la" por todo seu corpo. A saliva finalmente destruiu o deserto que havia em sua boca, e, de repente, era como se aquele deserto jamais tivesse existido. Suas gengivas doíam. Aparentemente, doer era a sensação preferida das suas gengivas.

– Você está bem? – perguntou Victoria.

— Bem — murmurou Aden. — Estou bem.

— Como diz Riley, vou fingir que acredito. E, para responder à sua pergunta, está amanhecendo.

Aden sacudiu a cabeça para limpar seus pensamentos, mas eles provaram-se espessos e teimosos.

— Ainda?

— O *próximo* amanhecer.

Ah, então está bem. Agora fazia mais sentido.

— Você entrou em um sono reparador — ela explicou.

Sono reparador. Aden nunca tinha ouvido esse termo, mas, assim como sabia os nomes dos vampiros, também conhecia o significado da expressão. Um estado de coma com total privação dos sentidos em que os vampiros e suas bestas misturavam-se, tornando-se um único ser. O número de células sanguíneas aumentava a níveis extraordinários, acelerando o processo de cura.

Sono reparador ou não, todavia, ele sentia que tinha lutado contra milhares de feridas e perdido a batalha. Uma pena, já que ele tinha afazeres. Aden não poderia curvar seu corpo e entregar-se a um segundo *round* no colchão.

Ele jogou as pernas na lateral da cama. Teria se levantado, mas Victoria colocou uma mão fria em seu ombro e segurou-o. Um movimento leve, mas ao mesmo tempo eficaz. E necessário. Com aquele leve movimento que fizera, o garoto deu início a uma reação em cadeia de dor. E mais dor.

— Se eu entrei em um sono reparador, por que estou me sentindo um lixo?

— Porque o novo tecido não tem experiência com os movimentos. Mas não se preocupe. Assim que você se levantar e se espreguiçar, vai se sentir melhor.

Não havia espaço para dúvidas em meio a um tom tão confiante.

– Com que frequência *você* tinha de enfrentar isso?

Victoria deu de ombros, elegantemente.

– Perdi a conta há muito tempo.

Aden não gostava daquilo. Nem um pouco.

– Detalhes, por favor?

– Não.

– Posso mandar punir quem você quiser.

Mais um erro da parte dele. Aden disse aquilo brincando, para fazê-la rir. No entanto, Victoria não riu, e ele percebeu que tinha dito a verdade. Ele queria ferir de volta qualquer um que a ferisse.

Hora de mudar de assunto – antes que ele começasse a dar ordens e irritasse-a.

Agora seria a oportunidade perfeita para Aden dizer o que tinha visto. A mãe de Victoria, Edina, tentando fugir com ela. Seu pai encontrando-a, culpando-a, chicoteando-a. Ela se sentiria constrangida? Provavelmente. Não deveria se sentir, mas sim, aquilo ainda assim a mataria. Aden sabia disso.

Afinal de contas, se a situação fosse inversa, ele iria se sentir constrangido. Aden nunca queria que aquela garota o visse fraco, na pior. Como agora. Ele mal podia suportar que ela o visse ferido e inchado. E ele devia estar ferido e inchado, mesmo depois do sono reparador. As dores não mentiam.

Mas, se *ele* sentia-se daquela forma, ela também se sentiria. Os vampiros pareciam ser muito, muito mais orgulhosos que os humanos. Então. Certo. Sim. Talvez essa fosse uma daquelas coisas que devessem morrer com ele. Saber ajudava-o a entender Victoria, e entendê-la o fazia respeitá-la muito mais. Não havia motivos para arruinar aquilo e – o quê? – chateá-la.

Isso era covardia da sua parte? Sua forma de sair de uma situação desconfortável? Talvez alguns dissessem que sim, mas ele sinceramente não acreditava nisso. Às vezes, a sinceridade completa era cruel e o silêncio era mais agradável.

E ele ficaria com isso.

—Você teve alguma visão do meu passado? — ele perguntou, contrariando sua decisão em um piscar de olhos. Aden tinha acabado de abrir as portas para que ela perguntasse se *ele* tivera alguma visão. E, se ela perguntasse, ele não poderia mentir.

— Não. Mas vamos conversar sobre isso depois, está bem? Pode ser? Você precisa ver uma coisa.

—Ver o quê?

— Isso — ela virou-se, com uma espécie de controle remoto preto nas mãos. Depois de apertar alguns botões, o painel de madeira sobre a penteadeira abriu-se, revelando uma enorme tela de TV. As cores piscaram; em seguida, imagens formaram-se. Ela passou rapidamente pelos canais, parando ao chegar em um de notícias. — Ouça.

Uma repórter com rosto sombrio olhava para Aden. A mulher segurava um guarda-chuva para se proteger da garoa.

— ... foi chamado de "O Massacre dos Mantos Vermelhos de Tulsa" — ela dizia. — Dez mulheres, todas brutalmente assassinadas. A polícia está trabalhando cuidadosamente para encontrar pistas que possam levar a quem cometeu um crime tão hediondo.

— Trágico — disse ele. — Mas por que eu precisava saber disso?

Victoria apertou o "mudo" e caiu no colchão, ao lado de Aden.

— Mulheres usando mantos vermelhos. Em Tulsa. Onde Riley está. Onde Mary Ann está. São bruxas, Aden, e elas devem estar em busca dos dois. As vítimas foram esfaqueadas repetidas vezes, o que significa que fadas, vampiros e lobos não são responsáveis.

Aden entrou no assunto com a delicadeza de um trem de carga.

— Riley e Mary Ann estão bem?

Victoria juntou as mãos e, quando isso se mostrou insuficiente, apertou o tecido de sua túnica, deixando-o enrugado por onde tocava.

— Não sei. Já faz algum tempo que ele não entra em contato comigo.

— Elijah?

Eu não sei, declarou a alma.

Certo. Então a alma não tinha visto nada ruim. Aquilo anulava a pior das alternativas.

— Como você pode estar tão certa de que as criaturas que você citou não são responsáveis?

— Fadas não teriam causado derramamento de sangue. Os vampiros sim, mas teriam lambido o sangue até a última gota. E os lobos teriam deixado as marcas de suas garras, e não marcas de faca.

Hummm, sangue...

Assim que o pensamento foi absorvido, Aden caiu em um poço escuro de humilhação. Pessoas tinham morrido. Violentamente. Dolorosamente. E ele queria fazer um lanchinho?

— Aden — chamou Victoria.

Certo. Ele precisava comentar.

Está vendo? Agora Aden discutia assassinatos com a mesma casualidade que discutia a previsão do tempo.

— Quem sobra?

Espere, espere, espere, disse Caleb subitamente. *Volte. Eu estava acordando e devo ter entendido errado. Ela acabou de dizer que um grupo de bruxas foi... assassinado?*

Victoria também estava falando, mas Aden só conseguiu ouvir Caleb. O tom de chateação da alma tomou conta.

— Sim — ele respondeu. — Sinto muito.

Não. Ela está errada. Tem de estar errada.

— Caleb...

Não! Elijah! Diga a ele que ela está errada. Diga!

Eu também sinto muito, disse Elijah com um tom triste.

Não! Um grito de lamento. Um grito que devia ter aberto a represa das mágoas, pois Caleb começou a chorar.

A alma tinha gostado das bruxas desde o primeiro momento e pensava estar, de alguma forma, ligada a elas, pensava tê-las conhecido em outras vidas. A vida que tivera antes de entrar em Aden.

Você precisa voltar no tempo, Aden. Precisa salvá-las.

— Muitas coisas poderiam dar errado. Você sabe disso — a mesma resposta que ele dera a Victoria quando ela pediu que ele voltasse no tempo. A mesma resposta que ele dava a qualquer um, *a todos*, que pediam aquilo. Quando se colocavam os riscos e as recompensas na balança, os riscos sempre pesavam mais.

Não havia uma razão boa o suficiente para desfazer esse equilíbrio.

Por favor, Aden! Por favor!

— Não. Sinto muito.

Enquanto Elijah e Julian tentavam confortar seu amigo, os olhos de Aden cruzaram com o olhar curioso de Victoria.

— A notícia perturbou — *destruiu* — Caleb.

— Sinto muito.

— Eu também — e ele sentia, muito embora nunca tivesse gostado das bruxas. E como poderia gostar? Elas tinham lançado um feitiço de morte contra Riley, Mary Ann e Victoria e quase arruinaram a vida que ele tanto lutara para construir. Mas ele também detestava ver uma das almas sofrendo e seria capaz de poupar as bruxas somente por esse motivo.

— A melhor coisa que podemos fazer por ele é descobrir o que aconteceu e nos assegurarmos de que não aconteça novamente — disse Aden.

— Eu concordo. Você me perguntou quem poderia ser o responsável. Não acho que os duendes e os zumbis sejam inteligentes o suficiente. Então, sobram... os humanos.

Toda a comoção acordou Júnior. A besta espreguiçou-se dentro da cabeça de Aden, choramingando. O garoto ficou tenso. Exatamente o que ele precisava. Mais uma briga. Então, lembrou-se do que Elijah disse, que Júnior respondia a emoções. Se Aden ficasse calmo, a besta não brigaria com ele.

Sim, ele conseguiria fazer isso. Talvez.

– Como alguns humanos poderiam derrotar um grupo de bruxas? – ele perguntou. Muito bem. No caminho certo. – Nós já vimos o poder dos feitiços delas. E os humanos, bem, eles não têm conhecimentos quando o assunto é magia. Qualquer um que se aproximasse das bruxas seria um indefeso.

– Eu não sei.

– Talvez uma das raças que você citou quisesse que os humanos fossem culpados e preparou toda a cena.

– É possível. Mas por quê? Para enviar alguma mensagem?

– Algo do tipo "Nós sabemos quem vocês são e estamos atrás de vocês"?

– Sim. Não. Talvez. Não sei. Nada desse tipo aconteceu antes. Nós limpamos nossos cenários de batalha. Todos nós. Raramente deixamos evidências que os humanos possam encontrar. Somos treinados para fazer isso desde que nascemos. É assim que conseguimos sobreviver.

– Os tempos mudam.

– Sim – disse ela apaticamente. – Eles mudam.

O que aquilo significava? Que ele tinha mudado e que ela já não gostava dele?

Júnior rugiu de fome.

Suspirando, Aden caiu de volta no colchão, estremeceu e colocou o braço sobre a testa.

– Não estou conseguindo pensar. Vamos falar dos assassinatos depois de comermos, pode ser?

O "OK" hesitante de Victoria paralisou o garoto por um momento.

— Você já comeu? – e, por falar nisso: – Onde você dormiu ontem à noite?

Aden tinha ficado no quarto de Victoria e ela não estava por ali. E ele poderia ter chutado seu próprio traseiro por ter dormido enquanto conversava com ela, fazendo-a sentir-se como se não pertencesse a seus próprios aposentos. Aden sabia como era importante ter espaço pessoal, já que passara a maior parte de sua vida privado disso.

Em tempos anteriores, Victoria teria se sentido confortável o suficiente para aconchegar-se a ele. Depois da forma como ele tratara-a nos últimos tempos, todavia, a garota provavelmente não sabia se ele iria acolhê-la ou se iria rejeitá-la.

— Fiquei no quarto de Riley – disse ela, colocando a mão de volta no bolso para brincar com aquele pacote de... o que quer que fosse aquilo.

Um rosando brotou na garganta de Aden antes que ele percebesse que estava tendo uma reação emocional àquelas palavras.

Acalme-se.

Ele lembrou-se da primeira vez que tinha visto Victoria fora de uma das visões de Elijah. Ela estava em uma clareira da floresta, perto do rancho D&M, Riley logo atrás dela, protegendo-a. Aden perguntara-se o que eles eram um do outro – e, mesmo depois de descobrir que eram apenas amigos, os golpes de ciúme recusavam-se a desaparecer.

Proximidade era proximidade, independentemente do tipo que fosse.

— Você podia ter dormido aqui – ele disse.

— Bem, você, rei dos céus e da terra, disse isso uma vez sequer desde que viemos para cá?

Não, ela não sabia.

— Estou dizendo agora.

Amarrotando a túnica. Amarrotando a túnica. Ela ainda não tinha terminado.

— Ótimo. Maravilhoso. Considerando que você não tem feito nada além de me afastar durante dias.

Eeeee aí estava o ponto crucial do problema.

— Sinto muito. Sinto mesmo. Mas estou melhorando, não estou? Quer dizer, você também mudou.

Ótimo. Agora ele estava empurrando a culpa para ela, algo que ela definitivamente não merecia.

— No sentido de que agora eu sou mais humana?

Amarrotando a túnica. Amarrotando a túnica. O que aquilo significava?

— Quer dizer, não é nada ruim, eu juro. Mas… sim, você tem estado mais humana. E repito: isso não é algo ruim.

— Sim, é ruim. Você está dizendo que eu não era boa o suficiente como eu era.

— Não! De forma alguma estou dizendo isso.

Victoria ainda não tinha terminado:

— O fato de você estar melhorando é ótimo. Maravilhoso.

Aden detestaria o que estava por vir, ele sabia disso.

— Mas eu decidi guardar rancor — ela terminou.

Sim. Aden detestou.

— Você está falando sério?

— E eu sou conhecida pelo meu enorme senso de humor?

Quando ela se entregou àquele novo lado humano, ela realmente se entregou.

— Por que você está guardando rancor?

— Porque eu quero.

E como argumentar com esse tipo de lógica?

— Está bem.

— Está bem.

— Eu ainda preciso me alimentar.

Chamas brilharam nos olhos azuis de Victoria.

– Quer que eu busque uma escrava para você?

Não. Sim.

– Não.

Só havia um nome gravado no menu de Aden, e esse nome era o dela. Mas ele tinha tomado o sangue de Sorin. E, ei, por que ele não estava vendo o mundo através dos olhos de Sorin? Perguntou a Victoria.

– O sangue só funciona assim durante um período limitado de tempo e como você passou um dia inteiro longe do mundo, sua conexão com Sorin e a ligação dele com você passaram. Agora, por que você não quer uma escrava?

– Vou encontrar alguém para me servir em um minuto – ele se forçaria a fazer isso. – Preciso me limpar primeiro.

Amarrotando a túnica. Amarrotando a túnica.

– O que você tem no bolso? – ele perguntou.

As bochechas de Victoria enrubesceram.

– Nada. Agora vá. Vá tomar banho.

Está. Bem. Ele levantou-se da cama e caminhou pesadamente até o banheiro, certo de que parecia um idoso com um andador. E, sim, Aden detestava o fato de Victoria o estar vendo daquela forma.

– Ah. E, Aden... obrigada por não matar meu irmão – disse Victoria antes de ele fechar a porta.

– De nada.

Ele escovou os dentes, tomou uma rápida chuveirada, percebeu que Victoria já tinha colocado algumas roupas limpas no canto e vestiu-se com uma camiseta cinza lisa, calça jeans e seus sapatos. Tudo estava passado e perfeito.

Enquanto os rugidos de Júnior tornavam-se mais frequentes e os soluços de Caleb desapareciam, Aden observou-se ao espelho. Ainda era estranho ver-se de cabelos loiros. Ele tingia os fios há anos. Seus olhos também o assustaram. Da última vez que ele os tinha visto, estavam dourados. Agora eram um caleidoscópio de cores.

O que mais o impressionou, no entanto, era a falta de ferimentos, inchaços e pontos. Ele parecia estar totalmente bem. O interior de seu corpo ainda precisava de alguns ajustes, certamente. Mesmo depois daquele banho quente, ele ainda sentia dores. Considerando que esperava que seus lábios parecessem dignos de um filme de terror e que perdera um dente — que, graças a Deus, tinha crescido novamente durante o sono reparador —, Aden não tinha muito do que reclamar.

Você consegue calar a boca dessa besta, Ad?, perguntou Julian, trazendo o garoto de volta à realidade. *Todos esses rugidos, além de todos os outros barulhos, são irritantes. Não sei quanto mais posso aguentar.*

— Se quisermos que Júnior fique quieto — pelo menos por um breve período — precisamos comer.

Aceite uma escrava de sangue, como Victoria sugeriu. Por favor.

O termo *escravo de sangue* estava começando a realmente irritá-lo. Sim, aquele poderia ter sido o destino de Aden, e ainda podia ser seu destino, já que ele desejava tanto a princesa e somente a princesa.

Alguma coisa chegou a seus ouvidos. Passos no quarto de Victoria. Franzindo a testa, Aden abriu a porta do banheiro. Antes de enxergar quem tinha entrado, *ele sentiu o cheiro* de quem havia entrado. Os irmãos de Riley. Maxwell e Nathan. Eles tinham o cheiro do ambiente externo misturado com medo.

Nathan estava pálido da cabeça aos pés. Cabelos pálidos, olhos azuis pálidos, pele pálida. Maxwell estava amarelado. Ambos eram bonitos — Aden acreditava —, mas tinham sido amaldiçoados pelas bruxas. (E quem não tinha sido, recentemente?) Qualquer garota que eles desejassem veria uma máscara de feiura quando olhasse para eles. Qualquer garota que eles *não* desejassem veria seus rostos verdadeiros, sua beleza.

Aden, obviamente, via o rosto verdadeiro.

Ambos ostentavam uma carranca e pareciam preocupados enquanto tentavam confortar Victoria, que chorava.

– O que está acontecendo? – ele perguntou, andando em direção a eles, pronto para reduzir ambos a pó se eles a tivessem ferido.

Aden estava prestes a desferir um soco quando Victoria passou uma taça para ele.

– Aqui. Beba isso.

Ele sentiu o aroma adocicado antes de ver o sangue. Júnior ficou louco, seus rugidos se transformavam em um "sim, sim, *siiim*". Ou talvez "me dê isso!" fosse mais correto. A boca de Aden salivou incontrolavelmente, suas gengivas dançavam com a expectativa. Ele sabia sem perguntar da veia de quem aquele sangue havia sido extraído. Da veia de Victoria.

Ele começou a levantar o braço para levar a taça à boca, sua garganta engolia o líquido um segundo depois e, somente depois de consumir cada gota, Aden percebeu que tinha se movido.

Depois de beber o sangue de Sorin, Aden tinha se considerado forte. Mas ele tinha sido um idiota. *Isso* era força. Uma cascata aquecida tremeluzia por seu corpo, acendendo-o como se acende uma casa na época do Natal. Seus olhos fecharam-se enquanto ele saboreava.

A neblina que parecia se prender à sua mente desapareceu completamente. Suas células eferverceram como se dançassem em meio ao champanhe. Todas as dores e pontadas que ainda existiam da luta contra Sorin desapareceram. Seus músculos tornaram-se viçosos e talvez ele até tivesse crescido alguns centímetros.

Júnior ronronou sua satisfação e, como um bebê que tinha acabado de mamar à noite, dormiu novamente.

Aden, todavia... Bem, Aden queria mais.

Chega de sangue, disse Julian, fazendo o papel do Soup Nazi.[2]

---

2 Soup Nazi é um personagem da sitcom *Seinfield*, conhecido por ser extremamente rígido. (N.T.)

Como a alma sabia o que Aden estava pensando? Ele dissera as palavras em voz alta? Estava olhando para o pescoço de Victoria? Espere. Como ele poderia estar olhando? Seus olhos ainda estavam fechados.

Concentrou-se e percebeu que tinha derrubado a taça e segurado os braços de Victoria. Puxando-a para mais perto... mais perto...

Deixando de lado aquele estupor, ele soltou-a. Distanciou-se. Maxwell e Nathan observavam-nos, desconfortáveis.

Mais tarde, ele veria o mundo pelos olhos de Victoria. Nenhum sono reparador evitaria que aquilo acontecesse. Ele também continuaria desejando o sangue dela e somente o sangue dela? Se sim, quem se importava?

Porque – e aqui estava o ponto principal – ter Victoria valia o risco de tornar-se viciado. Ele encararia *qualquer coisa* para estar com ela, para ter o sangue dela. Tudo que o incomodasse e ainda mais.

Victoria trocou o apoio de um pé para o outro. Ele ainda olhava para ela, o garoto se deu conta. Ele abaixou os olhos, e foi nesse momento que conseguiu ver o pulso dela. Embora ela estivesse usando uma túnica de mangas longas, o tecido estava puxado, revelando uma ferida que ia de um lado ao outro.

Ela tinha se cortado. E era um corte recente. Que não cicatrizara.

Por que ela não tinha se curado? E, por falar nisso, a mão dela estava fria antes. E a mão de Victoria nunca fora fria.

– Você está bem? – ele perguntou.

– Não – a garota segurou o telefone na frente do rosto dele. – Veja o que chegou.

Aden leu o que estava escrito na tela: "Tulsa. St. Mary's. Morrendo. Corra."

– É de Riley – disse ela com o queixo tremendo enquanto lutava contra as lágrimas.

A mensagem não é de Riley, disse Elijah.

— Como você sabe? — perguntou Aden.

— Porque ele está...

— Espere aí — ele levantou a mão. — Elijah sabe de alguma coisa. Espere.

Ela anuiu, preocupada e esperançosa ao mesmo tempo.

Em primeiro lugar, continuou a alma, *por dedução. Se Riley estivesse morrendo, não teria digitado tão perfeitamente. E você consegue ver algum erro de ortografia? Não. Em segundo lugar, acabei de ter uma visão de Tucker digitando essas palavras.*

Enquanto sentia seu estômago pesar, Aden contou ao grupo o que Elijah tinha dito.

Então, voltou sua atenção para dentro de si novamente.

— O que mais você viu? Mostre para mim, por favor.

Você não vai gostar.

— Mostre mesmo assim.

Silêncio. Um silêncio bastante opressor.

Um suspiro.

Como você quiser.

Um momento depois, os joelhos de Aden quase dobraram. Em sua mente, ele viu Riley preso a uma maca, com a pele da cor da de um cadáver, e uma ferida aberta em uma das panturrilhas.

Mary Ann também estava presa a uma maca e sendo carregada para uma ambulância. Uma ambulância em que estava claramente escrito "St. Mary's". A garota usava calça jeans e sutiã e também ostentava uma ferida aberta. No entanto, sua ferida era no ombro. Alguém obviamente tentara limpá-la, pois havia listras de sangue ressecado, faixas de pele azulada eram vistas em meio ao vermelho.

Os paramédicos tentavam reanimá-la, mas ela não respondia.

— Tucker pode ter digitado as palavras, mas ele não está mentindo — murmurou Aden. — Eles estão feridos. Muito feridos.

Se seus amigos morressem...

Se eles já estivessem mortos...

— O que há de errado com Riley? — perguntou Maxwell.

Aden descreveu o que tinha visto.

Os irmãos xingaram, soltaram tantos palavrões que Aden logo perdeu a conta. Victoria pressionou a boca com os dedos, mas os soluços ainda conseguiam escapar.

— Será que *Tucker* pode ter matado as bruxas e depois ido à caça de Riley e Mary Ann? — perguntou Nathan. — Ele é parte demônio e pode lançar ilusões. Portanto, se alguém pode ter derrotado um grupo de bruxas, esse alguém é ele.

Caleb soluçou alguns palavrões, todos direcionados a Tucker.

— Tucker não teria conseguido derrotar Riley — disse Maxwell.

Aden tinha de se concentrar para conseguir ouvir além dos barulhos em sua cabeça.

— Seja lá o que tenha acontecido, precisamos ir até o St. Mary's — Aden não sabia muito sobre os mutantes, mas o que aconteceria se os médicos descobrissem alguma coisa diferente em Riley? — Você consegue nos teletransportar, Victoria?

Para Tulsa? Sim, disse Caleb, levantando-se em meio à sua fúria e à sua dor. *Vamos até Tulsa. Vamos investigar. Vamos acabar com Tucker se ele tiver feito isso.*

O pensamento de vingança era como uma injeção de adrenalina, Aden supôs.

As bochechas de Victoria ficaram sem cor.

— Nã-não. Eu queria ter contado para você... — ela direcionou o olhar para os mutantes. — Meu, ah... Meu irmão. O que ele fez comigo deve ainda estar afetando minha habilidade. Não consigo. Mas, não sei, talvez você possa.

— Eu? — ele nunca tinha tentado aquilo, não tinha ideia de como começar e não queria desperdiçar tempo aprendendo quando talvez sequer tivesse a habilidade. — Não. Vamos de carro.

Uma batida na porta. As dobradiças rangeram quando a bela Maddie entrou. Ela trazia consigo a mesma expressão do dia anterior, quando contara a Aden sobre a visita de Sorin.

– Não sei por que, mas fui escolhida *outra vez* para trazer más notícias – ela começou, passando a língua pelos lábios em meio à agitação. – Mas, enfim, seus amigos humanos voltaram, majestade.

– Eu não tenho tempo para falar com eles agora. Diga a eles que voltem para casa e que...

Você precisa falar com eles, interrompeu Elijah com um tom de urgência. *Agora.*

Mas as bruxas...

– Vão ter de esperar... – disse Aden, interrompendo Caleb com o mesmo tom de urgência na *própria* voz. – Sinto muito – um músculo se repuxou sob seu olho enquanto ele acenava para Maddie. – Me leve até eles.

Eles desceram as escadas, viraram em vários cantos e foram até a sala de estar. Lá estavam Seth, Ryder e Shannon, todos cobertos de fuligem, a fumaça praticamente se levantando de seus ombros.

– O que aconteceu? – perguntou Aden.

– O rancho... – começou Seth, que parou para tossir.

– Que-queimado – terminou Shannon. – To-todo queimado. Não so-sobrou nada.

O corpo de Aden enrijeceu.

– E Dan? Meg?

– Vivos, mas feridos. Os dois – disse Ryder. – E eles só estão vivos porque Sophia os salvou.

Sophia, a cachorra preferida de Dan. *Não reaja. Ainda não.* Uma reação levaria a outra, e Aden não podia ter um colapso. Ele precisava estar forte. Mas havia muitas coisas dando errado ao mesmo tempo. Coisas erradas acumulando-se, pesando sobre as costas do garoto. *Destruindo-o.*

Aden parecia cansado a ponto de mal conseguir ficar em pé. Notando isso, Shannon massageou a nuca do amigo. Lágrimas haviam secado nas bochechas do garoto, marcando um caminho em meio à fuligem.

— Mas So-Sophia não conseguiu sobreviver. Nem Brian.

Brian, outro garoto que vivia no rancho. Ele nunca fora um amigo próximo, mas, mesmo assim, Aden não desejaria esse tipo de morte para Brian.

— Terry e RJ vão se mudar antes do que estava previsto. O Estado vai cuidar do restante de nós – disse Ryder. E foi nesse momento que o cansaço acometeu-o. Ele inclinou o corpo, respirando cada vez mais pesadamente. – Eles vão nos mandar para outras casas. Talvez prisões. Os policiais vão pensar que um de nós colocou fogo no rancho.

— E foram vocês? – perguntou Nathan.

Seth enervou-se:

— Não, é claro que não, caramba! Aquele rancho era nossa *casa*. Dan era o único cara que se importava com a gente. Nós jamais faríamos algo para feri-lo. Nunca.

Então, quem sobrava? Tucker? Mas nem mesmo um demônio poderia estar em dois lugares ao mesmo tempo.

— Meu pai – murmurou Victoria, horrorizada. – Ele começou a atacar você, eu acho. O que significa que ele está se fortalecendo.

Sim, Aden subitamente pensou a mesma coisa. Os garotos já não estavam seguros. No entanto, se eles fugissem, passariam a impressão de serem culpados pelo crime. Além disso, Vlad poderia segui-los facilmente, independentemente de onde eles fossem parar.

Havia apenas um lugar seguro. Ali.

Todos observavam o rei, esperando ordens. Ou respostas. A responsabilidade de protegê-los, todos eles, era enorme. Mas Aden aceitara o desafio, e vencera, então aquela era *sua* responsabilidade.

— Maddie – disse ele, virando-se para a garota. – Traga Sorin até aqui.

Ela concordou e saiu, deixando seu manto negro flutuar por onde passava.

Assim que o irmão de Victoria virou um canto e caminhou em direção a Aden, o garoto começou a dar mais ordens:

– Você está no comando, Sorin. Só não se acostume com isso. Eu preciso sair por algumas horas. Avise a todos, Maddie. Maxwell e Nathan, vocês vêm comigo e com Victoria para Tulsa. Os humanos vão ficar aqui. E não devem ser feridos.

– Eu vo-vou com você – disse Shannon, a personificação da teimosia.

Os vampiros e os mutantes ficaram boquiabertos com aquele atrevimento. Seth e Ryder pareciam confusos com a reação.

Não valia a pena argumentar. Além disso, poderia ser bom ter um humano ao seu lado.

Espere aí. Ele tinha acabado de se referir ao amigo como "humano"? Aden estava até mesmo pensando como um vampiro agora.

– Ele vem com a gente – corrigiu Aden. – E eu mudei de ideia. Seth e Ryder também vêm. – Assim ele não teria de se preocupar com o fato de deixá-los ali. – Sorin, avise a todos que a luta entre Draven e Victoria deve esperar até a minha volta. Quero assistir à luta e não vou conseguir assisti-la se eu não estiver aqui. Qualquer um que disser que isso é um plano para proteger Victoria...

– ... será punido – disse o guerreiro. – Eu sei como funciona.

– Mande alguns mutantes para Crossroads High. Quero que o prédio seja vigiado dia e noite – vai que Vlad quisesse atacar também por ali... – E quero também que alguém proteja o pai de Mary Ann. O tempo todo – melhor garantir.

Sorin anuiu, claramente feliz com o desenrolar dos acontecimentos.

– Assim será feito.

Aden ainda não estava certo de que podia confiar no guerreiro, mas não sabia se havia outra saída naquele momento. Ou Sorin estava trabalhando para o pai, e tinha ido até ali para espionar Aden, ou o guerreiro estava realmente disposto a lutar contra seu pai e tinha decido apoiar a causa de Aden.

Elijah não protestou, então Aden não se preocuparia... demasiadamente.

— Está bem — disse o garoto, virando-se para os amigos. — Vamos salvar Riley e Mary Ann.

Se não for tarde demais, disse Elijah dessa vez.

— Se você não tiver mais nada produtivo e positivo para acrescentar, não fale — disse Aden à alma. Outro aviso desse tipo somente o deixaria ainda em mais perigo.

Elijah permaneceu em silêncio durante todo o caminho até Tulsa.

vinte

St. Mary's: um vasto conjunto de prédios compridos e altos, com tijolinhos alaranjados e incontáveis janelas. Uma enorme cruz branca se estendia no topo da mais alta das estruturas, situada no centro. Carros espalhados pelo estacionamento, pessoas indo e vindo em todas as direções.

Aden estava no banco do passageiro da SUV que Maxwell tomara atrás da mansão, estudando as entradas e as saídas, observando todos os rostos que passavam por ele enquanto procurava qualquer marca que não pertencesse à imagem. Se Tucker estivesse usando uma ilusão, Aden certamente queria saber.

Nada parecia estar fora de lugar. Ninguém o observava.

Ele supôs que, depois do Massacre dos Mantos Vermelhos, dois adolescentes feridos não seriam notícia. A não ser que a polícia suspeitasse que ambos os acontecimentos estivessem, de alguma forma, conectados. De qualquer forma, Mary Ann e Riley seriam questionados. Se já não tivessem sido. Talvez até mesmo houvesse policiais estacionados na porta dos quartos deles.

Vamos. Vamos fazer o que viemos aqui para fazer, disse Caleb, impaciente. *Para que possamos fazer o que eu preciso fazer.* Ele tinha deixado de chorar por causa das bruxas. Agora estava irritado. O tipo de irritação fria em que a necessidade de vingança fervilhava.

Aden preferia as lágrimas. Mas pelo menos a alma não tinha tentado tomar o seu corpo novamente.

— Ainda não – ele murmurou. Todos no carro olharam para ele, esperando uma ordem. – Almas – ele explicou.

Um coro de "ahs" de decepção tomou conta do veículo. Eles também estavam prontos para agir, mas Aden não entraria cegamente naquilo. Eles teriam um plano e tomariam todas as precauções.

Sabe, esse lugar parece familiar, disse Julian.

E como não pareceria. Aden tinha nascido ali. E as almas tinham morrido ali. Bem, em termos.

Uma onda de... *alguma coisa* passou pelo corpo do garoto. Tristeza, talvez. Medo. Se Julian se lembrasse de como tinha morrido, de quem tinha sido, ele poderia ir embora. Para sempre. Aden sempre pensou que era isso que ele mais queria – tempo sozinho, capacidade de se concentrar. Sempre, até perder Eve.

Bem, para mim não parece familiar, esbravejou Caleb. *Mas talvez isso signifique que eu precise olhar mais de perto. Dica. FICA A DICA.*

— O que você acha que vai encontrar lá dentro, Caleb? O corpo das bruxas?

Sim. Não. Não sei. Mas não faria mal a ninguém dar uma olhada no necrotério ou, se a polícia suspeitar do envolvimento de Riley e Mary Ann, dar uma olhada nas anotações dos oficiais.

Necrotério, ecoou Julian com um tom assustado. *Eu não quero ver isso de perto. Não quero lutar contra ninguém lá. Estou com medo. Quero ir embora.*

Claro. Assim que Aden colocasse o pé no necrotério, cruzando o limite pessoas-vivas-vivem-neste-lugar/pessoas-mortas-pertencem-àquele-lugar, todos os corpos na sala iriam se reanimar e levantar. Ataque. Aden precisaria cortar a cabeça dos mortos para matá-los – outra vez. E como ele explicaria *isso*? Não, obrigado.

Elijah parecia não ter nada produtivo ou positivo a dizer, pois não se expressou.

Aden esfregou a mão no rosto, desejando ter ficado de boca fechada na mansão e não ter explodido com o sensitivo. Elijah só queria ajudá-lo.

– Considerando as minhas habilidades, não posso arriscar entrar lá – Aden admitiu aos outros. – Maxwell, Nathan, vocês são bons em rastreamento?

– Os melhores – disse Maxwell ao volante, lançando um olhar para o irmão, que estava sentado logo atrás dele. – Você trouxe as coisas?

– Claro que sim – disse Nathan, levantando uma mochila de náilon que estava enfiada debaixo do banco. – Sempre trago.

Eles trocaram algo que parecia ser um sorriso.

– Nós o encontraremos, sem problema – disse Maxwell a Aden. – E ninguém vai suspeitar de nada, mesmo se toparmos com um policial.

– Explique.

– Por que eu não levo as coisas para o próximo nível e faço uma demonstração? – Nathan abriu a mochila, enfiou a mão dentro e jogou um par de óculos de sol para Maxwell. Enquanto Maxwell apoiava os óculos sobre o nariz, Nathan tirou algumas outras coisas e, então, bem ali no carro, tirou as roupas e transformou-se em lobo.

Seth, Shannon e Ryder pularam sobre o banco de trás, entrando no porta-malas e apertando-se contra a janela.

– Como você...

– I-isso foi...

– Não, mesmo!

– Vocês conheceram os vampiros, agora conheçam os mutantes – anunciou Aden.

Um pouco mais de agitação e Aden praticamente conseguiria saborear o medo e o estado de choque de seus amigos. Definitivamente conseguia ouvir o aumento da frequência cardíaca. Júnior também percebeu e ofereceu um de seus rugidos característicos.

– O que mais você tem aí? – perguntou Ryder, olhando para o lobo como se ele fosse tóxico.

– Tudo que você pode imaginar.

Com um sorriso tão sombrio quanto o anterior, Maxwell saiu do carro e Nathan pulou para o banco de trás e, então, para o lado de fora. Maxwell passou para ele uma guia, um colete de cão-guia e uma coleira.

Victoria, que estava sentada atrás de Aden, tentou esconder o riso com a mão. Metade humor, metade apreensão.

– Um cão-guia?

Maxwell mexeu as sobrancelhas sobre a armação dos óculos.

– Ninguém pergunta a um homem cego o que ele está fazendo ou por que está fazendo.

– Brilhante! – exclamou Aden.

– Voltaremos o mais rápido que pudermos.

Dizendo isso, os dois se foram, Nathan guiando, caminhando lentamente, e Maxwell pisando cuidadosamente logo atrás.

Por um instante, enquanto Aden os observava, vislumbrou Edina, a dançarina, passando por entre os carros. *Não agora,* ele pensou, contendo o gemido que tentava passar por sua garganta.

Talvez a falta de disposição para lidar com aquela mulher tenha afastado a memória antes que ela pudesse se formar, pois Aden piscou os olhos e ela já não estava lá.

– Foi por pouco – ele murmurou. O garoto se perguntava por que ela continuava aparecendo, se seria porque ele a via nos momentos em que *Victoria* pensava nela, quando a garota mais queria o apoio da mãe.

O que foi por pouco?, perguntou Caleb. *Ah, deixe pra lá, não importa. Eu não gosto de esperar.*

Cara, estamos esperando há uns dois minutos, respondeu Julian. *Fique quieto por alguns instantes e todos nós vamos sobreviver a isso.*

Victoria foi para o banco do motorista, esfregando seu ombro no de Aden. Mesmo com as roupas separando-os, a sensação era eletrizante.

– Como você está se sentindo?

– Bem – verdade. As dores tinham desaparecido, exatamente como Victoria dissera que aconteceria. – E você?

– Bem – ela respondeu, mas sem soar convencida. Ou convincente.

– Ainda guardando rancor?

Ela sorriu timidamente:

– Não.

– Fico feliz.

Aden estendeu a mão e passou a ponta do dedo pela bochecha dela. Victoria fechou os olhos e entregou-se ao toque.

– Quando os lobos encontrarem Riley e Mary Ann, talvez você precise entrar e ficar lá tempo suficiente para usar sua nova voz de vampiro com a polícia, a equipe do hospital e quem mais estiver em volta deles.

É mesmo. Ele conseguia fazer aquilo agora. Aden lembrou-se de quando disse a Seth para deixar a fortaleza, lembrou-se de ter visto os olhos do garoto ficarem vidrados e ele ter obedecido instantaneamente. Lembrou-se de ter visto Victoria tentar usar sua voz e falhar.

Então ele conseguia fazer aquilo e ela não?

– Por que você não consegue usar a sua?

Ela olhou rapidamente para os garotos no banco de trás, todos ainda empoleirados contra a janela.

– Vamos discutir isso depois. Agora você precisa praticar.

Usando os garotos? Não era necessário perguntar isso em voz alta. Aden sabia. Em quem mais ele praticaria? Ele suspirou e virou-se para seus amigos.

– Latam como cachorros.

Simples. Fácil.

Seth mostrou o dedo do meio. Shannon e Ryder olharam um para o outro e deram início a uma conversa sussurrada.

– Está bem. Isso *foi* produtivo – disse Aden secamente.

– Quer que eles obedeçam? – intrometeu-se Victoria. – Então force a vontade na sua voz. – Apoiando um cotovelo no console entre ela e Aden e colocando ali seu peso, ela inclinou-se em direção ao garoto e deu um tapinha no peito dele, logo acima do coração. – Empurre as palavras a partir daqui.

A mão de Victoria estava fria, ele percebeu. Aden segurou o braço da garota e virou seu pulso para cima. Os cortes ainda não haviam cicatrizado. Sua habilidade de usar a voz de vodu tinha desaparecido. Ela não conseguira teletransportá-los. Alguma coisa estava acontecendo com a garota, e ele descobriria o que era da próxima vez em que os dois estivessem sozinhos.

Então ele fechou os olhos e pensou: *Quero que meus amigos latam como cachorros. Quero muito que eles latam como cachorros. Vai ser muito divertido.*

– Latam como cachorros.

A garganta de Aden formigou e sua língua parecia mais grossa conforme as palavras saíam de sua cabeça e de seu... coração?

Os três garotos começaram a latir imediatamente.

Caramba!, suspirou Julian.

Com uma mistura de triunfo e tristeza, Victoria sorriu para Aden.

— Está vendo?

Apertem os cintos, porque, uau! Ele tinha conseguido. Tinha conseguido, caramba! Tão rapidamente e tão sem esforço. Ele olhou para trás e, obviamente, os três garotos ostentavam olhares vidrados. Eles estavam ali para serem controlados por Aden. Para serem manipulados.

Ele cortou pela raiz aqueles pensamentos de controlá-los. Aden não devia querer controlar, e não devia querer manipular. E certamente não queria mais ouvir latidos.

— Quietos — ele ordenou.

— Au.

— Au-au.

— Au.

— Com vontade — Victoria o lembrou.

Com os punhos fechados, Aden fechou os olhos e concentrou sua mente na tarefa que precisava desenvolver. *Quero que eles parem de latir,* ele pensou e, em seguida, verbalizou.

Os latidos cessaram imediatamente; os garotos olhavam para ele.

— Como você fez isso? — esbravejou Seth.

— Nã-não faça isso ou-outra vez, seu idiota — gaguejou Shannon.

Pulando em direção ao banco traseiro, Ryder dobrou o cotovelo para trás, claramente querendo voar em Aden e atacá-lo. E fez isso. Aden segurou a mão do garoto pouco antes de ser acertado, vendo e sentindo ao mesmo tempo as intenções de Ryder.

— Use suas mãos como homem — disse Aden. — Eu só estava testando uma coisa para garantir que eu seria capaz de ajudar Riley e Mary Ann.

Embora Ryder estivesse claramente chocado com a velocidade de Aden, ele conseguiu soltar o braço e o deixou cair na lateral do corpo.

— Enfim, cara. Se você fizer isso outra vez eu vou... Eu vou... Você nem quer saber.

Shannon pulou do lado de Ryder e tentou passar o braço em volta do garoto para segurá-lo. Mas Ryder jogou-o para o lado, bochechas enrubescendo. As bochechas de Shannon também enrubesciam e ele distanciou-se de seu... namorado? Eles eram um casal? Ou estavam quase lá?

Sabe, acho que tem uma entrada do lado leste do prédio de emergências, disse Julian, distraído como se estivesse estudando o desenho do hospital durante todo o tempo. *Está trancada... talvez... e ninguém nunca a usa. Talvez. Ou melhor, eles não queriam usar. Papéis e fotografias ficavam guardados lá. Registros.* Pausa. *Eu acho.*

E como isso pode nos ajudar?, explodiu Caleb.

Aden, disse Julian, ignorando a outra alma. *Verifique essa entrada, cara. Por favor. Eu quero dar uma olhada naqueles papéis, se eles estiverem lá. Só... não sei, fique do lado de fora do hospital, está bem?*

– Por quê?

– Por que o quê? – perguntou Victoria.

Aden apontou para sua própria cabeça, lançando um sorriso pesaroso de canto de lábio. Victoria assentiu, compreendendo. Realmente compreendendo.

Talvez esses papéis possam me lembrar de quem eu fui.

– Não. Eu quis dizer: por que devo ficar do lado de fora? Se evitarmos o necrotério...

Não quero arriscar. Além disso, eu estou com medo, lembra?

– Mas não está com medo da sala secreta, ou seja lá o que for.

Uma sala que, se realmente existisse, poderia muito bem ser um laboratório de exames agora. Com a sorte de Aden, ele entraria e haveria alguém com um jaleco segurando um frasco de alguma coisa preta e fedida, e ele teria de sair correndo, ouvindo alguém dizer "Você arruinou tudo".

Está bem.

– Você falou em registros. De que tipo?

Eu... não sei. Só parecem ser importantes.

Importantes, com informações sobre a noite em que as almas morreram? Um grande risco, mas valia a pena dar uma espiada. Se houvesse uma chance – e havia –, ele tinha de arriscar o pescoço para conseguir as informações.

– Victoria, fique aqui com Shannon e Ryder. Seth, venha comigo. Tem uma coisa que eu quero conferir.

Seth seria um bom vigia. E provavelmente era o único ali que se sentiria entusiasmado com isso.

– Legal.

Em menos de um segundo, Seth estava de pé ao lado do carro e esfregando uma mão na outra.

– Espere, você está me deixando para trás? – um ar agudo e amargurado tomou conta de Victoria, fazendo-a tremer.

Até onde Aden sabia, ela nunca tremera antes.

– Preciso que você cuide dos humanos.

Caso Tucker estivesse por ali. E provavelmente estava.

Muito embora Tucker fosse o embaixador de Vlad, o pai de Victoria não ordenaria que alguém assassinasse a própria filha. Bater nela, sim, pensou Aden com um golpe de fúria. Matá-la? Improvável.

– Mas eu... Eu... Ah, tudo bem. – ela anuiu, relutante, com olhos escurecidos. – Vou ficar para trás como uma garotinha boazinha.

Um dia Aden encontraria uma forma de acabar com esse tom soturno. Ela merecia ser feliz.

– Ei, você está bem? – ele perguntou. – Sério, pode me dizer – ele colocou as mãos sobre as bochechas de Victoria e emocionou-se com aquela suavidade.

– Estou bem. E todos nós ficaremos bem.

– Sim, vocês vão ficar.

Certo, Elijah?

Silêncio.

Aden suspirou. Ele teria de se desculpar com o sensitivo, mas não aqui. Talvez um pouco de bajulação fosse necessário, então passar um tempo sozinhos definitivamente era uma necessidade. Ele beijou Victoria, suave e demoradamente, sem se preocupar com o fato de haver uma pequena plateia por ali.

— Eu volto já. Você está com seu telefone?

Ela assentiu.

— Me envie uma mensagem de texto se os lobos voltarem. Ou se você precisar de alguma coisa. Ou se ficar com medo. Ou se...

— Pode deixar — Victoria riu, e aquele ruído doce diminuiu a tensão entre eles. — Pode ir.

Depois de mais um beijo — Aden não pôde se conter, ele precisava beijá-la —, ele guiou Seth até o lado leste da construção.

— O que nós vamos procurar? — perguntou Seth.

Eles chegaram a uma porta com cadeado e o pavor tomou conta de Aden.

— Acho que vamos descobrir juntos.

vinte e um

Para um vampiro ou para um mutante, um humano tomando conta de dois outros humanos era mais ou menos como ter um recém-nascido cuidando de outros dois recém-nascidos. Inútil. Victoria, todavia, nunca estivera tão certa de sua condição: ela era absolutamente, extremamente humana.

Ela tinha cortado o pulso com o objetivo de deixar seu sangue escorrer em uma taça para que Aden finalmente pudesse se alimentar sem que ela revelasse seu segredo e sem precisar que ele a mordesse e a viciasse – ou que ele *se* viciasse. Não havia nenhuma gota de *je la nune* no metal usado, mas, mesmo assim, a lâmina cortou sua pele sem qualquer impedimento. A ferida ainda não tinha cicatrizado. E Chompers, bem, Chompers tinha parado de rosnar e até mesmo de choramingar.

– Você e Aden estão namorando? – Ryder perguntou a ela, relaxando pela primeira vez desde que vira Nathan se transformar.

Apoiando a cabeça no encosto do banco do motorista, ela olhou para o garoto:

— Sim — *eu acho*. Desde que acordara na cama dela, Aden tinha sido bom, sensível, dócil e afetuoso. Mais parecido com o Aden de antigamente. Ela constantemente lutava contra o impulso de se jogar nos braços dele e contar tudo. Seus medos, suas fragilidades... Seu amor. O medo de rejeição fazia sua boca se calar.

— Você não se importa com o fato de ele ser louco? Talvez fosse mesmo bom que o monstro que habitava dentro de Victoria estivesse quieto. A pergunta apertava todos os botões errados e ela — ou Chompers — poderia ter pulado para o banco de trás e rasgado a língua de Ryder.

— Ele não é louco.

— Ele fala sozinho. Ou com as almas, como ele diz. Eu não sou médico, mas tenho certeza de que essa é a definição de loucura encontrada nos livros.

Virando-se, ela lançou um olhar para Ryder. Como ele era parecido com Draven! Não tinha noção da violência que podia causar.

— Eu bebo sangue — *ou costumava beber.* — E meus melhores amigos se transformam em lobos. *Nós* somos loucos?

O canto da boca de Ryder mexeu-se. Ele queria parecer contente, mas parecia triste.

— Provavelmente.

— Ca-cale a boca — disse Shannon a ele. — A-agora.

— Qual é? — Ryder bateu o punho fechado no teto do veículo. — Essa coisa toda é uma zona, e ainda assim todo mundo age como se fosse normal.

— Por que, então, você está aqui? — ela perguntou. — Por que você veio com a gente?

— Eu estava entediado — tom irreverente, expressão desafiadora.

Cada vez mais horrorizado, Shannon olhou para Ryder. Por que o medo? Victoria olhou para o relógio no painel, para os números que brilhavam em um vermelho suave. Nathan e Maxwell tinham saído havia 23 minutos; Aden, há 19. Quando eles voltariam?

– "E-eu estava entediado". Veja só quem diz! O ga-garoto que quer fu-fugir de tudo? Não. Eu nã-não conheço você. O que vo-você fez? – perguntou Shannon a Ryder. – Po-por que quis sair de Crossroads?

– Eu não fiz nada – Ryder movia-se desconfortavelmente no assento. – E eu não quis sair. Foi Aden quem pediu que nós viéssemos.

Shannon não estava disposto a desistir.

– O-o que você fez? Va-vamos, diga. Porque eu já sei. E-eu não queria acreditar, mas vo-você saiu ontem à noite, de-depois que nós... tínhamos a-acabado de chegar. Vo-você estava fedendo a ga-gasolina. Eu acreditei quando vo-você disse que estava consertando a ca-caminhonete. A-acreditei em você, mas vo-você... Diga!

Estremecendo, aparentemente sentindo dor, Ryder esfregou o ponto logo acima do coração. Os dois garotos olharam um para o outro durante um longo instante. A dor devia estar crescendo, devia estar tomando conta de Ryder. Um gemido escapou-lhe, seguido por um grito venenoso.

– Você quer saber a verdade? Está bem. Eu comecei o incêndio. Está bem? Entendeu? Havia uma voz na minha cabeça e ele me disse o que fazer. Eu tentei me conter, mas não consegui. E quer saber o que mais? Ele me disse para matar você, para matar todos vocês. E eu fui até a sua cama. Eu ia fazer o que ele mandou, mas comecei a tremer e não consegui. Eu não conseguiria, então, arrastei você para fora.

Victoria ouvia, o terror crescendo dentro dela.

– Você... Você... – Shannon deixou sua cabeça cair, apoiando-a sobre as mãos.

– A voz me disse para ir com Aden aonde quer que ele fosse. A voz me disse... – todo o corpo de Ryder estremeceu, como se ele estivesse totalmente apreensivo. Seus olhos giraram até que apenas a parte branca pudesse ser vista por entre seus cílios.

– Ry-Ryder! – entrando em ação, Shannon puxou o garoto para o lado e enfiou a mão na boca dele, tentando evitar que Ryder engasgasse com a própria língua. Então, o estremecimento parou de forma tão súbita quanto tinha começado.

A porta do lado do passageiro abriu-se; o ar gelado invadiu novamente o carro para lutar contra o pouco calor que ainda restava ali. Pelo que Victoria podia ver, ninguém tinha aberto a porta, mas, mesmo assim ela se abrira. E agora fechava sozinha. O terror da garota transformou-se em alerta, a razão voltando.

Tucker.

Em um piscar de olhos, ele materializou-se no banco. Suas roupas estavam rasgadas e sujas de sangue; seus cabelos acastanhados ensebados e também manchados de vermelho. Seus olhos estampavam uma tristeza corrosiva que poderia consumir o restante de seu corpo se ele não tomasse cuidado.

– Oi, Victoria – ele disse. – Posso ver que você recebeu minha mensagem.

Ela não se sentiria intimidada. Victoria podia ser humana, mas, ainda assim, tomara aulas de autodefesa com Riley. Embora estivesse enfraquecida, não estava completamente desamparada.

– Sim, recebi – e, tendo feito um curso da Escola Aden Stone de Destruição do Inimigo, a garota trazia adagas escondidas na manga de sua túnica.

Com movimentos fluídos, Ryder sentou-se e empurrou Shannon para longe dele.

– Não toque em mim com suas mãos sujas, humano – ele gritou e, apesar de sua veemência, sua voz era formal, culta, com um leve sotaque romeno.

Um tremor deslizou pela coluna de Victoria. Ela conhecia aquela voz. Amava e odiava aquela voz. Mas... mas... *impossível*, ela pensou.

– Vo-você está bem? – Muito embora Ryder tivesse acabado de admitir ter destruído o rancho, Shannon ainda se importava claramente com o bem-estar de Ryder.

– Estou bem. Ou melhor, vou ficar – Ryder estendeu a mão em direção ao sapato, tirou uma adaga e golpeou Shannon no coração.

Ryder movimentara-se com tanta agilidade que Victoria só percebeu o que tinha acontecido *depois* que Shannon gritou. Depois que o sangue tinha caído. Depois que Ryder tinha enfiado a faca mais e mais profundamente.

Shannon balbuciou, incapaz de formar palavras. Seus olhos diziam tudo. *O quê? Por quê? Como você pôde fazer isso comigo?*

– Não! – Victoria pulou para o banco de trás, colocando-se na frente de Shannon enquanto empurrava Ryder para longe. Usando suas costas como um escudo, sem importar-se com o fato de poder ser golpeada, ela puxou a adaga para fora e pressionou as mãos sobre a ferida. O sangue quente encontrou-se com suas mãos estremecidas.

Ryder dava risada. Ela acreditava que, talvez, ele estivesse até mesmo esfregando as mãos para comemorar o trabalho bem-feito.

– O cheiro é bom, não é, Tucker, meu caro?

– Sim – respondeu Tucker, automaticamente.

Não havia nada que Victoria pudesse fazer. Não havia forma alguma de ajudar. Ou de salvar o garoto. As lágrimas queimaram seus olhos, deslizando por suas bochechas.

– Shannon, sinto muito. Sinto muito, mesmo. Eu devia ter... – feito alguma coisa. Qualquer coisa.

Shannon estava arfando agora, desesperadamente tentando puxar oxigênio para dentro de seus pulmões. Sangue escorria nos cantos de sua boca. Ele sentia dor, tanta dor, e Victoria detestava ver aquilo até mesmo mais do que detestava pensar na morte do garoto.

– Assim – disse Ryder a Tucker. – Assim é que se faz. Se você tivesse feito isso com Aden, minha filha nunca teria sido capaz de salvá-lo.

Filha dele.

Não era impossível, então. Vlad possuíra o corpo de Ryder.

Ele tinha feito aquilo. Vlad tinha feito aquilo. Com Shannon. Com Aden. Com todos eles. O homem pelo qual ela sentira o luto da perda tinha *feito isso*.

Victoria não conseguiria teletransportar Shannon para longe. Não podia levá-lo para fora do carro. Esperar por Aden faria o garoto sofrer desnecessariamente.

Aden. Por um momento, ela foi levada de volta à noite em que *ele* fora esfaqueado. Aden também sentira dor. Ele quisera tanto que aquilo terminasse. Tudo aquilo, incluindo sua vida. Qualquer coisa por um pouco de paz. Em certo momento, ele chegara a implorar a ela que o deixasse ir.

Naquele momento, ela não deixou. Agora, talvez deixasse.

– Sinto muito, tanto...

Detestando-se mais que nunca, ela cortou a jugular de Shannon com suas presas. Presas que já não eram tão longas ou tão pontiagudas quanto em momentos passados, mas ela não podia fazer nada quanto a isso. Shannon passou a balbuciar mais intensamente antes de os murmúrios desaparecerem, mas não lutou contra ela. Victoria bebeu o sangue o mais rapidamente que podia, saboreando o cobre e o que certamente era desespero. Ela não se permitiu demorar-se com aquilo, não aqui, não agora, e continuou bebendo, até não haver mais nada. Até a cabeça de Shannon pender para o lado.

Até ele partir, até sua dor desaparecer.

Um pouco distante dali, ela ouviu o andar pesado e o arranhar das patas de um lobo. Nathan. Maxwell.

Victoria ajeitou o corpo com um grito, tremendo, chorando mais um pouco, e observou a área em volta do carro. Tudo estava embaçado. Fungando, com o peito pesado – como ela pôde ter feito aquilo com Shannon, mesmo para livrá-lo da dor? –, Victoria limpou os olhos com a parte de trás do pulso.

Lá estava Maxwell, ainda usando os óculos, e Nathan, ainda no uniforme de cão-guia. Eles trombavam com os carros como se *ambos* fossem cegos.

– Eles nunca vão encontrar esse carro. Eu tomei as providências com relação a isso – disse Tucker.

– Sua habilidade de criar ilusões é o único motivo para você ainda estar vivo, garoto – comentou Ryder. – Espero que você saiba disso.

Eles estavam mesmo conversando sobre isso *agora*? Como se nada tivesse acontecido? Monstros sem coração!

Victoria virou-se para encarar o pai que não era seu pai – não depois daquilo – e o garoto que tinha mudado sua vida para sempre.

– *Como vocês puderam fazer isso?*

– É tão bom voltar a vê-la, meu amor – o sorriso de Ryder era gelado como o inverno e cortante como uma adaga. – Muito embora você tenha me traído em condições tais que eu nunca poderei perdoar e *jamais* perdoarei.

A vontade que ele tinha de matá-la brilhou intensamente em seus olhos, a ponto de iluminá-la.

– Você não me assusta. *Pai*. Não mais.

Ele bateu no queixo com a ponta do dedo.

– O que eu posso fazer para mudar isso? – um sorriso tão sem coração que até mesmo o humor era manchado. – Tenho certeza de que vou pensar em algo.

Como ela um dia pôde admirar esse homem?

– Shannon não fez nada para merecer uma morte desse tipo.

Finalmente. Uma reação esperada. O senso de humor de Vlad desapareceu; seus olhos estreitaram-se em duas pequenas fendas e seus lábios foram empurrados para trás, revelando seus dentes. A expressão de um predador que tinha avistado a presa.

– Ele ajudou Aden. É claro que ele mereceu mo...

Victoria deu um pulo, caindo sobre ele. Ryder podia estar possuído por Vlad, mas ainda tinha um corpo humano. O que significava que ainda era vulnerável.

Ele não tinha para onde fugir quando ela mordeu sua jugular.

Afinal, apesar de ser humana agora, Victoria não era assim tão inútil.

vinte e dois

Aden estava com arquivos enfiados debaixo da camisa, dentro da calça e debaixo dos braços. Assim como Seth. Eles tinham invadido o quarto pequeno e empoeirado ao qual Julian os guiara e, conforme garantido, não havia ninguém por lá. E ninguém estivera por ali há bastante tempo, Aden suspeitava. O cadeado estava enferrujado, as dobradiças da porta rangeram e praticamente caíram quando o garoto empurrou a porta.

Eles apressaram-se de uma caixa a outra, observando rapidamente os papéis – dando-se conta de que *tudo* estava relacionado ao inexplicável. Mortes inexplicáveis, ferimentos inexplicáveis, curas inexplicáveis. Eles pegaram tudo que conseguiram carregar. Mais tarde, voltariam em busca do restante. Por hoje, Riley e Mary Ann eram prioridades.

Agora eles estavam de volta a caminho da SUV e Aden não conseguia deixar para trás os sinais de nervosismo.

– Elijah – murmurou.

Seth olhou torto, mas não disse nada.

O pedido de desculpas não poderia esperar até um momento a sós.

– Sinto muito – na verdade, a alma não costumava ser vingativa. Porém, talvez naquele momento Elijah não pudesse falar. Alguma coisa estava errada. – Eu estava nervoso – as palavras saíam apressadamente. – Não queria descontar em você.

Uma pausa. Um suspiro familiar.

Eu sei.

Finalmente. Graças a Deus.

– Converse comigo. Diga o que está acontecendo com você.

Eu estava pensando... Será que seus problemas não surgem por minha causa? Por causa das minhas orientações? E se essas coisas ruins acontecerem com você porque eu digo que elas vão acontecer? Como uma profecia que se autorrealiza?

– Ah... mas é claro que não! Eu preciso de você. Agora mais do que nunca.

E se nada disso acontecesse se eu mantivesse minha boca fechada?

Aden não precisava ser sensitivo para saber aonde isso levaria.

– Não faça isso comigo, Elijah. Não agora – sim, várias vezes, ao longo dos anos, ele tinha pedido às almas para manterem suas bocas fechadas. Elas tentaram fazer isso algumas vezes. Em algumas (poucas) tentativas, conseguiram. Na maior parte do tempo, todavia, tinham falhado. Falar umas com as outras e com Aden era a única forma de as almas se expressarem, a única ligação com um mundo que tinham perdido.

Eu preciso. E vou fazer isso.

Dessa vez, havia um tom de fatalidade na voz de Elijah. Aden disse sinceramente:

– Não.

Sinto muito, Aden.

– Não – ele repetiu.

Vamos experimentar isso. Vamos testar o silêncio.

– Eu estou falando sério. Não faça isso comigo.

Eu realmente sinto muito, Aden. Pelo passado. Pelo... futuro. Sinto muito, mesmo. Eu só... Eu realmente acho que isso seja o melhor. Então, é isso, essas são minhas últimas palavras trocadas com você por algum tempo.

– Defina "algum tempo".

As nuvens tinham ensaiado um ato de desaparecimento. O sol estava forte, batendo contra a pele do garoto, fazendo-a coçar e queimar.

O tempo necessário. Seja cuidadoso, e saiba que eu amo você.

– Elijah.

Silêncio.

– Elijah!

Mais silêncio.

Seth segurou o braço do colega e forçou-o a parar.

– Que diabos é isso?

Elijah foi momentaneamente esquecido enquanto o cérebro de Aden tentava entender o que estava vendo. O estacionamento, que anteriormente estava lotado, agora se mostrava completamente vazio. Sem pessoas, sem carros. Exceto por Maxwell e Nathan, que estavam a alguns metros de distância e batendo contra o ar.

Não restava dúvida: Tucker estava ali, tinha lançado uma ilusão. Aden derrubou os papéis que estava segurando e correu. Cinco passos adiante, ele também colidiu contra algo sólido, embora não houvesse nada diante de seu corpo.

Um humano que o garoto não conseguia ver expeliu um furioso:

– Cuidado com onde anda!

Aden fez seu melhor para se esquivar da pessoa invisível. E talvez tenha se saído bem. No entanto, alguns passos mais adiante, ele trombou com outra coisa. Devia ser um carro, pois não houve outro protesto.

O garoto perdeu a respiração assim que bateu contra o concreto. Mais papéis voaram com a brisa, batendo contra carros indiscerníveis e permanecendo imóveis.

Ser capaz de manipular a mente de Aden dessa forma, sem interferir nos humanos à sua volta, era loucura!

Seth correu atrás de Aden, segurando sua camiseta e puxando o colega para que se levantasse.

– Você que é o especialista nessas coisas loucas, explique para mim o que está acontecendo.

– Perigo, todos estão em perigo. Victoria! – ele gritou, já correndo para a frente novamente. – Victoria! – se ela pelo menos gritasse, ele poderia encontrá-la.

Aden trombou contra outra coisa.

– Aden – chamou Maxwell. Uma boa distância ainda os separava. – Você consegue me ver?

– Sim.

– Eu consigo enxergar você, mas nada mais.

– Tucker está aqui. Tome cuidado.

Maxwell assentiu severamente.

– Nós encontramos Riley. Ele está vivo. Os guardas estão na porta dele. Foi mais difícil encontrar Mary Ann, nós não conseguimos farejá--la, mas os guardas na porta entregaram que ela está lá. Que diabos aconteceu por aqui? Estamos sentindo cheiro de sangue. Bem... – ele acenou para um ponto a um metro de distância – ... ali.

Aden enrijeceu e deu-se conta de que também sentia cheiro de sangue. Não o de Victoria, mas... o sangue de Shannon?

Como um motor que tinha acabado de ser ligado, Júnior rugiu. Aquele cheiro deixava-o em frenesi.

– Acalme-se – disse Aden, mas suas palavras não surtiram efeito algum. – Você se alimentou pouco antes de chegarmos aqui.

A resposta da fera? Outro rugido de "Eu quero mais!".

Embora o senso de urgência tomasse conta dele, Aden cautelosamente passou pelo estacionamento, sentindo o caminho, passando pelos carros que ainda não conseguia enxergar, até alcançar o local que Maxwell apontara. Aden estendeu a mão e sentiu...

A SUV. Ele sabia. O motor ainda estava ligado; o metal, aquecido.

Ele tateou o veículo até encontrar a maçaneta da porta. No exato momento em que a puxava, o feixe travou e o carro reapareceu.

Aden olhou pela janela de trás e viu Shannon claramente. Shannon, de um ângulo estranho. Shannon, coberto de sangue. Shannon, com os olhos abertos, mas sem olhar para nada. Shannon, imóvel. Shannon, com a garganta aberta. Shannon. Morto.

Olhe para outro ponto, por favor, desvie o olhar, pediu Caleb. Aden quase não conseguia ouvi-lo em meio aos rugidos. *Isso não pode ser... Isso não é...*

Não. Não, não, não, murmurou Julian.

Aquilo não era uma ilusão. O cheiro de sangue não podia ser forjado, Aden achava que não. E agora Júnior estava mais faminto que nunca, arranhando e mordendo o crânio do garoto, desesperado para escapar, para provar daquele néctar vermelho.

O choque fez Aden sequer sentir a dor de cabeça que deveria surgir. No entanto, mesmo paralisado, ele queria vomitar quando viu Victoria rasgando o pescoço de Ryder. Sangue, sangue coagulado, outras coisas, borrifando, pingando, sendo atirado para todas as direções quando ela sacudiu a cabeça como um tubarão faminto.

Por que ela faria... Como fora capaz de...

Para sua flagelação eterna, Aden sentiu a boca salivar. Parte dele, uma parte que não tinha nada a ver com Júnior, queria rachar o carro em dois simplesmente para entrar lá e poder sugar aquela ferida.

Ryder não estava morto. Ele estava com a boca aberta, gritando silenciosamente enquanto seus movimentos tornavam-se mais fracos.

Um corpo quente ao lado de Aden. Um arfar horrorizado em seu ouvido. Pancadas no vidro.

– Pare! Que diabos você está fazendo? Pare! – Seth na janela, sacudindo todo o veículo. Quando percebeu que não conseguiria gerar qualquer reação, o garoto puxou a mão imóvel de Aden para o lado e prendeu-a contra o porta-malas trancado.

A comoção sacudiu Victoria para fora de seu frenesi. Ela ficou paralisada, virou a cabeça lentamente, como se temesse o que encontraria. Seus olhares encontraram-se. A garota tremia, o sangue escorria de seu rosto. No entanto... Aden não viu um olhar brilhando com fome de sangue, algo que explicaria por que ela tinha atacado os amigos dele. Aden viu tristeza, remorso... Fúria. Frustração. Lágrimas.

Victoria desviou o olhar para o assento do passageiro antes de virar-se para Aden, suplicando. Ele farejou... e finalmente sentiu o cheiro de Tucker.

Tucker não podia ser visto, mas Aden sabia que ele estava dentro daquele carro. Sabia que Victoria estava em enorme perigo.

Ele deu a volta no carro e agarrou o metal, fazendo as dobradiças da porta rangerem, exatamente como imaginara. Naquele mesmo instante, o odor de sangue tornou-se mais intenso, mas agora se misturava ao fedor pungente da morte.

Aden entrou no veículo e segurou Victoria em seus braços. Ela tremia violentamente. Conforme ele ajeitava o corpo da garota, ela enterrava a cabeça na região entre o pescoço e o ombro dele, envolvendo-o em seus braços e abraçando-o com força. Victoria chorava intensamente.

– Ele... Meu pai... possuiu...

Maxwell e Nathan posicionaram-se ao lado de Aden. Maxwell tentou verificar se Victoria estava ferida – uma tarefa impossível, uma vez que Aden recusava-se a soltá-la e ela recusava-se a soltá-lo. Nathan pulou para dentro do carro, rosnando, a cólera pingava de seus caninos.

– Mande seu cachorro sair – ordenou a voz de Tucker, muito embora ele não pudesse ser visto.

– Mastigue-o até não ter nada que alguém possa encontrar – ordenou Aden, que logo teve de segurar Nathan pela nuca para evitar que ele obedecesse. Tucker acrescentou:

– Você quer salvar seus amigos que ainda estão vivos, não quer? Porque eu sou a única pessoa que pode te ajudar.

Victoria se mexeu até conseguir colocar as pernas no chão, mas, ainda assim, não soltou o pescoço de Aden.

– Ele... Ele está certo. Não machuque Tucker. Nós precisamos dele.

"Precisamos dele"? Quando eles tinham precisado dele? E que diabos tinha acontecido ali?

– Tucker, não se atreva a se mexer.

Um riso e, em seguida, Tucker apareceu. Agora ele já não tentava se esconder. Sentou-se no banco do passageiro, o mais calmo possível. Seus cabelos loiros estavam grudados no couro cabeludo e seu rosto, coberto de sangue.

– Como se você pudesse me impedir de me movimentar.

O estremecimento da cabeça de Seth acompanhava o estremecimento de seu corpo.

– Victoria – disse Aden, adotando um tom de voz mais suave. – Vou me distanciar de você agora, está bem?

Os soluços e as lágrimas de Victoria chegaram a um limite frenético.

– Não! Por favor!

– Só por alguns minutos – disse ele, já se desprendendo dela. Antes de abaixar os braços, no entanto, assegurou-se de que ela conseguiria manter o equilíbrio. – Vou ajudar Ryder, tudo bem?

– Não! – ela secou as lágrimas com a parte de trás de um punho trêmulo. – Ryder matou Shannon. Ele colocou fogo no rancho e teria me matado, mas eu... Eu... Vlad o possuiu e trabalhou por meio dele.

— Vlad o *possuiu*? — ecoou Maxwell, assustado. — Mas... mas... algo desse tipo é impossível.

— Na verdade, é totalmente possível — graças a Caleb, o próprio Aden tinha possuído o corpo de outras pessoas. Muitas vezes. Ele simplesmente entrava em um corpo e controlava a mente. Era isso que Vlad tinha feito? Será que Vlad estava na mente de Ryder até agora? Será que matar Ryder colocaria um fim aos dois? — Por enquanto, vou ajudar Ryder o máximo que eu puder.

— Você acredita nela? Simples assim? — Seth bateu o punho contra o carro, fazendo o vidro já danificado rachar. — Você viu o que ela estava fazendo. Essa garota estava com os dentes no pescoço dele. *E. Você. Acredita. Nela?*

— Sim, eu acredito — respondeu Aden enquanto entrava no carro. — Não fale do que você não entende.

— Ah... eu entendo muita coisa — disse Seth. — Ela é uma assassina e você não está nem aí!

— Ela não é nenhuma assassina — Aden rosnou. Ali estava um assunto que certamente o faria se meter em uma briga. A honra de Victoria. Ela não era mentirosa, e ela estava *sofrendo* com aquilo. Ele não a machucaria mais ainda.

Tucker não tentou conter Aden quando ele tirou a camisa e prendeu-a em volta do pescoço ferido de Ryder. Aden não se permitiu pensar em Shannon, que estava atrás dele, paralisado, sem salvação. Ou melhor, ele tentou não se permitir.

Shannon, o primeiro garoto que tinha sido amigável com ele naquele rancho.

Shannon, cujo corpo poderia se levantar e atacá-lo.

Shannon, que talvez ele tivesse de matar novamente.

Se apresse, Aden disse a si mesmo.

Pobre Shannon, disse Julian.

Mais uma morte sem sentido, chorava Caleb.

O cheiro de sangue era esmagador. A saliva acumulava-se no canto da boca de Aden, sua gengiva doía. Os rugidos de Júnior estavam cobertos por fúria e as pancadas no crânio do garoto tornavam-se mais intensas.

— Fique de olho em Shannon — disse Aden a ninguém em particular. — E me avise se qualquer coisa se movimentar.

— Pode deixar — garantiu Maxwell.

— E não se preocupe — intrometeu-se Tucker. — Ninguém além de nós pode ver o que está acontecendo aqui. Eu cuidei disso.

Prêmio de Bom Samaritano do Ano. Só que não.

— Você vai pagar por isso — Aden disse a ele. — Por tudo que fez. Espero que você saiba disso.

— Ah, sim — disse Tucker, com a voz mais triste que Aden já o vira usar. — Eu sei.

Eu poderia possuí-lo agora, rosnou Caleb. *E poderia fazê-lo ferir a si mesmo.*

Não. Você ouviu o que ele disse. E ouviu o que Vic disse. Julian, a voz da razão. *Nós precisamos das ilusões dele.*

Aden levantou um dos braços amolecidos de Ryder e buscou o pulso. Fraco, quase imperceptível, mas existente. O anel que Aden ainda usava, o anel de Vlad, brilhava sob a luz do sol. Ele havia reabastecido a joia; portanto, havia uma boa quantidade de *je la nune* em seu interior.

Ajudar Ryder o máximo que ele pudesse incluía abrir a própria pele e alimentar o garoto com seu sangue. Então, Aden fez exatamente isso. Com a ponta do polegar, deslizou a joia brilhante para o lado. O líquido claro balançava no interior, parecendo tão inocente. Aden inclinou a cabeça para um lado, permitindo que uma única gota pingasse do outro lado.

O queimar e o chamuscar foram instantâneos, fazendo Aden ranger os dentes. No entanto, o sangue deslizou, e Aden deixou o fluído cair sobre o pescoço de Ryder, até chegar à boca do garoto.

– Shannon está se mexendo – disse Maxwell.

O coração de Aden deu um leve salto. Talvez, apesar de tudo, ele *quisesse* que Shannon se levantasse. Ele não estava pronto para dizer adeus.

Se isso fosse verdade, Aden tinha acabado de realizar seu feito menos honrável da semana. O que ele queria não devia importar. Transformar um amigo em um zumbi... Isso era golpe baixo, mesmo para ele.

– Segure-o – pediu Aden.

O mutante pulou sobre o corpo no momento em que os olhos de Shannon abriram-se. Olhos verdes e apáticos que miravam Aden. Mãos ensopadas de sangue levantando-se.

Seth aproximou-se e afastou Maxwell em uma tentativa de evitar que o lobo ferisse seu amigo. Um amigo que agora era um zumbi, um cadáver que só conhecia a fome por carne viva. Um zumbi cuja saliva envenenaria Aden e faria o garoto desejar sua própria morte.

– Ele está vivo e precisa de ajuda médica. Deixe que eu o levo para o hospital – disse Seth com uma mistura de pânico e alívio.

– Ele não está vivo – disse Aden, por mais que desejasse que suas palavras não fossem verdade. Não, ele não devia ter feito aquilo com seu amigo. Com nenhum amigo. Aden tinha dado esperança a Seth.

Tucker bateu palmas, uma salva de palmas, para tentar atrair a atenção de todos. E conseguiu essa atenção, tudo bem, mas o gesto também aumentou a tensão em mil graus.

– Vocês estão nas mãos de Vlad. Estão distraídos e agindo em direções opostas.

– Como se você se importasse – Maxwell não saiu de cima de Shannon, que agora tentava se libertar.

– Você não tem ideia do que eu sinto! Vlad ameaçou meu irmão e eu vou fazer o que for necessário para salvá-lo. E, sim, isso inclui matar cada um de vocês, se for necessário. Espero que você não me prove que isso será necessário.

Aden não sabia se aquilo era verdade. Mas sabia que Vlad era, sim, capaz de usar *qualquer* pessoa.

– Inclusive – continuou Tucker – posso fazer um acordo com você, já que sei que você vai me matar depois. Então, aqui está: salve meu irmão, proteja-o, e vou ajudá-lo a salvar Mary Ann e Riley.

Ah, claro. Simples assim. Afinal, todos ali eram extremamente confiáveis, não é mesmo?

– E dar a você a oportunidade de nos trair? *Outra vez?* Não.

Tucker inclinou-se para a frente, posicionando-se, um segundo depois, na frente de Aden.

– Eu detesto o que aquele idiota me leva a fazer. Eu gosto de Mary Ann. Você acha mesmo que eu gosto de vê-la sofrer?

De canto de olho, Aden conseguia ver que Maxwell teve de estender o braço para segurar Nathan. E que bom que ele fez isso! Caso contrário, os dentes branquíssimos como pérolas do lobo teriam mastigado as bochechas de Tucker.

A ferida de Aden ainda não tinha se fechado quando ele empurrou Tucker para trás. O movimento fez sua pele rasgar ainda mais.

– Sim. Eu acho.

– Eu quero que *Vlad* sofra. Você consegue entender isso? Eu odeio Vlad. Odeio o que ele me obriga a fazer – as narinas de Tucker dilataram-se com a força de sua respiração, mas ele continuou parado sobre o banco. – Eu não posso agir contra ele até saber que meu irmão vai estar bem.

A preocupação de Tucker parecia verdadeira e, por mais que Aden detestasse admitir, Tucker *era* a melhor saída para tirar seus amigos do St. Mary's. Mas...

– Se você quer minha ajuda com seu irmão, então me ajude com Mary Ann e Riley. Antes.

– Antes? Não, mesmo! Você vai conseguir o que quer de mim e depois me descartar. Não. Você me ajuda primeiro, eu ajudo vocês depois.

Aden estudou a expressão de Ryder, esperando alguma alteração, mas não viu nada. Ou o sangue funcionaria, ou não funcionaria, mas Aden não podia fazer mais nada. Quando o garoto saiu do carro e abriu os braços para Victoria, Júnior imediatamente se acalmou. Ela se jogou contra ele, seu corpo ainda tremendo.

— Eu preferiria te matar — Aden disse a Tucker. — E enviar um cartão desejando o melhor ao seu irmão.

Frio da parte de Aden, e ele não se permitiria ponderar se estava blefando ou não. Não aqui, não agora.

Tucker rangeu os molares.

— Como eu posso confiar em você?

— Como *eu* posso confiar em *você*?

Mais tensão. Em seguida, Tucker disse:

— Cheguemos a um acordo: eu ajudo você agora, você me ajuda depois.

Sem precisar argumentar mais? Hum. Estaria Aden caindo em uma armadilha? Tucker tinha um plano, Aden podia apostar dinheiro nisso. Caramba, ele estava apostando a vida de seu povo.

— Se eu pensar, mesmo que por um segundo, que você está fazendo isso por Vlad, vou...

Fazer o quê? Não havia ameaça vil o suficiente.

— Eu não estou. Não dessa vez — respondeu Tucker. — Ele vem e vai. E agora está longe.

— Ele possui você como fez com Ryder?

— Não. Ele... me guia.

A solução era simples:

— Resista a ele.

Tucker agarrou o colarinho da camiseta de Aden.

— Você não está entendendo. Eu não consigo resistir.

— Livre arbítrio, cara. Você devia tentar.

O olhar de Aden caiu novamente em Ryder. A carne no pescoço do garoto parecia estar cicatrizando e seu semblante se contorcia em uma careta de dor.

Dor era bom.

Dor significava vida.

— Maxwell, leve Ryder e Shannon de volta para casa — disse Aden, emitindo ordens para fazer as coisas continuarem acontecendo.

Victoria tinha salvado Aden; Aden salvaria seus amigos. Com esperança, as consequências não seriam severas. Com esperança, ele conseguiria encontrar uma forma de evitar que Shannon — não pense nisso — *apodrecesse*.

— Tranque-os em quartos diferentes — continuou Aden. — Cuide da saúde de Ryder e ignore tudo que ele disser, para evitar problemas caso Vlad tente se apossar do corpo dele. Faça uma vampira, talvez Stephanie, alimentá-los.

— Shannon já está morto, então tudo bem. Mas Ryder não vai sobreviver se for teletransportado — explicou o lobo que, depois de prender Shannon com o cinto de segurança, amarrando-o nos pulsos e no peito, foi até o assento do motorista.

— Não vai? — Aden perguntou a Elijah.

Silêncio. Um silêncio muito opressor.

Muito bem. Ele continuaria sem a ajuda da alma.

— Por que você não vai com eles, Seth? Você pode ajudar a cuidar dos dois.

O que Aden não disse: Seth era totalmente humano e Vlad podia possuir corpos de humanos. Aden não sabia como o antigo rei dos vampiros estava fazendo aquilo — afinal, Aden tinha de tocar em um corpo para invadi-lo —, então toda precaução era necessária.

O vermelho cobriu as bochechas de Seth enquanto ele separava as pernas em uma clássica posição de ataque.

— Eu vou. Mas, se um deles morrer... — ele estreitou os olhos para Victoria.

Seth iria querer vingança.

— Não vai ser culpa de Victoria e você não vai tocar nela. Nunca.

Se Seth fizesse aquilo, ele e Aden acabariam se tornando inimigos. E Aden não queria isso.

Seth não cederia.

Um mar de rosas ali, mas eles teriam de lidar com aquilo depois – se Seth o tornasse realmente necessário.

— Victoria vai ficar comigo — Aden não gostava de pensar em vê-la perto de Tucker, mas também não gostava de pensar em tê-la fora de sua vista. Veja só o que aconteceu da última vez.

Aden levou a mão até a cintura de sua calça jeans e puxou os papéis que não tinham sido perdidos. Jogou-os em uma parte limpa do piso do automóvel.

— Leia tudo. Telefone e me diga o que você descobrir.

Tucker saiu e ficou parado na vaga atrás do carro, usando o veículo como um escudo. Seth tomou seu lugar no banco do passageiro.

— Você pode impedir que eles sejam vistos no caminho até em casa? — Aden perguntou a Tucker.

— Sim.

— E vai fazer isso? — não seria inteligente de sua parte deixar as coisas abertas para interpretação.

— Sim.

Aden não tinha outra escolha senão acreditar em Tucker.

— Então faça isso.

— Como vocês vão para casa? — questionou Maxwell.

Boa pergunta.

— Eu vou roubar um carro.

E não seria a primeira vez.

— Está bem, então. A gente se vê quando a gente se vir.

Alguns segundos depois, o motor da SUV estava ligado e o veículo se afastava, deixando Aden, Victoria, Tucker e Nathan – em sua forma de lobo – para cuidarem das coisas por ali.

— Eu ainda não posso arriscar entrar no hospital – disse Aden. – Como vocês puderam ver, eu continuo fazendo os cadáveres se levantarem.

— Nathan e eu podemos ir com Tucker – disse Victoria. – E a gente encontra você lá fora.

Ele sabia que ela agiria. Isso, todavia, não diminuía seu nervosismo. Victoria era forte, ele disse a si mesmo. Ela não conseguia se teletransportar, mas conseguia se movimentar rapidamente.

— Se alguma coisa acontecer com ela... – todos sabiam que as palavras eram para Tucker, e somente para Tucker.

— Não vai ser minha culpa.

— Aposto que essa é sua desculpa toda vez que fere alguém.

Um músculo repuxou sob o olho do demônio.

— Seu amigo precisava ser eliminado. Eu deixei que ela o eliminasse. Nenhuma desculpa foi necessária. O que há de errado com isso?

Eles não discutiriam isso agora. Afinal, eles continuavam pensando a mesma coisa um do outro.

— Riley cometeu o erro de confiar em você e veja só o que aconteceu com ele. Acredite, eu vou dar a você corda o suficiente para se enforcar, e nada mais.

— O que significa...?

— O que significa que Victoria deve voltar para mim nas mesmas condições em que está agora, ou eu vou atrás de você até o inferno para te matar. Com dor.

Tucker bufou, sem qualquer sinal de intimidação.

— Riley planeja me fazer sentir dor de qualquer forma. E adivinhe só! Eu avisei, mas ele não me ouviu. Isso é culpa dele. Portanto, vamos parar de resmungar e fazer as coisas. Eu vou salvar seus amigos, e você vai salvar meu irmão. Esse é o acordo.

Antes que Aden pudesse responder, Victoria disse:

— Eu vou ficar bem — e, então, posicionou-se entre os dois. A garota ofereceu um leve sorriso a Aden. — Além disso, Nathan está comigo. Ele não vai deixar Tucker fazer nada.

Aden não quis dizer que Nathan não seria capaz de deter Tucker se ele começasse a lançar ilusões por aí. Em vez disso, ele beijou-a, intensa e rapidamente.

— Faça o que você precisa fazer, mas saia de lá.

As pupilas de Victoria expandiram-se, o negro invadindo o azul, e Aden sabia que ela tinha entendido. Se precisasse rasgar algumas gargantas para sair segura, ela simplesmente rasgaria algumas gargantas.

— Vamos logo ou não? — esbravejou Tucker.

— Vamos — disse Victoria, sem desviar o olhar de Aden. Em seguida, ela virou-se e o trio distanciou-se do garoto, desaparecendo ao passar pelas portas do hospital.

Aden ficou no estacionamento, sozinho com suas preocupações e arrependimentos. Esses sentimentos não o ajudariam a roubar um carro, então Aden deixou-os de lado e observou atentamente o estacionamento.

vinte e três

Escuridão.
Luz.
Escuridão.
Luz.

A escuridão oferecia consolo; a luz, angústia. Portanto, não era difícil concluir qual delas Mary Ann preferia. Doce, doce escuridão. Mas aquela maldita, maldita luz continuava tentando entrar à força em sua mente.

Como agora. *Droga, droga. Droga, droga.* Seu pobre e ferido corpo estava sendo agredido, cada movimento era uma lição em meio à agonia. Um curso avançado de "se você acha que sabe o que é dor, experimente isso" no qual ela ficaria muito feliz em ser reprovada.

— Você devia levá-la, Vic – disse uma voz grave e masculina pairando sobre ela.

Familiar. Talvez... indesejada? Ou indesejada *demais*? Os batimentos cardíacos de Mary Ann ganharam um pouco de velocidade.

— Não me chame assim. E por que eu tentaria carregá-la?

Espere. *Aquilo* soava como sua quase amiga e namorada de Aden, Victoria.

— Maxwell foi embora com as minhas roupas, por isso estou tropeçando no avental que roubei da cama daquele cara — respondeu o homem. Sim, ele era conhecido... de alguma forma. Ela devia conhecê-lo, mas não conseguia exatamente ligar a pessoa ao nome. Ele simplesmente não era quem ela esperava que fosse, o que a deixava ainda mais intrigada. — Se eu a derrubar, Riley vai ficar louco de raiva.

Riley. Sim! Aquela era a voz que ela desejava, mas que ainda não tinha escutado.

— Você está resmungando, mas sou eu quem está carregando esse cara enorme — ei! Aquela voz soava como a de Tucker. — Ele precisa emagrecer. É sério!

— Apenas faça seu trabalho — disse Victoria com um cansaço que Mary Ann jamais percebera antes na vampira. A princesa era normalmente incansável. — Estamos quase do lado de fora. Tucker, você tem certeza de que ninguém consegue nos enxergar?

Tucker resmungou em voz baixa. Algo como: *quantas vezes você já me perguntou isso?*

— Sim, tenho certeza.

— E os seguranças e as enfermeiras...

— Eles ainda enxergam os corpos nas camas. Aliás, neste exato momento, estão tentando reanimá-los, mas sem sucesso. Os dois estão morrendo. Tão triste. *Snif.*

— Eles não sentem...

— Não. Em primeiro lugar, as maldades aumentam meu poder. Como vocês já devem saber, eu sou muito poderoso. Em segundo lugar, o cérebro humano aceita o que vê e preenche o restante. E, se o corpo humano não fizer isso, eu mesmo faço. Portanto, quando as pessoas aqui perceberem que seus suspeitos estão mortos e desaparecidos, será tarde demais. Agora, calem a boca. Eles *conseguem* nos ouvir.

— Mas...

— Você duvida tanto assim das habilidades de Aden? Você duvida, não é mesmo? Para sua informação, ele deve querer cortar as próprias orelhas e enviá-las para algum outro lugar. Quem aguenta isso?!

Agora foi a vez de Victoria resmungar:

— Eu achei que você não conseguia trabalhar com Mary Ann por perto.

— As coisas mudam.

— Sim — disse ela, suspirando. — Elas mudam.

Eles estavam resgatando Mary Ann? Certamente. Mas de onde? A única coisa de que a garota lembrava-se era de ter beijado Riley, de adorar aquilo, de querer mais, de ter pensado que eles finalmente dariam continuidade àquilo e lembrava-se de ter desejado que os arredores fossem diferentes. Então, uma dor aguda no ombro, o fluxo de sangue quente, Riley dizendo-lhe para se alimentar dele... espere, espere, espere. Volte um pouco.

Ela se alimentara de Riley.

Ele estava bem? Estava por perto?

Imprudente em sua necessidade de descobrir, ela tentou se libertar.

Havia algo a prendendo.

— Mary Ann. Pare, você precisa parar.

A voz familiar, embora ainda não familiar, outra vez.

— Riley — ela conseguiu fazer a palavra passar por sua garganta seca.

— Ele está seguro. Está com a gente.

Bom. Está bem. Sim. Mary Ann relaxou, e a intensidade de seu alívio forçou a luz a desaparecer e a dar espaço para a escuridão retornar.

Luz.

Mary Ann ouviu o cantar dos pneus. Então, um rock em volume alto, gritante. Então, um rock suave e quieto, e, em seguida, uma discussão abafada. Ela já não estava sendo carregada, mas sua cabeça descansava apoiada em alguma coisa suave. Ainda assim, havia um objeto pequeno e duro sendo forçado na lateral de seu corpo.

Sua mente imediatamente foi até um lugar aonde não devia ir.

Ela forçou as pálpebras, pesadas, a se abrirem. Alguém devia ter esfregado vaselina sobre elas, pois tudo estava embaçado. Bem, a brincadeira não era engraçada, e ela reclamaria assim que conseguisse abrir a boca.

– ... dizendo para você, eu sou bom – dizia Tucker.

– Sinto muito, mas você vai ter de entender se eu ainda assim tomar as precauções – respondeu Aden.

Aden. Aden estava ali.

– Deixar sua namorada dirigir enquanto você segura uma faca no meu pescoço não é uma precaução. É uma sentença de morte. Além disso, você sabe que ainda precisa de mim. Sem mim, você poderia ser destruído.

– E você ainda precisa de *mim*. Não se esqueça disso também.

O silêncio se seguiu, permitindo que os pensamentos de Mary Ann se alinhassem. Resgatada. Com Riley. Onde estava Riley? O coração de Mary Ann martelou em seu peito, fazendo-a lembrar-se de alguma coisa, embora ela não soubesse o quê. Ela levantou mãos trêmulas para limpar os olhos. Embora nada cobrisse seus dedos, sua linha de visão clareou-se ligeiramente e ela foi capaz de olhar em volta. Mary Ann estava em uma espécie de van, espalhada no banco traseiro.

Está bem, então era o cinto de segurança que pressionava as suas costas, e não... e não um garoto. Bem, isso era um alívio.

Mais um alívio: ela avistou Riley apoiado no banco em frente ao dela. Mesmo dormindo, ele devia tê-la ouvido se mover, pois virou a cabeça em direção à garota. Seus olhos estavam fechados; sua expressão, contorcida.

De qualquer forma, contorcida era melhor que sem vida.

Ela estendeu a mão. Sua agitação piorava a cada segundo. Mary Ann então conseguiu envolver o braço de Riley com seus dedos. Ele não reagiu, mas tudo bem. Independentemente do que tivesse acontecido aos dois, eles sobreviveriam.

Um suspirou escapou pelos lábios da garota. A escuridão voltava a envolvê-la. Dessa vez, ela estava sorrindo enquanto se distanciava.

Mary Ann acordou com o estômago resmungando.

Com a testa franzida, abriu os olhos, afastou do seu corpo a dor o máximo que pôde – o que significava nada – e sentou-se cuidadosamente. Depois de um momento de vertigem, foi capaz de captar o que agora a cercava. O carro fora substituído por um quarto pequeno e organizado e o banco traseiro era agora uma cama desconhecida. A pessoa que decorou aquele ambiente, fosse lá quem tivesse feito aquilo, realmente gostava da cor marrom. Carpete marrom, cortinas marrons, colchas marrons.

– ... se alimentar – dizia Victoria.

– Você também precisa.

– Ah, bem, eu estou bem por enquanto.

– Como isso é possível? Eu não vi você se alimentar.

– Só porque você não viu uma coisa não significa que ela não aconteceu, certo?

– Então você se alimentou?

Alimentar-se. Alimento. Comer. O estômago de Mary Ann reclamou novamente e tanto Aden quanto Victoria – que estavam sentados em uma cadeira marrom em frente à cama, Victoria no colo de Aden – apontaram seus olhares para ela. A definição de constrangimento.

Diferentemente das outras vezes em que ela e Aden encontraram-se, Mary Ann não sentiu o impulso de abraçá-lo e sair correndo. Ela só queria abraçá-lo. Aden era um de seus melhores amigos, ela amava-o como um irmão, mas suas habilidades – a dele de atrair, fortalecer, e a dela de repelir, enfraquecer – transformavam-nos em completos opostos. Eles eram como dois ímãs forçosamente colocados juntos, polos iguais reunidos – simplesmente não tinham sido feitos para coexistirem. Até então.

Ela se perguntava o que tinha mudado, mas estava faminta demais para reunir as peças do quebra-cabeça.

– Você acordou! – disse Aden. Seu alívio era palpável.

– Sim...

Ele estava diferente. Muito diferente. Seus cabelos escuros já não estavam ali; no lugar deles, cabelos loiros e curtos. Seu rosto estava mais duro, mais severo; seus ombros, mais largos. Se ela não estivesse enganada, as pernas de Aden também estavam mais longas.

Todo aquele crescimento em aproximadamente duas semanas? Uau! Mas ela provavelmente devia estar diferente também. Ela agora tinha tatuagens, estava mais magra, talvez até mesmo esquelética.

– Onde está Riley?

– Bem ao seu lado – Victoria acenou com a cabeça, apontando para o outro lado da cama.

Quase sem conseguir esconder sua surpresa, Mary Ann virou-se no colchão. As molas protestaram. Claro. Riley estava ao seu lado, acordado, apoiado em travesseiros e... sentindo dor? Sua pele estava pálida, exceto pelas bolsas escuras sob seus olhos. Aquele brilho verde, comumente exuberante, havia se atenuado.

Mary Ann estendeu a mão para passar o dedo em volta daquelas bolsas, de certa forma esperando fazê-las desaparecer, mas o mutante sacudiu a cabeça para o lado, evitando contato.

Surpresa? Sim, ela sentiu uma pontada de surpresa. Então, a angústia extrema e absoluta. Riley sequer olhou em direção a Mary Ann, mas continuou olhando em direção a Aden e Victoria. Ele não ofereceu qualquer explicação, apenas manteve os lábios apertados em uma linha firme.

O que havia de errado com ele?

Ela tinha feito alguma coisa? Dito alguma coisa?

Ou ele estava sentindo dores fortes demais até mesmo para ser tocado?

Riley estava sem camisa. Seu peito, repleto de ferimentos. A parte inferior de seu corpo, todavia, estava coberta pelos lençóis. Talvez suas pernas estivessem lhe causando dores, tornando o restante do seu corpo sensível a qualquer tipo de contato humano. Mary Ann queria muito acreditar que essa era a resposta, mas, no fundo, suspeitava do pior.

Ele tinha chegado ao fim do relacionamento com ela.

E, se esse fosse o caso, bem, ela tinha provocado isso, não tinha?

– Acho que ouvi Tucker mais cedo... – ela murmurou, virando-se de volta para Aden e Victoria.

A princesa vampira não tinha saído do colo do garoto. E por que sairia? Aquele provavelmente era o assento mais confortável do quarto. Ainda assim... Suas costas estavam retas; sua postura, perfeita. Suas mãos, perfeitamente cruzadas sobre as coxas. Qualquer outra pessoa teria jogado a toalha e se esparramado ali. Aden tinha feito isso, embora corresse uma de suas mãos pelas costas de Victoria.

Eles pareciam um casal perfeito. Em sincronia, juntos, *juntos*. Talvez estivessem enfrentando problemas, como Riley dissera, mas claramente os estavam solucionando.

Uma pontada de dor acometeu Mary Ann. Ela e Riley conseguiriam resolver os problemas? Ela queria resolvê-los?

Refletir não era necessário. Sim, ela queria. Mary Ann poderia se permitir ficar com ele mesmo que, ao fazê-lo, colocasse o amado em ainda mais perigos?

Sim, ela pensou novamente. Ela se permitiria. Depois daquele beijo, ela faria *qualquer coisa* para estar com ele. Se ele a quisesse. Ela tinha fugido dele, mas ele tinha ido atrás. Ela tentara livrar-se dele, mas ele tinha ficado com ela. E agora... Agora ela não tinha ideia do que se passava na cabeça do garoto.

Bem, eles encontrariam uma solução para o fato – *problema* – de ela ser uma sugadora. Riley sempre fora muito confiante com relação a isso e já era hora de acreditar nele.

– Mary Ann? Você está me ouvindo? Tucker se foi – disse Aden.

– Ah. Foi para onde?

– Nós não sabemos – Victoria franziu os lábios. – Riley estava prestes a matá-lo, então foi melhor mesmo ele ter desaparecido.

– Você devia ter me deixado fazer meu trabalho – Riley esbravejou com Aden. – *Majestade*.

Ouvir aquela voz rouca de Riley fez Mary Ann sentir um arrepio. Ou talvez estremecer. Ele não tinha perdido sua habilidade de falar – ele simplesmente não queria falar com ela. Nossa!

– Cadê o outro cara? – ela perguntou. – Aquele do hospital? Aquele que me carregou.

Victoria franziu as sobrancelhas, criando linhas de preocupação em sua testa.

– Você se lembra disso?

– Vagamente.

– Você ouviu... ah, deixe pra lá. Aquele cara era Nathan, irmão de Riley, mas ele não veio com a gente. A simples presença de Nathan deixa Tucker muito irritado.

E eles não queriam irritar Tucker? Estranho...

– Alguém pode me dizer o que está acontecendo, por favor?

O estômago de Mary Ann resmungou novamente, fazendo suas bochechas voltarem a enrubescer.

– Está com fome? – perguntou Aden.

– Eu... sim.

Espere. Ela não tinha fome de comida, comida de verdade, havia semanas. Tinha apenas fome de energia. De magia. De poder. Naquele instante, todavia, ela mataria por um hambúrguer.

Hummm, um hambúrguer...

Todos os olhos encararam-na com ares de estranheza.

– Isso é... estranho – disse Victoria finalmente.

O estômago de Mary Ann protestou com mais um rosnado contra as palavras de Victoria.

– Isso não muda os fatos. Eu estou morrendo de fome!

– Está bem, então. Vamos te alimentar – a princesa levantou-se, sua expressão um pouco ansiosa demais. – Vou descolar algo para você.

– Não! – Aden sacudiu a cabeça. – Não mesmo. Tucker está por aí. Eu não quero que você...

– Eu vou ficar bem. Se alguma coisa acontecer... Bem, eu envio uma mensagem de texto. Como você já deve ter percebido, estou ficando boa em usar essas tecnologias modernas – disse ela, inclinando-se para beijar a bochecha de Aden. – Além do mais, você não precisa ir. Tem muita coisa para contar a Mary Ann.

– Você poderia contar para ela.

– Impossível. Eu já esqueci metade do que você queria que ela soubesse.

– Não, mesmo – disse ele. – Você e Riley fizeram aquela coisa de dar as mãos e trocar memórias. Você sabe mais do que todos nós.

– É verdade. O que significa que você precisa se atualizar também.

Victoria não queria esperar pela resposta dele e, surpreendentemente, nem Aden nem Riley tentaram detê-la como tinham feito outras vezes. A porta fechou-se suavemente atrás dela, a luz do sol entrou por um momento e, em seguida, desapareceu como vapor.

— Teimosa — murmurou Aden.

— Típico — resmungou Riley.

Chauvinistas.

— O que vocês têm a me dizer? — perguntou Mary Ann, o pavor misturando-se à fome e deixando uma espessa camada de ácido em seu esterno.

— Se prepare.

Na meia hora seguinte, Aden contou a Mary Ann tantas coisas horríveis a ponto de fazer a garota querer esfregar as orelhas com lixas.

Um grupo de bruxas, massacrado. O rancho D&M, queimado. Vlad, o Empalador, possuindo corpos humanos e forçando-os a fazer coisas desprezíveis. O irmãozinho de Tucker, vítima em potencial de sequestro e assassinato.

Shannon, esfaqueado até a morte. Atualmente, um zumbi.

A voz de Aden estremeceu algumas vezes, como se ele lutasse contra as lágrimas, mas ele conseguiu engolir cada uma delas e continuar. Quando terminou, Mary Ann desejava que ele não tivesse dito nada.

— Tantas mortes — ela murmurou. O pobre e doce Shannon, que teria de morrer outra vez se nada fosse feito. Mas havia algo a ser feito? Ela queria chorar por ele, pelo que ele tinha perdido. Queria trazê-lo de volta *como ele era*. Queria abraçá-lo. Queria punir Vlad da forma mais terrível possível.

Mary Ann queria que Riley a envolvesse em seus braços fortes, a confortasse e lhe dissesse que tudo ficaria bem.

Que surpreendente. Ela não teve nada disso. Ainda pior, o silêncio que se seguiu ao murmúrio horrorizado de Mary Ann funcionou como uma pesada nuvem de opressão. Ninguém sabia para onde olhar ou como responder.

As dobradiças rangeram e a luz novamente inundou o quarto. Victoria entrou e fechou a porta, deixando a luz do lado de fora. Ela trazia uma sacola de papel da qual emanava o cheiro de pão, carne e batatas fritas gordurosas. Mary Ann salivou, o que a fez sentir-se envergonhada. Depois de tudo que tinha acabado de ouvir, a garota devia ter perdido o apetite. Talvez para sempre.

No entanto, quando Victoria lhe passou a sacola com manchas de óleo, Mary Ann não conseguiu se conter e foi logo pegando a comida e devorando cada migalha em tempo recorde. Depois de engolir o último pedaço, ela percebeu que o silêncio não tinha deixado o quarto. Aliás, todos estavam olhando para ela. Ótimo. Ela provavelmente tinha comida entre os dentes e uma mancha de mostarda no queixo.

Mary Ann limpou o rosto com as costas dos punhos, sua vergonha cada vez mais intensa.

– Você se sente enjoada? – perguntou Victoria, de volta ao colo de Aden. Victoria, que já não estava tão pálida quanto antes e... Aquilo no manto dela era uma mancha de ketchup?

– Não? – respondeu Mary Ann, deixando que sua surpresa transformasse a palavra em algo mais parecido com uma pergunta do que com uma afirmação. Na verdade, o estômago da garota parecia agradecido. Antes, somente por *pensar* em comer, Mary Ann tinha de lutar contra a náusea. Ela completou: – O que isso significa?

Pensativa, Victoria apertou o lóbulo de sua própria orelha.

– Você foi atingida pela flecha de uma bruxa e perdeu muito sangue.

Mary Ann assentiu.

– E recebeu uma transfusão no hospital.

– Sim. Pelo menos eu acho que sim.

A princesa passou a morder seu lábio inferior novamente. Um hábito que denunciava seu nervosismo?

– Talvez o novo sangue, o sangue humano, tenha transformado você em humana novamente. Pelo menos por enquanto. Ou talvez seja algo ligado a Riley. Ele sempre interferiu na sua habilidade de neutralizar. Talvez agora ele esteja interferindo também na habilidade de sugar.

— Então, por enquanto, eu não posso... Não vou sugar ninguém?

— Se você continuar comendo, e parece que isso vai acontecer, então magia e energia talvez não sejam suas preferências no cardápio.

—Você não vai mais precisar fugir – disse Aden.

— Não se houver uma forma de eu continuar assim – respondeu Mary Ann, tentando não pular da cama e dançar como uma idiota.

Tinha de haver uma forma!

— Eu não sei. Nós poderíamos protegê-la para que você não sugasse mais energia. Mas, se, por exemplo, sua fome por energia voltar, você acabaria morrendo – Victoria estudou Riley antes de voltar sua atenção para Mary Ann. – Quero dizer, nós já fizemos proteções em sugadores antes. Não quando eles estavam sem suas habilidades, porque, pelo que eu sei, isso nunca aconteceu antes. Mas eles sempre morreram de fome.

Se havia uma forma pior de morrer, ela não conseguia imaginar naquele momento. Isso a impediria de seguir em frente? Claro que não.

— Eu não me importo. Quero tentar. Eu quero uma proteção.

Se houvesse uma chance, ela a aceitaria. Qualquer coisa para poder voltar a ver seu pai.

Qualquer coisa para estar com Riley.

Mary Ann preferia morrer a ferir os dois, então ela não teria qualquer escrúpulo em arriscar a própria vida.

— Nós temos os equipamentos?

— Sim. Nathan percebeu suas novas proteções e as crostas formando-se em uma delas e pensou que Riley talvez quisesse fazer alguns reparos, então pegou o que era necessário antes de partir.

—Vamos pensar bem antes de fazer isso – disse Aden.

Mary Ann já negava com a cabeça antes mesmo de o garoto terminar sua frase.

— Não. Vamos fazer a proteção. Aqui e agora. Antes de sairmos deste lugar.

Aden também olhou para Riley, que tinha uma expressão mais de "o que está acontecendo?" do que de "ajude-me a fazê-la usar a razão!".

— O que aconteceu com a nossa doce Mary Ann que raramente discute?

Riley deu de ombros, sem oferecer qualquer outro gesto e, por algum motivo, aquilo a irritou tanto como quando ele se esquivou dela.

— Você nos disse o que descobriu na última semana. Agora é nossa vez de dizer o que descobrimos.

Uma pausa. Uma respiração abalada.

— Está bem. – Aden preparou-se para o impacto. – Diga.

Mais meia hora se passou enquanto Riley explicava a busca de Mary Ann pela identidade das almas, seu sucesso, sua busca pelos pais de Aden e o que eles supunham se tratar de um êxito conquistado pela garota.

Aden ouviu, ficando pálido, enrijecendo o corpo. Seus olhos mudavam de cor tão rapidamente que eram como um caleidoscópio girando. Azul, dourado, verde, preto. Violeta. Um violeta tão brilhante. As almas deviam estar ficando loucas dentro da cabeça dele.

Quando Riley terminou, o silêncio opressor voltou a tomar conta do ambiente.

Aden deixou a cabeça recair no encosto da cadeira e olhou para o teto.

— Eu não sei como reagir a isso. Preciso de tempo. Um ano, talvez. Ou dois – ele esfregou as têmporas como se lutasse contra uma dor persistente. – Mas sabe o que eu mais detesto? O que eu mais detesto é o fato de que estamos correndo em círculos reagindo a tudo, mas sem *causar* nada.

— Eu não estou entendendo – disse Victoria.

– É – disse Mary Ann. – Como assim?

– Estamos deixando Vlad agir e puxar as cordas que ele usa para nos prender. Ele se esconde, força as pessoas a nos ferirem e nós não fazemos nada para detê-lo. *Nada*. Nós esperamos, aceitamos o que aparece, reagimos, ficamos atrapalhados sem planejamento, sem responder de forma alguma. Ele não tem medo de nós porque nós nunca atacamos primeiro. Por que nunca atacamos primeiro?

– O que você tem em mente? – perguntou Riley, com um tom rude misturado a uma espécie de avidez que talvez fosse ouvida de um prisioneiro ou de um condenado à morte que não tem nada a perder.

– Eu mesmo vou conversar com Tonya Smart. Vou visitar... meus pais, se é que podemos chamá-los assim. Vou descobrir o máximo possível sobre mim e sobre as almas. Porque, no fim das contas, preciso estar em minha melhor forma se quiser ter alguma esperança de derrotar Vlad. E não posso estar em minha melhor forma se eu for puxado em milhares de direções diferentes.

Aden parou, observando todos para assegurar-se de que eles estavam ouvindo. Quando percebeu que ninguém responderia, ele continuou:

– Vocês dois ainda não estão prontos para sair, ainda estão muito fracos e, para ser sincero, eu também estou. Então, vamos descansar. Quando o pôr do sol chegar, vamos sair e cortar algumas das cordas.

vinte e quatro

Mary Ann não conseguia descansar. Os efeitos do choque e da medicação estavam diminuindo, e as emoções acometiam-na com a força de um canhão. Aden e Victoria tinham saído há mais de uma hora, foram para o quarto ao lado, mas Mary Ann não conseguia sequer fechar os olhos. Riley ainda estava ao seu lado, quieto, paralisado – tão quieto que a garota chegava a ouvir um zumbido. Tão paralisado que poderia estar morto.

Como Shannon estava destinado a ser, outra vez.

A única forma de matar um zumbi era cortar sua cabeça. Pensando em seu amigo terminando dessa forma, na impossibilidade de voltar a falar com ele, Mary Ann chorou por infinitos minutos – por infinitas horas? Chorou até que não houvesse mais nada dentro dela. Até que seus olhos estivessem inchados e queimando; até que seu nariz estivesse entupido. Em algum momento, Riley segurou-a em seus braços, aqueles braços fortes e adoráveis, e abraçou-a com força.

Quando o corpo de Mary Ann parou de tremer, ela soltou um suspiro estremecido. Se pelo menos aquele fosse o fim de sua angústia... Mas sua mente recusava-se a se aquietar. E ela ainda teria de lidar com Tucker. Muito embora jamais tivesse confiado totalmente nele, muito embora soubesse do que ele era capaz, ela nunca esperara *isso*.

– Você está bem? – perguntou Riley com uma voz rouca. Ele tirou os braços de volta dela.

Mary Ann rolou para o lado, olhou para ele. O mutante estava de costas, encarando o teto, o que a lembrava de Aden enquanto ele buscava respostas em sua mente.

– Não quero vomitar, se é isso que você está me perguntando.

– Bem, então você está bem.

– Você vai fazer a proteção em mim?

– Sim, se é isso que você quer...Vou consertar a que foi destruída e vou fazer outra para evitar que você sugue a energia de outras pessoas.

– Obrigada.

Mas por que ele estava tão disposto a fazer aquilo? Porque já não se importava com a possibilidade de ela viver ou morrer?

– Então não há motivos para esperar, certo?

Ele jogou as pernas na lateral da cama e Mary Ann pôde ver a ferida cicatrizando na panturrilha do lobinho. Esfolada, vermelha, furiosa. Ele devia ter sentido muita dor.

A garota estendeu a mão e segurou-o pelo braço, evitando que ele se levantasse.

– Como *você* está se sentindo?

– Bem – ele respondeu, sacudindo-se para se livrar do toque dela.

Enquanto Mary Ann observava, novamente entristecida, ele enfiou a mão na bolsa de seu irmão e deixou a garota para trás. Quando tinha tudo o que precisava, Riley sentou-se ao lado dela.

– Vire-se.

Ela obedeceu. Ele não falou enquanto puxava o avental de hospital que ela ainda usava, o tecido que envolvia o ombro de Mary Ann. Consertar a proteção em suas costas doía, uma vez que a agulha corria por casquinhas recém-criadas e pela carne em processo de cicatrização.

Quando Riley terminou, Mary Ann estava em péssimo estado: suando, tremendo.

— Onde você quer a nova?

Havia uma chance de que ela voltasse a ser humana. Normal. E isso significava que havia a chance de ela poder ver seu pai outra vez. Ele ficaria louco ao ver as tatuagens nos braços da filha. Não era necessário acrescentar mais uma tatuagem ali e, por consequência, deixá-lo ainda mais louco.

— Na perna — ela respondeu.

As costas de Mary Ann tremiam, então ela não tentou ficar deitada. Ela simplesmente se apoiou em um travesseiro e estendeu uma perna.

Riley deslizou o tecido até o joelho da garota e, por um momento, ficou paralisado. Simplesmente olhou para ela com uma expressão... aquecida?

— Riley?

A voz de Mary Ann tirou-o dos pensamentos que o entretinham. Com uma carranca, ele voltou ao trabalho. Depois da tatuagem anterior, essa quase não doeu. Mas, meu Deus, ela era *enorme*, estendendo-se do joelho ao tornozelo.

O motor do aparelho foi desligado e Riley guardou todo o material. Em seguida, limpou o sangramento com uma toalha que pegou no banheiro.

— Victoria estava errada. Você não vai morrer se isso não funcionar.

— Como assim?

— Se você começar a enfraquecer ou não conseguir mais se alimentar com comida normal, posso fechar a proteção e você vai voltar a ser norm... você mesma.

Ele tinha se contido para não dizer "normal". Mas a essência era que ela se tornaria novamente uma sugadora se ele fechasse a proteção. Por um lado, ela sabia que aquilo significava que ele ainda se importava com ela. Por outro, ele tinha acabado de fechar as portas de um relacionamento. Não tinha?

— Independentemente do que acontecer, quero que ela fique aberta — disse Mary Ann. — Funcionando.

— Mary Ann...

— Não. Agora eu preciso que você tatue outra proteção em mim.

Riley estreitou os olhos, mas não protestou. Ela o conhecia, todavia, e sabia que ele estava decidido a fazer o que *ele* mesmo quisesse.

— Proteção contra o quê?

— Você sabe contra o quê. Eu quero uma como a de Aden, que evite que qualquer pessoa seja capaz de fechar minhas proteções para sempre.

Ele já estava negando com a cabeça antes mesmo de ela terminar o que dizia.

— Admita. Se eu tivesse uma dessas, as bruxas não teriam tentado atacar a proteção contra morte por ferimentos físicos — continuou Mary Ann.

As bruxas conseguiam sentir as proteções e saber exatamente contra o que elas eram.

— Sim, mas o que você vai fazer se for capturada? O que você vai fazer se uma proteção que você não quer for desenhada em seu corpo?

— Então faça a proteção que evita que eu receba novas proteções.

— Ninguém em sã consciência se permitiria ter essa proteção. Você vai deixar seu corpo e sua mente abertos demais a muitos outros feitiços.

— Riley.

— Mary Ann.

— Eu quero a proteção, Riley. A primeira sobre a qual eu falei.

— Arriscado demais.

— Aden tem essa proteção.

— E vale a pena arriscar com ele. Existem pessoas demais sendo atraídas por Aden, querendo usá-lo, controlá-lo, feri-lo.

— Que novidade! As pessoas também querem me ferir — aliás, todas as pessoas que Riley conhecia queriam matá-la. Até mesmo os irmãos dele. Ou ela era a única que se lembrava da forma como os mutantes a encararam na noite em que ela assassinara aquelas bruxas e fadas? Com horror, nojo e fúria. O único motivo pelo qual eles tinham enfrentado tantos problemas para salvá-la era o fato de Riley amá-la. Ou tê-la amado.

— Com uma proteção indestrutível que evita a morte por ferimentos físicos, como você acha que as bruxas vão tentar matá-la da próxima vez? — ele rosnou. — E elas *vão* tentar matar você outra vez, Mary Ann. Você vai ser culpada pelo Massacre dos Mantos Vermelhos.

— Mas eu...

Riley não esperou que ela terminasse.

— Caso você ainda não tenha percebido, me permita explicar: elas vão te trancafiar, deixar você passar fome e te torturar sem causar a sua morte. Elas vão manter você nesse estado até você morrer por conta da idade.

Impossível.

— E isso poderia demorar *décadas*.

— Exatamente.

Mary Ann percebeu que estava deixando Riley assustá-la.

— Faça a proteção em mim.

Ela já estava decidida: preferia morrer dolorosamente, tortuosamente, a causar a morte de alguém por causa de sua fome. Mary Ann não mudaria de ideia.

— Eu já guardei o aparelho.

— Claro. É tão difícil pegá-lo novamente...

— Não.

— Eu não quero mais ser um perigo para você.

Um músculo repuxou no maxilar do mutante.

—Você não é um perigo.

— Ah é? E o que mudou? – ela perguntou, tentando soar o mais casual possível. Mary Ann finalmente descobriria o que o estava levando a agir dessa forma.

Riley correu a língua pelos dentes. Seus olhos brilhavam com um brilho esverdeado familiar – não um brilho de desejo, mas de fúria. Um olhar que ele nunca tinha lançado para ela.

— Eu não consigo mais me transformar.

Ele não podia mais... Espere aí. Espere aí. Espere aí!

— O quê?

— Eu não consigo me transformar. Eu tentei. Várias vezes desde que deixamos o hospital. Eu simplesmente... não consigo.

— Porque... Porque eu me alimentei de você?

—Você não queria...Você até mesmo resistiu. Mas eu forcei, forcei bastante até você se alimentar – a fúria estilhaçava-se, o desespero tomava seu lugar. – Mas não importa. O resultado é o mesmo.

Não importa? Aquilo importava mais que qualquer coisa! Ele podia até ter forçado, mas foi *ela* quem sugou. Ela tinha sugado o animal de Riley para fora dele. Seu interior. Seu verdadeiro ser. Desaparecido. Para sempre. Por causa dela. Não era de se surpreender que ele estivesse agindo como se a detestasse. Ele a detestava.

— Riley, sinto muito. Sinto muito, mesmo. Eu não queria... Eu jamais teria...

Não havia palavras que expressassem a profundeza do remorso de Mary Ann. Não havia nada que pudesse melhorar aquela situação.

De tudo que ela tinha feito, aquilo era sem dúvida a pior coisa. E aqueles canais lacrimais secos? Eles subitamente lembraram-se de como funcionavam, queimando os olhos de Mary Ann, fazendo as lágrimas correrem por suas bochechas.

– Nós sabíamos que isso poderia acontecer – disse ele.

– Você é... humano?

Um riso amargurado.

– Basicamente.

Pior e pior. Aquilo devia ser uma tortura para ele. Riley tinha sido um mutante durante toda a sua vida.

Sua longuíssima vida. Uma vida que agora poderia ser encurtada. Por. Causa. Dela. Os amigos de Riley eram mutantes. Os membros de sua família eram mutantes. E agora ele era aquilo que mais detestava: vulnerável.

O garoto levantou-se e virou as costas para ela.

– Vou tomar banho. Tente descansar um pouco.

Ele não esperou que ela respondesse, mas logo marchou até o banheiro e fechou a porta.

Fechou a porta.

Agora e para sempre, ela acreditava.

Mary Ann curvou o corpo e chorou.

Aden xingou em voz baixa.

– Você ouviu isso?

– As palavras que saíram da sua boca? – perguntou Victoria. – Sim. Você basicamente gritou as obscenidades no meu ouvido.

– Não isso. O que Riley acabou de falar para Mary Ann.

– Ah. Não. Você ouviu?

– Sim.

Victoria repousou seu corpo contra o de Aden, aconchegando-se ao lado dele. O garoto passou os dedos pelos cabelos dela, adorando aquela suavidade. O quarto estava escuro, mas o olhar de Aden atravessava a escuridão como se ele usasse óculos de visão noturna.

– Como? – ela perguntou.

— Paredes finas?

— Se fosse assim, *eu* teria ouvido. Como?

— Outra habilidade vampiresca se manifestando?

— Agora faz sentido.

Aden esperava que as almas tecessem comentários, verbalizassem seus pensamentos. O que não aconteceu. Caleb ainda estava de luto pelas bruxas; Elijah não tinha desistido de suas juras silenciosas e, desde que ouvira sobre Tonya Smart, Julian andava ocupado demais tentando descobrir quem ele tinha sido e qual fora seu último desejo.

Atualmente, o único que dava trabalho ao garoto era Júnior. Aden estava faminto, outra vez, e sua besta não permitiria que ele se esquecesse disso. Aliás, seus rugidos estavam se tornando mais altos a cada hora que se passava.

Toda a terminologia ligada a nascimento usada por Elijah fazia sentido. Aden sentia-se um novo pai cujo filho tinha sujado a fralda e exigia ser trocado.

— Aden... — disse Victoria. — O que Riley disse?

Ah, sim. Aden e Victoria estavam no meio de uma conversa.

— Riley não consegue mais se transformar.

Ela deu um pulo e olhou para ele, olhos arregalados por conta do receio.

— O quê?!

— Não mate o mensageiro — Aden puxou-a de volta, abraçando-a, adorando a forma como Victoria ajustava seu corpo ao dele. — Riley acabou de contar para Mary Ann. Parece que ela se alimentou dele antes de os dois irem para o hospital.

— Como... como ele te pareceu?

— Surpreendentemente bem.

— Ah, não. Ele soa assim *justamente* quando está mais chateado — Victoria bateu o punho no peito de Aden. — Eu vou matar aquela garota!

Victoria tentou se sentar, mas Aden segurou-a mais forte, mantendo-a junto a seu corpo.

— Ele está tomando banho e eu não acho que Mary Ann tenha feito isso de propósito.

— Eu não me importo. É justamente por isso que as raças sempre destruíram os sugadores logo que eles são identificados. Acidentes desse tipo não podem acontecer.

— Talvez ele consiga se curar. Talvez...

— Mary Ann roubou a habilidade dele. Não há como se curar disso.

— Assim como era impossível transformar um humano em vampiro? Certa vez, ela dissera a ele que *isso* também era impossível.

— Eu... Eu... Ah! Eu ainda quero dar uma gravata naquela garota. Sufocá-la. E eu sei fazer isso. Riley me ensinou.

Está bem. Hora de abandonar o assunto antes de Victoria ficar ainda mais furiosa e Chompers decidir sair para brincar. O que faria Júnior também sair para brincar. Além disso, Aden tinha a sensação de que ainda não vira Riley em sua pele de lobo pela última vez. Talvez isso fosse apenas um pensamento desejoso de sua parte, mas, sinceramente?, Aden confiava em suas sensações.

Ele sabia que conheceria Victoria antes mesmo de tê-la visto. Por causa das visões de Elijah, é verdade, mas, como Aden vinha descobrindo, as almas compartilhavam suas habilidades com ele. E essas habilidades permaneciam com ele, mesmo depois que as almas iam embora. Elijah não era o único sensitivo naquele corpo. Ele também era, de certa forma.

Lembrar-se disso o fez ficar paralisado. Será que *Aden* conseguia enxergar o futuro?

— Me deixe ir, Aden. Agora! — o hálito frio de Victoria chocou-se com o peito dele.

— Ainda não. Quero conversar com você sobre uma coisa.

— Sobre o quê? — ela perguntou, relutante.

— Sei que você não quer que eu me alimente de você, e eu respeito isso — muito embora ele *ainda* desejasse o sangue dela mais do que qualquer coisa. A essa altura, o garoto duvidava que isso em algum momento mudaria. — Você está com medo de que eu fique louco outra vez, como na caverna?

— Não. Se isso fosse uma possibilidade, teria acontecido quando você bebeu meu sangue em uma taça.

Ele acreditava que aquelas palavras fossem a verdade.

— Você está com medo de que eu veja o mundo através dos seus olhos?

— Não. Quer dizer, se isso não aconteceu da outra vez... Ainda seria possível, é claro, mas isso também tanto faz. Já aconteceu antes e, na verdade, você já sabe tudo o que há para saber a meu respeito.

— Então me diga o que está se passando na sua cabeça. Por favor.

Ela fez um desenho no peito dele, a ponta de seus dedos fazendo-lhe cócegas, sensibilizando-o.

— Você não vai gostar.

— Mas me diga mesmo assim.

Os lábios de Victoria encostaram no ponto mais sensível; o coração de Aden bateu mais acelerado, tentando alcançar os batimentos dela.

— Você sabia que está se tornando um vampiro?

— Sim — ele disse. E, naquele momento, Aden sabia aonde ela queria chegar. Ele sabia, e *não* gostava. Um frio insidioso invadiu a corrente sanguínea do garoto.

— Bem, eu estou me tornando... humana. Completamente humana.

Bingo.

— Minha pele, ela está como a sua era. Pode ser facilmente cortada — continuou Victoria. — Eu não consigo mais me teletransportar. Não consigo usar aquela voz que convence as pessoas. Estou me alimentando com comida humana. Eu comi um hambúrguer antes de voltar com o almoço de Mary Ann. Um hambúrguer! E adorei o sabor.

Tantas mudanças. Tantas mudanças.

—Você ainda precisa de sangue?

— Eu, não. Eu não preciso mais, mas Chompers precisa. O rugido dele... No início era mais forte, porque ele estava muito faminto, mas agora está se tornando mais fraco. Chompers anda muito quieto. Estou quase receosa de que ele esteja... de que ele esteja... bem, você sabe.

Sim. Morrendo.

Aden beliscou o nariz, tentando alinhar seus pensamentos. Ele devia ter se dado conta da verdade sozinho. Afinal, aquilo fazia sentido e explicava muito. A pele fria de Victoria, sua relutância a fazer as coisas que costumava fazer. Quando Aden pensou sobre todos os riscos que ela tinha corrido recentemente, todos os riscos a que a submeteu, ele queria dar socos na parede.

Excetuando-se isso, havia apenas uma outra coisa que ele queria fazer.

— Está bem. Aqui está nosso novo plano: você vai se alimentar de mim e eu vou me alimentar de você. Mais uma troca de sangue, exatamente como na caverna.

As bochechas de Victoria enrubesceram enquanto ela negava com a cabeça.

— Nós não sabemos como vamos reagir. Como *elas* vão reagir.

As bestas.

— Exatamente, mas já passou da hora de descobrirmos. Estamos sendo proativos agora, lembra? Não estamos simplesmente reagindo, estamos provocando.

A respiração dela estremeceu, dessa vez emitida em pequenos golpes.

— Está bem. Você está certo. Eu sei que você está certo.

Ótimo, pois a boca dele já estava salivando, desesperada por um gole. E talvez ele estivesse forçando isso pois desejava tanto saborear aquele sangue, e não apenas porque ele achava que aquilo os salvaria – mas, naquele momento, ele não se importava.

– Está pronta?

– Sim.

Ele rolou sobre ela, e ela soltou-se, virando a cabeça para o lado para oferecer seu pulso batendo. As gengivas do garoto começaram a doer, a realmente pulsar e ele passou os dentes sobre suas... presas, ele percebeu, um choque para sua alma. Pela primeira vez, seus dentes estavam tão afiados quanto navalhas. Não eram tão longos quanto os de Victoria, mas já eram perceptivelmente maiores que antes.

– Você primeiro – ele murmurou, querendo que Victoria estivesse o mais forte possível para receber sua mordida.

Um tremor correu pela garota, mas ela já lambia o pescoço de Aden, sugava-o, sugava aquele sangue aquecido, mordia, bebia e, diferentemente de antes, a mordida doeu, pois não havia nenhum composto químico correndo pelas veias dele, tornando seu corpo dormente. Mas Aden não se importou. Ele gostava de saber que ela estava tomando dele o que ela precisava; era por aquilo que ele implorava desde que os dois se conheceram. E, quando ela terminou, ele fez a mesma coisa com ela – lambia, sugava, aquecia-se, mordia, bebia.

Victoria gemeu e aquele som ecoou pelo quarto. Seus dedos puxavam os cabelos dele.

– Isso é uma delícia – ela sussurrou.

Então foi a vez de Aden gemer. Tão doce, tão deliciosamente agradável, tão satisfatório, fluindo por ele, fortalecendo-o, acalmando Júnior, consumindo os dois. Ele estava se esfregando contra o corpo de Victoria antes sequer de se dar conta disso, mas ela parecia não se importar, parecia gostar daquilo, realizando movimentos correspondentes com seu corpo.

Mas logo aquilo não era mais suficiente para nenhum deles. Aden retirou seus dentes do pescoço da garota, certamente a atitude mais difícil que ele já tinha tomado. Mas ele não queria sugar muito, afinal, era preciso protegê-la, até de si mesmo. Ela gemeu, desapontada. Aden não conseguia se distanciar dela.

— Aden... — disse ela, roucamente, enquanto tomava uma lufada de ar.

— Sim.

— Mais.

— Mordida?

Um sorriso suave e incandescente.

— Mais tudo.

Como se ele precisasse que ela pedisse mais. Ele beijou-a até que fosse forçado a se separar dela em busca de ar. E, em seguida, beijou-a novamente.

Em algum momento durante aquele segundo beijo, as roupas desapareceram; as mãos começaram a explorar. Ele sentia dor, mas nunca tinha se sentido tão bem. Aden precisava de mais, como ela tinha dito, mas não poderia sugar muito mais. Seus pensamentos estavam em curto-circuito. Aquilo era tudo que ele esperava, só que ainda melhor. Muito melhor.

— Rápido demais? — ele sussurrou. — Devo parar?

— Lento demais. Não pare.

— Ca-camisinha — ele disse. Aden não tinha um preservativo. E não podia ficar com ela sem um preservativo. Ele não arriscaria uma gravidez. Havia DSTs por aí, ele sabia, e, mesmo sabendo que Victoria não tivesse nenhuma delas, mesmo sabendo que os vampiros eram imunes a doenças humanas, ele também não seria idiota com relação a isso.

— Eu... trouxe uma. Depois da nossa conversa na floresta, carrego uma comigo. O tempo todo.

Ela saiu debaixo dele para pegar o preservativo, deixando-o gemendo por sua ausência. Alguns segundos depois, Victoria retornou, e eles continuaram de onde tinham parado.

Em momento algum as almas fizeram qualquer comentário. Em momento algum Júnior urrou. Ou talvez Aden simplesmente estivesse entregue demais ao que estava fazendo para perceber algum comentário das almas ou algum urro de Júnior. Só havia Victoria, aqui e agora. A primeira vez deles. A primeira vez dele.

Seu... tudo.

vinte e cinco

Você realmente quer me desafiar, garoto?

As palavras de Vlad ecoaram na mente de Tucker, ameaçadoras, tão afiadas quanto uma adaga. A mesma adaga que ele segurava nas mãos enquanto caminhava pelo quarto de motel. Tucker alugara aquela porcaria no mesmo andar do mesmo pulgueiro onde os outros estavam – ou melhor, no mesmo andar do mesmo pulgueiro por onde os outros tinham passado. Não que ele soubesse. O garoto queria estar perto de Mary Ann, sentir novamente a paz que ela causava-lhe, mas aquilo não tinha funcionado. Ele ainda conseguia sentir Vlad atormentando-o.

Aquele maldito queria acabar com sua própria filha. Queria que todos os responsáveis por sua queda fossem eliminados. E estava perto de conseguir o que queria. Aqueles responsáveis estavam finalmente juntos e no mesmo barco. Aden, o poder. Riley, a segurança. Victoria, o colírio para os olhos. Está bem, ela era mais ou menos. E Mary Ann, o cérebro.

Tucker já deveria ter acabado com eles.

Pelo menos Vlad não tinha ideia de que Tucker fizera um acordo com os jovens. Um acordo que era melhor eles honrarem.

Depois que Aden terminara de transar com sua vampira, o casal tinha conversado, toda aquela porcaria romântica. Tucker ainda estremecia. Por outro lado, Mary Ann e Riley tinham brigado, quase derramado sangue. Ele preferia os murmúrios. Por sorte, tudo aquilo terminou quando os quatro reuniram-se e deixaram o conforto do motel para o campo de batalhas a céu aberto no mundo exterior. Eles ainda estavam vulneráveis a ataques e era exatamente isso que Vlad queria que Tucker fizesse. Atacasse.

Você está me escutando, garoto? Eu não gosto de ser ignorado. Coisas terríveis acontecem com aqueles que me irritam.

Como se Tucker já não soubesse disso. Bastava lembrar o que Vlad já o forçara a fazer com Aden; ou o que Vlad tinha forçado Ryder a fazer com Shannon.

O ritmo dos passos de Tucker aumentou, seus sapatos cravando-se no carpete. Como ele se livraria daquela confusão? *Como faria isso sem mortes?* Se ele matasse Aden, este não poderia salvar seu irmão.

Ele passou uma mão pelos cabelos, a mão que segurava a adaga. O punho de metal deixou marcas em seu couro cabeludo.

Você vai fazer o que eu disse. É impossível lutar contra mim.

Tinha de haver uma saída.

Eu vou matar seu irmão se você falhar. Você esqueceu?

– Não, eu não esqueci. Mas, se você matá-lo, será impossível me controlar – esbravejou Tucker.

Vlad podia estar se fortalecendo, mas o que o ligava a Tucker não estava. A cada hora, os laços enfraqueciam-se um pouco mais. Tucker acreditava estar criando uma imunidade. Mas não rápido o suficiente. Nem perto de rápido o suficiente. Vlad ainda podia forçá-lo a ir até qualquer pessoa, a ferir – física ou mentalmente – qualquer pessoa, e Tucker só podia sorrir ironicamente e ignorar.

No entanto, Vlad devia saber que essa ligação estava se enfraquecendo, e era por isso que ele estava ameaçando o irmão mais novo do garoto. Uma apólice de seguro na forma de seu irmãozinho inocente, um garoto de seis anos de idade cujos amigos eram invisíveis e cujo pai tratava-o como fezes de cachorro sob os sapatos. Ethan merecia ser feliz, mas todos sempre o deixavam de lado.

Tucker amava-o, embora sempre tivesse sido o pior ofensor. E agora ele queria – precisava – recuperar o tempo perdido. Para salvar aquela criança de uma vez por todas.

Sempre há uma forma de controlar um humano insignificante, disse Vlad, rindo presunçosamente. *Eu sempre encontro uma forma.*

Verdade. A pura verdade. No entanto, Tucker não era exatamente humano, era?

– Não quero ferir mais ninguém – ele não queria assassinar seus... amigos. Ou *aminimigos*, era mais provável. Eles, no entanto, não hesitariam em matá-lo num piscar de olhos. E por um bom motivo. Porém, eles prometeram ajudá-lo a salvar o irmão e Tucker tinha de acreditar que eles tentariam.

Eles teriam sucesso? Talvez. Do mesmo jeito que Aden tinha domado aquelas bestas dentro dos vampiros... Talvez ele pudesse domar o monstro de Vlad e usá-lo como uma arma. É, talvez. Tudo que Tucker sabia ao certo era que ele não podia derrotar o antigo rei sozinho. Ele precisava de ajuda. Aden era a ajuda. Então, matá-lo não era uma opção.

Eu não me importo com o que você quer ou não quer. Faça. Faça o que eu mando. Destrua-os. Agora.

Os pés de Tucker estavam movendo-se em direção ao chão antes que ele pudesse se conter, a adaga estava novamente pronta para atacar. Não. Não, não, não. Ele apoiou os tornozelos no carpete, diminuindo seu impulso. Alguns dias atrás, ele estaria do lado de fora, imediatamente fazendo conforme o ordenado. Tucker não tinha mentido para Victoria. Quanto mais maldades fazia, mais forte ele se tornava. E não foi necessário muito tempo para descobrir isso.

Em alguns dias, talvez Vlad não fosse mais capaz de guiá-lo. Mas ele tinha alguns dias? Seu irmão tinha alguns dias?

Provavelmente não.

Tucker massageou a nuca. Agora, havia apenas uma forma segura de conseguir o que queria. Ele tinha ignorado a possibilidade antes, mas aqui, agora, era impossível ignorá-la. E, no fundo, ele não queria ignorá-la.

– Me leve para onde eles foram – disse o garoto com um tom completamente desprovido de qualquer emoção.

A alegria de Vlad praticamente escorregou do topo da cabeça de Tucker até a sola de seus pés.

Esse é meu garoto.

Tente outra vez, disse Julian.

Aden bateu na porta de Tonya Smart pela sexta vez. Ela estava em casa, por mais que, naquele momento, desejasse não estar. E Aden não estava disposto a sair antes de ela atender. Ou antes de ela chamar a polícia para acompanhá-lo para bem longe de sua casa.

Riley e Mary Ann estavam a alguns quilômetros dali, verificando a casa dos Stone, assegurando-se de que eles eram, de fato, os pais de seu amigo. Aden tinha desistido de ir até lá, alegando que tudo seria mais fácil e mais rápido se eles se dividissem. Na verdade, ele simplesmente não estava pronto para encarar aquelas duas pessoas que o tinham traído e esquecido.

Afinal, o que ele faria se aquelas pessoas fossem decentes e boas? E se elas não soubessem nada sobre a habilidade dele? E se aquelas habilidades não tivessem nada a ver com o motivo pelo qual eles tinham desistido de criá-lo? E se eles simplesmente não o quisessem?

Só de pensar nas possibilidades, Aden já sangrava por dentro.

Victoria estava ao seu lado, segurando sua mão. Agora que ele sabia que ela era humana, não queria deixá-la fora de vista por nenhum motivo. Alguém tinha de protegê-la, e ele queria ser esse alguém. Agora. Sempre. Não somente porque o sangue dela tinha um sabor divino que ele ainda desejava – e que ele provavelmente desejaria para sempre –, mas também porque ela confiava nele, cuidava dele, queria o melhor para ele e ainda o amava, mesmo depois de tudo o que eles tinham feito, mesmo depois de tudo que ele tinha tomado dela.

Mais uma vez, irrompeu Julian. *Por favor.*

Depois da perda de Eve, as almas tinham parado de forçar Aden a descobrir quem elas eram. Elas sentiam tanto medo de partir quanto o próprio garoto sentia. No entanto, agora que a informação estava ao alcance, o medo de Julian tinha se dissipado. Ele era todo ansiedade.

– Talvez devêssemos tentar outra vez mais tarde – propôs Victoria, analisando o quintal.

– Nós chegaríamos ao mesmo resultado – Aden bateu outra vez. – Ela está em casa. Eu consigo... sentir o cheiro dela.

E ele conseguia até ouvir o bater do coração da mulher. E sim, aquilo o estava deixando assustado.

Júnior gostava do som, obviamente. Embora não fosse exatamente uma canção de ninar para ele, como seria para outros recém-nascidos. Era um tambor de guerra. Júnior ouvia o palpitar e sua fome aumentava, muito embora já tivesse sido alimentado.

– Se a mulher está decidida a nos ignorar, então falhamos antes mesmo de chegar aqui – a voz de Victoria tinha se tornado profunda, áspera, ganhado vida.

Os sentidos mais sensíveis de Aden agora percebiam detalhes que ele jamais percebera antes.

– É...

Não!, gritou Julian. *Nós não vamos embora.*

– Ainda não – disse Aden.

Um suspiro de alívio ecoou.

Obrigado.

– Eu só quero conversar com a senhora, senhora Smart – gritou o garoto. – Por favor! Suas palavras podem salvar uma vida.

Os próximos minutos passaram-se sem nenhum resultado.

– Não está funcionando – Victoria mordeu o lábio. – Eu queria, mas não posso... – ela piscou para Aden. – Mas você sim.

– Pode o quê?

– Convocá-la. Você pode *fazer* essa mulher conversar com você.

Verdade. Ele podia. E sempre se esquecia disso.

A cabeça de Aden caiu para trás e ele olhou para o céu. Um veludo negro com pontos marcados pela luz das estrelas. Vasto, sem fim. Como a habilidade de Aden. Ele podia levar qualquer pessoa a fazer o que ele quisesse. Da mesma forma como médicos e mais médicos o tinham forçado a fazer coisas contra a própria vontade, embora esses médicos usassem remédios. Da mesma forma que pais adotivos e mais pais adotivos tinham esperado submissão total e absoluta em troca do "presente" de tê-lo aceitado. Qualquer coisa por um cheque no final do mês, Aden acreditava.

Fazer aquilo com outras pessoas... *continuar* fazendo aquilo... mais e mais vezes, quando ele conhecia os horrores de estar do outro lado.

É um bom plano, disse Julian.

– Eu sei – quanto mais ele fizesse aquilo, todavia, mais fácil seria, e mais ele iria se apoiar nessa habilidade, até que passasse a usá-la para tudo. – Só... me deixe pensar um pouco.

Victoria compreendeu:

– Você não gosta de forçar as pessoas.

— É... — ele foi até o balanço na varanda e os dois sentaram-se. A madeira rangeu por conta do peso.

— Eu nunca conheci ninguém que resistisse a usar A Voz antes. É admirável.

A frustração abriu espaço para o prazer, e Aden quis abraçá-la mais forte. Isso obviamente levou a outro pensamento: ele queria estar com ela outra vez.

O garoto logo percebeu que sua mente só conseguia pensar naquilo. Sexo. Sua primeira vez, e ele estava feliz por ter sido com ela. Uma garota que o entendia, que conhecia o que ele tinha passado, o que ele ainda estava passando. Uma garota que não o julgava e que gostava de ficar com ele.

— Eu não vou falar com você sobre ele — disse subitamente uma voz familiar. — Não posso.

Fabuloso. Aquela droga outra vez.

E, ainda assim, lá estava ela. Pelo canto do olho, Aden avistou a mãe de Victoria dançar diante dele, sua túnica negra balançando em volta dos tornozelos. Por um momento, o garoto se perguntou se aquela mulher era uma visão-cortesia de Tucker, se fora sempre uma ilusão. Se Vlad dissera ao Garoto Demônio qual era a aparência de Edina e se Tucker tinha planejado aquilo simplesmente para deixar Aden louco.

Mas não. Da primeira vez que a mulher aparecera, Tucker estava com Mary Ann. Nem mesmo aquele demônio podia estar em dois lugares ao mesmo tempo, causando problemas. No hospital, Aden tinha se perguntado se Edina aparecia nos momentos em que Victoria estava pensando nela. Agora, todavia, ele descartou essa ideia. A garota não tinha falado sobre sua mãe — e ela certamente teria dito alguma coisa.

Aquilo subitamente pareceu ser efeito da ingestão do sangue de Victoria. Ele tinha bebido dela — duas vezes — e ainda assim a mente dela não tinha se misturado à dele. E se essa fosse a forma como a ligação entre os sangues iria se manifestar de agora em diante?

Ninguém mais apareceu na visão e ele não ouviu a resposta à recusa de Edina de "falar sobre ele". No entanto, ela disse:

— Não. Não! Eu o amo e isso é tudo que você precisa saber. Estou fugindo com ele, mas não posso levar você com a gente, querida. Seu pai pode me deixar ir, mas ele jamais deixaria que eu a levasse comigo. E ele já provou isso, não provou?

Ela deixaria sua filha para trás? *Victoria* para trás?

— Aden? — chamou Victoria.

— Preciso de um minuto.

— Ah, está bem.

Ela provavelmente supôs que ele estava ouvindo as almas, e ele não a corrigiu.

— Vou escrever para você todos os dias, minha querida — disse Edina. Um raio de sol atravessou a espessa camada de nuvens e brilhou diretamente em direção à mulher. Exatamente como as partículas de poeira à sua volta, ela vacilou. — Eu prometo.

Pausa.

— Seja minha corajosa Vicki e diga ao seu pai que estou em meu quarto, se ele perguntar.

Vicki. Victoria. Sim. O estômago de Aden girou junto com a poeira quando ele entendeu o que sua namorada tinha enfrentado. Não era de se surpreender que ela usasse tanto sua voz de vodu. O caos sempre a tinha cercado. Dizer aos humanos o que fazer tinha sido sua forma de assumir o controle, de finalmente chegar aos resultados que ela desejava.

Aden? O que está rolando?, perguntou Julian.

— Nada.

Em um piscar de olhos, a visão mudou. Dessa vez, o resto do mundo desapareceu, paredes escuras enclausuravam-no. Não havia tempo para reagir. Acima dele, um teto espelhado; abaixo, um piso de ônix brilhante.

Ele perdeu a ligação com o próprio corpo e viu-se enxergando pelos olhos de outra pessoa. Pelos olhos de Victoria. Aden conhecia muito bem aquela sensação.

Logo à sua frente, um homem que Aden só podia acreditar ser Vlad, o Empalador, sentado em um trono de ouro com detalhes em relevo. Nossa! Aquele homem de fato impressionava. Tudo que Aden vira dele até então eram restos chamuscados. Nesse momento, todavia, o vampiro-rei estava enorme, uma figura colossal e cheia de força, mesmo sentado.

Ele tinha cabelos negros espessos e curtos e seus olhos eram azuis como safiras queimando em um fogo incessante. Linhas finas arrastavam-se para fora dos cantos de seus olhos e, em vez de deixá-lo mais velho, pintavam uma expressão de determinação e crueldade. Seus lábios eram finos, manchados de vermelho e retorciam-se implacavelmente. Uma cicatriz corria do arco de uma sobrancelha escura até seu queixo teimoso.

As garotas consideravam-no bonito, Aden supôs, uma beleza psicótico-assassina. Vlad ostentava ombros largos e um torso nu e desenhado pelos músculos. Havia um anel em cada um de seus dedos, tornando-o um homem seguro de sua masculinidade. Ele usava calções marrons que moldavam suas pernas e botas que iam até o joelho.

— Você se atreve a me desafiar? — embora Vlad falasse em uma língua que Aden jamais ouvira antes, ele não tinha problemas para entender; afinal, *Victoria* entendia. — Bem, eu aceito.

Vlad levantou-se. Alto... Mais alto... Um homem gigante feito de músculos sólidos.

O vampiro com quem Vlad falava era tão alto e tão musculoso quanto ele.

— Eu não duvidei que você aceitaria.

— Você pode escolher a arma.

Em volta deles, uma multidão de pessoas tensas assistia àquela cena, quase sem conseguir respirar. Exceto por um homem. Sorin, o irmão de Victoria. Ele estava logo abaixo do estrado onde o trono ficava apoiado e balançava a cabeça em resignação.

Victoria estava a poucos passos dele. O olhar da vampira deslizou por um espelho e Aden percebeu que ela era uma garotinha, talvez com dois anos a mais que na visão do açoitamento. Sua mãe estava ao lado dela, com lágrimas correndo pelas bochechas e com o rosto apertado por conta do medo.

Não havia nenhum traço das emoções de Victoria revelado no reflexo. Ela segurava a mão da mãe e as articulações de seus dedos estavam sem cor. A menina podia parecer calma, mas os nervos borbulhavam dentro de seu corpo. E a garota sentia medo demais para soltar Edina.

— Eu escolho espadas — disse o homem.

— Uma excelente escolha — Vlad desceu as escadas até o chão. — Quando? Onde?

— Agora. Aqui.

Um aceno de cabeça, indicando aprovação e satisfação.

— Chegamos a um acordo, então.

— Somente com relação a isso.

Alguém na multidão jogou uma espada para Vlad e outra para seu oponente. Ambos pegaram as armas facilmente. Um segundo depois, aquele que o desafiava avançou, lançando-se na briga.

Vlad ficou completamente parado. Então, pouco antes de o homem alcançá-lo, deu meia-volta, deixando apenas uma mancha com seu movimento. E golpeou.

Sangue e intestinos espalharam-se por todo o chão.

O homem caiu de joelhos, arfando, murmurando, com os olhos arregalados. Ele segurou a lateral do corpo, ainda sem entender a profundidade de sua rápida derrota. Sem derramar uma gota de suor e sem dar sequer um passo, Vlad desferiu um segundo golpe e arrancou a cabeça de seu oponente.

A multidão ficou boquiaberta, suspirando em uníssono.

– Alguém mais? – perguntou Vlad, polindo as unhas na cintura da calça. – Será um prazer lutar contra qualquer um de vocês.

Edina caiu em prantos e correu para fora da sala, deixando sua garotinha para trás. Uma garotinha que tremia enquanto seu pai lançava a força de seu desprazer em direção a ela.

– Por que você não a conteve? É o amante *dela* que está em pedaços no chão. Um homem que você chamaria de pai, tenho certeza. Um homem que você *queria* chamar de pai.

– Não! Eu... Eu...

– Não vou ouvir desculpas ou falsas negações vindas de você – ele acenou com a mão no ar. – Vá. Leve a cabeça do infeliz e coloque em uma lança. A tarefa é sua e você irá cumpri-la. Caso contrário, você vai descansar ao lado dele.

Victoria tremia mais intensamente enquanto apressava-se em obedecer, vagando entre coisas que nenhuma criança jamais devia ver.

O primeiro pensamento de Aden não tinha nada a ver com Vlad, com lutar contra Vlad ou com não ter esperança de vencer uma luta contra um homem daquele tipo. Sua mente estava concentrada unicamente em Victoria. Saber que ela tinha enfrentado isso o deixou arruinado.

Ele queria correr até aquela garotinha indefesa e levá-la para longe, para onde ela pudesse estar protegida de todos aqueles horrores. O homem que acabara de ser estripado era o homem com quem Edina tinha tentado fugir, deixando sua filha para trás. A filha que naquele momento tinha de limpar a sujeira deixada por sua mãe. Literalmente.

A pobre Victoria de Aden. Em outro momento, ele teria apostado um bom dinheiro no fato de que ninguém poderia ter uma infância pior que a dele. No entanto, a de Victoria tinha sido. Em comparação com o que acabara de ver, ele tinha sido criado no paraíso com anjos da guarda.

A cena desapareceu. Em um instante, ela estava lá; no seguinte, tinha se transformado em uma nuvem de vapor.

– Aden – sussurrou Victoria, sacudindo-o de volta para o presente. – Alguém está vindo.

Ele rapidamente piscou os olhos, recuperando o foco, enquanto a porta da casa rangia e era aberta. Tonya olhou para fora. Aden não a hipnotizara e, mesmo assim, lá estava ela. Muito provavelmente para verificar se ele tinha ido embora, mas enfim... Ele aceitaria o que poderia ter.

– O que você quer? – esbravejou a mulher ao avistá-lo. Ela não saiu na varanda, e manteve a tela da porta entre eles. – Por que você não vai embora?

Aden levantou-se do balanço.

– Meus amigos visitaram você, perguntaram sobre o seu marido...

– Sim. E eu falei para aquela garota não voltar.

– E ela não voltou. Eu estou aqui.

– Sinto muito, mas também não tenho nada para dizer a você.

Ela deu a entender que fecharia a porta, e foi então que Aden cedeu. Cansado de esperar, cansado das perguntas sem respostas e não mais disposto a ver seu novo dom como uma maldição, ele colocou todo o seu desejo nas palavras e disse:

– Deixe a porta aberta.

Victoria adorava a própria voz de vodu, mas entregara-a. Para ele. Aden não menosprezaria mais esse dom.

Os olhos de Tonya imediatamente ficaram vidrados e ela não mexeu mais na porta.

Victoria ficou ao lado de Aden e entrelaçou seus dedos aos dele, oferecendo conforto.

– Seu cunhado morreu e não deixou nenhum familiar para trás. Você tem alguma fotografia dele? Algum item pessoal?

Silêncio.

– Diga a ela para lhe responder – instruiu Victoria.

– Me diga o que eu quero saber – ele acrescentou com vontade, muita vontade.

– Eu... – embora os olhos de Tonya ainda estivessem vidrados, ela encontrou forças para negar. – Eu não posso contar para você.

Franzindo a testa, Victoria sacudiu a cabeça.

– Isso é impossível. Você tem de contar para ele. Ele ordenou. Eu não sei de nada, mas até mesmo *eu* quero obedecê-lo.

– Eu... Eu não posso.

Lentamente, Aden distanciou-se de Victoria e aproximou-se de Tonya, fazendo seu melhor para não assustá-la. Tonya permaneceu parada. Embora ele fosse mais jovem que ela, era mais alto, muito mais alto, e teve que olhar para baixo... para baixo... para encarar aqueles olhos ainda vidrados. Foi quando Aden viu algo além de um brilho envidraçado nadando por aquela profundidade acinzentada. Alguma coisa escura como uma sombra.

Julian também viu e ofegou consternado:

O que é aquilo?

– Não sei – Aden reuniu toda a força de sua necessidade por respostas. Ele deixou essa necessidade arder em suas cordas vocais, até sua garganta quase soltar fumaça, antes de falar novamente. – Você vai me dizer o que eu preciso saber, Tonya Smart. Agora.

As sombras coagularam; em seguida, separaram-se e dissiparam-se. Foi então que Tonya relaxou um pouco.

– Sim. Eu tenho fotografias e objetos pessoais.

Respostas. Fácil assim. Aquilo era tão poderoso e viciante quanto a mordida dos vampiros. Aquilo não iria detê-lo.

– Traga para mim. Me entregue as fotografias e os objetos pessoais.

– Trazer. Dar. Sim.

Tonya caminhou para dentro de casa e desapareceu.

Meia hora se passou e Aden começou a se preocupar com a possibilidade de tê-la perdido, com a possibilidade de ela poder ter escapado daquele controle mental e saído pela porta dos fundos, para nunca mais retornar. No entanto, da mesma forma como saiu, ela voltou para a porta, estendendo uma caixa em direção ao garoto.

Tinha. Funcionado.

Aliviado, Aden segurou a caixa.

– Obrigado.

Julian dançava dentro da cabeça do garoto.

Eu não acredito! Pode ter uma foto minha aí dentro!

Aden segurou o pacote com uma mão, usando a outra para segurar Victoria. Então, voltou para o motel para estudar o que havia no interior da caixa. Talvez Riley e Mary Ann tivessem tido tanta sorte quanto ele.

Ou não.

vinte e seis

Riley chutou a porta da frente. Pedaços de madeira voaram em todas as direções. Nenhum alarme soou. O que não significava que não houvesse um alarme, mas dane-se. Da última vez em que ele estivera naquele bairro, fazer um jogo seguro quase o tinha matado. *Tinha* matado seu animal. Portanto, *dane-se, chega de fazer um jogo seguro*.

Suas mãos curvaram-se, fechando-se em punhos enquanto ele entrava na casa. Riley não podia pensar no passado agora. Ele acabaria sentindo raiva e destruindo tudo o que estava diante de seus olhos.

– Nós temos cinco minutos. – Depois disso, as autoridades chegariam. – Vamos aproveitá-los ao máximo.

Mary Ann apressou-se logo atrás.

– Então eu simplesmente devo pegar tudo o que conseguir?

Joe e Paula Stone supostamente viviam ali. Então, sim, pegar tudo o que fosse possível era o plano. Um plano que eles já tinham analisado várias vezes. Riley seguiu pelo corredor, sem se preocupar em responder. Mary Ann sabia a resposta, mas estava nervosa. Ele queria poder confortá-la, mas, naquele momento, estava tendo problemas para confortar a si mesmo.

Havia apenas duas portas no caminho. Riley entrou pela primeira delas. Quarto principal? Talvez. Pequeno, com poucas coisas além de uma cama, um criado-mudo e uma cômoda. Sobre a cama, o lençol e a colcha estavam desarranjados, como se tivessem sido colocados apressadamente. Havia um copo caído sobre o criado-mudo; o conteúdo – aparentemente água – tinha respingado no chão, onde algumas roupas estavam empilhadas. As gavetas da cômoda estavam parcialmente abertas. A única janela estava coberta por uma espessa camada de tinta preta.

Parecia claro que ninguém estivera ali há um bom tempo. Provavelmente desde a manhã em que ele e Mary Ann quase transaram na casa do outro lado da rua e suas vidas tinham mudado para sempre.

Se fosse isso, bem, Joe e Paula Stone tinham fugido. Para sempre. E, se tinham fugido, isso significava que eles sabiam que Riley e Mary Ann estavam a caminho. Mas como teriam descoberto? E por que fugir? O que eles temiam?

– Riley – chamou Mary Ann.

O mutante seguiu o som daquela voz e logo estava ao lado da garota no segundo quarto. Havia brinquedos espalhados pelo chão, um fato que momentaneamente deixou Riley sem palavras.

– *Eles têm um filho?*

– Ou é isso, ou trabalham cuidando de crianças.

– Uma creche só para meninas? Não.

Não havia nada masculino no quarto. Nada de azul, nenhum carrinho de corrida, nenhum boneco de ação. Apenas cor-de-rosa, bichos de pelúcia e bonecas.

– Você acha que...

Que Aden tinha uma irmã?

— Talvez – provavelmente. E que forma de descobrir! Riley voltou a pensar no casal, na caminhonete, mas não se lembrava de ter visto uma cadeirinha para bebês. Isso não significava, todavia, que a garota não estivesse com eles. – É que... – o quê? Ele procurou um relógio, mas não conseguiu encontrar. Quanto tempo os dois ainda tinham? – Vá até a cozinha, procure nas gavetas. Pegue qualquer conta que você encontrar. Qualquer coisa com algum nome escrito.

— Está bem – mas Mary Ann não correu, ficou ali, parada. – Riley, eu...

— Não posso falar sobre isso. Vá! – ordenou o garoto, retornando ao quarto principal antes que ela pudesse dizer qualquer outra coisa. Tentando forçar sua mente a não se sentir desconfortável, ele abriu o guarda-roupas, todas as gavetas do criado-mudo e então procurou sob o colchão e sob a cama. Nada pessoal tinha sido deixado para trás.

Entendido.

— Ah, Riley – Mary Ann gritou com uma voz trêmula.

O garoto estava de costas para ela, mas conseguiu sentir o medo. Ele levantou-se rapidamente e virou-se na direção em que ela estava, gelado, com a respiração congelando seus pulmões.

— Mary Ann. Venha para cá. Lentamente.

Um ruído sufocado passou pela boca da garota.

— Não posso.

— Você não dá as ordens, garotinho. Eu dou – disse o homem atrás de Mary Ann. O homem que apontava uma arma para a cabeça dela.

Ele era alto, loiro e magro. Usava uma camisa de flanela com as mangas enroladas até a metade dos braços, revelando várias tatuagens. Proteções. Contra o quê? Isso Riley não conseguia reconhecer. Ainda. Ele precisava olhar mais de perto. O que ele sabia? Que a fúria pulsava daquele cara em ondas escuras e agitadas. Ele atiraria e não se importaria com o cadáver deixado para trás.

Riley detestava-se por não ter ensinado a Mary Ann como reagir nesse tipo de situação.

— Você fere ela... — anunciou Riley calmamente — e eu te mato.

E ele não tinha dito aquilo em vão.

Durante sua vida, ele tinha feito aquilo e muito mais. Nunca atacava sem um motivo, mas tampouco levava desaforo para casa.

— Vai ser difícil você fazer isso se estiver morto — uma afirmação que, na verdade, deveria ser uma pergunta. — Mas não se preocupe. Eu serei rápido.

O mais difícil era que Riley não tinha argumentos. Nenhuma defesa real. Se não tivesse perdido seu lobo, teria ouvido o homem entrar na casa. Ou o teria farejado. Em vez disso, Riley permitira que sua namorada caísse naquela situação aterrorizante. Ele sentia que merecia aquilo.

Mas Mary Ann, não. Ela não merecia nada daquilo. Não... sua ex. Só então ele percebeu que acabara de pensar nela no tempo passado, e não no presente. Algo que ele não tinha feito antes, não com ela.

O homem empurrou a arma na cabeça da garota, forçando-a para frente. Mary Ann seguiu até o quarto.

— Sinto muito — disse ela. Lágrimas brotavam em seus olhos. — Ele aproximou-se e eu...

— Cale a boca, garota! Já me cansei da sua voz.

Quando Mary Ann finalmente estava a seu alcance, Riley segurou-a pelo braço e puxou a garota, colocando-a atrás de si. Mary Ann tremia ao entrelaçar seus dedos aos dele. Não havia tempo para confortá-la. Para agir como escudo, ele teve de soltá-la completamente. Mary Ann apoiou as palmas das mãos nas costas do garoto, e então agarrou-se à camiseta dele. Em seguida, ela soltou-o, como ele fizera com ela, e deu um passo para trás.

Riley deu um passo à frente da garota e olhou para o humano segurando a arma — que assistia toda a cena com uma expressão dura de "já vi isso antes". Os dois tinham mais ou menos a mesma altura, aproximadamente 1,90 metro.

—Você é Joe Stone?

Um brilho de surpresa tomou conta dos olhos do cara, mas ele ignorou a pergunta e lançou outro questionamento:

— Foram vocês que estouraram a janela do meu vizinho e deixaram sangue por toda parte?

— Sim — respondeu Riley. — E daí?

— E daí? — a sinceridade extrema fez o rapaz cambalear por um instante. — Quem são vocês e o que estão fazendo na minha casa?

Riley devia dizer a verdade ou mentir neste momento? *Quem* era aquela pessoa? Ele e Aden tinham cabelos da mesma cor e o mesmo queixo quadrado, mas milhares de pessoas também carregavam esses traços. E nada mais parecia similar entre os dois.

O rosto do homem era duro. Seu nariz, ligeiramente torto, como se tivesse sido quebrado uma — ou dez — vezes. E havia pequenas cicatrizes se entrecruzando em suas bochechas. Aden, por sua vez, tinha um rosto de anjo, sem nenhum sinal de dureza.

— Eu te fiz uma pergunta, garoto.

— E eu não respondi. — *Não cutuque a onça...* Especialmente quando seu lobo não pode mais devorá-la.

Um conceito novo para Riley. No papel, ele era mais velho que aquele homem. Costumava ser mais velho — no papel e no ringue. Muito mais forte. Muito mais cruel. E agora, o que ele era? Patético, era isso o que ele era.

— Nós conhecemos seu filho — disse Mary Ann com um tom calmo e regular. — Aden... Quer dizer, Haden. Todos o chamam de Aden.

Nenhuma mudança de expressão daquela pedra bem diante deles. Pior ainda, ele segurava a arma com firmeza, provando sua força. Qualquer outra pessoa já estaria cansada com aquele peso.

— Não sei do que você está falando.

— Ah, eu pensei que... você devia... Talvez nós estivéssemos... Isso não está acontecendo! — ela gritou. — E se estivermos na casa errada?

— Não estamos — disse Riley.

Mary Ann continuou:

— Senhor, sinto muito. Muito mesmo. Nós devíamos ter...

Um lado primitivo de Riley queria punir o homem por ter destruído o espírito de luta de Mary Ann. E talvez seu recente contato com a morte também fosse um motivo parcial para o entorpecimento de seu lado corajoso e... Ei! Ela tinha acabado de caminhar novamente na frente do homem. Pelo amor de... *Ela* estava tentando fazer o papel de escudo para Riley.

Não exatamente um espírito esmagado.

Ele poderia entender aquilo como um sinal de que ela talvez ainda o amasse um pouco. Mas tudo em que Riley conseguiu pensar foi que ela já não o via como forte o suficiente para cuidar dela. E por que veria? Nem mesmo ele se via assim mais.

O *possível* Joe engatilhou a arma, adotando um ar mais sério.

— Você tem cinco segundos para começar a falar, garoto, ou seu cérebro vai pintar a minha parede.

— Você vai contar em voz alta para que eu possa vomitar todos os meus segredos no último instante possível? — não era necessário esperar a resposta de Joe. E Riley tinha decidido que trataria o homem como Joe de agora em diante. Caso contrário, ele morreria. — Você sabe exatamente quem é Aden. Ele é seu filho — enquanto falava, o garoto empurrou Mary Ann para trás de si. Um passo, dois passos, e então se posicionou na frente dela, tentando levá-la até a janela. Ela poderia pular e fugir, e ele poderia enfrentar a situação sem temer nenhuma morte.

— Eu não tenho filho.

— Eu não acredito em você.

– Eu não estou nem aí para o que você acredita. Por que você acha que eu sou esse tal Joe?

– Responder uma pergunta com outra pergunta não te faz inteligente ou misterioso. Fica a dica.

Aqueles olhos escuros ficaram ainda mais apertados, tornando-se fendas delgadas.

– Cuidado com como fala, garoto. Sou eu quem tem a arma.

Mais um passo para trás. Quase lá...

– Eu sei o que você está fazendo, então não se atreva a se mover mais um centímetro – continuou Joe, avançando até que o cano da arma estivesse contra o peito de Riley. – Vocês não vão sair daqui. Não até eu conseguir algumas respostas.

– Como se a sua arma fosse a primeira que apontam para mim. Se quer me assustar, faça algo original. Se quer respostas, deixe a garota ir embora.

– Não! – disse Mary Ann. Riley imediatamente apertou o braço da garota, um comando silencioso para que ela calasse a boca. – Eu vou ficar.

– Não ouça o que ela diz.

– Tarde demais – respondeu Joe. – Eu já ouvi. Ela fica.

Ah, caramba, não! Eles não estavam fazendo aquele jogo.

– Você vai se arrepender dessa decisão.

Riley colocou as mãos para cima, palmas para fora, como se estivesse se entregando.

– Na verdade, acho que não.

Movimentando-se com agilidade, Riley agarrou a arma e empurrou-a para baixo. Joe apertou o gatilho, mas a bala atingiu o chão.

Riley não o soltou, mas continuou segurando-o naquela posição e, com a outra mão, desferiu um, dois socos. Em seguida, enquanto Joe ainda estava atordoado, Riley usou as duas mãos para pegar a arma, soltando os dedos do oponente no processo. O garoto poderia ter atirado, mas não o fez. Ele simplesmente puxou a arma dos dedos fracos e mirou.

— Eu disse.

Xingando em voz baixa, fechando uma carranca, Joe levantou as mãos com as palmas para fora. Diferentemente de quando Riley fez o mesmo movimento, Joe estava sendo sincero. Seu dedo quebrado tinha um ângulo estranho; o restante das mãos era agora inútil.

Riley manteve o revólver apontado para o homem, certo de que Joe tinha outras armas escondidas em outros lugares.

— Mova-se e essa será a última coisa que você vai fazer. Mary Ann, chame Aden.

— O quê? Por quê?

— Ele precisa estar aqui.

Pelo canto do olho, Riley viu a garota puxar seu celular e olhar a agenda. Alguns segundos depois, ela sussurrava no receptor. Durante todo o tempo, o garoto manteve sua atenção em Joe, esperando alguma reação. No entanto, nenhuma reação além de uma respiração ligeiramente irregular e alguns estremecimentos surgiu.

— Se você não é Joe Stone, então quem é você? — disse Riley, determinado a descobrir a verdade antes que Aden chegasse.

O homem engoliu em seco.

— Está bem. Vou entrar no jogo. Digamos que eu seja Joe Stone. O que você quer comigo?

Certo. Então ele era Joe Stone, não havia dúvida. Por que outro motivo ele teria feito aquela pergunta? Mas por que o subterfúgio?

— Um pedido de desculpas, para começar.

— Por proteger minha casa?

— Por abandonar seu filho.

Um músculo se repuxou sob o olho daquele homem. De irritação? Ou culpa?

— Mary Ann? — chamou Riley.

— Si-sim?

—Venha até aqui.

Um segundo depois, ela estava ao lado dele.

— Aden está a caminho.

— Muito bem. Agora segure a arma — disse Riley, ainda sem tirar os olhos de Joe.

— O quê?!

O medo voltou a pulsar na garota.

— Segure a arma, mantenha seus dedos no gatilho e aperte se ele se mover.

— Está bem. Claro. Sim. Tudo bem.

Com as mãos trêmulas, ela estendeu o braço e fez o que lhe fora instruído. A arma era pesada e Riley duvidava que Mary Ann fosse capaz de segurá-la por muito tempo, então moveu-se rapidamente, caminhando até Joe e empurrando-o para baixo, mas mantendo-se fora da linha de fogo da garota. Riley encontrou três adagas, uma seringa com alguma coisa e uma arma de eletrochoque. Todavia, não conseguiu encontrar os documentos do homem.

Durante todo o tempo, Joe ficou completamente paralisado. Inteligente de sua parte.

— Riley — chamou Mary Ann.

— Você está se saindo bem, querida — ele empurrou Joe contra a cama, para longe das adagas que tinha descartado. Mary Ann continuou segurando a arma. — Sente-se e fique abaixado.

Joe sentou-se e Riley voltou para o lado de Mary Ann. Quando segurou novamente a arma, a garota suspirou aliviada.

— Pegue as adagas e fique do lado da porta. Se alguém além de Aden e Victoria entrar neste quarto, golpeie.

— Não há mais ninguém aqui — disse Joe. — E ninguém virá me resgatar.

O tom de voz padrão daquele cara era desprovido de emoção, e ele adotou esse tom novamente. Riley arqueou uma sobrancelha.

— Paula, a sua esposa, não vai correr até aqui para te salvar, então?

A pele bronzeada empalideceu, tornando-se de um cinza doentio.

— Não, não vai. E nem pense em ir atrás dela. Ela está segura.

Ah, sim. Aquele definitivamente era Joe Stone.

O silêncio reinou até que, uma hora depois, Aden chegou, Victoria seguindo-o. Ambos usavam roupas amassadas e estavam com os cabelos desgrenhados. As bochechas de Victoria estavam coradas e havia dois pontos perfeitamente posicionados em seu pescoço. E caramba! Havia também pontos no pescoço de Aden, embora aqueles pontos fossem irregulares, claramente cortados, como se ele tivesse lutado contra um humano.

Victoria estava ficando desleixada. Antes aquela fosse uma das grandes preocupações de Aden. Eles não só estavam se alimentando um do outro agora — algo perigoso, considerando o que eles tinham enfrentado —, mas também estavam dormindo juntos. Como Riley podia atestar, nada produtivo acontecia quando se misturava negócios e prazer.

E se a besta de Aden se libertasse... E se Victoria se perdesse naquela luxúria de sangue... Bem, ninguém sobreviveria. Mas ambos estavam de pé, nenhum deles tremia, e nenhum salivava ou estava com os batimentos cardíacos acelerados.

Que bom. Aquelas bestas dos vampiros reagiam a agressividade e testosterona e havia muito disso no ar agora, praticamente criando uma neblina espessa.

Joe ajeitou-se, subitamente alerta. E, surpresa! Ele não olhava em direção a Aden. Olhava para todas as direções, exceto para Aden.

— O restante da casa está limpo — disse Victoria. — E não há ninguém suspeito olhando das outras casas.

Eles se conheciam havia muito tempo. Ela sabia como Riley funcionava e quais informações ele queria receber.

Com uma expressão apática, Aden analisou Joe.

— É ele? — mas ah, o garoto não conseguia esconder a raiva em seu tom. Ele também estava intrigado.

— Sim — disse Mary Ann. — É ele.

Riley deu ao amigo um momento para reunir seus pensamentos.

— Eu não sou quem vocês pensam que sou — disse Joe, ainda não disposto a olhar para Aden, que, nos segundos seguintes, guiou Victoria para perto de Mary Ann, de modo a impedir que Joe enxergasse as duas garotas.

— Você não é um bom mentiroso, Joey. Eu tentaria parar de vender essa história. Você já admitiu que conhece Paula.

— Ou fingi que a conheço.

— Que seja — Riley baixou a arma, apontando-a para o carpete. — Ah, e se você não acha que eu consigo mirar e atirar mais rápido que você conseguiria pegar um dos meus amigos, teste. Eu te desafio.

Joe apertou os lábios, fazendo-os formar uma linha fina.

— Quem nós achamos que você é? — perguntou Aden, entrando outra vez na conversa.

— Seu... pai — o homem quase engasgou ao dizer isso.

— E você não é?

Silêncio. Em seguida:

— Por que você está procurando seu pai?

— Isso é uma coisa sobre a qual só vou conversar com ele.

Outra vez silêncio. Um silêncio tão tenso que Riley poderia cortá-lo com uma faca. E ele ficou impressionado quando Aden caminhou adiante, lenta e deliberadamente, e ajoelhou-se na frente de Joe.

Joe recuou, mas não fez nenhum movimento para desviar a atenção do garoto.

— Me diga quem você é — ordenou Aden.

Meu Deus! Aden tinha acabado de usar a voz de vodu, como Mary Ann chamava-a. E com força suficiente até mesmo para forçar um lobo a fazer o que ele desejasse. Em geral, os lobos eram imunes.

E aparentemente Joe também era.

– Não – ele disse, finalmente olhando Aden nos olhos. – Então você é um deles – agora havia emoção, e muita emoção. Decepção, incredulidade, fúria.

Os músculos das costas de Aden marcaram sua camiseta.

– Um de quem?

– Dos vampiros. De quem mais?

Aquelas duas palavras – *dos vampiros* – eram uma revelação. Joe sabia o que eles eram. Joe sabia da existência do outro mundo.

– Então você sabe que eles existem? – Aden conseguiu dizer.

– Pelo menos você não tenta negar – disse Joe com uma voz mais regular. Sua raiva estava desaparecendo com as demais emoções, e o medo começava a tomar conta.

– Você é meu pai?

– Por que você quer saber?

– Outra vez isso – mais uma pausa, dessa vez mais longa. Então, Aden deu a Joe a resposta que ele queria: – Eu tenho três almas presas na minha cabeça. Posso fazer coisas, coisas estranhas como viajar no tempo, despertar os mortos, possuir os corpos de outras pessoas e prever o futuro.

– E daí?

Aden riu amargamente.

– Você fala como se nada disso fosse suficiente. *E daí?* Eu quero saber se outra pessoa na minha família era... Ou é como eu. Quero saber por que eu sou como sou. Quero saber por que meus próprios pais não estavam dispostos a me criar.

Joe estreitou ligeiramente os olhos. Seus cílios eram da mesma cor chocolate dos de Aden.

— E você acha que respostas vão te ajudar a entender?

— Elas não fariam mal.

—Você espera que seus pais peçam desculpas? Digam que eles estavam errados? Que eles te aceitem de volta em seus braços? – agora foi Joe quem riu com amargura. – Posso te dizer que, se é isso que você espera, vai se decepcionar amargamente.

Riley não precisou ver o rosto de seu rei para saber que ele estava estraçalhado. Aden podia nunca ter admitido, mas ele adoraria, sim, adoraria que aquilo acontecesse. Possivelmente desejava em segredo que aquilo acontecesse. Um segredo enterrado tão profundamente que ele não compartilhava com ninguém. No entanto, ser rejeitado assim, independentemente das mentiras que o garoto dissera sobre nunca querer nada com seus pais, não o faria deixar de se importar.

— Pode acreditar – disse Aden, adotando novamente seu tom sem emoção – não quero nada com as pessoas que me deixaram para apodrecer em uma instituição para loucos. Não quero nada com os monstros que me colocaram sob cuidados de médicos que me feriram e de famílias que tentaram me enfiar o normal goela abaixo.

— Não era para ser assim – Joe cerrou os lábios, mas já tinha dito o suficiente. Riley já tinha entendido e agora Aden não tinha dúvida alguma.

— Não era para ser assim comigo? – Aden praticamente cuspiu as palavras. – Era para eu morrer? Ou você achou que me deixar sob os cuidados do Estado quando eu era tão jovem funcionaria para mim?

O ar passou pelas narinas infladas de Joe.

— Está certo. Eu sou seu pai? Sim. Havia outra pessoa como você? Sim. *Meu* pai. Eu fui arrastado por todo o mundo durante a minha infância por conta das coisas que ele atraía para perto de nós. E você chama *a mim* de monstro? Você não tem ideia do que é um monstro de verdade! Eu vi bestas horrendas e enormes matarem minha mãe, matarem meu irmão.

— E isso perdoa o seu comportamento comigo?

Joe continuou como se Aden não tivesse falado:

— Quando eu atingi certa idade, mudei para longe do meu pai e nunca mais olhei para trás. Ele tentou entrar em contato comigo algumas vezes antes de morrer, antes de morrer nas mãos das mesmas coisas que mataram o resto da família, tenho certeza, mas eu não quis saber dele. Eu não voltaria a viver daquele jeito. Eu tinha de cuidar da minha própria família.

— Mas você não cuidou *de mim!* – gritou Aden. – Por que você se arriscou a ter filhos se sabia que podia passar adiante as habilidades do seu pai?

— Eu não sabia. Ele era o único assim. Eu pensava... Eu esperava que não fosse genético, que não pudesse ser genético. Ele fez aquilo consigo mesmo. Mexeu com coisas que não devia.

— Como o quê?

— Magia, ciência – Joe inclinou o corpo para baixo, ficando de frente com Aden. – Quanto a abandonar você, como eu poderia não abandonar? Você era exatamente como ele. Mais ou menos uma semana depois de você nascer, eles começaram a surgir. Um ou outro duende primeiro, tentando entrar pela sua janela; depois, os lobos; depois, as bruxas. Oportunistas, todos eles, sem vínculos verdadeiros com suas raças, mas eu sabia que era só uma questão de tempo até você atraí-los em grupos. Era só uma questão de tempo até fugirmos... até sua mãe morrer. E eu, e você.

— E quanto à garota? – perguntou Riley. Aden não sabia, ainda não, mas escolheu não demonstrar sua falta de conhecimento e, assim, não falou nada.

— Um acidente.

— Ela é...?

— Eu não vou falar sobre ela!

— Bem, eu não acredito em você e nas suas razões — disse Aden. — Eu consegui não atrair esses monstros por mais de uma década.

— Por causa das proteções — respondeu Joe.

Aden fechou as mãos.

— Eu fiz minha primeira proteção poucas semanas atrás.

— Não. Sua primeira proteção foi feita enquanto você ainda era recém-nascido.

— Impossível.

— Não. Escondida.

Narinas dilatadas.

— Onde?

— No seu couro cabeludo.

— As sardas — Victoria subitamente arfou. — Lembra?

Aden esfregou a mão na cabeça.

— Então por que elas deixaram de funcionar? E, já que estamos falando nisso, se vocês fizeram essas proteções, se elas mantinham os monstros longe, por que você e Paula não ficaram comigo?

Joe fechou os olhos, curvou a coluna. Suspirou.

— Talvez a tinta desaparecesse. Talvez o feitiço fosse quebrado de alguma forma.

Aden e Mary Ann olharam um para o outro e Riley percebeu que eles lembravam-se da primeira vez em que se encontraram, quando uma bomba atômica de poder tinha explodido, reunindo tudo que Joe tinha apontado e ainda outras coisas.

— E com relação ao motivo de não termos ficado com você — continuou Joe — eu não estava disposto a arriscar. Eu precisava manter a sua mãe segura.

— Minha mãe... — uma saudade absoluta radiava de Aden. — Onde ela está?

— Isso eu jamais direi.

Firme. Decidido.

Riley recusou-se a aceitar aquilo.

— Se vocês não queriam ser encontrados, deviam ter mudado de nome.

Os olhos de Joe encontraram-se com os de Riley por um segundo.

— Eu mudei. Por um tempo. Mas Paula... — ele encolheu os ombros. — Ela insistiu.

Será que ela *queria* que seu filho a encontrasse?

Aden endireitou o corpo como se uma prancha tivesse sido colocada em suas costas:

— Já chega.

Na verdade, Riley achou mesmo que Aden chegara ao limite. Talvez estivesse próximo de um colapso. Aqui estava seu pai, que ainda não o queria por perto. Que não queria ajudá-lo, que não estava disposto a dizer nada além de algumas palavras.

— E quanto a Joe? — perguntou Riley.

— Deixe-o. Já terminei com ele.

Dizendo isso, Aden saiu do quarto; deixou a casa.

Riley acenou para que as garotas o seguissem. Quando estavam fora de vista, ele jogou a arma no chão. Em vez de tentar pegá-la, Joe ficou parado na cama.

— Ele é um ótimo garoto e agora é líder do mundo que você tanto despreza. E adivinhe só? O monstro dos seus pesadelos obedece aos comandos dele. Ele poderia ter protegido vocês mais do que qualquer proteção e ninguém mais no mundo poderia fazer isso. E, ainda assim, você o jogou fora como se ele fosse um saco de lixo. Outra vez.

Uma piscada, duas piscadas.

— Eu... Eu não entendo.

— Bem, entenda uma coisa: ele merece algo melhor que vocês. Algo muito melhor.

Agora Joe levantou-se.

—Você não tem ideia do que eu passei quando...

— Pode se desculpar o quanto quiser. Isso não vai mudar os fatos. Você não protegeu seu filho. Você é ganancioso, egoísta e um completo idiota. Agora me dê a sua camiseta.

A rápida mudança de assunto espantou o homem.

— O quê?

—Você me ouviu. Me dê a sua camiseta. E não me faça dizer isso outra vez. Você não vai gostar do resultado.

Joe passou a peça de roupa sobre a cabeça e a jogou para Riley.

— Pronto. Feliz?

Riley pegou-a.

— Nem um pouco — havia cicatrizes espessas por todo o peito de Joe; cicatrizes com forma de garras. Havia também outras proteções. Riley reconheceu a maior delas. Eram um alerta. Sempre que o perigo se aproximasse, todo o corpo daquele homem vibrava. Não era de se espantar o fato de ele ter fugido quando Riley se aproximou. — Entenda uma coisa, Joe Stone: se quisermos falar outra vez com você, você não vai ter onde se esconder agora — Riley levou a camiseta até o nariz e farejou-a. Embora ele já não pudesse se transformar e não soubesse se ainda era capaz de caçar alguém, seus irmãos ainda conseguiam fazer isso. — Nós conhecemos seu cheiro.

Dizendo isso, Riley também foi embora.

vinte e sete

Durante o resto do dia, a noite toda e a maior parte da manhã seguinte, Aden ficou trancado dentro de outro quarto de motel com Victoria, Mary Ann e Riley. Eles analisaram as fotografias e os documentos que Tonya Smart lhes entregara, tomando apenas rápidos intervalos para comerem ou alongarem as pernas.

Aden tomou uma dose do sangue de Victoria, acalmando Júnior. Victoria, por sua vez, tomou uma dose do sangue de Aden e comeu um Big Mac. Mary Ann engoliu três Big Macs e Riley comeu um McLanche Feliz com *nuggets*.

Quando provocado, ele disse: "Qual é o problema? Eu gosto de frango" e lançou uma carranca para todos, agindo como se estivesse de TPM.

Ninguém falou sobre o lobo de Riley. Talvez porque o grupo desconfiasse que a cabeça do garoto explodiria. E ninguém falou sobre

Joe. Nem mesmo as almas. Talvez porque soubessem que a cabeça *de Aden* explodiria.

Joe. Seu pai. Quando Aden olhou para aqueles olhos cinza escuros, ele sabia que eram de seu pai. Parte dele até mesmo reconheceu o homem. Seu pai, pensou novamente. Seu. Pai. O homem que o entregara para adoção. O homem que não o amara suficientemente para ficar com ele. O homem que o jogara aos lobos – literalmente. O homem que admitira a verdade apenas diante de uma ameaça de morte.

Se pelo menos ele tivesse mostrado qualquer sinal de remorso... Mas não. Joe Stone tinha vergonha de quem e *do que* Aden era – ele até mesmo negou ao garoto a oportunidade de ver sua mãe, de conhecer sua irmã. E agora Aden sentia-se como se estivesse sangrando por dentro. Sangrando e incapaz de fechar a ferida. O sangue pingava uniformemente dentro do garoto. Ele tinha uma irmã; Riley vira os brinquedos da garota. Joe aparentemente amava a garotinha de uma forma que nunca tinha amado Aden.

Triste. Triste.

Durante anos, ele sonhara em conhecer seus pais. Sonhara com seu pai vindo resgatá-lo e dizendo-lhe que fora um enorme erro tê-lo deixado ir e que Aden era, sim, amado. Então, quando nada disso aconteceu, a vontade tornou-se indiferença e, posteriormente, a indiferença se transformou em desgosto.

Um olhar para Joe e a vontade tinha retornado.

Mas independentemente do que Aden pudesse dizer, Joe o veria como um risco. *Eu cuidei de mim mesmo e virei alguma coisa,* Aden queria dizer. *Agora sou o rei dos vampiros. Mais que isso, eu lutei para conquistar essa posição. Não a recebi por acaso.* Será que, diante disso, seu pai o veria com ares de terror? Provavelmente.

Isso não o impediria de querer ser rei. Ou de agir como rei. Aden já tinha recebido mensagens de texto de Sorin e de Seth. Seth estava sentado em sua "cela" e olhava para a parede – até alguém entrar oferecendo-lhe sangue. Então, ele atacava. Ryder estava melhorando, embora inconsolável a respeito do que fizera. E implorava a todos que se aproximavam que o matassem.

Sorin queria realizar o pedido. Seth queria eliminar Sorin.

Aden tinha ordenado que os dois deixassem Ryder sozinho, para que ele pudesse se curar. Ah, sim. E para eles darem um tempo. Eles deviam ajudá-lo, e não atrapalhá-lo.

Ei, eu acho que os conheço, disse Julian, empolgado, cortando os pensamentos de Aden.

Foco. Ele precisava manter o foco. Aden olhou para a foto em suas mãos e viu dois homens. Ambos de estatura mediana. Um deles tinha cabelos escuros e ralos e usava óculos. O outro tinha muito cabelo e não usava óculos. Eles estavam um ao lado do outro, embora não se tocassem. Ou sorrissem. Atrás da fotografia, a legenda: "Daniel e Robert".

Perfeito! Aqui estavam os irmãos Smart.

Você acha que esse sou mesmo eu?, perguntou Julian. *O cara com cabelo e sem óculos, quero dizer. Eu não aguentaria ter de usar um penteado desses para esconder minha calvície.*

Como você sabe?, perguntou Caleb. Ou melhor, resmungou. Mas pelo menos ele não estava chorando. *Nós não sabemos de nada sobre nossas vidas anteriores.*

– Fico contente por você ter reconhecido esses caras, mas você se lembra de alguma coisa a respeito deles? – perguntou Aden. – Ou por que há livros de feitiços nesta caixa?

Vários livros de feitiços. E os documentos? Todos sobre como lançar feitiços. Feitiços de amor, feitiços de magia negra. Feitiços para levantar os mortos. Feitiços para encontrar os mortos. Era assim que Robert fazia o que fazia?

Se sim, por que *Aden* não precisava de feitiços para fazer o que fazia? Joe havia dito que até mesmo o avô do garoto usava magia.

Julian suspirou. *Não, eu não me lembro.*

Eve também não tinha se lembrado. Não no primeiro momento.

Certo. Agora era apenas uma questão de tempo.

– E o Garoto Rei voltou do outro planeta? – murmurou Riley.

Garoto Rei? Aden mostrou o dedo do meio e Victoria bateu a mão contra o colchão. Eles estavam todos em uma cama, Riley e Mary Ann do lado oposto. Desde que haviam deixado a casa de Joe, os dois não tinham trocado uma palavra sequer. Eles estavam duros, nada dispostos nem mesmo a trocar um olhar.

– Julian acha que conhece esses caras. E então, quem é quem?

Uma Mary Ann sonolenta levantou-se e aproximou-se para estudar a fotografia.

– Eu vi fotos de Daniel na internet. Este é Daniel. E este aqui é Robert.

Não, mesmo!, exclamou Julian.

Caleb riu discretamente e Aden sentiu-se encorajado com aquele ruído. Se Julian fosse Robert, como Mary Ann suspeitava, então Julian tinha realmente sido o cara com pouco cabelo e óculos.

– Ele era conhecido por se comunicar com os mortos e por ajudar a polícia a encontrar corpos. Eu imprimi alguns artigos – Mary Ann enfiou a mão em uma bolsa de nylon que Riley conseguira antes e passou uma espessa pilha de papéis para Aden. – Eu devia ter dado esses papéis para você antes. Desculpa.

– Sem problemas. Todos nós temos andado muito ocupados.

– Eu andei pensando... – disse ela. – Para você ter absorvido a alma dele na sua mente, ele deve ter morrido perto do hospital. O que faz sentido. O irmão de Robert trabalhava lá, então é muito provável que Robert estivesse visitando Daniel. E, se ele foi fazer uma visita, será que acabou levantando um cadáver no necrotério e o cadáver matou os dois?

— Pelo que você me disse antes, apenas Daniel foi encontrado morto no hospital naquela noite — lembrou Riley. — E ele foi atacado até morrer.

—Verdade — concordou Mary Ann.

Bem, bem. Conversas.

Riley levantou o braço como se a garota tivesse acabado de fazer uma observação para ele.

— Onde está o corpo de Robert, então?

— Nunca foi encontrado — respondeu Mary Ann, tremendo. — Ele simplesmente desapareceu.

— Bem, ele também deve ter morrido naquela noite. E ali por perto, exatamente como você disse. Caso contrário, Aden não o teria absorvido — disse Victoria.

— E se Aden absorveu Daniel? — questionou Riley.

Julian agarrou-se ao raciocínio como se fosse uma corda salva-vidas: *Aquele com cabelo? Estou gostando da teoria de Riley.*

— Mas Daniel tinha trabalhado no hospital durante anos — respondeu Mary Ann. — Por que, então, ele não teria levantado mortos antes? Alguém teria percebido.

Riley arqueou a sobrancelha, analisando Mary Ann de cima a baixo com um tom obscuro que Aden nunca vira antes no mutante.

—Talvez ele tivesse habilidades latentes. Isso acontece.

Mary Ann estalou a língua.

—Talvez. E aí?

E aí que todos sabiam que ele estava se referindo à capacidade de sugar da garota.

— Por favor, não me transformem em árbitro — disse Aden. — Enfim, acho que todos nós concordamos que Julian era um desses irmãos Smart.

Se por "um desses irmãos" você quer dizer o bonitão, então sim, eu concordo, anunciou Julian.

Júnior choramingou no fundo da mente de Aden. O monstro, que crescia mais e mais a cada dia, estava faminto. Outra vez. E estava cada vez mais difícil acalmá-lo. Ele queria mais e em intervalos cada vez menores.

– Vou ler os artigos – disse Aden. – E ver se alguma coisa faz sentido para Julian.

– Voltar no tempo ajudou Eve a se lembrar – lembrou Mary Ann. – Talvez você devesse deixar Julian tomar o controle e levá-lo ao passado para reviver com os próprios olhos uma das histórias.

Viajar no tempo. Quase todos naquele quarto tinham sugerido, em algum momento, que ele voltasse no tempo. E aparentemente Aden não conseguia fazê-los compreender as consequências de algo daquele tipo.

– Mudar alguma coisa no passado significa mudar alguma coisa no futuro... Alguma coisa que pode deixar você chorando e com saudade do que costumava ser.

– Olhe para nós, Aden – disse Mary Ann. – As coisas podem ficar piores do que isso?

– Sim.

Sem dúvidas.

– Bem, eu não vejo como.

Está bem, que tal isso?

– Eu poderia acordar e nunca ter vindo para Crossroads. Nunca ter conhecido vocês.

Uma esperança soturna transformou os olhos da garota em piscinas impenetráveis.

– Talvez isso fosse bom.

O queixo de Victoria tremeu, como se ela estivesse lutando contra lágrimas.

— Ela está certa. Se você não tivesse chegado a Crossroads, meu pai não teria ido atrás de você.

— Pense nisso, Aden — propôs Riley.

O que era aquilo? Hora de atacar Aden?

— Há outra forma de ajudar Julian — ele anunciou. — E nós vamos ficar bem. Não vamos, Elijah?

Silêncio.

Um silêncio detestável.

— Converse comigo, por favor — Aden inclinou o corpo para a frente, descansando seu rosto nas mãos erguidas. — No mínimo me diga os prós e os contras do que eles querem — não que Aden estivesse considerando voltar no tempo. — Não me deixe aqui, esperando.

Um suspiro. Familiar. Adorado. Necessário.

Não vou dizer para você o que eu vi, Aden.

Finalmente uma resposta. E o garoto sentiu-se tão aliviado quanto irritado. Depois de todo aquele tempo, era *isso* que Elijah tinha a dizer?

— O que, então, você viu? O que acontece se eu voltar? O que acontece se eu não viajar no tempo? O fim de toda essa bagunça?

Aden estava acostumado a esconder suas conversas com as almas. Ainda assim, aqui estava ele, conversando como se elas estivessem também no quarto. E ele de forma alguma se sentia envergonhado.

Ele sabia o motivo. Aden iria perdê-las e estava desfrutando de cada momento que tinha com elas.

Mais um suspiro.

Sim. Eu vi o fim.

Um coração vacilante, palmas das mãos suando, sangue esfriando nas veias de Aden.

— O quê? O que acontece?

Mais uma dose de tratamento de silêncio. Talvez eles tivessem viajado no tempo, voltado cinco minutos, ele pensou amargamente.

– Me ajude, Elijah. Por favor – insistiu o garoto. *Caso contrário, terei de forçar uma visão,* pensou.

Minha recusa é justamente para te ajudar. Eu tenho entendido as coisas da forma errada, Aden. Tenho feito você seguir na direção errada, tenho piorado as coisas.

– Nem sempre.

Uma vez já é demais.

Júnior rosnou.

Todas as notas de doçura subitamente invadiram o nariz de Aden. Ele levantou a cabeça. Victoria se aproximara e agora passava a ponta do dedo em seu braço. Naquela posição, ele tinha uma visão limpa do pulso dela, palpitando intensamente. Podia ver os pontos cicatrizando naquele pescoço. A boca de Aden era uma cachoeira, mas ele *não* se permitiria sugar aquela veia.

– Vamos revisitar esse assunto de viajar no tempo depois – Riley arrastou-se para fora da cama. – Agora, quero ver as proteções na sua cabeça.

Se com "depois" ele queria dizer "nunca", então sim, Aden abraçaria aquela ideia. Elijah não tinha dito nada útil ao garoto. E até que Aden tentasse obter uma visão própria, não havia um motivo bom o suficiente para se dar uma segunda chance de estragar tudo.

O aroma doce de Victoria foi substituído pelo cheiro de terra de Riley quando o mutante – ou ex-mutante – aproximou-se. Dedos rígidos passaram pelos cabelos de Aden, agarrando aquelas mechas.

Riley foi logo dizendo:

– Elas desbotaram consideravelmente e funcionaram por mais tempo do que deveriam, mas sei o que elas são. Joe não estava mentindo. Elas evitaram que você fosse atacado por criaturas.

– Até eu conhecer Mary Ann.

E Joe esperava que Aden ficasse agradecido por aquilo... Como se aquilo fosse suficiente. *Por que ele não conseguiu me amar?*

— Até a explosão de energia, ou seja lá o que aquilo foi — disse Mary Ann, assentindo com a cabeça. — Aquilo fez as proteções pararem de funcionar, tenho certeza.

Riley soltou Aden e posicionou-se ao lado de Victoria.

A princesa vampira — ou ex-vampira — descansou a cabeça naquela enorme cama formada pelos ombros do mutante.

— A magia que vocês dois criam juntos deve ser maior que aquela que o pai de Aden, um mero humano, conseguiu criar — deduziu Victoria.

— Não fale assim dele — gritou Aden. — O nome dele é Joe.

Ver Victoria e Riley juntos sempre desencadeava o ciúme. No entanto, naquele momento ele sentiu algo mais. A relação dos dois, a troca de conforto dos dois... Aquilo o perturbou.

Qualquer sinal de cor nas bochechas de Victoria desapareceu.

— Desculpe.

Que ótimo... Agora ele estava descontando seu mau humor nela.

— Não precisa se desculpar. Eu não devia ter agido desse jeito.

Enquanto Aden falava, Riley esfregava a mão no braço de Victoria. Novamente, Aden sentiu-se incomodado com aquilo.

Devia ser eu fazendo isso. Mas, em vez de as coisas serem assim, aqueles dois apoiavam-se um no outro. Fora assim por anos. Décadas. Outro pensamento tomou conta da mente de Aden, um assunto que o vinha chateando desde que surgira pela primeira vez. Um assunto que ele tinha enterrado conforme questões mais importantes surgiram. Um assunto que ele não poderia deixar de lado naquele momento.

Quando Victoria quis deixar de ser virgem, para que sua primeira vez não fosse com o homem que seu pai tinha escolhido para ela, ela teria procurado...

Riley.

Só podia ser Riley.

Aden levantou-se em um pulo, fechou as mãos e percebeu os rosnados de Júnior tornando-se mais pronunciados. E foi nesse momento que não restava dúvida alguma ao garoto. Júnior não estava apenas com fome. Ele estava realmente reagindo às emoções de Aden.

— Aden, seus olhos... — Victoria ficou boquiaberta. — Eles estão violeta, brilhando.

— Tire suas mãos dela! — ele ordenou, surpreso com o tom de sua própria voz. Dividida em camadas. Uma dessas camadas era sua própria voz; a outra, rouca e esfumaçada. Ambas furiosas. — Agora!

Os olhos de Riley estreitaram-se. No primeiro momento, aquela foi sua única reação. Em seguida, o mutante soltou o braço na lateral do corpo e ficou paralisado.

— Sim, majestade. Como quiser, majestade. Mais alguma coisa, *majestade?*

— Riley — chamou Victoria, sem jamais desviar o olhar de Aden. — Saia do quarto. Por favor. Mary Ann, leve Riley para fora do quarto.

Riley ficou ali, parado, mas, por sorte, Mary Ann logo entrou em ação. Ela agarrou a mão dele e puxou-o para fora. Ele não resistiu e, um segundo depois, o clique assustador da porta fechando-se ecoou.

— Você sabe... — disse Victoria, retorcendo as mãos.

— Eu sei — duro, ameaçador.

— Eu...

— Não quero ouvir — Aden pegou a caixa com papéis e livros, foi até o banheiro e fechou a porta com uma pancada. Além de tudo que ele já estava enfrentando, sua namorada tinha dormido com um de seus amigos. Havia muito tempo, certamente. Mas Aden sempre tinha se confortado com o fato de Riley e Victoria serem amigos, apenas amigos. Agora, todavia, ele já não podia fazer isso.

Ele queria espancar Riley. Esmagar a cara dele. Em vez disso, fechou a tampa do vaso sanitário, sentou-se ali e jogou a caixa entre seus pés.

– Você viu isso acontecer, Elijah? – perguntou Aden.

Nenhuma resposta. É claro.

Você não pode culpar Victoria por..., Julian começou a dizer.

– Também não quero ouvir isso de você. Vamos apenas passar por cima desse inferno e tentar descobrir quem você era. Está bem? Pode ser?

Silêncio.

Um silêncio pelo qual Aden subitamente se sentiu agradecido. Pelo menos ele não tinha visto Victoria na cama com Riley; pelo menos Edina tinha tomado os holofotes em todas aquelas visões. Visões. A distração perfeita. Talvez agora fosse hora de tentar forçar uma visão.

Ou não – ele pensou, meia hora depois, quando o suor pingava de seu peito. Suas emoções turbulentas tinham causado interferência, impedindo-o de alcançar qualquer progresso. Enfim. Ele tentaria outra vez mais tarde. Por ora, Aden decidiu pegar um dos livros e começar a ler.

Lá fora, enquanto o ar frio a mordia com dentes invisíveis, Mary Ann franziu a testa para Riley.

– O que foi aquilo?

A expressão do garoto era dura, bloqueando completamente a garota.

– Nada.

Nada. Ah, sério?

– Você me odeia agora? É por isso que você se recusa a conversar comigo ou a me dizer a verdade? Devo desaparecer outra vez?

Assim que percebeu o que tinha dito, ela queria engolir aquelas palavras. E se a resposta de Riley fosse um "sim" decidido?

Cautelosa, ela esfregou a mão no rosto do garoto.

– Eu não odeio você – disse Riley.

Mas ele não respondeu à pergunta, Mary Ann percebeu.

– Você guarda rancor por minha causa? É por isso que você mal consegue olhar para mim? Por que você não conversa comigo? Por que oferece conforto para Victoria, mas não para mim?

O garoto arqueou uma das sobrancelhas.

– Você *precisa* de conforto?

Mais uma coisa que ela percebeu: aquilo não era uma oferta.

Ela o ferira. Destruíra a vida dele. E não havia nada que Mary Ann pudesse fazer para compensar aquilo. Disso ela sabia. No entanto, isso não a impedia de amá-lo. De desejar que as coisas fossem diferentes.

– Não – ela mentiu. – Eu não preciso de conforto.

Mary Ann queria apoiar a cabeça no ombro de Riley, naquele ombro forte, tão forte. Exatamente como Victoria tinha feito.

– Em alguns segundos, você vai desejar ter respondido a isso de outra forma – disse uma voz masculina. Uma voz que Mary Ann reconheceu. A voz de Tucker.

Riley deu meia-volta, mas o demônio não estava ao alcance da visão.

Antes que o medo tivesse tempo para se instalar, uma mão forte segurou Mary Ann pela cintura, e outra a segurou pelo pescoço. Aço frio pressionado contra sua veia.

– Riley – ela arfou.

Ele olhou por sobre o ombro dela, seus olhos cada vez mais estreitos.

– Solte-a.

– Nós precisamos conversar – disse Tucker. – Todos nós. Preferencialmente vivos, mas estou aberto a negociações.

vinte e oito

Alguma coisa até agora?

– Não.

Bem, olhe outra vez.

– Já olhei oito vezes.

Olhe outra vez.

– Quantas vezes vamos ter essa conversa, Julian?

Não vamos tentar descobrir isso. Vamos olhar. Outra vez.

Aden rangeu os dentes. Ele tinha saído de cima do vaso sanitário havia poucos segundos e agora estava agachado no chão. Sua cabeça caiu para trás, descansando sobre a porcelana fria da banheira enquanto ele encarava o teto. A frustração consumia-o, mas o garoto novamente correu o olhar pelos papéis que tinha levado para o banheiro consigo.

Suas orelhas tremeram, percebendo... alguma coisa. Um farfalhar de roupas, talvez. E, em seguida, mais nada.

Esses não. Eu não gosto desses. Eles me dão medo.

Como o quarto do hospital. Pelo menos aquilo era alguma coisa. Aden leu a lombada do livro que segurava. *Artes negras milenares.*

Me mostre as fotografias outra vez.

De tanto olhar, nós já memorizamos essas fotos, reclamou Caleb.

Como prometido, Elijah manteve seus lábios imaginários fechados.

Aden ouviu mais um farfalhar de roupas do lado de fora do banheiro enquanto deixava o livro de lado e pegava as fotos. O que ele viu conforme corria o olhar mais uma vez pelas imagens: dois garotos jovens, com a mesma idade, tão parecidos que poderiam ser gêmeos. E, conforme ficavam mais velhos, se tornavam menos parecidos. Robert envelhecia mais rapidamente que Daniel. Além disso, conforme envelheciam, seus semblantes se tornavam mais infelizes. Até Robert – com cara de quarenta e poucos anos – e Daniel – com cara de trinta e poucos – tornarem-se amargurados e completamente infelizes.

E aquele era o homem que Tonya amara tão fortemente a ponto de não conseguir superar sua morte, dezessete anos depois? Parecia obsessivo. Estranhamente obsessivo.

Ali! Ali! Ali!, exclamou Julian.

Aden ficou paralisado. A imagem que ele segurava não era dos irmãos, mas da própria Tonya. Mais jovem, mais loira, mais bonita, sentada sob a sombra de uma árvore, olhando para o longe enquanto pequenas pétalas rosadas flutuavam à sua volta.

– O que tem ali?

Eu ignorei a foto até agora porque era de uma mulher. Dela. Mas, quanto mais vejo, mais acho que eu estava... ali.

– Talvez você tenha tirado a foto.

Se fui eu, isso deve significar que eu era Daniel. Certo? Ela não teria ido dar um passeio sozinha com o próprio cunhado.

A não ser que Robert também a amasse, disse Elijah. *Espere aí. Ignore isso. Eu não queria dizer em voz alta.*

Ouvir a voz de Elijah fez Aden animar-se.

Eu não estava ficando careca!, insistiu Julian.

Acredito que todos os calvos tentem se convencer disso em algum momento, provocou Caleb.

— Certo. Está bem. Estamos trabalhando outra vez como uma equipe. E eu gosto disso. Vamos continuar assim.

Vamos voltar no tempo, como Mary Ann sugeriu. Vamos até o momento em que essa foto foi tirada, sugeriu Julian, praticamente esfregando as mãos em meio a tanta alegria. *Vou provar que eu tinha cabelos. Aden vai abrir os olhos e estar no corpo de Daniel. Com cabelos. Eu já disse isso?*

Inspiração profunda. Segurando, segurando o ar.

—Você se esqueceu de quantas vezes nós acordamos em casas de pais adotivos diferentes *e piores*? Ou em hospitais psiquiátricos dos quais já tínhamos sido mandados embora? Ou, como no último caso, com um médico novo responsável por cuidar de nós? Um médico que não era humano, mas sim um elfo disfarçado que queria nos matar?

Não. Mas...

— Nada de "mas". Eu já disse "não" para todos e agora estou dizendo para você — muito embora Aden não estivesse feliz com sua situação no presente, ele não queria piorá-la. — Não, não. Mil vezes não. E, agora que deixamos isso claro, saber quem tirou essa foto não importa.

Você não sabe nada sobre isso.

—Você morreu em dezembro. Está claro que esta foto foi tirada durante a primavera. E nós dois sabemos que você só precisa se lembrar do dia em que morreu para ligar os pontos.

Um choramingo frustrado.

Bem, eu não estou conseguindo me lembrar. Nós precisamos fazer alguma coisa, tentar alguma coisa.

—Vamos visitar Tonya outra vez. Vou *fazer* aquela mulher falar.

Não. Não quero vê-la ferida, Julian apressou-se em dizer, fazendo uma pausa logo em seguida. *Quer dizer, sei que você não vai feri-la. Eu só... Não sei. Não quero que ela sofra mais.*

Alguma coisa intrigante. O passado de Julian estava começando a aflorar? Ele amara aquela mulher, como Elijah suspeitava? Ele... Espere, espere, espere! A atenção de Aden voltou-se para uma única palavra:

– Você disse "mais". Você não quer que ela sofra "mais". Por que ela estava, ou está, sofrendo?

Eu... Eu... Eu não sei.

Talvez você esteja pensando demais nisso, disse Caleb. *Talvez se nós relaxássemos um pouco as respostas simplesmente apareceriam.*

Aden duvidava que conseguiria relaxar em algum momento próximo.

Ah, Aden... Victoria está enfrentando problemas, gritou Elijah.

– O quê?! – Aden rapidamente levantou a cabeça, movendo o olhar diretamente para a porta. Diferentemente do que acontecia com os vidros da mansão, aqui ele não podia enxergar do outro lado da madeira. Um segundo depois, ele estava de pé. – O que há de errado com ela?

Estou quebrando minha promessa, eu sei, mas Tucker está lá e trouxe uma faca. E está bastante determinado a usar essa faca. Mary Ann e Riley também estão lá. Só achei que você precisava saber.

– Eles estão bem? – Aden jamais devia ter confiado em um traidor.

Até agora, sim.

Até agora. Palavras que eram como uma corda em volta do pescoço de Aden. Explodir e entrar em ação poderia fazer *Tucker* explodir e entrar em ação. Está bem, está bem. Ele tinha de pensar, planejar o ataque. Aden podia estar chateado com Victoria, mas não queria vê-la ferida. Não queria que nenhum deles se ferisse.

O garoto andava de um lado para o outro. Tentava ouvir, mas tudo que ouvia era o farfalhar de roupas. Por quê?

– Em qual ponto do quarto eles estão? Você sabe?

Dois segundos se passaram. Quatro. O volume do farfalhar aumentou, mas só isso.

Tucker e Riley estão brigando com facas, relatou Elijah. *Ambos estão terrivelmente cortados. Sangue por toda parte.* Um arfar horrorizado. *Victoria acabou de tentar entrar no meio. Agora ela está inconsciente. Mary Ann está...*

Júnior bateu contra o crânio de Aden. Explodir e entrar em ação agora já não era um problema. Victoria estava ferida. Ninguém podia ferir Victoria. A mente de Aden estava tão focada em defendê-la que ele não parou para abrir a porta, mas simplesmente arremessou o corpo contra ela, lançando farpas para todos os cantos.

Foi necessário um momento para que Aden entendesse o que estava vendo, ouvindo. Ou o que não estava ouvindo.

A primeira coisa que ele percebeu era que o quarto estava destruído – o criado-mudo em ruínas, a luz, quebrada em centenas de cacos, o telefone, enfiado na parede. No entanto, Aden não tinha ouvido nada além daquele farfalhar pela parede do banheiro, fina como papel. Ainda não ouvia. De qualquer forma, os garotos estavam se comportando como animais em pele de humanos, jogando um ao outro contra a cama, contra o chão, sobre a penteadeira.

A ilusão de Tucker conseguia controlar o som, ele deu-se conta.

A segunda coisa de que Aden deu-se conta era que ele já tinha lutado com Tucker antes, e que aquele cara não estava dando tudo de si na briga. Na verdade, Tucker estava abrindo os braços, permitindo que Riley enfiasse seus punhos na cara dele. Bem, pelo menos até o instinto de sobrevivência surgir e Tucker reagir sem pensar, empurrando o mutante para longe.

A terceira coisa que Aden percebeu foi o cheiro metálico de sangue que saturava o ar, deixando Júnior num frenesi ainda mais intenso. A besta corria de um canto para o outro da mente de Aden, cortando o garoto com suas garras, fazendo-o fechar uma carranca. A qualquer minuto o cérebro de Aden estaria reduzido a farrapos. Disso não restavam dúvidas.

Em quarto lugar, Mary Ann estava se esquivando dos combatentes enquanto corria pelo quarto, buscando uma arma.

Em quinto lugar, Victoria formava um amontoado inconsciente ao lado da porta. Sangue escorria de seu nariz.

Ninguém pode feri-la. Ninguém. Uma fúria tão assassina... Brotando dentro dele... Tão forte que Aden sequer estava certo de que conseguiria contê-la... Nunca tinha experimentado nada como aquilo... Nem mesmo quando lutara contra Sorin... Prestes a detonar...

O que está acontecendo com a gente?, perguntou Julian. Sua voz era praticamente inaudível diante dos rugidos e rugidos e mais rugidos de Júnior.

Aden lançou-se na briga, afastando Riley com uma mão e, com a outra, segurando Tucker pela blusa. O ímpeto dava força a Aden, e ele foi capaz de girar, lançando Tucker contra a parede, depois contra o chão. Em seguida, Aden prendeu-o ali.

Sentindo sua oportunidade de atacar, Júnior saiu da pele de Aden e passou a rosnar diretamente para Tucker. A besta não tinha se solidificado – ainda – e não causou danos ao tentar morder. Tucker simplesmente ficou deitado ali, aceitando as ofensas. Ele parecia ter bolas de golfe sob as pálpebras. E tinha perdido alguns dentes.

Riley devia ter recuperado o controle, pois estava ao lado de Aden poucos segundos depois. Júnior já tinha chegado à conclusão de que Tucker pertencia a ele e então atacou, acertando Riley. Os dentes de Júnior, agora sólidos, cortaram o braço do mutante.

Riley afastou-se e Júnior voltou sua atenção a Tucker. A saliva pingava daquelas presas pontiagudas.

Tucker sorriu.

– Lembre-se... promessa – ele conseguiu dizer. – Proteger... irmão.

Aden tentou se levantar, mas era tarde demais. Júnior já tinha saído completamente dele. E atacou, divertindo-se. Tucker não tentou reagir nenhuma vez sequer. E, então, deixou sua cabeça cair para o lado. Seus olhos estavam abertos, olhando para o nada. Vidrados, apáticos. Seu pulso parou de bater – pois já não havia um pescoço ali.

De repente, o som ressurgiu. Aden ouviu um homem gritar – um som descomunal que ecoou pelo quarto, muito embora ninguém ali estivesse gritando. Aden podia ouvir os rugidos de Júnior ao se alimentar. Podia ouvir Riley tremer. Podia ouvir Mary Ann lutar contra as lágrimas. Podia ouvir a respiração rasa de Victoria.

Não podia olhar para nenhum deles. Ainda não. Se Júnior decidisse atacá-los...

– Riley, tire as garotas daqui. – Aden passou os braços em volta da besta, segurando-a com toda a força que tinha. – Agora.

– Onde e quando nós vamos nos encontrar depois?

– Eu telefono para vocês para dizer. Agora, vá! – Antes que seja tarde demais.

Uma pausa. Passos. O ranger das dobradiças. Ele ficou onde estava até Júnior terminar de comer tudo. Aden podia sentir o prazer e a satisfação da besta. Em seguida, sentiu o desconforto causado pelos excessos cometidos por aquela criatura.

– Por que eu deixei isso acontecer? – ele sussurrou enquanto acariciava atrás das orelhas de Júnior.

Tucker queria morrer, disse Elijah, deixando a tristeza respingar de suas palavras. *Vlad não vai conseguir usar o irmão de Tucker contra ele se ele estiver morto.*

– Eu sei. E Tucker precisava ser contido, mas não desse jeito – ameaças à parte, *não desse jeito.*

Essas coisas acontecem, disse Caleb. Ele não soava arrependido ou chateado, mas vingado.

É mesmo?, disse Julian. *Porque eu não me lembro de nada disso ter acontecido antes.*

Aden continuou acariciando Júnior, e a besta deixava-o fazer o afago, sem em momento algum tentar atacar. Até que caiu no sono, permitindo que seu corpo se transformasse em uma bruma antes de entrar novamente pelos poros de Aden.

Aden ficou ali por longos instantes, com o sangue de Tucker formando poças à sua volta, encharcando suas roupas, seus cabelos. Ele sabia que Júnior era perigoso. Mas isso... Era impossível controlá-lo, era impossível domá-lo.

Isso não poderia acontecer outra vez.

Você pode se proteger, como os outros vampiros fazem, sugeriu Elijah. *A proteção vai ajudar a manter Júnior dentro de você. Vai ajudar a mantê-lo calmo e quieto.*

Ah, por que você soa tão desanimado?, Julian questionou. *Controlar aquele monstro é uma coisa boa.*

Sim, mas a proteção também vai silenciar a gente.

O quê?, Julian.

O quê!?, Caleb.

Nós vamos continuar conscientes, assim como Júnior vai continuar consciente, mas não teremos voz. Mas não teremos mais voz. Não, não protestem, nenhum de vocês. Eu sabia que chegaríamos a esse ponto. E queria ter certeza de que Aden conseguiria existir sem nós. Você é forte o suficiente, Aden. Inteligente o suficiente.

Então nós vamos simplesmente desaparecer no pano de fundo?, perguntou Caleb, incrédulo. Chateado.

Isso não é justo!, resmungou Julian.

A vida nunca é justa.

Então Aden tinha de escolher entre controlar sua besta – que poderia sair e matar todos que ele amava – e apagar seus queridos amigos. Não, a vida definitivamente não era justa.

Ele sentou-se, dizendo com uma carranca:

– Neste momento, Júnior está contente e talvez até mesmo lutando com uma indigestão. Nada precisa ser decidido agora.

Como assim, nada precisa ser decidido? Não deveria haver nada para decidir, disse Caleb.

Aden ignorou-o. O garoto ainda não estava pronto para lidar com ele.

– Vamos dar uma limpada aqui, encontrar os outros e fazer mais uma visita para Tonya.

Nós não temos carro, disse Julian, esquecendo-se de tudo ao ouvir o nome de sua... esposa?

Nós não precisamos de um carro, respondeu Elijah. *Não mais.*

vinte e nove

Quando Aden enviou uma mensagem de texto para definir o local e o horário do encontro, Riley já tinha conseguido outro quarto, já estava limpo e com curativos, e Victoria estava acordada, tinha tomado banho e trocado de roupa e estava bastante ferida. Mary Ann também já tinha tomado banho, trocado de roupa e estava bastante irritada. Consigo mesma, é verdade, mas também com todos à sua volta.

Tucker estava morto, assassinado da forma mais violenta e desprezível, e ninguém parecia se preocupar. Mary Ann não pensou que se preocuparia. Ele tinha lhe causado tanta dor e sofrimento, e poderia causar ainda mais. No entanto, parte dela estava em luto por Tucker. Estava em luto pelo garoto que ela certa vez conhecera, pelo garoto que certa vez a tratara com respeito e delicadeza e que a fizera sentir-se especial. O garoto que nunca conheceria o próprio filho.

Como ela contaria isso a Penny? Mary Ann teria de telefonar para falar com a amiga. Mas não agora. Talvez depois que seu sofrimento tivesse passado.

Mary Ann não culpava Aden pelo que tinha acontecido. Se ele não tivesse matado Tucker, Riley o teria matado. Simplesmente não havia meio-termo com aquelas criaturas. Era matar ou ser morto.

O que tinha acontecido com a boa e velha punição "trancado para o resto da eternidade"?

Somada à sua sensação de fúria estava a forma como Riley tratava-a. Sim, ele oferecera-lhe seu animal, mas ela jamais o teria aceitado se ela tivesse sido coerente.

Se Riley quisesse terminar as coisas com ela, ele terminaria as coisas com ela. No entanto, ele teria de dizer isso de uma forma direta. Aquela coisa de ficar em silêncio e depois defender a "honra" dela com tanta fúria tinha de chegar ao fim, se ele ainda se importasse. Chega de mantê-la à distância e depois olhar para ela como se ela fosse uma deliciosa refeição.

Se as coisas tivessem chegado ao fim, as coisas teriam chegado ao fim. Ela precisava saber – e cortar *todos* os laços.

Ela amava-o, é verdade; ela queria-o em sua vida, também é verdade, mas também é verdade que ela merecia ser tratada da forma certa. Fora por isso que ela terminara com Tucker, porque ele não a tratara da forma correta. Mary Ann não mudaria sua opinião nesse momento só porque desejava ter Riley mais do que desejava continuar respirando.

Não, ela não morreria pela falta dele. Disso ela sabia. Sentiria falta dele, sim, e provavelmente choraria até dormir durante semanas. Mas, no final, ela ficaria bem. Certo?

Na próxima ocasião em que estivesse com Riley, eles discutiriam isso.

O grupo caminhou por alguns quarteirões até o local do encontro: o estacionamento de um armazém deserto. Não havia muito trânsito por ali, o que sempre era algo positivo. O sol estava se pondo, as sombras lançavam-se em todas as direções. Mais uma coisa positiva.

– Eu me pergunto se Aden está... – Victoria começou a dizer, e repentinamente ficou boquiaberta.

Aden simplesmente apareceu. Em um piscar de olhos, ele estava com as costas curvadas e lutando para poder respirar.

Ele conseguia se teletransportar. Ele. Conseguia. Se. Teletransportar! Quando isso tinha acontecido, caramba?!

– Isso é... um pouco... mais difícil do que... eu... imaginava – ele arfou.

– Aden! – Victoria apressou-se em direção a ele.

O garoto endireitou o corpo e, quando ela aproximou-se, seus braços estavam abertos, esperando-a. Victoria jogou-se no garoto, que a abraçou com força, enterrando a cabeça naquele pescoço. Ela deu uma leve estremecida, obviamente por conta das dores causadas pelos ferimentos.

– Você está bem? – ele perguntou. A possibilidade de quase terem perdido um ao outro devia ter sido mais forte do que o motivo que o levara a se enfurecer.

– Sim. Só estou com uma pequena saliência na cabeça porque Tucker me jogou contra a parede. Você está bem?

– Estou bem. Sinto muito por ter ficado tão nervoso com você. Eu devia ter...

– Não. Sinto muito por não ter contado antes. Não acredito...

– Eu estava com ciúme, mas se eu tivesse parado...

Meu Deus, as vozes deles estavam se sobrepondo uma à outra e assim ficava muito difícil bisbilhotar.

Victoria apoiou as mãos nas bochechas dele.

– Você não tem motivo para ficar com ciúme, eu juro. Foi só uma vez e não vai acontecer de novo. E nem foi muito bom.

Mary Ann não tinha ideia sobre o que eles estavam falando, mas Riley devia ter percebido, pois murmurou algo como "não ser culpa dele" e "melhor do que bom, como sempre".

Foi necessário um momento, mas as informações começaram a se reunir dentro da cabeça de Mary Ann. *Só uma vez. Não vai acontecer outra vez. Não foi muito bom. Melhor do que bom.*

Sexo.

Com um olhar penetrante, ela andou de um lado para o outro. O vento soprou, fazendo vários fios de cabelo dançarem na frente dos olhos de Riley. Ele estava com os braços cruzados, uma posição casual e despreocupada.

— Você me disse que vocês dois nunca tinham se envolvido! — ela jogava as palavras em direção a ele como se fossem armas.

Para crédito de Riley, ele *não* fingiu não saber do que ela estava falando.

— Nós dormimos juntos uma vez. Isso não é exatamente um envolvimento.

Então era o quê?

— Existe alguém com quem você *não* dormiu?

Não houve mudança alguma na expressão blasé de Riley. Aliás, ele deu de ombros.

— Apenas algumas não tiveram essa sorte. Mas isso só quer dizer que eu ainda não as conheci.

— *Sério?* Você está mesmo sendo sarcástico agora? *Mesmo?*

— O que você quer que eu diga, Mary Ann?

— Quando isso aconteceu? Diga pelo menos isso.

— Antes de eu conhecer você.

E isso fazia tudo ficar bem?

— E antes de você sair *com a irmã dela?*

Um assentimento com a cabeça, como se ele não tivesse ouvido o nojo na voz dela — ou como se não se importasse com isso.

— Sim. Antes disso. Eu nunca traí uma namorada e jamais farei isso. Portanto, essa discussão é inútil.

Inútil.

— Vá se foder! – disse ela. Em seguida: – Ah, espere! Cinquenta por cento das pessoas nesse círculo já fizeram isso!

A matemática estava errada, mas ela não se importou. Não era de se surpreender que Mary Ann sempre se sentisse enciumada quando o via com Victoria. Não era de se surpreender que os dois estivessem sempre tão à vontade juntos. Eles já tinham se visto nus! E, uma vez provado o fruto proibido, era muito mais fácil prová-lo também pela segunda vez. E pela terceira.

Mary Ann era prova disso. Quantas vezes ela tinha dado uns amassos em Riley quando, na verdade, não devia ter feito isso?

— Escute, foi desconfortável, está bem? – agora era a vez de Riley arremessar palavras como se fossem armas. — Como ela disse, não haverá uma segunda vez.

Novamente, como se isso fizesse tudo ficar bem.

— Por que eu não vou para a cama com Aden, então, e aí vamos ver quão inútil...

Riley inclinou o corpo, colocando seu rosto na frente do dela, sem qualquer sinal de que quisesse tranquilizá-la.

— *Você não vai dormir com Aden.*

Havia tanta raiva naquela voz rouca que Mary Ann sentiu a fúria chegar aos seus ossos.

Tudo que ela conseguiu fazer foi piscar os olhos, surpresa. Agora, aqui estava uma reação que ela não esperava receber dele. Aquilo significava que ele ainda se importava com o que ela fazia – e com quem fazia.

— Por quê? Porque eu ainda sou sua namorada?

Um momento se passou. A fúria dissipou-se e Riley ajeitou-se, recuperando o bom senso:

— Eu... Eu não sei. Nenhum de nós é a mesma pessoa que era algumas semanas atrás.

Francamente. Bem, por isso ela esperava, e agora queria mais.

— Simplesmente diga — ela insistiu, forçando o assunto, ignorando a plateia atenta. *Por favor, não. Por favor, não diga que terminamos. Que acabou. Que chegamos ao fim.*

Um músculo repuxou-se debaixo do olho de Riley. Um sinal de sua chateação, e algo que vinha acontecendo com muita frequência ultimamente.

— Eu sou praticamente humano. Não posso mais te proteger.

Se aquele fosse o único argumento de Riley, ele jamais iria se livrar dela.

—Você se saiu muito bem na briga no motel.

— Mas o que vai acontecer quando um grupo de lobos decidir que quer devorar sua carne no almoço?

— Então, se você ainda pudesse se transformar, ficaria ao meu lado todos os segundos de todos os dias?

— Não. É claro que não.

— Me deixaria trancafiada?

— Não.

— Então, como você me protegeria disso antes? Eu poderia me tornar o café da manhã, o almoço ou o jantar de alguém, você sendo ou não um mutante. Pare de criar desculpas e diga o que nós dois sabemos que você quer dizer.

Não escute o que eu estou dizendo.

A respiração de Riley estava pesada, suas narinas inchavam com a força das inspirações.

— Nós... Nós...

— Diga!

Não. Não diga.

Uma mão dura apoiou-se no ombro de Mary Ann, e a garota virou-se assustada, boquiaberta. Um Aden com a testa franzida estava ao lado dela. Riley rosnou para ele, mas logo percebeu o que fizera ao seu rei e limpou a expressão.

– Vamos até a casa de Tonya. Vou levar Victoria até lá. Riley, traga Mary Ann.

O calor invadiu as bochechas de Mary Ann. Certo, agora ela se importava com o fato de ali haver uma plateia.

– Por que você quer voltar para a casa de Tonya?

– Ela tem respostas sobre Julian que eu não consigo encontrar nos documentos e nas fotos. Então, encontre a gente lá – Aden olhou para o relógio de pulso que não tinha e que jamais tinha usado. – Meia hora?

Tempo suficiente para os pombinhos resolverem seu problema, ele supôs.

Riley assentiu:

– Tudo bem.

– Ótimo! – Aden e Victoria saíram caminhando de mãos dadas.

Que ótimo.

– Vamos – resmungou Riley, tomando a direção oposta. Ele virou a esquina, Mary Ann caminhando logo atrás. Em vez de retomarem o assunto de onde tinham parado, ele escolheu um carro para roubar.

A garota não protestou quando ele arrombou a porta, retirou o pedaço de plástico que envolvia a ignição e, em seguida, retorceu os fios expostos. Ela simplesmente agiu como testemunha e, assim que o motor entrou em ação, sentou-se no banco do passageiro.

Logo eles estavam na estrada, costurando pelo trânsito, um pouco acelerados demais para que ela pudesse sentir qualquer coisa próxima de uma paz de espírito. O trânsito não era pesado, mas, por favor! Só era necessário um veículo entrar na sua frente e pronto, acidente.

– Diminua a velocidade!

– Em um minuto.

Ele nunca tinha dirigido de forma tão alucinada antes. Não com ela.

– Se eu disser o que você não está disposto a dizer, você vai diminuir a velocidade?

Os dedos de Riley curvaram-se no volante, as articulações rapidamente perdendo a cor.

– Eu não preciso que você diga. Eu mesmo posso dizer.

Mary Ann não reagiria. Não reagiria. Caramba, não reagiria.

– Então faça isso.

Ótimo. Não havia sinal algum de agitação em sua voz.

– Não posso – ele respondeu, contradizendo-se. – Eu estou tentando, parte de mim quer fazer isso, mas não posso.

Não poderia haver conforto algum na alegação dele.

– Você algum dia vai me perdoar pelo que eu fiz? Pelo que você pediu que eu fizesse?

Riley estendeu a mão. Ajustou o retrovisor.

– O problema não é esse, Mary Ann. Se eu não tivesse feito o que fiz, se você não tivesse feito o que fez, você não estaria viva. E eu prefiro ter você viva e meu animal morto, e não o oposto.

Nessas palavras ela conseguia encontrar conforto – mas isso tinha um preço para ela. De repente, Mary Ann estava banhada em vergonha, e sua pele formigava por conta disso.

– Eu gostaria de poder devolver seu animal – mas ela absorvera-o e devia tê-lo mastigado, pedacinho por pedacinho, pois não conseguia senti-lo dentro dela. Em nenhum nível.

– Você não pode – ele disse, confirmando o que ela já sabia.

– Se esse não é o problema, então por que você está tão furioso comigo?

– Eu já disse. Eu não posso te proteger desse jeito.

– Riley, eu nunca gostei de você por causa de quão bem você me protegia. Eu gostei de você porque você fica uma delícia naquela calça jeans!

– Engraçadinha.

A palavra saiu envolvida por sarcasmo, mas Riley estava retorcendo o canto dos lábios, deliciando a garota, fazendo com que ela se sentisse bem.

— Mas é mais ou menos verdade.

Ele logo adotou um ar sóbrio.

— Minha alcateia, os vampiros... Todos eles detestam você, eles temem a sua habilidade e vão querer seu sangue.

— Mesmo sabendo que eu não estou mais sugando?

— Sim. Nenhum sugador foi reabilitado antes. Eles não vão acreditar no fato de você já não ser um perigo.

E aparentemente ele tampouco acreditava.

— Algumas semanas atrás, vocês diriam que jamais seguiriam um rei humano. E veja o que estão fazendo agora.

Riley lançou um olhar para Mary Ann e a velocidade do carro finalmente diminuiu. O garoto ainda acelerava a ponto de ultrapassar a velocidade do som, mas ela sentiu-se mais confiante.

— Você *quer* ficar comigo? Porque parece que eu me lembro de você ter me distanciado várias vezes.

Agora ou nunca. Ela poderia dizer tudo agora, uma vez que estava pedindo que ele fizesse a mesma coisa:

— Sim, eu quero ficar com você.

— E se você voltar a sugar, vai fugir outra vez de mim?

Não era exatamente o que ela queria ouvir:

— Eu... – droga! Mary Ann não tinha nenhuma resposta para ele. Ela fugiria? Não fugiria? Era impossível saber, mas não importava. Luzes azuis e vermelhas piscavam atrás deles agora. O som de uma sirene ecoou. – Acho que temos de encostar o carro.

Riley começou a desacelerar, empurrando o carro para a lateral da estrada. O pânico tomou conta de Mary Ann.

— Ele sabe que o carro é roubado? Por isso fez a gente parar?

– Não. Se fosse isso, ele estaria apontando uma arma para nós. Apenas fique calma e não diga nada.

Alguns minutos terrivelmente agonizantes depois, o policial estava ao lado do carro, com o cotovelo apoiado na janela aberta. Enquanto isso, Mary Ann tentava combater um possível ataque de pânico.

– Você sabe qual era sua velocidade, garoto?

– Não – e Riley não soava como alguém que parecia se importar.

– Cinquenta e seis quilômetros por hora *acima* do permitido.

– Você está me dizendo que aquelas placas não eram apenas uma sugestão?

Mary Ann queria xingá-lo. Por que ele estava agindo assim?

Com olhos cada vez mais estreitos, o policial focou o olhar nela, movendo os lábios de modo a formar uma carranca.

– Carteira de habilitação e documentos. Agora.

– Não posso – respondeu Riley tranquilamente. – Esse carro não é meu.

Ela realmente queria xingar. O que ele estava fazendo? *Querendo ser preso?*

– O que você está dizendo, garoto?

– Que eu não sei a quem esse carro pertence. – Riley abriu um sorriso malicioso. – Eu... – ele continuou apenas movendo os lábios – peguei emprestado.

E entãããão... Foi nesse momento que o policial puxou a arma.

Onde estariam eles?, Victoria se perguntava pela milésima vez. A meia hora combinada já tinha passado, mas Riley e Mary Ann não tinham aparecido, não tinham enviado mensagens de texto e não respondiam às mensagens ou atendiam os telefonemas *dela*.

– Talvez nós devêssemos procurar os dois – sugeriu Victoria a Aden.

– Então, você pode nos teletransportar para onde precisamos ir.

Victoria tinha precisado treinar por anos para se mover poucos metros e, mesmo assim, ela sempre se cansava. Aden, todavia, tinha cruzado milhas pela cidade, sem ter de parar para descansar ou verificar os arredores para assegurar-se de que tinha chegado ao local certo. Victoria estava perplexa, impressionada e, sim, com inveja.

A inveja a fez sentir culpa. Ele tinha deixado muita coisa para trás para estar com ela. Ela poderia superar a perda de suas habilidades vampirescas.

– Eles devem estar discutindo e perderam a hora – respondeu Aden. – Vamos, nós não precisamos deles para isso.

– Você deve estar certo.

Riley nunca tivera de se empenhar para ter uma garota, portanto, uma Mary Ann resistente era bom para ele. Ao vê-los juntos, ao ver a necessidade que Riley (quando achava que ninguém o estava observando) demonstrava sentir por ela, Victoria aprendeu a parar de culpar Mary Ann pelo que tinha acontecido com seu amigo. Parecia claro que eles precisavam um do outro.

Aden beijou-a rapidamente e puxou-a até os degraus da varanda. Dura e fortemente, o garoto bateu na porta.

Vários segundos passaram-se. Victoria não viu ou ouviu nada, mas Aden devia ter percebido alguma coisa, pois logo disse:

– Você vai abrir a porta, Tonya, e nos receber aí dentro.

A prancha de cerejeira polida se abriu. Os olhos de Tonya estavam vidrados quando ela posicionou-se do lado da porta.

Aden levou Victoria até a sala de estar. Os móveis estavam limpos, embora fossem claramente antigos. O tecido floral nas almofadas ostentava alguns pontos desbotados. A mesinha de centro, arranhada. Aliás... Victoria estudou algumas revistas que estavam sobre a mesa. Elas estavam amareladas, ligeiramente desgastadas e datadas de dezessete anos atrás.

Fazendo uma careta ao ajeitar-se no sofá, Aden murmurou:

– Julian está ficando louco. Ele reconhece os móveis. E claramente passou mais tempo aqui dentro que lá fora.

– Bem, existe a possibilidade de que aqui dentro seja exatamente como era quando ele morreu – disse Victoria, apontando para as revistas.

– É. Interessante.

Tonya sentou-se na frente deles.

– O que vocês querem? – as palavras eram agressivas, como se ela estivesse lutando contra o desejo forçado de recebê-los. E aquelas sombras... Elas estavam nos olhos dela e ondulavam loucamente.

– Em primeiro lugar, quero que você saiba que não vou te ferir – disse Aden. – Entendeu?

Um franzir de testa.

– Entendi. Mas não acredito em você.

– Tudo bem. Vou provar o que eu disse.

– O que você quer? – ela insistiu e, por mais impressionante que pareça, com um tom menos hostil.

– Respostas. A verdade sobre seu marido e o irmão dele. Diga o que eu preciso saber e então vou deixá-la em paz.

– Eu não gosto de falar sobre meu querido Daniel e sobre aquele maldito Robert – adoração misturada com repulsa. Ela voltou a franzir a testa e as sombras passaram a se mover mais rapidamente. – Eu sempre os chamei assim. E sinceramente. Eu amava meu marido e detestava o irmão dele, mas...

– Mas? – intrometeu-se Victoria.

– Mas eu nem sempre senti isso. Quer dizer, eu nunca amei Robert, mas eu gostava dele. E me lembro de querer me divorciar de Daniel – as sobrancelhas de Tonya se retorceram, ela parecia confusa. – Ou talvez eu tenha apenas sonhado com isso, porque eu o amo tanto. E sempre vou amá-lo.

Aden massageou as têmporas. Julian estava gritando?

– Me conte sobre eles.

– Eles... eram... gêmeos – Tonya agia como se tivesse de empurrar cada palavra por um tubo extremamente fino. – Daniel trabalhava no necrotério do hospital... Robert era um vigarista que não valia nada. Sim, é verdade – as palavras fluíam com mais facilidade agora. – Meu querido Daniel *não* tinha inveja do irmão.

E, ainda assim, as palavras pareciam tão ensaiadas. Como se ela estivesse repetindo algo que lhe fora dito muitas e muitas vezes. Talvez estivesse. Aqueles livros de feitiços... as sombras nos olhos de Tonya... a aura negra desbotada de que Riley tinha falado.

Talvez as emoções e a lealdade inabalável de Tonya fossem fruto de magia.

Sim! Era isso, percebeu Victoria, assustada.

Aden e Victoria levantaram o corpo ao mesmo tempo.

– Acho que eu sei o que aconteceu – os dois disseram em uníssono.

trinta

As memórias invadiram Aden. Nenhuma delas era sua, todas eram de Julian, e todas eram devastadoras. O nome dele era Robert Smart. Sim, ele tinha poucos cabelos e usava óculos. Daniel era o cara mais bonito, mais forte, mais inteligente, mas que nunca tinha sido querido e que sempre sentira tanta inveja do talento ligado ao sobrenatural que seu irmão possuía.

Então, Daniel tinha apelado para livros de feitiçaria. Magia negra. Mais e mais envolvido com o oculto, até finalmente entregar-se ao sacrifício humano.

O sacrifício de Robert.

As pessoas normais não saberiam como seguir esse caminho, mas Daniel não era normal. Seus pais humanos adoravam todas as coisas místicas, acreditavam plenamente no sobrenatural, no tabuleiro Ouija e em todo tipo de encanto.

Talvez por isso tivessem amado mais a Robert. Talvez por isso Daniel o tivesse atacado – até a morte.

Na noite de 12 de dezembro, Daniel telefonara para Robert e pedira a ele que fosse até o hospital. Robert foi, pois queria fazer seu irmão tomar um pouco de juízo. Porém, não houve conversa. Daniel esfaqueou-o, diversas vezes, tentando sugar a habilidade de Robert para seu corpo enquanto o irmão agonizava até a morte.

No entanto, Robert foi absorvido por Aden – seu passado, enterrado; sua mente, renascida – tudo isso antes que seu irmão gêmeo obtivesse qualquer sucesso.

Mais uma coisa que Robert fizera buscando derrotar seu irmão durante aqueles últimos minutos de vida? Ao longo dos anos, ele aprendera a controlar sua habilidade de acordar os mortos e, portanto, levantou alguns cadáveres no necrotério. Vários deles cuidaram de livrar-se de Robert, devorando-o completamente. Os demais mataram Daniel antes de qualquer ajuda chegar.

Antes de tudo isso, entretanto, Daniel lançara um feitiço em Tonya, para ganhar a devoção eterna da mulher.

– Ah, Aden – disse Victoria ao mesmo tempo em que Julian dizia, com um tom entristecido, tão triste e pesado com aquelas memórias: *Eu a amei, mas ela nunca me amou. Ela o amava e pagou por isso. Quando era tarde demais, ela se deu conta de que Daniel era louco e tentou deixá-lo. Foi aí que ele a enfeitiçou para amá-lo para sempre. Tudo o que eu queria, no final, era libertá-la. E eu poderia ter feito isso se meu próprio irmão não tivesse me traído.*

– Então vamos libertá-la agora – disse Aden. Uma onda de tristeza invadia o garoto. Fazer aquilo também libertaria Julian. Julian, o língua afiada. Julian, a alma divertida que Aden tanto adorava. Que ele queria manter para sempre. Perder Eve deixara-o desolado. Perder Julian seria ainda pior. Julian era como um irmão, mais próximo que um irmão de sangue.

– Aden? – Victoria tentou novamente.

Mas como?, perguntou Julian. *Eu preciso saber qual feitiço Danny usou, e não sei. Eu não estava lá. Esse foi o motivo que me levou até o hospital, eu queria ver se conseguia enganá-lo para que ele me dissesse.*

— Aden, por favor.

E se você viajasse no tempo através da vida dela? Nós poderíamos ouvir o feitiço que ele lançou.

— Aden!

Espere, espere, espere, disse Elijah antes que Aden pudesse direcionar sua atenção a Victoria. *Se ele voltar no tempo e enxergar pelos olhos de Tonya, e ouvir pelos ouvidos de Tonya, ele – nós – poderíamos ser enfeitiçados e passarmos também a amar Daniel. E acho que nenhum de nós quer isso.*

E ele, nós, poderíamos não *ficar enfeitiçados. Mas vale a pena arriscar,* respondeu Julian, bufando.

Eles sempre achavam que os riscos que Aden corria por eles valiam a pena. Para eles, de fato valiam. Para todos os demais, entretanto, não.

Ele não voltou no tempo pelas minhas bruxas, então não vai voltar pelo seu humano, implicou Caleb.

Ele disse que faria qualquer coisa para nos ajudar, respondeu Julian. *Me corrija se eu estiver errado, mas viajar no tempo entra na categoria de "qualquer coisa".*

— Pessoal, por favor! Deve haver outra forma. Quantas vezes eu tenho de dizer isso? Voltar no passado é perigoso.

— Aden! – dedos frios sacudiram-no.

Aden esforçou-se para recuperar o foco na sala em volta.

— Victoria, eu... – as palavras morreram na garganta do garoto.

O pai de Aden estava sentado ao lado de uma Tonya bastante calma, com uma arma apoiada na coxa, o cano apontado para o garoto. Aden imediatamente deu um pulo e ficou de pé, na frente de Victoria, funcionando como um escudo. Júnior rosnou, respondendo ao pico de agressão nas veias de Aden.

A proteção para controlar a besta subitamente parecia ser uma ideia brilhante, danem-se as consequências.

Aden respirou um pouco, uma tentativa de baixar sua pressão sanguínea e manter a cabeça limpa. As emoções não o engoliriam. Não dessa vez.

— Como você me encontrou? — perguntou o garoto.

— Você achou mesmo que eu faria proteções em você e não usaria uma delas como uma forma de te rastrear?

Joe sempre soube onde Aden estava, o garoto logo se deu conta. Seu pai tinha simplesmente escolhido não procurá-lo — até agora. *Não reaja. É isso que ele quer, que você reaja.*

— Francamente, se eu quisesse ferir a garota, eu já teria feito isso — Joe bateu contra o gatilho, ao mesmo tempo leve e ameaçadoramente. — Sente-se.

Aden sentou-se, ajustando o corpo de modo que continuasse funcionando como um escudo na frente de Victoria. Ela tremia, sua respiração fria e trêmula batia no pescoço dele.

— Sinto muito — ela sussurrou.

— Não há motivos para isso.

— Ele invadiu a casa e... — mais um estremecimento tomou conta dela.

Aden estendeu a mão e apertou o joelho de Victoria.

— Se eu fosse você, ficaria parado — anunciou Joe. — O mais leve dos movimentos me deixa tenso.

Aviso recebido.

Tonya não tinha se movido ou falado durante toda essa conversa. Ela não estava morta, mas tampouco estava lá.

— Eu a dopei — explicou Joe ao perceber a atenção que Aden despendia na direção da mulher. — Uma injeção e ela já não está aqui, embora seu corpo ainda funcione. Precisamos aprender a usar as armas que temos quando estamos correndo para sobreviver.

A primeira onda de perigo tinha passado. É claro que agora Aden daria continuidade à conversa:

– Você soa amargurado. Na sua idade, já devia ter superado isso. Algumas pessoas têm vidas mais difíceis que a sua.

Júnior entrou em um breve frenesi, abafando a conversa das almas.

Uma sobrancelha acastanhada arqueou-se.

– Está falando *de você?* Você acha mesmo que teve uma vida mais difícil que a minha, garoto?

Não se atreva a reagir.

– Estou falando que você é uma criança. A propósito, você deveria ver o que aconteceu com o último cara que apontou uma arma para mim. Ah, espere... Seria impossível ver. Ele está morto.

Joe colocou a mão livre sobre o coração.

– Meu filho, um assassino. Ah, estou tão orgulhoso.

Aquela era a primeira vez em que Joe tinha se disposto a reconhecer a ligação existente entre os dois. E fazer isso dessa forma, cheio de uma fúria ácida, bem, era uma arma muito mais mortal que aquele revólver.

– Então você nunca matou em autodefesa. Você...

Reagindo...

Inspiração, expiração.

Victoria segurou a mão de Aden. Ela tremia ainda mais agora, embora sua expressão fosse serena. Júnior voltou a rugir. Por mais que Aden detestasse seu... aquele homem – ele não voltaria, de forma alguma, a se referir àquele cara como seu pai –, ele não queria que Joe se tornasse um McLanche Feliz para a besta.

– A propósito, suas conversas consigo mesmo são mais interessantes agora do que quando você tinha três anos. – Joe lançou um olhar para Victoria: – Você sabe qual foi a primeira palavra que ele disse? Lijah. A segunda foi Ebb. A terceira, Jew-els. A quarta, Kayb. Sim, ele tinha um leve problema para pronunciar as coisas.

Eu fui o último?, resmungou Caleb. *Obrigado por todo esse amor, Hay-den.*

Em vez de se envolver em uma conversa sobre outros assuntos com as almas, Aden ignorou Caleb. Não havia afeição alguma, apenas fatos, nas palavras de Joe. Não havia dúvida de que aquele homem estava decidido a esfolar Aden e a deixá-lo sangrando até morrer internamente.

Assassinato com palavras. Inteligente. Ninguém podia ser condenado por isso.

Victoria estalou a língua.

– Sabe, Joe... Posso chamá-lo de Joe? Talvez Aden tenha dito o nome das almas antes porque elas eram pais melhores e também amigos melhores do que você foi ou viria a ser. O que você acha de refletir sobre isso?

Joe estalou o maxilar e Aden apertou o joelho de Victoria, dessa vez em tom de aviso, esperando evitar que ela atacasse novamente. Independentemente de quão doce ela fosse ao atacar. Não cutuque a onça com vara curta. Aden podia fazer isso porque, bem... Certo, isso também não era boa ideia. Não enquanto Victoria estivesse tão vulnerável.

– Chega disso. Mãos à obra, podemos? – disse Joe. – Por que você quer voltar no tempo no corpo dessa mulher?

– Eu não quero – mas por que não contar o restante da história para ele? Afinal, Aden não estava fazendo nada de errado. – Mas ela foi enfeitiçada e eu preciso quebrar esse feitiço. Para quebrá-lo, preciso saber qual feitiço foi usado.

– Você não consegue reconhecer? – perguntado com a mesma entonação que Joe talvez usaria se estivesse conversando com crianças com necessidades especiais.

Pelo menos ele não tinha chamado Aden de mentiroso.

– Você consegue?

– Espere. Você pode voltar no passado das pessoas, aparentemente é o rei dos vampiros e dos lobos e não consegue ouvir o eco do feitiço lançado? Não consegue sentir a vibração da magia? – outra vez com aquela voz que ele usaria com crianças especiais.

– Você consegue? – repetiu Aden. – Espere! Não me diga que você também tem uma proteção para isso?

Um sacudir de cabelos loiros, negando.

– Prática – e, em seguida: – Por que você se importa com essa mulher, afinal? Ela não é nada sua.

– Eu não me importo.

Ei, cuidado aí!, gritou Julian.

Joe franziu a testa.

– Então por que...

– Eu não me importo – Aden continuou. – Mas uma das almas dentro da minha cabeça se importa.

Está bem, então. Assim eu consigo aceitar.

– As almas. É claro. Você sempre as amou mais do que tudo – Joe virou-se para Tonya. – Seja boazinha e arrume um papel e uma caneta para mim, querida. Pode ser?

– Sim, é claro – disse Tonya, com palavras arrastadas. – Caneta e papel.

A mulher levantou-se e tropeçou, despreocupada, inconsciente e em uma situação muito perigosa.

Victoria ameaçou seguir Tonya, mas Joe sacudiu a arma, um sinal claro de negação. Então, a garota permaneceu no lugar.

– Você não tem medo de ela fugir?

– Não – foi tudo o que o homem disse. – A droga abre a mente dela a sugestões. Ela só vai seguir as ordens que recebe.

Talvez admitir isso não fosse a coisa mais inteligente a se fazer.

Victoria estudou-o por um momento.

– Sabe, você é pior que o meu pai, e eu não achava que isso fosse possível. Ele costumava me açoitar com um chicote de nove tiras, sabia? Só para se divertir.

— Sim, mas quem é o seu pai, querida?

Aden apertou o joelho da garota, uma forma de pedir novamente que ela ficasse em silêncio. Considerando o quanto Joe detestava as criaturas do outro mundo, ele poderia tentar punir Victoria por sua origem ou até mesmo pelos erros cometidos por outras pessoas.

Joe abriu um sorriso discreto para Aden, contente com o fato de ela ter deixado escapar sua origem.

— Você escolheu uma garota ferrada, com problemas com o papai. Acho que somos mais parecidos do que eu acreditava ser possível.

O que ele estava dizendo? Que a mãe de Aden tinha sofrido? Que ela também tinha enfrentado problemas com o pai? Ele queria tanto perguntar! Apesar de tudo, Aden estava faminto por informações sobre sua mãe.

Nas poucas vezes em que se permitiu pensar sobre ela, Aden se perguntava como ela seria, se estivera tão ansiosa quanto Joe para entregá-lo à adoção ou se queria ficar com o filho. Onde aquela mulher estaria agora? O que estaria fazendo?

Seria ela a mulher que Riley e Mary Ann tinham visto com Joe na caminhonete aquele dia?

— Não faça perguntas — disse Joe duramente, percebendo a direção que os pensamentos de Aden estavam tomando.

O garoto abriu a boca para fazer a primeira pergunta, mas Tonya voltou com o papel e a caneta exigidos e passou-os para Joe antes de sentar-se novamente ao lado dele. O homem equilibrou o bloco de notas sobre a coxa e começou a escrever, sem em momento algum soltar a arma. Quando terminou, rasgou o papel e jogou-o sobre a mesinha de centro.

O olhar de Joe encontrou-se com o de Aden, familiar e novamente apático.

— Agora você não pode dizer que eu nunca te ajudei.

Não *reaja!*

Aden não conseguiu evitar que seu coração acelerasse com a surpresa ou que Júnior deixasse de bater contra seu crânio. Então, inclinou a cabeça para o lado, apontando para o papel.

– O que é isso?

– O *ticket* para libertar a senhora Smart.

Verdade ou mentira? De qualquer forma:

– Prêmio de Pai do Ano para Joe Stone. Ou não.

Franzindo a testa, o homem inclinou-se em direção à humana.

– Tonya, você vai ficar boazinha. Vai ficar sentada, direitinho, e escutar o que Aden tem a dizer. E vai fazer o que ele mandar, não vai?

– Sim. Eu vou fazer o que ele mandar.

Aqueles olhos analisaram Aden.

– Feitiços são inquebráveis, a não ser que quem os lançou defina uma palavra mágica para cancelá-los, acho que essa é a melhor forma de descrever. Posso ouvir dentro da minha cabeça os feitiços que esse tal Daniel lançou, e ele certamente deixou uma palavra mágica. Provavelmente para o caso de *ele* deixar de amá-la e querer se livrar dela. Ou puni-la. Ou feri-la. Sempre há um motivo, mas eu não consigo interpretar esse motivo. Enfim, as palavras no papel servem para libertá-la.

Aden não agradeceria o homem. Aquilo era pouco demais, tarde demais.

– Não tente me encontrar, Aden, e não tente encontrar sua mãe. Tenho certeza de que seus amigos te contaram que encontraram brinquedos em nossa casa. Sim, você tem uma irmã mais nova. Não, você não pode vê-la. Ela não é como você e você só vai fazê-la sofrer e sentir dor.

Sim, eles tinham contado a Aden sobre a garotinha, mas ouvir as palavras – "irmã mais nova" – e perceber novamente que ele nunca a veria, nunca a abraçaria, nunca acabaria com os garotos que tentassem ferir os sentimentos dela... Bem, Aden não tinha chorado nas duas vezes em que fora esfaqueado, mas agora ele queria cair em prantos.

— É por isso que estou aqui — continuou Joe, sem se importar com as feridas que tinha causado. — Para dizer que nada de bom vai te acontecer se você os procurar.

Bang, bang. Júnior, contra o crânio de Aden.

Devagar. Tenha calma agora.

— Você não me matou, e eu não te matei — continuou o homem. — Vamos deixar as coisas assim e seguir nossos caminhos. Para sempre.

— Pelo menos dê uma foto da mãe e da irmã para ele — pediu Victoria, solidária com Aden de uma forma que apenas ela conseguia ser.

— Não. Cortar todos os laços definitivamente é a melhor opção, acredite.

Dizendo isso, Joe levantou-se e caminhou até a sala de estar. Embora tenha parado na passagem em forma de arco por alguns segundos, como se tivesse algo a dizer, o homem não disse nada. Simplesmente saiu, batendo a porta da frente.

Como Joe pôde fazer aquilo com ele? Deixá-lo assim, outra vez? A pergunta mais perturbadora de todas, entretanto, era: como teria sido a vida se Joe o tivesse amado e ficado com ele? Se Joe o tivesse educado?

Júnior quase estourou os tímpanos de Aden com seu próximo grito penetrante.

Calma, fique calmo.

Tonya permaneceu em seu assento, inalterada.

Victoria jogou seus braços em volta de Aden, ajeitou-se no colo do garoto e abraçou-o apertado.

— Sinto muito, mesmo. Ele não merece você.

Palavras que Victoria provavelmente disse para si mesma — ou que Riley lhe dissera — depois que seu pai quebrara seu coração. Aden abraçou a garota, deixando-a confortá-lo como só ela conseguia, sentindo o cheiro dela, adorando aquele cheiro, deixando sua boca salivar enquanto desejava provar dela, não se permitindo provar ou pensar em provar, não se permitindo mordê-la, mas apenas regalando-se com o que ela oferecia. Finalmente, ele acalmou-se, e Júnior também.

Aden, por favor, dizia Julian.

Julian, seu amigo. Julian, que ele ajudaria, independentemente da destruição que aquilo pudesse lhe causar. Aden beijou Victoria na têmpora, colocou-a no sofá, segurou o papel, leu as palavras e levantou-se. Conforme se aproximava de Tonya, ele fechou os punhos, pronunciando as palavras. *Aquilo* deveria funcionar?

Aden agachou-se na frente da mulher.

– Olhe para mim, Tonya.

Ela obedeceu sem hesitar.

Isso vai funcionar?, perguntou Julian. *Tem de funcionar!*

Aden não sabia se aquilo que seu pai tinha proposto, uma coisa tão simples que até mesmo um homem das cavernas poderia fazer – assistindo TV demais? –, faria algo além de envergonhá-lo, mas, mesmo assim, ele disse:

– Tonya Smart, seu coração é só seu. Sua alma é só sua. O amor pode enfraquecer, o amor pode morrer, mas a sua verdade vai te libertar.

Ela piscou para ele.

Por que nada aconteceu?, Julian, outra vez.

– Ela ainda está dopada – explicou Victoria. – Talvez isso esteja evitando que ela demonstre qualquer reação.

– Lute para se livrar da influência da droga – ordenou Aden e, assim como antes, ela obedeceu. Não porque Tonya tivesse recebido ordens para obedecer, mas porque ele tinha usado a voz de vampiro.

O olhar de Tonya libertou-se daquele brilho envidraçado, revelando as sombras que se agitavam tão violentamente ali. Um grito rasgou a garganta da mulher. Todo o seu corpo se curvou, sacudiu a cadeira e, em seguida, soltou-se. Ela tremeu, ela gemeu, ela se contorceu. Seus dedos apertaram-se.

Aden distanciou-se de Tonya, sem saber como ajudá-la.

Faça isso parar, implorou Julian.

— Eu não consigo — tudo que ele podia fazer era assistir, horrorizado, enquanto aquelas sombras saíam pelos poros de Tonya, levantando-a, envolvendo-a em uma bruma escura. E gritos, tantos gritos, ecoavam pela sala.

Gritos dela? Os gritos que ela mantivera presos dentro de si mesma toda vez que o feitiço a forçava a fazer algo contra sua vontade?

Aden voltou para perto de Victoria — e o movimento deve ter assustado as sombras, pois elas levantaram-se, desaparecendo através do teto. Deixando o silêncio, um silêncio tão pesado.

Tonya afundou o corpo no assento, deslizou até o chão e ficou ali, deitada, tremendo. Ela estava ensopada de suor, e lágrimas corriam por suas bochechas. Sua pele ostentava um vermelho profundo.

— Eu... Ele... Ah, meu Deus! — os soluços faziam todo o seu corpo tremer enquanto ela curvava-se.

Victoria caminhou até a mulher e estendeu a mão. Tonya percebeu o movimento com o canto do olho e afastou-se.

— Não toque em mim! Saia! Saia da minha casa! Eu odeio você. Odeio todos vocês. Odeio ele. Odeio, odeio, odeio! — os soluços intensificaram-se a ponto de a mulher quase se afogar.

— Julian... Robert — chamou Aden. — Você quer que eu diga alguma coisa para ela?

Uma pausa. Em seguida:

Não. Agora ela não vai ouvir. E, além disso, eu não sei o que diria. Eu não a amo como a amei no passado. Mas eu não podia deixá-la apodrecer na prisão em que Daniel a colocou. Ela está livre, disse Julian. *Ela está realmente livre, e é isso que importa.*

A cada palavra, a voz da alma tornava-se mais suave, mais baixa.

Ele estava indo embora, Aden percebeu enquanto lutava contra as lágrimas. Rápido assim, sem qualquer outro aviso. *Não vá! Eu não estou pronto.* Ele manteve as palavras para si mesmo. Não havia razão para oprimir Julian com elas.

– Quanto... Quanto tempo você ainda tem?

Não muito. Agora um sussurro.

Victoria segurou os dedos do garoto.

– Aden?

– Por favor.

Aden tremia enquanto a levava para fora da casa. Ele poderia tê-los teletransportado, mas estava emocionalmente abalado e não sabia onde eles poderiam parar.

O ar frio vociferava em volta dele, uma tempestade estava claramente tomando forma. O céu estava cinza; as nuvens, pesadas. O cenário combinava perfeitamente com o humor de Aden. Ele levou-os até um conjunto de árvores pesadas antes de cair de joelhos.

– Julian?

Ainda estou aqui. E quero que você saiba que... Eu amo você, Aden.

Ainda mais fraco.

– Eu também amo você.

Tanto!

Obrigado por tudo. Você foi uma ótima morada e eu nunca vou me esquecer de você.

Aden outra vez queria gritar para Julian não ir, mas não fez isso. Ele tinha acabado de perder Joe – não que ele quisesse ser parte da vida de Joe –, mas perder Julian também? Aqui e agora, desse jeito? Os olhos de Aden eram como dois pedaços de carvão recém-retirados do fogo.

– Você foi um bom amigo para mim.

Julian, disse Elijah, triste e feliz ao mesmo tempo. Aden entendia aquilo. A alma estava triste por si mesma, mas feliz pelo amigo. *Nós também nunca vamos esquecer você.*

Cara, disse Caleb. *Eu sabia que você era o cara com o penteado para esconder a calvície!*

Julian riu. *Amo vocês, caras. Mesmo quando vocês são um pé no saco!*

Agora foi a vez de Caleb rir. *Talvez seja melhor você reformular isso. Você não tem saco.*

— Vou sentir saudade de você – disse Aden com uma voz suave. Seu queixo tremia tão violentamente que ele quase não conseguiu pronunciar as palavras.

Seria gay demais se nós quatro tentássemos nos abraçar?, perguntou Julian.

Sim, respondeu Caleb. *Que tal um tapinha mental nas costas em vez de abraço?*

Outro riso, dessa vez tão fraco que Aden teve de se esforçar para ouvir.

Sim, mesmo quando você é um saco.

— E... se você vir Eve, diga para ela que nós dissemos oi.

Pode deixar.

Aposto que ela é uma gata, disse Caleb, agora perdendo o senso de humor. Como todos os demais, ele estava lutando contra suas emoções.

Julian bufou. *Não acredito que isso é nosso adeus. Não consigo acreditar que nunca mais vou ver vocês. Nunca mais vou ouvir Caleb agindo como um pervertido ou Elijah estragando prazeres ou você, Aden, a pessoa mais honrável e adorável que eu já conheci, seguindo seu caminho cheio de luz. Não sou nenhum sensitivo, mas o destino reserva coisas maravilhosas para você, meu amigo. Eu sei disso.*

As lágrimas passaram a queimar as bochechas de Aden, uma maré incontrolável.

— Nós vamos nos encontrar outra vez.

Acreditar no oposto poderia matá-lo.

Amo tanto você, disse Julian novamente e, então, simplesmente desapareceu. Aden sentiu a ausência do amigo até os ossos.

Outro adeus para o qual ele não estava preparado.

O garoto permaneceu exatamente como estava e deixou as lágrimas fluírem. Victoria envolveu-o com o braço e chorou com ele. Aden não sabia quanto tempo tinha se passado.

Quando ambos acalmaram-se, ela sussurrou:

– Vamos encontrar Riley e Mary Ann e ir para casa, Aden.

– Sim. Para casa.

trinta e um

O que você fez com você mesma?

Essas foram as primeiras palavras que Mary Ann ouviu seu pai dizer em semanas – ou no que parecia ser uma eternidade – e a garota sabia que elas eram um precursor para todos os tipos de problema.

Ela sentou-se no banco do passageiro do sedã de seu pai. Ele havia pagado a fiança para ela, ou feito algo assim. Mary Ann não estava exatamente certa do que acontecera, mas sabia que ela tinha sido algemada, levada até a delegacia de Tulsa, trancada em uma sala e questionada por algumas horas – não que ela tivesse respondido alguma coisa – e depois desalgemada e levada até seu pai. Que não tinha dito uma palavra até agora.

Como não tinha dito o nome e o número de telefone de seu pai aos policiais, Mary Ann supôs que Riley tivesse feito aquilo. E queria agradecê-lo e espancá-lo por ter proporcionado aquele reencontro.

Assim que viu seu pai, ela quase correu e jogou os braços em volta dele. Qualquer coisa para confortá-lo. Conforme Penny dissera, ele estava com uma aparência péssima. Olheiras, linhas de tensão brotando no canto da boca. Suas roupas, amarrotadas e manchadas de café. No entanto, ela não se permitiu abraçá-lo. Mary Ann temia que a força de suas emoções desorientadas pudesse fazer suas proteções falharem e que ela pudesse passar a sugá-lo, embora ele fosse humano.

Racionalmente, ela sabia que aquilo não aconteceria, mas o medo... Bem, o medo era ilógico e exaustivo.

– Mary Ann! Estou falando com você. Você saiu sem avisar, sem telefonar e me deixou morto de preocupação. Procurando por você, implorando pela ajuda da polícia, distribuindo folhetos por aí. E você está aí com esse, esse... – a fúria fazia a voz do homem estalar, tanta fúria que seus dedos quase quebraram o volante em dois.

A culpa invadiu Mary Ann, mas ela disse:

– Não podemos deixar Riley lá. Precisamos voltar – ela já dissera isso milhares de vezes antes, mas seu pai ignorou-a em todas elas. Riley podia se cuidar, Mary Ann sabia disso. Mesmo assim... Deixá-lo para trás parecia errado. Muito embora ele os tivesse colocado propositalmente na cadeia.

Agora ela também sabia disso. O que ainda não sabia, todavia, era o motivo que o levara a fazer aquilo. E havia um motivo. Com Riley, sempre havia um motivo. Na próxima vez em que o visse, ela descobriria. Porque agora ela só conseguia pensar que ele queria se livrar de uma conversa dolorosa sobre o término do namoro. Porém, fazer aquilo não era exatamente o estilo dele.

– Por favor, pai – ela insistiu. – Vamos voltar.

Pelo menos dessa vez ele não a ignorou.

– Nós *podemos* e *vamos* deixar ele lá. Eu não estou nem aí para o seu namoradinho delinquente. Aquele garoto é um fora da lei que vive de acordo com as próprias regras... Isso *se* seguir alguma regra. Ele roubou um carro, Mary Ann. Enquanto você estava com ele! E você deve começar a rezar para que essas tatuagens no seu braço não sejam definitivas e para que elas saiam no banho.

A sensação de culpa tornou-se mais intensa.

– Eu... Eu sinto muito.

– Sente muito? Você sente muito? Isso é tudo que você tem a me dizer?

– Pai...

– Não. Fique quieta. Você está usando drogas?

O que ele queria? Que ela ficasse quieta ou que ela respondesse?

– Não, não estou usando drogas.

– E você espera que eu acredite em você?

– Sim.

– Bem, eu não acredito. Eu não sei mais quem você é. Então, adivinhe só? Vamos descobrir juntos. Inquestionavelmente.

– Como assim? Você vai me levar para fazer um teste?

Silêncio. Um silêncio que cortou a garota e deixou a ferida exposta. Ele apenas olhava para a frente.

Está bem. Ela também iria ignorá-lo, então. Mary Ann voltou sua atenção para a janela, para as árvores que passavam ao longo do caminho. Para as nuvens pesadas que pairavam lá em cima. Para os sinais de trânsito – de uma cidade que não era parte do caminho para sua casa.

A garota ajustou o corpo contra o assento. Olhou outra vez para os sinais de trânsito; em seguida, para seu pai. Esqueceu a ideia de ignorá-lo:

– Para onde estamos indo?

– Está claro que eu não posso te ajudar. Então, vou te levar para um lugar onde as pessoas podem fazer isso. Independentemente de quanto tempo for necessário.

O terror tomou conta dela, deixando um rastro de gelo por onde passava.

– Do que você está falando?

– Estou falando de avaliação psicológica. Estou falando de terapia em grupo. Estou falando de remédios, se eles forem necessários. Estou falando sobre descobrir a raiz do seu problema, seja lá qual ela for, e trazer minha garotinha de volta!

– Pai...

– Não! Não quero ouvir. Eu queria ter informações suas há dias e não tive nada além de silêncio e preocupação. Eu não conseguia comer, não conseguia dormir, não conseguia trabalhar. Pensei que você tivesse sido sequestrada. Pensei que você estivesse sendo... estuprada e torturada. E o que eu descubro? Que você estava se divertindo por aí. Isso não é característico da minha filha. O que significa que alguma coisa aconteceu com você. Alguma coisa que você não pode ou não quer discutir comigo. Então, vou *fazer* você discutir com outras pessoas.

O gelo tornou-se mais espesso e mais duro.

– Pai, não faça isso. Por favor, não faça isso.

– Já está feito. Foi a única maneira de eu conseguir que eles soltassem você sem um julgamento ou prestação de serviço comunitário.

Não. Não, não, não.

– Sinto muito por ter ferido você. Sinto mesmo – ela não podia dizer que fizera aquilo para o bem dele! Ele não entenderia, não aceitaria. Mais que isso, Mary Ann não podia prometer que aquilo não aconteceria outra vez. – Mas você precisa confiar em mim. Você precisa...

– Confiar em você? Ah, garotinha! Você vai realmente se decepcionar se acreditar que isso vai acontecer. A confiança deve ser conquistada, e você não fez nada além de abalar a confiança que eu tinha em você.

Mary Ann nunca tinha visto seu pai tão furioso, tão ferido.

– Eu não sou mais uma garotinha. Você não pode me trancafiar sem a minha permissão e pensar...

– Legalmente, você não é adulta. E sim, posso fazer o que eu quiser. Você está prestes a reprovar no colégio. Por quê? Porque está andando com as pessoas erradas. Então, vou fazer você começar a andar com as pessoas certas. Na marra.

– Pai...

Ele ainda não tinha terminado.

– Desde que ficou amiga desse tal Haden Stone, você se tornou outra pessoa. Mais áspera. Você deixou seu namorado para começar a sair com um criminoso.

Ah, se ele soubesse... Tucker, o namorado que ela deixara para trás, era muito mais criminoso que Riley. E agora Tucker estava morto.

Aquele pensamento continuava atingindo-a nos momentos mais estranhos, e as lágrimas enchiam seus olhos. Dessa vez não foi diferente.

– Riley é um cara legal – ou tinha sido, até ela arruinar a vida dele.

–Você não pode julgá-lo por esse caso isolado.

–Você fica me dizendo o que posso e não posso fazer, mas você vai ver. Ah, minha garotinha, você vai aprender.

Mary Ann rangeu os dentes e tentou atingi-lo por outro ângulo.

– Eu não vou repetir de ano. Faltei algumas semanas, mas consigo recuperar isso facilmente.

– Sim, você consegue. Mas vai fazer isso enquanto estiver na reabilitação.

– Reabilitação? – Mary Ann quase riu. Quase. – Eu já disse, eu não estou usando drogas!

– Como eu também já disse, nós vamos descobrir.

A chuva subitamente começou a cair e a bater contra o para-brisa. Os limpadores começaram a se movimentar e, então, o pai de Mary Ann diminuiu um pouco a velocidade.

– E quando tiver certeza de que eu estou limpa? – ela perguntou, esperançosa. –Você vai me levar para casa?

– Não. Você vai ficar lá. O lugar não é apenas para viciados. É para garotos e garotas que se metem em encrencas e que não conseguem sair delas. Não sem ajuda.

Uma instituição. Ele estava falando em trancafiá-la em uma clínica. O choque invadiu o corpo de Mary Ann, unindo-se ao medo e criando o horror.

– Pai, você não pode...

– Está feito, Mary Ann – ele repetiu. – Está feito.

O ácido quase cavou um buraco no estômago da garota. E de fato queimou sua garganta.

– Por quanto tempo? – ela perguntou com uma voz rouca, pensando: *Riley vai me tirar de lá. Namorando ou não, ele não vai me deixar lá.*

– Pelo tempo necessário.

Riley caminhava pelas ruas escuras e molhadas do centro de Tulsa. Suas mãos estavam enfiadas nos bolsos da calça, sua pele praticamente cortada pelo gelo, seus cabelos grudados no couro cabeludo e sua respiração criando uma névoa na frente do rosto. Alguns carros passavam por ali, mas, em geral, não havia ninguém na região.

As pessoas boas e inteligentes daquela cidade estavam em ambientes internos, aquecidas e protegidas da chuva. Mary Ann provavelmente estava aquecida e seca e a caminho de casa. Exatamente como ele queria.

Ele entregara-a de volta ao pai.

Riley tinha desobedecido ao seu rei, seu amigo, e feito o que acreditava ser o melhor. Ele nunca tinha feito isso antes. Sempre fora um bom soldado, fazendo o que mandavam com uma lealdade inabalável. E já se arrependia das ações que tomara naquele dia. Não pela questão da lealdade, mas porque sentia falta de Mary Ann. Aquele sorriso, aquele senso de humor, aquela sinceridade, aquele coração bondoso.

Ele queria-a de volta.

No entanto, Mary Ann tinha se apaixonado por um lobo, e Riley já não era um lobo. Ela poderia pensar que ele era a mesma pessoa, talvez até ainda se importasse com ele. Porém, em algum momento Mary Ann perceberia a verdade: Riley era fraco, vulnerável. E logo seria excluído de seu próprio grupo.

Ele estava sentindo pena de si mesmo? Caramba, sim! Riley não sabia mais quem ou o que ele era. Só sabia que ele não era bom. Um erro. Indigno.

Ele não poderia proteger Mary Ann, mas poderia garantir que o pai dela fizesse isso. Então, optou por essa saída. Só era preciso cuidar de uma coisa antes.

Riley dobrou a esquina. Agora a chuva caía mais intensamente. Vlad ensinara ao garoto como ficar longe do radar humano e como manter sua verdadeira identidade escondida. Depois de usar o celular para deixar uma mensagem para seus irmãos, dizendo que eles não deveriam procurá-lo, Riley seguiu seu caminho sem qualquer bloqueio. Uma tarefa fácil. Ficar fora seria um pouco mais difícil, considerando que ele planejava beber até entrar em um coma. E por que não? O garoto queria se esquecer de tudo que tinha acontecido, pelo menos por algumas horas. E, se ele era humano, por que não fazer como os humanos faziam?

Aden não poderia usá-lo, e ele não poderia proteger a princesa Victoria como fizera por tantas décadas. Nem Mary Ann. Ele era tão inútil. Então, era hora de tirar umas breves férias.

Riley continuou andando, procurando uma loja de bebidas, até avistar algo diferente. Um traficante. O garoto não queria, mas parou. O cara estudou-o de cima a baixo e claramente julgou-o aceitável – afinal, não saiu correndo.

Por que não? Isso também poderia funcionar.

– O que você tem? – perguntou Riley.

trinta e dois

Aden observava as chamas. Sentia o calor. Ouvia o crepitar. Mas Tucker estava morto, aquilo não poderia ser uma ilusão.

Ele ficou paralisado. Desacreditado. Não era uma ilusão, mas sim um sonho. Certamente um pesadelo. *Certamente* a mansão dos vampiros não estava queimando diante de seus olhos. Certamente havia mais do que madeira caindo por ali.

Aden estivera longe por apenas alguns dias. Não havia muito tempo desde que Seth enviara-lhe uma mensagem de texto dizendo que tudo estava bem. Tão bem quanto poderia estar, considerando o que havia acontecido com Ryder e Shannon. Mas agora...

– Eu não... Isso não pode estar... – Victoria cobriu a boca com a mão, tão impressionada quanto Aden.

As almas – as duas únicas almas restantes – estavam chocadas, sem palavras.

Júnior não rugia. Talvez porque Aden estivesse estarrecido. Tão estarrecido.

Victoria e ele tinham procurado por Riley e Mary Ann enquanto a chuva açoitava-os, mas não encontraram sinal algum dos dois amigos. Então, decidiram voltar para casa e recrutar alguns lobos. Nathan e Maxwell não atenderam quando Aden telefonou.

Embora suas emoções fossem intensas, ele de alguma forma conseguiu se estabilizar e se teletransportar com Victoria, uma habilidade que ainda o deixava impressionado. Aden simplesmente pensava em onde queria estar e, *boom,* estava lá.

O garoto esperava encontrar Sorin para obter um relato sobre o que acontecera durante sua ausência. Em seguida, planejava visitar Ryder, para ter certeza de que ele continuava melhorando. Depois, visitar Shannon, para avaliar as condições do amigo. Visitar Seth. Talvez conversar com Maxwell para saber se o lobo tinha descoberto algo novo. As informações que ele tinha reunido naquela sala secreta do hospital podiam não ser importantes para Julian, mas talvez fossem para as outras duas almas. Então, Aden planejava reunir um grupo de pesquisa. E acreditava que isso não seria urgente, pois Riley e Mary Ann deviam ainda estar discutindo. Ou escondidos dando uns amassos em algum lugar.

Aden percebeu o fogo – e como poderia não perceber? – e, num primeiro momento, não se deu conta do que estava acontecendo. Pensou que simplesmente tivesse imaginado o lugar errado. Mas não. Ali, bem diante de seus olhos, estava a mansão dos vampiros. A proteção entalhada no solo era a única coisa intocada pelas chamas.

Não havia ninguém correndo dos escombros crepitantes, ninguém gritando. Ninguém tentava conter o inferno que se espalhava.

Quantos tinham morrido queimados lá dentro?

Quantos estavam escondidos e seguros?

Aden era o rei e deveria estar ali. Devia tê-los protegido. E não o fizera.

– Eu não tenho palavras – sussurrou Victoria. Todavia, não demorou muito para que ela encontrasse algumas. – Minhas irmãs, meu irmão, meus amigos, eles estão bem. Diga que eles estão bem!

– Eles estão... bem – ele esperava. Ele rezava.

Ele duvidava.

Victoria choramingou:

– Quem... Quem teria feito isso?

Seu pai, ele queria dizer, mas não disse. Vlad queimara o rancho D&M, então por que não atearia fogo também em sua antiga casa? O antigo rei dos vampiros era vingativo a esse ponto, e não hesitaria em matar seus filhos para ter o que queria: vingança contra Aden.

Os joelhos de Victoria possivelmente bambearam, pois ela caiu no chão. No chão seco. A chuva não caíra naquele ponto. Ainda não. O céu era uma extensão de veludo negro, sem nenhuma estrela brilhando ao alcance da vista.

Chuva, ele pensou. *Nos ajude.*

Um pingo de chuva bateu no seu nariz. No seu queixo. Durante vários minutos, ele sentiu uma gota aqui, uma gota ali. E, em seguida, as nuvens se formaram e uma tempestade desceu furiosamente. Logo o fogo tornou-se apenas faíscas; e as faíscas, fumaça.

Talvez ele pudesse controlar o tempo agora, Aden pensou, com um riso amargurado.

Como as coisas tinham ido tão longe? Como tinham chegado a esse ponto?

– O que nós vamos fazer? – perguntou Victoria, trêmula.

Não havia resposta viável para essa pergunta. Nada que ele sugerisse seria bom o suficiente. Nada que ele sugerisse traria... todos... de volta...

Ainda impressionado, Aden relaxou o corpo ao lado do dela no chão, agora frio e molhado. Havia uma saída. Uma saída à qual ele resistira. Uma saída que ele desprezava. Todos sempre lhe pediam que fizesse aquilo e, nos últimos tempos, ele só dissera não.

Todavia, dessa vez ele não negaria.

– Eu... Eu posso corrigir isso – ele se pegou dizendo.

Não, Aden, disse Elijah, empurrando o garoto para fora daquele estupor. *Eu sei em que você está pensando. Não faça isso.*

A alma tivera uma visão relacionada àquilo?

– Não há outra saída – monótono, determinado.

Victoria esfregou os olhos com as costas da mão.

– Aden?

– Viajar no tempo – ele respondeu.

Aden não perguntaria a Elijah o que a alma tinha visto. Não se esforçaria para ter uma visão. Não queria saber, não agora. Ele não queria se convencer a não fazer aquilo.

– Eu vou viajar no tempo. Vou voltar. E garantir que isso não aconteça.

– Sim! Sim, isso é perfeito e... não! – ela sacudiu a cabeça com veemência. – Muitas coisas podem dar errado. Você mesmo me disse isso.

E nós não sabemos se os vampiros morreram, lembrou Elijah. *Eles podem ter fugido. Podem ter se teletransportado, como você fez. Talvez você volte no tempo desnecessariamente.*

Sim, alguns poderiam ter fugido. Sim, alguns poderiam ter se teletransportado. Mas não todos eles. Não os humanos que estavam lá dentro. E uma morte já era morte demais. Voltar no tempo não seria à toa.

O peso daquela falha empurrava Aden tão para baixo que ele sequer sabia se voltaria a ver a luz do dia. Mesmo se conseguisse mudar as coisas, ele ainda não se esqueceria do que tinha acontecido, e saberia o que fazer – e o que não fazer. Ele nunca se esquecia.

Eles, todavia, esqueceriam. Todos eles. Victoria, Mary Ann, Riley. Eles não teriam ideia do que certa vez tinha acontecido, do destino que certa vez aguardara-lhes.

E, se aquilo funcionasse, Vlad não declararia guerra contra Aden. Ele declararia guerra contra Dmitri, pois Dmitri iria se tornar rei. Victoria seria forçada a casar com aquele homem. Só de pensar nisso, as mãos de Aden fecharam-se em punhos. No entanto, ele não mudaria de ideia. *Isso* era ser proativo.

Riley continuaria sendo um mutante.

Mary Ann nunca se tornaria uma sugadora.

Aden nunca conheceria Mary Ann. Nunca convocaria as criaturas do outro mundo para aquele lugar.

Ryder viveria.

Caramba, Tucker viveria.

Shannon não se tornaria um zumbi.

O D&M não seria queimado e Brian não morreria lá dentro.

Aden não se tornaria vampiro. Júnior não seria criado.

Victoria não se tornaria humana, não perderia suas habilidades.

Talvez até mesmo Eve e Julian voltassem a viver com ele.

— Mas eu preciso fazer isso — disse ele. — Não posso deixar as coisas desse jeito.

Como Mary Ann dissera: o que poderia ser pior do que isso?

Você quer mesmo descobrir?, perguntou Elijah.

Eu deveria estar de acordo com isso, disse Caleb. *Achei que estaria, mas alguma peça parece estar fora de lugar. Errado.*

— Em geral, você não costuma ser a voz da razão. Não tente ser agora.

— Aden, escute o que eu estou dizendo. Responda! — Victoria sacudiu a cabeça, deixando os cabelos molhados baterem contra as bochechas. Então, ela sacudiu-o. — Voltar para quando?

— Para o começo.

A garota arregalou os olhos. As implicações daquilo faziam suas bochechas adotarem cores furiosas.

— Vamos conversar sobre isso. Pensar direito. Se você voltar, será que Eve voltaria para você? E Julian? E quanto a você? Sua besta? Você ainda vai ser um vampiro?

— Provavelmente. Talvez. Eu não sei. Provavelmente não. Definitivamente não. Talvez.

— Suas proteções...

— Nunca terão sido feitas — Aden inclinou o corpo e beijou suavemente os lábios de Victoria. — Eu amo você. Você sabe disso, não sabe?

Ele devia ter feito aquilo há muito tempo. Devia ter ouvido a todos quando pediam-lhe que ouvisse. Em vez disso, Aden deixou o medo e a teimosia tomarem conta de si. E veja onde ele tinha ido parar.

— Sim — olhos azuis estudaram-no, tristes, quase derrotados. — Eu também amo você. Mas tem de haver outra forma de...

— Não há.

Se as coisas funcionassem conforme o esperado, ele e Victoria jamais se conheceriam. Nunca teriam se conhecido.

Nunca teriam causado um evento tão cataclísmico.

Ele preferia tê-la conhecido e ter de lidar com isso, mas não tomaria esse caminho. E isso era amar.

Da mesma forma como seus pais tinham desistido dele, ele desistiria de Victoria. Diferentemente de seus pais, todavia, ele não faria isso por seu próprio bem, mas por ela.

No final das contas, isso iria matá-lo. Aden poderia passar por Victoria e ela não o conheceria, embora ele a conhecesse.

— Aden, apenas me dê uma oportunidade de...

— Essa é a única solução. Agora eu sei disso.

Ele beijou-a novamente, dessa vez o beijo mais profundo que já dera nela. Um beijo capaz de fazer a alma estremecer. O último beijo. Ele deixou-a sentir toda a saudade que ele sentiria, todos os sonhos que ele teria. Todos os arrependimentos. Todas as preces pelo futuro.

E, quando se afastou, Aden tremia. Victoria chorava. Ele sentia o gosto das lágrimas em sua boca – levemente salgadas, extremamente devastadoras.

Ele secou aquelas lágrimas com mãos trêmulas e então fez o que era necessário.

Aden fechou os olhos e imaginou o dia em que se encontrou pela primeira vez com Mary Ann...

glossário de personagens e termos

Brendal: princesa feérica, irmã de Thomas.
Brian: morador do D&M.
Bruxas: lançadoras de feitiços e produtoras de magia.
Caleb: uma das almas presas na cabeça de Aden. É capaz de possuir outros corpos.
Chompers: besta demoníaca que vive dentro de Victoria.
Dan Reeves: dono do Rancho D&M.
Dmitri: falecido noivo de Victoria.
Dr. Morris Gray: pai de Mary Ann.
Draven: vampira que desafiou Victoria para tentar conseguir os direitos sobre Aden.
Duendes: criaturas pequenas e famintas por carne.
Edina: mãe de Victoria.
Elijah: uma das almas presas na cabeça de Aden. É capaz de prever o futuro.

Escravos de sangue: humanos viciados em mordidas de vampiros.

Eve: uma das almas que Aden tinha presas em sua cabeça. Uma viajante do tempo.

Fadas: protetoras da humanidade, inimigas dos vampiros.

Haden Stone: conhecido como Aden. Um humano que atrai o sobrenatural e que tem almas humanas presas em sua cabeça.

Je la nune: líquido venenoso capaz de queimar a pele dos vampiros.

Jennifer: uma das bruxas.

Julian: uma das almas presas na cabeça de Aden. É capaz de levantar os mortos.

Lauren: princesa vampira, irmã de Victoria.

Maddie: vampira, irmã de Draven.

Maria, a Sanguinária: a rainha da facção de vampiros que é rival da facção de Vlad.

Marie: uma das bruxas.

Mary Ann Gray: humana que se transformou em sugadora. Neutraliza o sobrenatural.

Maxwell: lobisomem mutante, irmão amaldiçoado de Riley.

Meg Reeves: esposa de Dan.

Nathan: lobisomem mutante, irmão amaldiçoado de Riley.

Penny Parks: melhor amiga de Mary Ann.

Rancho D&M: uma casa de recuperação para adolescentes rebeldes.

Riley: lobisomem mutante, guardião de Victoria.

RJ: antigo morador do D&M.

Ryder: um dos moradores do D&M.

Seth: um dos moradores do D&M.

Shannon: colega de quarto de Aden no D&M.

Sorin: príncipe vampiro, irmão mais velho de Victoria.

Stephanie: princesa vampira, irmã de Victoria.

Sugador: criatura que se alimenta de seres com habilidades sobrenaturais e posteriormente os destrói.

Teletransportar: mover o corpo de um local para outro em um instante.

Terry: antigo morador do D&M.

Thomas: príncipe feérico, fantasma.

Tucker Harbor: ex-namorado de Mary Ann. Parcialmente demônio e capaz de lançar ilusões.

Vampiros: aqueles que se alimentam de sangue humano e têm uma besta aprisionada dentro do corpo.

Victoria: princesa vampira.

Vlad, o Empalador: antigo rei da facção romena de vampiros.

interligados

Quando as vozes se calam... o submundo ressurge das sombras

Interligados é uma série da aclamada autora Gena Showalter, que conta a história de Aden Stone, um adolescente de dezesseis anos que tem de conviver com almas que habitam sua cabeça. Sua vida muda completamente quando ele se torna amigo de Mary Ann Gray, outra jovem com um dom especial.

Unem-se a eles um lobisomem mutante e uma princesa-vampira, em uma aventura alucinante, em que terão de enfrentar seres muito poderosos.

Confira os volumes anteriores:

Aden Stone e a batalha contra as sombras

Aden Stone contra o Reino das Bruxas

13TOLIFE

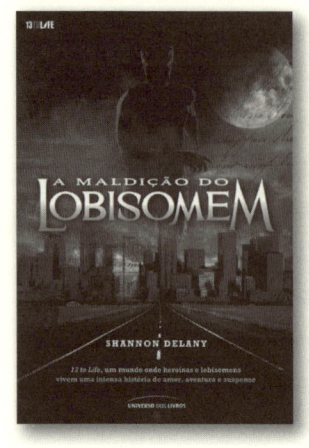

Descubra o que os lobisomens podem oferecer e apaixone-se também!

Jéssica é uma garota inteligente e esperta, porém, disposta a dissimular os seus sentimentos mais reais. Este mundo de mentiras está prestes a acabar com a chegada de Pietr Rusakova.

Ela é atraída pelo misterioso (e sexy) forasteiro. Aquele olhar... pode atravessá-la como uma flecha! Ele é muito mais que um rosto perfeito, Pietr é perigoso e tem muitos segredos.

O que Jéssica não imagina é que aos 13 anos os Rusakova recebem uma sentença. Se uma transformação a qual estão destinados ocorrer eles terão uma vida curta, mas repleta de aventuras, onde as ligações afetivas tornam-se mais intensas e arriscadas. Uma corrida contra o relógio. Bem diferente da vida que ela imaginou...

Metade homem, metade monstro. Pietr levará Jéssica a um novo mundo onde heroínas e lobisomens se apaixonam em uma história cheia de reviravoltas.

A série 13 to Life irá levá-lo a um mundo onde heroínas e lobisomens vivem uma intensa história de amor, aventuras e suspense.

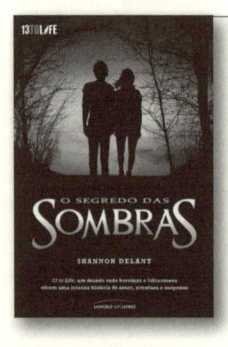

Confira também o volume 2:
O segredo das sombras

Faeriewalker

*Quando o mundo real e
o de magia se cruzam...*

Dana Hathaway ainda não sabe, mas vai acabar se metendo em apuros quando decide que é a hora de fugir de casa para encontrar seu misterioso pai na cidade de Avalon: o único lugar na Terra onde o mundo real e o mágico se cruzam. No entanto, assim que Dana põe os pés em Avalon, tudo começa a dar errado, pois ela não é uma adolescente comum – ela é uma faeriewalker, um indivíduo raro que pode viajar entre os dois mundos e a única pessoa que pode levar magia ao mundo humano e tecnologia à cidade de Faerie.

Não demora muito e Dana envolve-se no jogo implacável da política do mundo da magia. Alguém está tentando matá-la, e todos parecem querer alguma coisa dela, desde seus novos amigos e da família até Ethan, o lindo garoto com poderes fantásticos com quem Dana acha que nunca terá uma chance... Até ter uma.

Presa entre esses dois mundos, Dana não sabe bem onde se encaixa ou em quem pode confiar, muito menos se sua vida um dia voltará a ser normal.

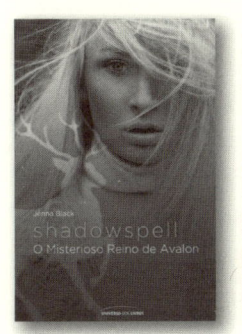

Confira também
os volumes 2 e 3:
Shadowspell
Sirensong

Este livro foi composto nas fontes Bembo, ITC New Baskerville e Dirt2 SoulStalker, e impresso em papel *Chamois* 90g/m² na Intergraf.